영웅은 없다

KB096106

영웅은 없다

필 얼 지음

전지숙 옮김

르네상스

차 례

그 형제

우리는 격자 울타리 사이로 그들을 볼 수 있었다
우리가 앉은 구덩이에서
액자 안에서

스티커를 교환하는 두 소년
우리 둘은
전쟁터와 우리 방 이야기를 한다

스티커를 교환한다
그 얼굴들은 이제 어떻게 변했을까
액자는 낡았지만

거울같이 친숙한 무언가가 되어 있다
아마도 서로의 영웅이
적진을 가로지르면

그곳에 있는 형제들
길은 어떻게 나뉘고 교차하나
모래 구덩이와 양귀비 들판을 지나

다시 만난다
단단한 어딘가에서
훈장처럼 액자에 갇힌다

그 중심부에 두 소년

스티커를 교환한다

마이클 웨기(Michael Wagg)

소니

말하는 데는 돈이 들지 않는다는 말은 많은 것을 설명해 준다. 왜 내가 날마다 소리를 질러 대야 하는지, 왜 전화기를 귀에서 멀찌감치 떼어 내도 들리는 것은 백색 소음 같은 농담뿐인지를.

우리는 돈은 없어도 말다툼할 시간은 많다. 문제는 내가 집중해야 하는 이 순간에도 아이들의 수다 때문에 그럴 수 없다는 사실이다. 우리 모두 돈을 벌려고 여기 섰는데 말이다.

내 인내심이 팽팽하게 당겨지다 툭 끊어졌다. 애들한테 닥치라고 소리를 빽 질렀더니, 잠깐 조용해졌다. 그러다…….

"우우우우우우우우우우우!"

빈정거림으로 가득한 세 녀석의 목소리가 들려왔다. 녀석들이 30층 아래에서 날 향해 감자를 먹이고는 배꼽 빠지게 웃는 모습이 눈에 선했다.

멍청이들! 나는 입가에서 웃음기를 걷어내고 다시 집중하려 애썼다.

'어디 있지? 늦네.'

나는 우리 형과 토모 형이 아프가니스탄으로 떠나기 전부터 오랫동안 이 일을 준비했다. 재미도 있으면서 돈도 좀 마련할 수 있는 기회였다. 나만을 위한 일은 아니었다. 우리 모두를 위한 일이었다.

하지만 제대로 해내야 한다. 실수를 해서는 안 된다. 어떤 측면에서 보더라도 이 일에는 위험이 뒤따른다. 그래도 그 생각을 오래 하지는 않았다. 계속 생각하면 마음이 바뀔 것 같아서가 아니었다. 내 말은, 이 일이 처음도 아니고 또 마지막도 아닐 거라는 뜻이다.

나를 괴롭힌 것은 법을 어긴다는 사실이 아니라 규칙을 어긴다는 사실이었다. 형이 만든 규칙 말이다.

'이웃의 물건은 절대 훔치지 마.'

십계명 가운데 하나처럼 들린다, 그렇지 않은가? 형은 몇 년 동안 열 개가 넘는 생활 방식을 정해 놓았는데, 나한테는 그게 마치 십계명처럼 느껴졌다. 때때로 그 규칙을 따르려고 애썼지만 쉽지 않았다.

이번 계획이 훌륭한 것은 형이 만든 규칙을 어기지 않았기 때문이다. 진짜다. 물건을 훔치긴 할 테지만, 우리 이웃의 것은 아니다. 드 멜 아저씨가 물건을 수령했다고 사인할 때까지 저 승합차에 있는 물건들 중 어떤 것도 아저씨 게 아니다. 그리고 아저씨는 사인하지 않을 거다. 저 물건들은 절대 도착하지 못할 테니까. 뭐, 전부 다 그럴 거라는 건 아니고.

이번 계획은 더없이 훌륭하다. 아래에 있는 얼간이들이 지나가는 여자애들한테 관심을 좀 끄고 집중하기만 하면 성공할 것이다.

몸이 떨리기 시작했다. 녀석들이 이번 계획에 집중하려면 승합차가 얼른 도착해야 한다. 은색 승합차가 고속도로를 벗어나 고스트로 다가올 때 우리가 준비되어 있기를 빌었다.

나는 승합차 옆에 있는 로고를 확인했다. '팻 베리 도매점' 빙고! 게임 시작!

"좋아, 애들아. 목표물이 3분 거리에 있어. 제자리로 가서 전에 얘기했던 대로 해."

긴박한 목소리에 나조차도 놀랐다.

깜짝 놀라는 척하는 소리와 킬킬대는 웃음소리가 잇따라 들려왔다. 하지만 녀석들에게 고함칠 시간이 없었다. 지상까지 30층을 달려 내려가야 했다. 지린내가 진동하는 엘리베이터는 여전히 고장난 상태였다. 뭐, 놀라운 일도 아니었다.

나는 술과 헤로인에 취한 사람들을 뛰어넘으며 정신없이 앞문으로 달려 나갔다. 아주 가볍게 스스로를 격려할 시간조차 없었다.

승합차는 드 멜 아저씨네 가게 앞에서 딱 30미터쯤 떨어진 모퉁이를 돌았다. 나는 숨을 크게 들이마시고 갓돌을 따라 맹렬히 달렸다. 그리고는 길을 가로질러 승합차를 따라잡았다.

'차분히 지켜봐야 해.'

그건 어려운 일이 아니었다. 초조하진 않았다. 그저 우리가 그 일을 해낼 수 있다는 생각에 가슴이 뛰었다. 나는 열두 걸음쯤 떨어져 천천히 뒤따르며 승합차가 멈추기를 기다렸다.

계획은 어렵지 않았다. 진짜다. 다만 연기력이 조금 필요할 뿐이었다. 다행히 우리에게는 연기를 할 수 있는 친구, 위기가 있었다. 위기는 지금껏 한 번도 무대에 선 적은 없지만, 분명히 영화배우의 자질이 있다. 위기의 매력이나 속임수에 넘어가지 않을 사람은 아무도 없다. 내가 그 점을 좀 더 일찍 알아차리지 못했다는 사실이 믿기지 않을 뿐.

위기가 할 일은 승합차가 속도를 줄이며 다가올 때 술에 취한 척 도로로 걸어나가는 것이었다. 시간만 정확히 맞춘다면, 그 충격은 입맞춤 정도에 지나지 않을 것이다. 하지만 위기는 빼어난 연기력으로 그 상황을 훨씬 더 특별한 무언가로 돌려놓을 것이다.

기다리는 내내 심장이 쿵쿵 요동쳐 승합차 주변을 바라볼 용기가 나지 않았다. 그때 일이 벌어졌다. 쿵, 위기의 팔이 보닛에 부딪치는 소리에 이어 끔찍한 신음 소리가 나더니 다른 두 녀석이 고함을 질러 댔다.

히치와 데니스. 완벽했다. 둘의 역할은 간단했다. 이 드라마를 파국으로 몰고 가는 것. 일이 끝났을 때 운전기사가 다시는 운전대를 잡고 싶지 않을 만큼 죄책감이 들게 만드는 것. 하지만 가장 중요한 역할은 나한테 시간을 벌어 주는 것이었다.

히치와 데니스는 그 역할을 정확히 해냈다.

"으아아아악!"

데니스는 몹시 당황한 듯 두 팔을 치켜들고 도로로 뛰어들었다. 그러고는 위기를 흘낏 보더니 두 눈을 접시처럼 커다랗게 떴다. 아마도 위기는 반칙을 당한 센터 포워드처럼 온몸을 고통스럽게 비틀었을 것이다.

"얘 못 봤어요? 아저씨 바보예요?"

빡빡머리 운전기사가 창문을 내리고 히치에게 뭐라고 말을 건네는 모습이 보였다.

"너무 빨리 달렸잖아요. 여기서는 30킬로 이하로 달려야 하는 거 몰라요? 얘가 차를 피할 겨를이 없었잖아요!"

히치의 말에는 조금 과장된 면이 있었다. 그 운전기사는 거의 달렸다고도 할 수 없었다. 하지만 히치의 말은 운전기사가 승합차에서 내려 바퀴 밑에서 무슨 일이 일어났는지 살펴보게 만드는 데는 충분했다.

나는 몸을 낮추고 승합차로 달려간 다음 운전석 안으로 몸을 들이밀고 열쇠를 찾았다. 빙고! 나는 점화 장치에서 열쇠를 낚아채서는 다시 승합차 뒤로 살금살금 기어갔다. 그런 다음 문을 열고 안으로 들어가 바지춤에 숨겨 둔 빨래 자루를 끄집어냈다.

이런, 이건 너무 쉽잖아. 승합차 안은 산타의 작은 동굴 같았다. 천장까지 물건이 가득한데 모두 팔 수 있는 것들이었다. 시내에 있는 상점 절반이 배달을 기다리는 모양이었다. 하지만 그건 내 알 바가 아니었다.

물건을 전부 다 가져갈 수는 없었다. 나는 가치 있는 물건, 그러니까 고스트 사람들이 가까스로 살아가기 위해 필요로 하는 물건만을 원했다. 기본적으로 술과 담배 말이다.

나는 재빨리 담배를 찾아 자루에 최대한 많이 쑤셔 넣었다. 운전기사가 넌더리를 내거나 모든 사실을 알아채기까지 1분, 아니 최대 2분쯤 남았을까. 아무튼 그때 나는 여기 없어야 한다.

다음은 술이다. 술은 까다롭게 골라야 한다. 맥주는 쓸모가 없고 사과주도 마찬가지다. 순한 술은 마시기엔 좋지만 팔기는 까다롭다. 나한테 필요한 건 좋은 물건이었다. 이를테면 양주 같은 것 말이다. 제값을 다 받지는 못하겠지만, 맥주 네 팩을 파는 것보다는 더 많이 받을 수 있을 것이다. 마침 유명 상표의 보드카 상자가 눈에 띄었다. 완벽하다. 자루에 담았다. 전부 가져갈 수 있을지는 모르겠지만 보드카는 가져갈 만한 가치가 있었다.

막 자루를 들어 올리려다 그만 떠날 시간이라는 걸 깨달았다. 이 정도 무게라면 달릴 엄두는 못 내겠지만 뒤뚱거리며 고스트를 가로지를 수는 있겠다. 딱 하나만 더 가져갈까. 나는 문가에 서서 물건을 둘러보다가 사탕을 한 움큼 집어 주머니에 쑤셔 넣었다. 그러고는 다시 몸을 낮추어 승합차 밖으로 빠져나왔다.

나는 사탕 껍질을 벗기며 데니스의 시선을 끌었다. 데니스는 씩 웃으며 우리 계획의 마무리 단계에 박차를 가했다.

"휴대전화 있어요, 아저씨? 구급차를 불러야겠어요. 얘가 비명 지르는 걸 더는 못 듣겠어요."

나는 위기가 땅바닥에서 무슨 짓을 하는지 보지 못했다. 하지만 운전기사에게 심각한 상황이라는 확신을 준 것만은 틀림없었다. 운전기사가 불평하는 기색도 없이 운전석으로 돌아가자 나는 아이들에게 흩어지라는 신호를 보냈다.

나는 우리 동네 쪽으로 가면서 흩어지는 아이들을 바라보았다.

우리는 완전히 다른 세 방향으로 조용히 달아났다. 위기는 생명을 위협하는 부상에서 기적처럼 회복한 터였다. 가엾은 운전기사가 돌아왔을 땐 아이들 발뒤꿈치에서 날리는 먼지밖에 남은 것이 없었고, 그 모습은 완전 코미디 대상감이었다. 좋았어!

운전기사는 달아나는 세 녀석을 보기는 했지만, 누구를 따라가야 할지 감을 잡지 못했다. 대신 나를 노려보며 고래고래 욕을 해 댔다. 그건 내가 달아나야 한다는 신호였다. 내가 무슨 짓을 했는지 운전기사가 알게 되면 어떤 일이 일어날지 아무도 모른다.

나는 아파트 14층까지 걸어 올라가면서도 손에 든 자루의 무게를 거의 느끼지 못했다. 소동이 가라앉으면 아이들과 만나서 물건을 나누기로 했다. 하지만 나는 술 두 병과 담배 열 갑을 미리 배낭에 챙겨 넣고 나머지 전리품만 내 방에 던져 놓았다. 시간은 촉박했고 당장 돈이 필요했다. 물건들을 처분하는 데는 그리 오랜 시간이 걸리지 않을 것이다.

햇빛이 비치는 곳으로 돌아와 손목시계를 보고 서둘러 움직였다. 그것이 시작되기까지 겨우 30분밖에 남지 않았고, 나는 아직 할 일이 많았다.

물건을 다 팔아넘기는 데는 채 몇 분이 안 걸렸다. 담배 열 갑은 벤치에 앉은 녀석들에게—내 몫으로 담배 한 갑을 뺐는데 이런 걸 수수료라고 한다—보드카는 이미 술에 절어 있는 두 녀석에게 넘겼다. 다 팔고 나자 주머니가 짤랑거리며 제법 묵직해졌다. 돈을 더 받으려면 흥정을 해야 했지만 시간이 없었다.

걱정은 제쳐 놓고 광장 중앙에 있는 동상에 잠시 들렀다. 동상 발치에 서서 담뱃갑을 흔들어 담배 두 개비를 꺼냈다. 낯설었다. 나는 살면서 매일같이 이 청동 군인상을 보았다. 내 방 창으로 내다보면 한눈에 들어왔다. 하지만 바로 앞에 서 보기 전까지는 얼마나 커다란지 알지 못했다. 심지어 아름답기까지 하다는 것도.

속도를 내야 할 때가 있다면 바로 지금이다. 사람들은 고스트를 외면하고 제 할일을 하며 지나쳤다. 아무도 동상 따위 상관하지 않았다. 그것은 마을의 나머지들한테서, 그러니까 우리가 없어지는 게 더 낫다고 여기는 사람들한테서 우리를 분리시키는 불문율이었다. 그들은 화려한 요트 정박지에서 주말이면 돈을 마구 뿌려 대는 두툼한 지갑들한테 우리의 존재를 숨기려고 최선을 다했다. 하지만 우리는 신경 쓰지 않았다. 차라리 그들의 존재를 무시했다.

나는 어깨 너머를 흘끔거리며 담배에 불을 붙여 입에 물고 조심스레 받침돌 위로 올라갔다. 한 발은 첫 번째 동상의 무릎에, 한 손은 다른 동상의 소총에 올리고 동상의 얼굴에 닿을 때까지 몸을 위로 끌어올렸다. 그리고는 한 손으로 동상을 꼭 붙잡고 담배를 동상의 입 속으로 빠지지 않게 깊숙이 밀어넣었다.

"실컷 피워."

나는 씩 웃으며 동상에게 건네 줄 보드카가 있었으면 하고 생각했다. 그리고 땅바닥으로 풀쩍 뛰어 내려와 동상에 거수경례를 하고 싶은 충동을 억누르며 마을로 향했다. 이제 20분 남았고, 꽤 먼 거리를 가야 했다.

소니

마을 중심가로 달려가는데 입술 위쪽에 땀이 고였다. 땀방울을 혀로 핥았더니 얼굴이 찡그려졌다. 땀방울에서 바닷물 맛이 나는지 기억을 더듬어 보았다.

언젠가 바다에서 헤엄을 친 적이 있다. 하지만 너무 오래전 일이라 바닷물을 삼켰는지 어쨌는지 기억나지 않는다. 더러운 화장실 휴지가 옆에서 둥둥 떠다니던 것 말고는 거의 기억나지 않는다. 우스운 일이다.

시계를, 정확히는 아빠 시계를 확인하는 순간 긴장감이 나를 씹어 삼키는 것 같았다. 크롬 숫자판이 달린 커다란 손목시계는 아빠가 남긴 유일한 물건으로 아빠보다 훨씬 믿을 만했다. 아빠는 텔레비전과 전자레인지까지 챙겨서 사라졌지만, 엄마는 절대로 아빠 시계를 전당포에 맡기려 하지 않았다.

"값나가는 거라면 네 아빠가 리모컨이랑 같이 챙겨 갔을 거야."

엄마는 감정이 담기지 않은 말투로 중얼거렸다.

하지만 형은 이 시계를 몇 년 동안 차고 다녔다. 형이 배를 타고 떠나고 나서야 내가 차게 되었다. 그 후로 시계는 내 손목에서 떨어진 적이 없었다. 우리는 멀리 떨어져 있지만 시계가 형을 내 곁에, 내 머릿속에 머무르게 해줬다.

시계를 보니 가두 행렬이 지나갈 때까지 10분이 남았고 나는 아직 들를 데가 있었다. 사람들은 꽃 없이 나타나지 않는다. 절대로 그렇게 하지 않는다.

우리 마을은 평범하다. 사전에서 '평범하다'는 단어 밑에는 아주 따분하지만 명예로운 장소의 그림이 있어야 한다. 사실 공군 기지는 이 마을에서 약간의 흥취를 자아내는 유일한 장소이다. 신병들이 주말마다 술에 취해 시끄럽게 굴지 않으면 지역 신문에 실을 기삿거리가 없어질 것이다. 중고품 매매 광고만 잔뜩 실릴 테지.

물론 9·11테러로 쌍둥이 빌딩이 무너지면서 모든 것이 변했다. 비행기 두 대가 충돌했을 때, 우리는 여기서 줄곧 떨었다. 그리고 지금도 여전히 그렇다.

갑자기 군복 입은 사람들이 전보다 늘어났다. 마을에, 병영 근처에, 특히 고스트에. 군대는 전단지를 돌리며 설득하는 방법으로 청년들의 마음을 꿈으로 가득 채웠다. 많은 이들이 귀를 기울이고, 서명을 하고 빡빡머리가 되었다.

마을은 금요일 밤이면 더 조용해졌다. 청년들은 술도 마시지 않고 세상의 다른 편에서 서로 싸웠다. 그러거나 말거나 신문사는 끄떡없었다. 신문 칼럼은 몸이 망가져 돌아온 주민들 이야기로 가득했다. 어떤 사람들은 아예 집으로 돌아오지도 못했다.

모든 것이 변했다. 공군 기지는 더 이상 마을의 골칫거리라기보다는 신성한 곳이 되다시피 했다. 그리고 모든 주민들에게 폭탄에 희생당한 군인의 시신이 도착할 때마다 가두 행진을 해야만 한다는 목표 의식을 심어 주었다. 관 속에 조각난 시신이 들었거나 관이 비었다는 사실은 국기가 덮어 버렸다.

모든 주민이 밖으로 나오는 탓에 거리는 언제나 북적거렸다. 사람들은 어디에서나 왔고, 심지어 남쪽에서도 왔다.

꽃집 주인은 더 큰 가게로 옮겨야 했고, 장의사는 영구차를 두 배로 늘렸다. 주유소에서도 유행에 한참 뒤떨어진 싸구려 꽃다발을 직접 만들어 팔기 시작했다. 하지만 그 꽃다발은 주유소 앞마당에서 시들어 갔다. 값이 싸다고 잘 팔리는 게 아니었다.

나는 하얀 장미를 한 다발 들고 발을 동동 구르며 줄을 서서 기다렸다. 내가 언제나 하얀 장미를 선택한 건 미신 때문이다.

"아주 잘 골랐구나, 소니. 정말 우아하다."

모건 아줌마가 나를 보고 웃었다.

나는 아줌마 손에 돈을 아무렇게나 올려놓고, 내 뒤에 줄지어 기다리는 사람들을 헤집고 나왔다. 트럼펫이 울리기 전에 가로등 기둥 위로 올라가야 했다.

인파를 헤치며 걷는 데 평소보다 시간이 더 걸렸다. 군인 두 명이 오늘 집으로 돌아온다. 시장 앞에는 스코틀랜드에서 온 버스들이 줄지어 섰다. 모든 주민들이 그들을 맞으러 나왔다. 그렇지만 나 때문에 짜증내는 사람은 아무도 없었다. 다들 내가 늘 있는 곳이 어딘지 알았다. 나는 가로등 기둥에 양발을 딱 붙이고 버둥거리며 기어 올라가서 균형을 잡았다. 그러고는 가시가 손바닥을 찌르거나 말거나 바지 뒷주머니에서 꽃다발을 꺼내 들었다.

언제나 그렇듯 시계 종소리가 들리고 트럼펫이 울리고 곧이어 영구차들이 느릿느릿 나타났다. 언제나 이 순간이면 꼭 죽을 것만 같았다. 끔찍한 공포로 숨이 멎고 머릿속이 짓이겨지는 것 같았다.

'저건 형일 수도 있어. 우리 형 잼미 말이야. 형의 전화와 문 두드리는 소리가 벌써부터 그리운 것 같아.'

'내가 어떻게 엄마나 다른 사람들을 똑바로 쳐다볼 수 있겠어. 내가 군에 지원하기를, 형 같은 사람이 되기를 바라는 줄 뻔히 아는데 말이야.'

'나는 저 사람들을 실망시킬 뿐이야. 하지만 난 형처럼 되기엔 턱없이 부족한걸.'

사람들 속에 있는 엄마를 찾아보았다. 똑같은 표정을 한 사람들이 너무 많다. 그래도 칼같이 다린 검은 정장을 입고 정확히 스무 개의 핀을 꽂아 머리를 뒤로 넘긴 엄마를 떠올릴 수 있었다. 나는 이따금씩 그 머리핀이 엄마의 유일한 버팀목이 아닌가 싶다.

엄마는 눈으로 사람들 사이를 샅샅이 뒤지며 나를 찾을 것이다. 저 여기 있거든요. 그래도 되죠? 가끔씩 엄마가 나를 제대로 본 적이 한 번도 없다는 생각을 하곤 했다. 나는 유리로 만들어진 사람이 아니다. 엄마가 나한테 기회만 준다면 형 없이도 그럭저럭 살아갈 수 있다.

계속 짜증이 나지는 않았다. 운 좋게도 그럴 필요가 없었다. 누군가 내 눈에 들어왔기 때문이다. 그리고 그 순간에는 아무것도 중요하지 않았다. 그 애도 나를 보았으니까. 우리는 찌푸린 이맛살을 폈다. 수백 명의 사람들이 우리를 갈라놓았고 보안 장벽 때문에 서로 다가갈 수도 없었지만 그걸로 충분했다. 충분해야 했다.

영구차 창문으로 보이는 화환이 내 시선을 다시 거리로 끌어내렸다.

대니
우리의 아들
아이들의 아빠

화환에 적힌 이름을 보고서야 간신히 숨을 쉴 수 있었다. 나는 영구차 위로 꽃다발을 떨어뜨리며 눈물을 흘렸다.

지난 5주 동안, 나는 절대 저 양귀비꽃(영국에서 양귀비꽃은 전사자를 상징한다) 사이에서 우리 형의 이름을 보게 되지 않기를 빌었다. 하지만 몇 주가 지나자 이따금 다른 것을 기도하기도 했다.

소니

어쩌면 인파 속에 있는 그 여자애가 누군지 궁금할 수도 있겠다. 그건 내가 바라던 바다. 캐머런 톰슨에 대해서라면 나는 온종일 떠들 수도 있다. 하지만 캐머런을 생각하면 어쩔 수 없이 우리 형과 형이 만든 계명이 떠오른다.

'네 친구의 여동생과 놀아나지 마.'

이 계명을 지키기란 도둑질보다 어렵다는 걸 증명해 보겠다.

첫째, 호르몬이 작용하면 예루살렘에서도, 모세 앞에서도 이 계명을 지킬 수 없다. 둘째, 이 계명은 명백히 토모 형의 여동생 캐머런을 겨냥한 것이다. 토모 형 말고 여동생이 있는 사람은 위기뿐이다. 위기의 여동생 티나나 다른 여자애들을 무시해서가 아니다. 하지만 티나는…… 풍만하다. 너무나 풍만해서 브래지어 끈 밑에 질식 위험을 경고하는 자국이 문신처럼 새겨졌다.

오해하지 마라. 티나는 근사한 애다. 가슴도 커다랗고 정말이지 모든 것이 커다랗다. 하지만 티나는 나한테 관심이 없다. 솔직히 그게 어찌나 다행이고 또 다행인지. 나 역시 전혀 관심 없으니.

반면 캐머런은…… 음, 설명할 수가 없다. 캐머런은 캐머런일 뿐이다.

멍청하고 예쁘고 거칠고 변덕스러운 모순 덩어리. 뻔뻔하고 싸움을 일삼는다는 점에서 고스트에 살아 보지 않은 사람들은 캐머런을 전형적인 고스트 출신 여자애라고 할 것이다. 하지만 실제로 캐머런을 본다면, '정말로' 캐머런을 본다면, 캐머런이 절대로 먼저 시비를 걸지 않는다는 사실을 알게 될 거다. 그래, 궁지에 몰리면 맞서 싸우긴 할 거다. 사실 마을 서쪽에 사는 웬만한 남자애들보다 캐머런의 주먹이 더 매우니까. 하지만 캐머런이 먼저 주먹을 내지르는 모습은 절대로 볼 수 없다. 되받아치는 모습이나 겨우 볼 수 있을까.

캐머런이 내 마음 속에 바위처럼 단단히 자리잡은 이유 가운데 '하나'가 바로 그것이다. 하지만 그것만이 전부는 아니다.

내 말은 캐머런이 딱 내 스타일이라는 얘기다. 캐머런은 키가 크지만 깡마르진 않고 모든 것이 있어야 할 곳에 있다. 하지만 내가 아는 다른 여자애들이 하는 것처럼 그 점을 과시하는 일은 하지 않는다.

기본적으로 캐머런은 나와 완전히 다른 아이다. 나는 언제나 캐머런이 나보다 한 수 위라고 생각한다. 내가 그림즈비 타운(영국 그림즈비를 연고지로 하는 축구팀. 5부 리그에 속해 있다)이라면 캐머런은 맨체스터 유나이티드(영국 그레이터맨체스터를 연고지로 하는 축구팀. 1부 리그 최다 우승팀이다)다. 우리 중 누군가 캐머런 옆에 설 수 있다면, 그건 바로 우리 형이다.

바로 그 점 때문에 내 머릿속은 엉망진창이 되었다. 물론 아무도 이 사실을 모른다. 위기도, 히치도, 데니스도 모른다. 우리 형이나 토모 형은 특히 모른다. 아직은 알려지지 않았지만, 두 사람에게 전해지는 데는 그리 오랜 시간이 걸리지 않을 것이다. 고스트의 소문은 쉽사리 아프가니스탄에 전해진다. 진짜다.

우리 형과 토모 형이 소문을 듣는다면 누가 더 크게 화를 낼지 생각해 봤다. 어쨌든 캐머런의 오빠니까 토모 형일지도 모르겠다. 하지만 그 규칙은 우리 형이 만든 거니까, 형은 자기 권위를 지키려고 할 것이다.

나는 그 문제에 대해 잠시 생각하다가 포기했다. 계약서 같은 데 서명한 것도 아니고, 형의 계명을 추종해 온 것도 아니다. 이런 일은 시시때때로 일어난다. 그리고 이런 일이 생기면? 글쎄, 받아들여야 하지 않을까?

캐머런과 토모 형은 복잡한 처지라고 알려졌다. 하지만 실제로는 그렇지 않다. 처지가 복잡한 게 아니라 아빠를 수치스러워할 뿐이다. 래리 아저씨는 수치스럽게도 늘 술에 취했고, 수치스럽게도 밤이 깊어지면 맥주병을 들지 못했다. 대신 주먹을 쥐어야 했기 때문이다. 아저씨는 자신이 사랑해야 할 사람들을 다 두들겨 팬 다음에야 주먹을 폈다.

래리 아저씨의 성난 얼굴을 볼 때면, 아빠가 없어서 다행이다 싶었다. 우리 아빠도 나를 실망시킬 게 뻔하니까. 우리는 아저씨가 지난 몇 년 동안 무슨 짓을 했는지 안다. 어떤 식으로 술에 지배당했는지, 어떤 식으로 가족을 지배했는지 말이다. 하지만 우리가 할 수 있는 일은 아무것도 없었다. 가족 중 누군가 진술하지 않으면 경찰은 관심을 갖지 않는다. 만약 관심을 보인다 한들 폭력이 뒤따를 걸 알고도 진술할 수 있을까? 글쎄, 그럴 일은 절대로 없을 것 같다.

나는 토모 형이 래리 아저씨 때문에 입대한 게 아닐까 싶었다. 토모 형은 전에 군대 이야기를 꺼낸 적이 없었다. 아무래도 매질을 너무 당한 것 같다. 그렇다고 두려움 때문에 입대했다는 소리는 아니다. 토모 형은 자기 아버지를 무서워하지 않았다. 걸핏하면 가족을 위해 자기가 대신 희생하곤 했으니까. 토모 형의 눈자위가 검게 멍들고 입술이 터졌으면 그건 아줌마와 캐머런이 아저씨한테서 멀리 떨어져 있었다는 뜻이었다. 아니다. 토모 형이 우리 형을 따라나선 건 감정이 폭발해서 멍청한 아저씨를 병원에 처넣으려 했던 일 때문인지도 모르겠다. 토모 형이 진짜로 그렇게 했다면? 글쎄, 아저씨는 아무렇지도 않게 999(우리나라의 112와 119에 해당하는 긴급 전화 번호)에 전화했을 것이다.

토모 형이 아프가니스탄으로 가고 나니 캐머런이 신경 쓰였다. 캐머런이 내 여동생이라면 나는 절대로 떠나지 않았을 것이다. 캐머런을 사선에 남겨 두지 않았을 것이다.

토모 형도 나름대로 이유는 있었다. 형은 건강했고 우리처럼 괴짜였다. 토모 형이 우리 곁을 떠나던 날, 나는 형의 얼굴을 보았다. 다른 군인들은 다시 돌아올 수 있을까 하는 두려움에 휩싸여 제정신들이 아니었다. 토모 형의 마음도 다르지 않았을 것이다. 그런데도 아무 말 없이 캐머런을 껴안고 다독이는 모습이라니. 그건 내가 알아야 할 일, 해야 할 일을 알려 주는 모습이었다.

사람들이 이 이야기를 들으면 어떻게 생각할지 안다. 내가 캐머런의 처지를 이용해 우리 관계를 발전시켰다고 생각하겠지. 하지만 그건 아니다. 나는 형들이 떠난 첫 주에 캐머런에게 문자 메시지 몇 개를 보냈다.

어떻게 지내?

무거울 것도 없는 간단한 답장이 왔다.

잘 지내. 문제없어.

그러고는 2주일 하고도 절반쯤 지나서 문 두드리는 소리와 함께 모든 것이 바뀌었다. 내가 횡설수설하더라도 잘 들어 주길 바란다.

그때가 언제였는지는 정확히 기억한다. 형들이 떠난 지 18일째 되는 날이었다. 수요일이었고 오후 3시였다.

나는 오래 달린 것은 아니었지만 무더위 속을 달린 터라 몸에서 열이 났다. 머리를 맑게 하고 건강을 지키려고 달린 게 아니라, 달리기를 멈추면 잡다한 생각에 치일 것 같아서 달렸다. 이유야 무엇이건 나는 땀을 흘렸다. 셔츠를 벗은 채 콜라를 들고 텔레비전 앞에 털썩 주저앉아 볼 만한 무언가를 찾을 때였다. 문 두드리는 소리에 짜증이 치밀었지만 오래가진 않았다. 불투명 유리 너머에 누가 왔는지 본 순간 짜증은 사라져 버렸다.

"들어가도 되니?"

문이 다 열리기도 전에 캐머런이 말했다. 내가 가슴 근육을 부풀리고 배를 집어넣을 틈도 없이 말이다.

"당연하지."

나는 겨드랑이에서 땀 냄새가 나는지 맡아 보고 싶은 마음을 애써 누르며 말했다.

"불쑥 찾아와서 미안해."

캐머런이 고개를 들어 나를 보았다.

두 뺨과 두 눈이 빨갛고 조끼를 입은 가슴께가 얼룩덜룩했다. 곧장 래리 아저씨가 떠올랐고, 그 얼굴을 짓이겨 놓고 싶었다.

"무슨 일이야? 너희 아빠 짓이지? 아저씨가 그랬지?"

의자에 앉으라고 했지만 캐머런은 앉으려 하지 않았다.

나는 휴대전화를 뒤져 데니스의 번호를 찾았다. 데니스는 우리 중에 가장 덩치가 커서 힘든 일이 생기면 기대고 싶은 사람이다.

"아빠 때문이 아니야. 아빠는 며칠째 보지도 못했는걸. 우리 아빠야 늘 그렇잖아. 한 1주일 잠적했다가 아무 일 없었다는 듯 불쑥 나타나고. 우리 아빠가 맥주잔에 되도록 오래 코를 박을수록 나야 더 좋지."

"그럼 무슨 일이 있었던 거야? 무슨 일이냐고?"

캐머런이 울먹거렸다. 불쌍해 보이지는 않았다. 캐머런은 절대 불쌍해 보이지 않는다.

"텔레비전을 봤어. 뉴스 말이야. 오빠가 군대에 간 뒤로 텔레비전을 끈 적이 거의 없어. 온종일 켜둬. 뉴스에선 늘 폭탄이 터지고 총격이 있었다고 해. 뉴스를 끄고 집을 나오고 싶어, 소니. 하지만 그럴 수 없어. 뉴스를 켜두면 잠깐이라도 오빠를 볼 수 있을 것 같고, 그럼 행복할 것 같다는 생각이 자꾸 들거든. 하지만 오빤 절대 뉴스에 나오지 않아. 지금 또 다른 폭발이 있었대. 하나가 터지니까 다른 것들도 터졌대. 정말 끔찍한 건, 뉴스에서 거기가 어딘지 말해 줬는데 우리 오빠랑 잼미 오빠가 간 데랑 같은 곳인지 아닌지 모르겠다는 거야."

캐머런은 말을 더 잇지 못했다. 그저 흔들리는 눈빛으로 나를 바라볼 뿐이었다. 캐머런은 카펫 위로 뚝뚝 떨어지는 눈물을 닦을 생각조차 못할 만큼 두려워했다.

나는 어떻게 해야 할지 알 수가 없었다. 캐머런을 껴안아 진정시키고 혼자서 뉴스를 봐야 하나? 하지만 여러 가지 다른 이유로 어떤 행동도 할 엄두를 내지 못했다. 그래도 뭐라도 해야 했기에 뉴스 24가 나올 때까지 리모컨을 꾹꾹 눌러 댔다.

카메라가 구름처럼 피어오른 시커먼 연기 덩어리를 계속 비추는 바람에 신경이 곤두섰다. 그 장면은 우리 형과 토모 형이 떠난 뒤로 내가 뉴스를 보지 않았던 까닭을 함축해서 보여 주었다. 텔레비전에 그런 이야기가 나온 것도 아닌데 머릿속에서 나쁜 시나리오들이 좌르르 펼쳐졌다.

나는 같은 일을 겪는 고스트의 다른 사람들을 떠올렸다. 헬만드(아프가니스탄 남부에 있는 주)로 떠나는 남편을 보며 우리보다 조금 더 나이든 어린 엄마들은 절규하고 아이들은 울음을 터트렸다. 그 엄마들이 어떻게 아이를 달랬는지 나한테 말해 주었다. 아빠가 멀리 떠난 동안 날마다 꺼내 먹을 단것들로 가득한 항아리. 그 항아리는 언제쯤 빌까? 그때쯤이면 아이 아빠들이 집으로 돌아올까?

참 간단한 해결책이다. 내가 열 살쯤 어려지고 백 배쯤 순수해졌으면 하고 바라게 만드는.

그 영상은 분명히 캐머런을 괴롭혔다. 캐머런은 눈도 깜빡이지 않고 화면을 노려보았다. 앵커가 폭격 당한 군인 가족에게 그 소식이 전해졌다고 말했을 때도 아무런 반응을 보이지 않았다. 그저 주머니에서 휴대전화를 꺼내 키패드를 툭툭 누르더니 귀에 가져다 댈 뿐이었다.

"엄마? 전화 온 데 없었어요?"

나한테 이야기할 때보다 더 차분한 목소리였다.

캐머런은 전화를 끊더니 숨을 크게 내쉬며 소파 위에 털썩 주저앉았다. 아줌마한테 전화가 오지는 않은 모양이었다. 나는 곧장 내 휴대전화를 확인했다. 엄마 전화를 놓치지는 않은 듯했다.

"나는 뉴스에서 왜 가족들에게 소식을 전했다는 이야기를 하는지 그동안 정말 이해할 수가 없었어. 하지만 지금은 이해해. 나 같은 멍청이들은 온종일 멍하니 텔레비전만 쳐다보거든."

캐머런은 말을 제대로 잇지 못했다. 자신한테 화가 난 것 같았다. 나는 그것을 용납할 수 없었다.

"너한테 좀 너그러워져야 해. 쉽지 않다는 건 나도 알아."

"하지만 못 견디겠어, 소니. 신문 가판대를 지날 때마다 온갖 신문의 모든 지면을 샅샅이 훑게 돼. 내가 뭔가를 놓쳤을 수도 있잖아. 가게에 텔레비전이 있었다면 뉴스가 다시 시작될 때까지 보았을 거야."

"이해해. 나도 그러니까. 그렇지만 걱정하지 않으려고 노력해야 해. 우리 형이랑 토모 형이 서로 잘 돌본다고 믿는 수밖에 없어. 달리 우리가 할 수 있는 일은 없는 것 같아."

공포에 질렸던 캐머런의 표정이 조금 누그러지는 것 같았다. 하지만 오래가지는 않았다.

"잼미 오빠 이름을 인터넷에서 검색해 본 적 있어? 텔레비전 뉴스에 나오기 전에 인터넷에 먼저 유출될 수도 있잖아. 나도 그만하고 싶어. 하지만……."

"캐머런!"

나는 캐머런의 말을 막은 뒤, 목소리를 누그러뜨렸다.

"괜찮아. 이해해."

나는 정말로 캐머런을 이해했지만, 그 애를 편하게 해줄 방법은 알지 못했다. 그래서 늘 하던 대로, 떠오른 대로 말했다.

"우릴 봐. 우리 모두를. 그리고 여기서 겪었던 힘든 일들을 생각해 봐. 그래, 쉽지 않았지. 하지만 우린 여전히 멀쩡하잖아. 그러니까 형들도 괜찮을 거라고 생각해. 거기에 총이 널렸다면 여기엔 칼이 널렸어. 하지만 우린 칼에 찔리지 않았잖아, 그치? 우리가 괜찮다면 형들도 괜찮을 거야."

나는 농담을 하면서 내 어깨와 캐머런의 어깨 사이를 가로지르는 가상의 칼날을 매만졌다. 캐머런의 피부에 손이 닿자 전기가 오르는 것 같았다. 캐머런이 움찔하지 않아서 더 짜릿했다. 손을 떼지 않고 그대로 부드럽게 쥐었더니, 몇 주 만에 처음으로 형이 머릿속에서 지워졌다.

"우린 괜찮아, 그렇지?"

캐머런이 물었다. 눈 주위로 화장이 얼룩진 모습이 더더욱 매력적이었다. 용기가 솟았다. 왜 그랬는지 모르겠지만, 캐머런 옆에 있으니 천하무적이 된 것 같았다.

"넌 어때? 난 괜찮은 것 같아."

그게 다였다. 우리 사이의 거리는 사라졌다. 내가 달려들거나 그 상황을 이용한 게 아니었다. 어쩌다 보니 그렇게 되었을 뿐이다. 그렇게 되고, 또 그렇게 되었다. 뉴스 화면이 사라졌다. 적어도 그 순간은 우리 형과 토모 형도 고개를 돌렸던 셈이다.

하지만 규칙을 깨는 건 썩 기분 좋은 일은 아니었다.

소니

우리만큼 고스트를 잘 아는 사람은 없다. 우리는 괴짜들이기 때문이다.

그것은 우리가 스스로 입에 올리거나 어디든 퍼뜨릴 수 있는 이름은 아니다.

우리는 패거리가 아닌데, 사실 그 점이 중요하다. 우리는 결코 패거리가 아니다. 오히려 패거리를 싫어한다.

고스트에서 살아가는 법에 대해 안다고 이야기하는 사람들은 살아남기 위해 머릿속에 넣어 둬야 할 게 딱 하나 있다고 말한다.

'고스트에 속하나, 속하지 않나?'

그걸 알아야 살아갈 준비가 된 거라고 말한다.

하지만 우리는 다르게 생각했다. 우리는 날마다 그 이론을 날려 버렸다. 그리고 그건 대부분 우리 형 책임이었다.

형은 고스트를 이해했고, 어떻게 다뤄야 하는지 알았다.

'자기 능력 밖의 일에 허둥대지 않도록 무슨 일이든 충분한 거리를 두고 개입하라.'

그렇게 해서 십계명이 생겨났다.

나는 형의 말이나 십계명에 귀 기울이지 않았다. 형의 모든 것에 부응할 수가 없었다.

형은 나보다 키가 크다. 어깨도 넓고, 금발이고, 잘생기고, 성격도 밝고, 똑똑해서—그게 명백히 다른 점이다—잠깐이라도 같이 있으면 나는 그 거대한 그림자에 가려지고 만다. 우리의 닮은 점을 애써 찾으려 하지 마라. 나를 더 깎아내릴 필요는 없다. 지금 상황만으로도 충분히 꿀리니까.

그렇다고 형이 언제나 그렇게 잘난 건 아니었다. 창의적인 일에는 약했다. 그게 나보다 고스트를 더 잘 아는 사람이 아무도 없는 이유다. 나는 늘 숨을 곳이 필요했으니까.

우리가 승합차에서 물건을 훔친 다음 날, 몸을 숨겨야 할 사람은 나만이 아니었다. 우리 모두였다. '이 쓰레기 같은 녀석들을 본 적 있나요?' 하고 묻는 포스터가 거리마다 나붙었다.

나는 그것, 그러니까 포스터를 보고 깜짝 놀랐다. 그건 목격자들이 나서서 신고하도록 독려하는 범죄 예방 단체의 포스터였다. 고스트에서 목격자가 나서는 일은 아주 드물다. 그러나 불법 거래에 대해 제보하라고 권유하는 포스터가 계속 나붙는다면, 우리는 거리에서 강제로 끌려가는 신세가 되고 말 것이다. 정말이다.

어떤 이유에선지 우리의 범죄가 당국의 관심을 끈 것 같다. 어쩌면 팻 베리 도매상에서 경찰에 뇌물을 슬쩍 찔러준 것일지도 모른다. 어느 쪽이든 우리는 밖에 나갈 때마다 승합차를 털었던 일을 떠올리게 되었다.

그래서 결국 어떻게 됐냐고? 음, 나는 피해망상에 시달리기 시작했다. 누군가 포스터에 적힌 인상착의를 보고 우리 중 한 사람을 떠올리는 건 시간문제겠지만, 그런 일을 당할 수는 없었다. 내가 가져온 물건들을 돌려줄 수도 없었다. 돈은 이미 신나게 써버렸다. 나는 형의 규칙들 가운데서도 가장 중요한 규칙을 어겼던 것이다.

'훔친 물건을 고스트에서 팔지 마. 그곳에서 사고팔면 안 돼.'

간단한 규칙이었지만 나는 물건을 훔치자마자 곧장 그 규칙을 깨버렸다. 내 몫으로 챙긴 물건을 다른 데서 팔 시간이 없었기 때문이다. 가두 행진에 가져갈 꽃이 필요했으니까. 어쨌거나 나는 형을 위해서 그 짓을 했다. 또 내가 사람들이 생각하듯 쓸모없는 녀석이 아니라는 걸 증명하기 위해서.

하지만 나는 쓸모없는 녀석이 틀림없다. 팔면 안 되는 곳에서 팔았으니까. 그래서 결국 고스트의 온갖 골목과 계단으로 숨어 다니며 그 대가를 치르게 되었다.

아직 달아날 필요는 없었다. 범인이 확실히 나라는 걸 아는 사람은 아무도 없으니까. 하지만 쿠다 패거리는 구체적인 증거 따위로 골머리를 썩이지 않았다. 실제로 고스트에서 범죄가 벌어졌을 때 필요한 건 소문뿐이다.

언제 경찰과 맞닥뜨릴지 모른다는 생각과 경찰이 수사망을 조여 온다는 강박에 휩싸인 나는 잔뜩 겁에 질려 아이들을 불러 모았다. 형이라면 나처럼 겁먹지 않았을 텐데 말이다.

녀석들은 형의 규칙에 따라 고스트 밖에서 전리품을 처리해 주머니를 채웠을 거라고 생각했다. 그런데 위기에게 문을 열어 주었을 때 녀석들은 훔친 물건을 내다 팔 필요가 전혀 없었을지도 모른다는 생각이 들었다.

위기는 골초다. 내가 본 엄청난 골초 가운데 하나다. 몇 초에 한 개비를 태울 정도다. 그게 위기한테 영화배우 같은 분위기를 더해 주는지도 모르겠다. 나는 평생 동안 위기와 알고 지냈다. 하지만 위기가 담배를 입에 물지 않은 적이 한 번이라도 있었는지 기억이 나지 않는다. 위기는 그 순간에도 셔츠 주머니에 담배 한 갑을 집어넣은 채 한 개비는 뻑뻑 피워 대면서 집 안으로 들어섰다.

데니스는 술에 더 관심이 많다. 녀석은 술을 사랑한다. 술병이 든 봉투를 들고 벤치에 앉아 있을 정도는 아니지만 말이다. 우리는 그런 사람들을 볼 만큼 봤고, 우리들 가족 중에도 술독에 빠져 지내는 사람이 많다. 내 말은 파티에 시동을 걸어야 할 때 앞장서서 쭉쭉 들이키는 사람이 데니스라는 소리다.

그래도 오늘은 네 개짜리 맥주 한 팩을 들고 나타나지는 않았다. 내가 보낸 문자를 보고 파티를 열 만한 상황이 아니라는 걸 눈치챘나 보다.

"무슨 일이야?"

데니스가 현관문만 한 몸으로 걸어 들어오며 물었다.

"5분만 있다 말해 줄게. 히치를 기다려야지."

데니스가 긴 한숨을 내쉬었다.

"그럼 5분 넘게 기다려야겠네."

데니스 얼굴에 '역시 맥주를 가져올걸.' 하는 표정이 어렸다.

히치는 음…… 우리 중에서도 유독 괴짜다. 데니스처럼 히치도 누군가 술을 건네면 마시긴 하지만 잔뜩 취하진 않았다. 히치가 숨은 술꾼인지 아닌지는 모르겠다. 히치는 자신을 잘 드러내지 않는다. 우리가 농담을 주고받으면 손가락질하며 따라 웃긴 한다. 하지만 좀처럼 대화에 끼어들진 않는다.

우리가 괴짜인 건 집안 형편과 관계가 있다고 생각한다. 우리 중에 모범이 될 만한 집안 출신은 한 명도 없다. 부모님이 모두 계신 집이라도 둘 중 한 분이 술주정뱅이거나 망신거리다. 그런데 히치가 어떤 처지인지는 우리 중 누구도 제대로 알지 못했다.

우리가 더 어렸던 몇 해 전, 나는 히치에게 물었다.

"너 진짜 누구랑 사는 거야?"

히치는 손톱을 잘근잘근 깨물며 대답했다.

"아줌마랑 살아."

"엄마 쪽 친척, 아니면 아빠 쪽 친척?"

"둘 다 아냐."

"그럼 어떤 분인데?"

"나도 몰라. 그냥 아줌마야."

"가족이 다 아는 분?"

"비슷해. 복잡하지."

히치를 압축해서 보여 주는 대화다. 히치는 복잡하면서도 단순했다.

모든 일이 시작될 때, 히치는 거기 있다. 음, 있긴 있다. 히치는 내가 기억하는 것보다 더 많은 어려움을 견디도록 도와주었다. 그리고 우리 형이 알 필요가 없는 자잘한 것까지 형에게 일러바친 적도 있다.

우리는 히치네 집에서 어떤 일이 벌어지든 그대로 받아들여야 한다는 사실을 곧 깨달았다. 우리는 히치가 어른의 보살핌을 거의 받지 못하고 지내온 것이 아닌가 의심했다. 확실한 건 히치가 열일곱 번째 생일을 맞은 날, 아줌마가 낡아빠진 아파트에 히치만 남겨 두고 떠났다는 사실이다. 히치가 포테이토칩 한 봉지를 허겁지겁 먹어 치우는 모습을 본 것만도 여러 번이다. 나는 그 모습을 보면서 히치가 마지막으로 음식을 먹은 게 언제인지 궁금했다. 히치는 수수께끼 같은 아이였다. 늘 나타났다 사라졌다 했다. 그런데 우리 형과 토모 형이 전쟁터로 떠난 뒤로는 잘 나타나지도 않았다.

느릿느릿 15분이 지난 뒤 위기가 한숨을 내쉬었다.

"전화해 봐."

"벌써 했어. 그것도 두 번이나."

"건방진 자식."

데니스도 초조해 했다. 초인종이 울렸을 때 우리는 폭죽을 터트릴 뻔했다. 하지만 내가 캐머런을 데리고 돌아왔을 때에도 데니스 가 기뻐했다고는 말 못하겠다. 그래도 위기는 여느 때처럼 농담을 했다.

"머리에 무슨 짓을 한 거야, 히치?"

"웃기시네, 네 머리나 신경 써."

캐머런은 아이들 쪽으로 가방을 흔들어 대며 깔깔 웃었다.

내가 '나 아직 애들한테 얘기 못했어.'라는 눈빛을 캐머런에게 보내자, 녀석들은 당황한 듯 보였다.

"도대체 무슨 일이야, 소니?"

"히치를 기다려야 해."

"히치는 안 와, 안 그래? 늘 그렇듯 곯아떨어져 있을걸. 그러니 까 어서 말해 봐."

"10분만 더……."

"당장 말해!"

데니스가 햇빛을 완전히 가리며 일어섰다. 더는 시간을 끌 수 없 었다.

"음, 우리한테 문제가 좀 있어. 아니, 문제가 좀 있었지. 이제 내 가 해결책을 찾았거든. 그래서 캐머런이 여기 있는 거고."

나는 더듬더듬 말을 이어갔다.

녀석들이 나를 빤히 쳐다보더니 캐머런을 보고 또다시 나를 봤 다. 캐머런의 가방에서 이발 가위가 나오는 걸 본 순간, 녀석들 가 슴이 덜컥 내려앉는 게 그대로 느껴졌다.

위기가 별명과는 거리가 멀어 보이는 머리를 손가락으로 벅벅 문질렀다.

"좀 근사하게 자를 순 없었어? 바리캉으로 잔털까지 싹 밀 필요는 없었잖아."

캐머런은 자른 머리카락을 입으로 훅훅 불어 버리고는 나를 가리키며 말했다.

"나 말고 보스한테 말해."

"머리카락은 다시 자라, 꼬맹아."

"그리 빨리 자라진 않아. 가을쯤 돼야 한다는 거 너도 잘 알잖아. 주말쯤엔 감기에 걸릴 거야."

위기가 투덜거렸다.

"경찰한테 체포당해서 유치장에 있는 게 훨씬 더 추울걸. 그러니까 불평 그만해."

위기는 부루퉁하게 담배를 피워 물고는 아직 붙잡히기에는 너무 이르다고 지껄여 댔다.

반면 데니스는 결과가 마음에 들었는지 캐머런이 잘라 준 모히칸 스타일 머리를 손으로 쓱쓱 문질렀다. 경찰이 우리에 대해 알지도 모른다고 말했을 때 화내던 모습과는 확연히 달랐다. 만일 데니스가 우리 형에게 나를 지켜 주겠다고 약속하지 않았다면, 나는 며칠 동안 바닥에 흩어진 내 이빨을 주웠을 거다.

데니스의 새 '지느러미'는 삐뚤빼뚤하고 들쭉날쭉했다. 하지만 데니스는 키가 엄청나게 커서 아무도 그 사실을 알아차리지 못할 것이다.

"깔끔하네."

데니스가 캐머런에게 윙크하는 걸 본 순간, 질투로 마음이 덜컹거렸다.

나도 썩 멋있어 보이진 않았다. 머리 둘레에 비닐 봉투를 대고 부엌 의자에 앉았으니 어쩔 수 없지만 말이다.

"이 비닐 봉투 벗어도 돼?"

나는 살면서 머리에 신경을 써본 적이 없었다. 하지만 갑자기 내 머리를 봐야겠다는 생각이 들었다. 나는 캐머런에게 이제 그만하자고 했다.

캐머런은 시계를 확인하더니 고개를 끄덕였다.

"괜찮을 거야. 제대로 헹궜는지 꼭 확인해."

나는 캐머런이 고함치는 소리를 들으며 화장실로 부리나케 달려갔다.

"수건에 묻지 않게 조심해. 수건을 엉망으로 만들면 아줌마가 널 걷어찰지도 몰라."

나는 캐머런이 시키는 대로 욕조에 고개를 처박고 맑은 물이 나올 때까지 머리를 감았다. 그러고는 거울에 비친 내 모습을 본 순간, 깜짝 놀란 나머지 외마디 비명밖에 안 나왔다. 아이들도 내 모습을 보자마자 모두 나처럼 비명을 질렀다.

"잼미!"

아이들이 거의 동시에 말했다.

"빌어먹을! 난 우리 형이랑 하나도 안 닮았어."

"쏙 빼닮았는데."

위기가 낄낄거렸다.

하지만 정말로 나를 괴롭힌 건 캐머런의 반응이었다. 캐머런은 단 한 마디도 하지 않았다. 그저 내게 걸어와 손으로 내 머리를 쓸어내렸을 뿐이다. 단순한 동작이었지만, 위기와 데니스는 그 모습이 재미있다는 듯 서로를 쳐다보았다.

캐머런의 행동으로 우리 사이가 드러날 수도 있다는 점을 더 걱정해야 했는지 모른다. 하지만 나는 신경 쓰지 않았다. 질투로 가득 찬 내 머릿속에 떠오른 질문은 딱 하나였다. 캐머런은 누구 머리를 쓰다듬는다고 생각했을까? 내 머리일까? 아니면 형 머리일까?

잼미

헬기가 왼쪽으로 기울어 날기 시작하면서 내 배짱도 날아가 버렸다. 두 눈에 부딪쳐 오는 석양을 무시하려 했지만 그럴 수가 없었다.

열 시간이나 엄호 사격을 한 터라 나는 몹시 지쳐 있었다. 기울어 가는 해가 마치 강아지처럼 내 몸을 구석구석 핥아 댔다.

금방이라도 자리에서 미끄러질 것만 같은 상황에서 음료 튜브를 세게 빨아 대며, 우리가 처음 도착했을 때 소대장이 한 말을 떠올렸다.

"되도록 수분을 많이 섭취해라, 제군들. 첫 주에 탈수증으로 쓰러지는 사람은 나한테 해명해야 할 거다."

그때는 무슨 뜻인지 알지도 못한 채 고개를 끄덕였지만 지금은 정확히 안다. 하지만 토모한테는 뒤늦은 깨달음이었다. 옆에서 풍기는 냄새로 짐작건대 녀석은 여기 도착한 지 여섯 시간 만에 세균에 감염되었고 지금도 여전히 아프다.

내가 배낭에서 전해질 수액을 꺼내 건네자 토모가 끙 소리를 내며 받아들었다.

"친구야, 불평하지 마라."

나는 헬기 소리를 뚫고 소리친 뒤 손짓으로 소대장을 가리켰다.

'저치한테 네가 힘들어 하는 꼴 보이지 마. 그러기엔 너무 일러.'

토모는 내 뜻을 이해했다.

우리가 기억하는 한 입대 후 가장 오랫동안, 그것도 말없이 대화를 나눈 날이었다. 어쨌거나 토모는 내가 자기를 돌본다는 걸 알았다.

토모가 잔뜩 들떠서 나를 따라 입대 신청을 하던 날, 내가 토모에게 말했다.

"뭐하는 거야? 너까지 낄 필요 없잖아."

토모는 입대가 아니라 실업 수당을 신청한 양 활짝 웃었다.

"장난하냐? 내가 너 혼자 영웅이 되도록 내버려 둘 것 같아? 이 자식, 너 지금 웃는 거냐."

토모는 끝없이 주절거렸다. 녀석은 늘 내가 자신의 책임자라고 생각했다. 내 생각엔 다른 아이들도 그랬다. 위기, 데니스, 히치 그리고 소니조차도. 하지만 그래서는 안 된다.

그 애들은 우리가 가까이해서는 안 되는 많은 것들에 빠져들곤 했다. 딱 하나 아이들과 내가 다른 점은 어떻게든 우리를 위험에서

46

건져내는 건 언제나 나라는 사실이다. 그것이 내가 캐머런과 사귈 궁리를 하면서도 고스트가 아니라 여기 있는 이유다.

나는 토모를 다그쳤다.

"너 바보냐. 나는 선택권이 없어. 그런데 넌? 전쟁 게임도 제대로 못하잖아. 총 들고 뭐 할 거야?"

토모가 다시 웃었다. 나는 녀석이 수만 번은 봤을 눈빛으로 바라보며 물었다.

"확실해? 전부 다 확실하냐고?"

토모는 고개를 마구 끄덕였다.

"넌 날 잘 알잖아. 내 마음이 어떤지 말이야."

"물론 잘 알지."

나를 산 채로 먹어 치우려 드는 이 불안감을 무시한 채 달리 무슨 말을 하겠는가.

다시 지평선 쪽으로 눈길을 돌렸더니, 해가 산 너머로 몸을 숨기면서 붉은 산이 어둠 속으로 사라지는 중이었다. 이 모든 풍경이 얼마나 초현실적인지 현기증이 다 났다. 부디 헬기가 무사히 착륙하기를.

우리에게 행운이 따르고 경찰이 은행털이범에 대한 법을 바꾼다면, 언젠가 우리 여섯 명이 이비사 섬(스페인 동쪽 발레아레스 제도에 있는 섬. 여름철 휴양지로 인기가 많다)으로 여행을 갈 수 있을지도 모른다고 생각한 적이 있다. 하지만 지금 이 상황은? 글쎄, 이건 전혀 내가 의도한 방식이 아니다.

나는 여전히 이륙과 함께 고조된 공포와 흥분에서 빠져나오지 못했다. 소대장이 예전에 기지로 돌아가다 헬기를 잃은 적이 있다고 말했을 때도 전혀 놀라지 않았다.

"착륙할 때까지 다리를 꼬고 있어라. 다른 생각 따위 하지 마. 적어도 앞으로 석 달간은 자기 아랫도리에 대해 생각할 필요가 없을 거다."

소대장이 우리가 헬기에 오를 때 한 말이다. 더는 우습지도 않을 만큼 여러 차례 되풀이해 온 농담이다. 우리는 사람을 난처하게 만드는 삼촌 앞에 선 아이들처럼 신음을 토해 냈다.

하지만 나는 집에 돌아간 자신을 발견하기 전까지, 어느 누구보다도 소대장이 필요할 거란 사실을 그때 알았다. 배운 대로 소대장을 돌보고, 서로를 돌보면 우리에게도 기회가 있을 것이다.

'차이를 만들 기회. 살아남을 기회.'

지휘관들에게서 처음 그 말을 들었을 때 무슨 뜻인지 나는 바로 알아들었다. 나한테는 완전한 형제애 같은 게 있었다. 별 거 아니다. 나는 늘 그래 왔으니까.

기체가 다시 기울면서 시선이 왼쪽으로 쏠렸다. 비로소 전방 작전 기지가 시야에 들어왔다. 무너진 건물들이 보였다. 어떤 건물은 복구할 수 없을 정도로 완전히, 어떤 건물은 일부만 부서졌지만 어느 쪽이나 흉측했다. 여기가 얼마나 위험한 곳인 줄 뻔히 알면서도 피식 웃음이 났다. 어쩐지 고향이 떠올라서였다.

맹렬하게 돌아가는 회전 날개도 내 옆에서 미끄러지듯 발사되는 기관총 소리를 숨기지 못했다. 기관총 사수들이 나 같은 신병을 얼마나 여러 번 이곳에 내려 주었는지는 모르겠지만, 우리보다 더 침착한 것 같지는 않았다. 땅이 가까워질수록 우리 모두는 탈레반과 시체 운반용 가방에 점점 가까워졌다.

나는 그 생각이 자리잡기 전에 얼른 삼켜 버렸다. 그런 일은 일어나지 않을 것이다.

헤드셋에서 흘러나오는 소대장의 목소리가 날카롭게 귓속을 파고들었다.

〔1분 남았다, 제군들. 100미터 앞에 있는 문으로 전력 질주한다. 꿈에서 깨라. 우린 더 이상 관광객이 아니다. 성공하지 못하면 도착의 기쁨도 누리지 못할 거다. 개인 장비를 확인해!〕

탄창을 끼우느라 딸깍거리는 소리가 일제히 울려 퍼졌다. 나는 방탄복이 생명 유지에 필요한 모든 것을 잘 덮었는지 확인한 뒤, 토모도 같은 일을 하는지 확인했다.

토모는 돼지처럼 땀을 흘렸다. 다리를 덜덜 떨고, 무릎을 내 무릎에 부딪쳤다. 나는 분명한 메시지를 담아 토모의 다리를 내 다리로 눌렀다.

'침착해. 숨 쉬어. 침착해.'

아주 잠깐 떨림이 멈췄다가 다시 시작됐다. 이번에는 조금 잦아들기는 했다.

나는 다른 녀석들의 반응을 살펴보았다. 몇몇은 겉으로나마 침착해 보였고, 몇몇은 이를 앙다물고 껌을 질겅거렸다. 오직 기퍼만

이 정말로 집중하는 듯했다. 그는 이라크 전에도 참전한 적이 있고, 여기에도 이미 온 적이 있다.

기퍼는 그야말로 미동조차 하지 않았다. 건암(팔에 끼워서 쓰는 총)을 검은 천으로 느슨하게 감싸는 기퍼의 움직임은 조용하고 침착했다. 왜 그런 행동을 하는지 궁금했다. 미신일까? 아니면 누군가를 애도하는 걸까?

나는 기퍼를 흘끗 쳐다보았다. 왜지? 하지만 그 이유는 나중에 알게 되었다.

기퍼는 있어야 할 곳에만 있었다. 기퍼처럼 많은 여행을 거치고도 살아남으려면 처신을 똑바로 해야 한다. 행운도 따라야 하지만 말이다.

헬기가 착륙하자, 소대장이 한 치의 망설임도 없이 팔을 마구 휘두르며 고함을 쳤다.

〔이동, 이동, 이동하라!〕

JC가 먼저 내렸다. 얼굴에는 투지가 가득했지만 너무 긴장해서 껌까지는 씹지 못했다. 다음에는 카페인 그리고 피, 귀도, 보즈, 슬래셔가 차례로 내렸다.

나도 따라서 발을 끌며 출입구로 다가갔지만, 보이는 것이라고는 먼지와 어둠이 다였다. 곧 토모가 손가락의 정맥이 도드라질 정도로 총을 꽉 움켜쥐고서 내 앞에 나타났다. 토모의 정맥은 헬만드 강(길이가 1,200킬로미터에 이르는 아프가니스탄에서 가장 긴 강)처럼 짙푸른 색이었다.

나는 토모가 겁에 질린 걸 알아챘다. 고개를 숙인 채 어깨를 들썩이는 모습을 보고, 잠깐 동안은 우는 줄 알았다. 지난 15년 동안 토모가 눈물 한 방울이라도 흘리는 꼴을 본 적이 없는데도 말이다.

어쨌거나 지금은 울 때가 아니다. 아직 시작조차 하지 않은 지금은 말이다.

"100미터야! 30초면 돼. 너희 집에서 우리 집까지 오는 거리랑 비슷해. 해내자!"

나는 토모 귀에 대고 외쳤다.

그 말에 집이 떠올라 아드레날린이 솟구쳤는지도 모르겠다. 토모가 앞으로 달려 나갔다. 나는 토모가 먼지구름 속으로 사라지며 고함치는 소리를 듣고 소대장을 힐끗 쳐다보았다. 소대장이 내가 뭘 했는지 봤을까? 토모가 이미 잔뜩 지친 걸 알아챘을까?

그러나 소대장은 소대원들을 안전하게 착륙시키는 데 집중하느라 신경도 쓰지 않았다. 그래서 나도 전력질주를 시작했다. 헬기의 회전 날개가 일으키는 바람에 모래가 날려 한여름 모기떼에 물리는 것처럼 종아리가 따끔거렸다.

거리도, 시간도 아무런 의미가 없었다. 몇 시간을 달렸지만 내가 알아차리지 못했을 수도 있다. 내 머릿속은 온통 얼른 문 안으로 들어가 토모를 찾아야 한다는 생각뿐이었다. 소대장이나 다른 소대원이 먼저 토모를 찾기 전에.

마침내 먼지구름 너머로 희미하게 문이 보였다. 나는 먼지구름을 뚫고 곧장 토모에게 달려가 허리를 앞으로 푹 숙이고는 얼간이처럼 웃어 댔다.

'마음 단단히 먹어, 알았지?'

하지만 그 말을 입 밖으로 뱉지는 않았다. 대신 토모의 배낭을 철썩 때리고, 음료 튜브를 힘껏 빨았다.

작은 발걸음이었다. 한 200걸음쯤 되었을 거다. 그러나 그게 시작이었다. 우리는 그곳에 있었다. 우리의 전쟁이 시작되었다.

잼미

태양이 주위에 있는 모든 것을, 심지어 시간까지도 녹일 기세였다. 산 위로 떠오르는 그 순간부터 태양이 내뿜는 분노를 느낄 수 있었다. 탈레반이 우리를 공격하기 전에 태양과 짜고서 우리를 계속 후려갈겨 힘을 쪽 빼놓기로 한 모양이었다.

이 무더위 속에서 무슨 일을 해야 할지 아는 사람은 아무도 없었다. 심지어 기퍼 같은 고참병들도 안절부절못했다. 총기 손질 같은 긍정적인 일을 시작했다가도 15분쯤 지나면 시들해졌다. 얼마나 많은 무기들이 반만 조립된 상태인지 적들이 알았다면 순식간에 우리를 공격해 왔을 것이다.

처음 도착했을 땐 세상에서 가장 형편없는 야영지에 온 것처럼 기분이 나빴다. 화장실은 끔찍한 냄새를 풍겼고, 섹시한 여자라고는 없었다. 하지만 적어도 다르기는 했다. 고향의 여름 장마와는 달라도 너무 달랐다.

날이면 날마다 사람이 말라 죽을 정도로 더웠다. 물을 아무리 많이 마셔도 먼지가 귓속으로 들어와 뇌에 쌓이는 느낌을 지울 수가 없었다.

잠도 푹 자지 못했다. 기지를 뒤흔드는 이런저런 소음과 악취 때문만은 아니었다.

선풍기가 밤새 돌아가긴 했다. 하지만 원래는 선풍기 소리가 요란하건 말건 꼼짝 않고 간이침대에 누워 있어야 했지만 그럴 수가 없었다. 쓸모없는 선풍기는 발가락에 맺힌 땀방울조차 말리지 못했다.

새벽 3시가 슬금슬금 다가오는데도 잠들지 못하면 머릿속이 복잡해지기 시작한다. 이 여행이 끝날 즈음 누구 침대가 비게 될지 스스로에게 묻고, 각각의 침대가 비게 된 이유를 상상하게 된다. 박격포 공격, 저격수, 사제 폭탄, 아군의 오인 폭격······. 생각이 꼬리에 꼬리를 문다.

하지만 이런 엉터리 예언 중 하나라도 실제로 이루어지면 견딜 수 없을 것 같아서 생각을 멈춘다. 우리가 전우로서 함께 헤쳐 나가야 한다는 것을 배운 뒤에도 그런 생각을 계속하는 건 배신이기 때문이다.

내가 죽는다는 건 생각조차 할 수 없었다. 잠깐이라도 그럴 틈을 주면 마음이 걷잡을 수 없이 요동쳤다. 엄하게 다뤄야 하는 고향의 멍청이들까지는 떠올릴 것도 없었다. 여기에도 소중한 사람들은 충분히 많다.

나는 잠자코 새벽이 지나가길 기다렸다. 먼동이 터오자 벌써 선 풍기가 백기를 들었다. 곧이어 병사들이 일제히 쏟아내는 하품과 방귀가 막사의 가벽을 울렸다. 나는 그 냄새가 코를 찌르기 전에 자리에서 일어났다.

더위는 나를 서서히 무너뜨리고, 동료들을 나른하게 만들었다. 11시쯤이면 햇볕이 우리를 모두 그늘로 몰아넣었다. 그러나 그 그 늘조차 빠르게 사라지는 바람에 우리는 떼 지어 다른 그늘을 찾아 다녀야 했다.

카페인에게도 감당하기 힘든 더위인 듯했다. 카페인의 빡빡 깎은 머리는 이제 우리의 철모와 같은 색깔이 되었다.

"이제 신물이 나."

여기 와서 처음 하는 소리가 아니었다. 카페인이 재입대한 게 아 니었다면 나는 아마 미친 듯이 화를 냈을지도 모른다.

"그래. 전쟁놀이."

카페인이 단정하듯 말했다.

"뭐라고?"

귀도가 출렁이는 배를 드러내고 위험하리만치 어마무시한 햇볕 을 받으며 물었다.

"어제 썩을 것들이 한판 벌였대."

"누구 말이야?"

귀도는 더위와 은어에 약했다.

"썩을 것들, 똥통 같은 것들, 양키들, 우리 미국 친구들 말이야."

"아, 나도 알아. 어쨌거나 그 친구들이 너보다 영어는 더 잘하거든, 이 멍청아."

귀도가 툴툴거렸다.

질 낮은 농담은 더위에 지친 우리를 괴롭혔다. 하지만 카페인은 규칙을 무시한 채 팔을 마구 휘저으며 계속 떠들어 댔다.

"소원 목록이 있어. 군대식 크리스마스 소원 목록 말이야. 총을 쏘고 싶고, 미사일을 발사하고 싶고, 집으로 돌아가기 전에 수많은 머리통을 박살내고 싶고……."

그러고는 씩 웃었다.

카페인이 너무 무덤덤하게 말해서 삼목두기처럼 간단한 게임 이야기라도 하는 줄 알았다.

카페인에게 닥치라고 말해도 되는 이유는 수도 없이 많다. 소원 목록에는 임무를 수행하는 것뿐만 아니라 팔다리를 끝까지 보존하는 것도 넣어야 한다.

하지만 내가 그 말을 할 필요는 없었다. 기퍼가 대신 말해 주었다. 심지어 나보다 더 잘했다.

"미군들은 훌륭한 군인이야."

기퍼가 말했다. 왜 웨일스 사람들이 말하면 기퍼처럼 음감이 없어도 노래하는 것처럼 들릴까?

"노련하고, 집중력도 있고, 거의 기계처럼 움직이지."

기퍼가 입을 열자 카페인이 못마땅한 듯 눈을 굴렸다. 하지만 기퍼는 알아채지 못했다. 아니면 신경 쓰지 않았을 수도 있다.

"못 믿겠지만 그들 중 몇몇은 너보다 더 많은 것들을 봐 왔어. 내 말 잘 들어. 왜냐하면 내가 지금 하려는 이야기는 공짜니까. 네가 정말 집에다 대고 미사일을 발사한다면, 그 미사일에 산산조각 난 시신을 본다면, 그걸 떠벌리진 못할걸. 집이건 미사일이건 그 어떤 헛소리건 큰 소리로 떠들고 싶지 않을 거야, 틀림없이. 절대로 미사일을 쏘지 않을 거고, 미사일을 쏘고 싶어 손가락이 근질거리는 걸 막기 위해 무슨 짓이든 할 거야. 내 말 믿어."

나는 기퍼를 믿는다. 다른 사람들도 그랬다. 그런데도 카페인은 자리에서 벌떡 일어나 똥이나 누러 가겠다고 했다.

"오늘 들은 얘기 중 가장 흥미진진하네요."

카페인은 내뱉듯 말했다. 그게 카페인이 남긴 마지막 불평이었다. 물론 화장실에 휴지가 없다는 사실을 깨닫기 전까지겠지만.

그 생각을 하자 피식 웃음이 났다. 눈을 감고 드러누운 기퍼도 같은 생각을 하는 듯했다.

기퍼는 무언가를 본 것이 틀림없다. 그것도 아주 많이. 나는 기퍼의 머릿속에 아로새겨진 많은 것들이 궁금했다. 그것이 과연 어떤 것들인지 상상해 보려다가, 토모가 신경질적으로 뺨 안쪽을 잘근잘근 깨무는 모습을 보고는 멈췄다.

나는 녀석을 살살 달래 웃겨 보려 했지만, 토모는 함께 어울리고 싶어 하지 않았다. 그래서 소니와 통화하는 걸로 마음을 달랬다.

소니는 속사포처럼 지껄여 댔다.

〔그나저나 뭐 색다른 일은 없어? 형이 람보 같은 사람이 되어 간다거나?〕

"젠장, 그런 것 같아. 나 알잖아. 늘 사냥칼을 입에 물고 다닌다고."

〔끝내준다. 애들한테 얘기해 줘야지.〕

소니가 키득거렸다. 녀석은 내가 농담하는 줄 알았다.

"애들은 어때? 성가시게 굴진 않아?"

〔전혀. 내가 앞장서도 그냥 두던걸. 한두 주만 지나면 내 멋대로 굴 거라고 데니스가 경고했는데도 말이야.〕

"음, 내가 데니스한테 전화해서 서두르지 말라고 하는 게 낫겠다."

〔지난주에 무슨 일이 있었는지 형은 상상도 못할걸.〕

소니와의 통화는 대개 이런 식이었다. 마구잡이고 산만했다.

〔피카드 하우스에 사는 여자애가 엘리베이터에서 아기를 낳았대. 그 불쌍한 계집애는 15층에 사는데, 엘리베이터가 중간쯤에 멈춰서 꼼짝을 안 한 거야. 사람들이 엘리베이터를 다시 작동시킬 때까지 두 시간이 넘게 걸렸대. 문을 여니까, 공포 영화에서 튀어나온 것 같은 장면이 펼쳐지더래.〕

"아기는 괜찮고?"

〔응, 누군가 애 엄마에 대해 벽에 쓴 걸 보고 충격 먹은 거 말고는 괜찮아. 형이 이 세상에 그렇게 소개된다고 생각해 봐.〕

"엄마 배 속으로 다시 기어들어가고 싶겠지."

〔헐! 그 말이 딱 맞네.〕

나는 소니 목소리를 듣는 게 좋았다. 내가 할 일을 하라고 압박

하면 어김없이 반항하며 내는 소리조차 말이다.

〔엄마는 걱정하지 마, 형. 누누이 말하지만 엄마는 괜찮아.〕

"엄마를 잘 지켜보니? 네 몫을 제대로 하는 거 맞지?"

〔뉴스에서 아무런 소식도 전하지 않을 땐 그렇지…….〕

소니가 불만 섞인 한숨을 내쉬었다.

〔물론 나는 내 몫을 제대로 하지. 형도 알다시피 난 짐승이 아니거든.〕

"엄마가 어떤지 알잖아. 네가 내버려 두면 온종일 여기저기 쏘다닐 거야."

〔그러니까 난 엄마를 내버려 두지 않는다고. 형은 날 못 믿겠지만 말이야.〕

"소니, 진정해. 전화로는 다 얘기 못하겠다. 팔을 뻗어도 네 따귀를 때릴 수가 없잖아."

〔그럴 필요 없어. 내 귀는 벌써 벌게졌는걸 뭐.〕

그것으로 둘 사이에 흐르던 긴장감은 사라지고, 우리는 다시 소소한 이야기로 돌아갔다.

소니에게서 내가 아는 공간과 사람들 이야기를 들은 덕분에 마음이 편안해졌다. 소니는 내가 영원히 여기 머물진 않을 거라는 사실을 기억하게 만들었다. 지금 내 기분이 어떻든지 간에.

통화는 늘 하던 대로 끝이 났다. 소니가 늘 하던 말로.

〔형, 들리지? 몸 조심해. 재빨리 피하는 거 잊지 마…….〕

소니가 그 말을 하지 않으면 전화기를 내려놓을 수가 없다.

정찰이 끝나면 무엇이 기다리는지 소니에게 알려 줄 필요는 없었다. 하지만 왠지 소니의 충고가 나를 안전하게 지켜 줄 것 같았다.

잼미

소니와 통화를 마치고 잠시 뒤, 상황실에서 전화가 걸려 오면서 대기 시간이 끝났다. 우리는 우르르 달려 나갔고 바닥에서 흙먼지가 일어 축축한 피부에 들러붙었다.

소대장이 소리쳤다.

"오늘 마을에서 수상한 움직임이 있을 거라는 정보가 들어왔다. 헤로인이 수송될 거다. 상당한 양이다. 탈레반 무장 세력을 몇 달 동안 지원할 수 있을 정도지. 더 좋은 무기를 마련하고, 이 지역에서 세력을 더 키울 수 있도록 말이다."

헤로인. 나와 토모에겐 낯설지 않은 물건이다. 우리는 고스트에서 헤로인이 손에서 손으로 건네지는 모습을 수도 없이 봤다. 헤로인이 사람들의 목숨을 앗아가는 모습도 지켜보았다. 우리가 아는 사람들, 학교 친구들, 가족들의 목숨을 말이다. 하지만 우리는 제조 과정에 가까이 간 적은 없다. 헤로인은 혼합되고 희석된 다음 폭탄처럼 작은 봉지에 담겨 단단히 봉해진 뒤에야 유통되었다. 외딴 곳에서 양귀비 들판을 보면 그것들을 수확하고 가공하여 공급하는 과정으로 이어지는 초침 소리가 들릴 정도다. 양귀비는 사람들이 말 그대로 '죽고 못 사는' 물건이다.

그 생각이 떠오르자 나는 강철 같은 마음으로 소대장이 시키는 것은 무엇이든 해야겠다는 의지가 생겼다.

"하지만 마약이 있는 장소는 알아내지 못했다. 어디서 만드는지도 현재까지는 알 수 없다. 정보에 따르면 그 식물을 발견하면 헤로인도 발견하게 된다. 탈레반은 필요 이상으로 여러 번 옮기고 싶지 않을 것이다. 오늘 우리의 목표는 주민들에게 접근해서 질문을 하고 신뢰를 얻는 것이다. 주민들 대부분은 마을에 헤로인이 있는 것을 원하지 않을 것이다. 우리가 해야 할 일은 기꺼이 그 위치를 넘겨 줄 사람을 찾아내는 것이다."

왼쪽 편에서 활기 넘치는 첫 경험을 하지 못해 실망한 누군가가 내뱉는 소리가 들렸다. 소대장은 그것을 용납하지 않았다.

"너희 중 누군가에게는 위험한 일이 아닌 것 같군. 그럴 것 같지? 우리가 마약을 찾아냈을 때, 탈레반이 모든 수류탄과 돌을 던지고 총을 쏘아도 위험하지 않을 것 같겠지. 탈레반은 너희들이 마약이 있는 곳에 도착하는 것을 막으려 할 것이다. 우리가 가는 길에 폭발할 거라고는 상상할 수조차 없는 상자나 캔 아니면 어떤 공간 안에 급조한 사제 폭탄을 설치할 것이다. 그것이 너희 다리를 잘라 버리고 순식간에 피가 철철 흐르도록 할 만큼 강력하다는 것 또한 보게 될 것이다. 내 말 알아들었나?"

소대장은 한 번 더 고함치고 우리를 떠났다.

"이 모든 일이 마음과 마음을 나누는 대화에 달려 있다, 제군들. 너희는 여기서 뿐만 아니라 집에서도 들었을 것이다. 너희는 이 전쟁이 믿음에 관한 것이라는 사실을 안다. 주민들을 교육시켜 자신을 둘러싼 헤로인 없이 살아갈 기회를 주어야 한다. 그 첫걸음은 주민들이 우리를 믿게 하는 것이다. 우리의 무기가 주민의 안전을 지키기 위한 것이라는 점을 인식시켜야 한다. 모두 너희가 시작해야 하는 일이다, 제군들. 임무를 완수하고, 안전하게 돌아오라. 그리고 함께 집으로 돌아가라."

우리는 아이들이 처음으로 신발 끈을 묶듯이 서투르게 군복을 갖춰 입었다. 토모는 손을 너무 떨어서 철모를 좀처럼 잠그지 못했다. 나는 토모를 도와주고 싶은 유혹과 싸워야 했다.

땡볕으로 걸어가는데 우리는 하나같이 숨이 턱 막혔다. 나는 즉시 음료 튜브를 마시기 편한 위치로 잡아당겼다. 그리고 나처럼 준비해 두라고 토모에게 말했다. 임무를 수행하려면 언제든 마실 수 있는 물이 필요할 것이다.

소대장이 무전기 상태를 살펴보러 갔을 때, 나는 기퍼가 또다시 자신의 완장으로 헬기에서 했던 것과 똑같은 행동을 하는 모습을 보았다.

"이게 다 뭐예요, 기퍼? 미신 안 믿으시잖아요?"

기퍼의 웃음이 총소리처럼 우르르 쏟아져 나왔다.

"여긴 미신이 나설 곳이 아니야, 잼미. 이건 내 손에 부착된 총이야. 그리고 이건 지혈대를 준비하는 거고, 알겠어? 어떤 탈레반은 건방지게 이 부분에 총을 쏘거든. 하지만 지혈대가 있으니 난 절대 피를 쏟지 않을 거야. 재빨리 한 방 쏘면, 적들이 나를 끝내기 전에 내가 먼저 적들을 쓰러뜨릴 수 있어. 간단해."

나는 순간 겁이 났다. 지금껏 살면서 겁이 난 적이 없었던 것처럼 겁에 질렸다. 그리고 그 이유를 알았다. 고스트에서는 겁을 내지 않았다. 주위에서 일어나는 어떤 일에도 결코 겁내지 않았다. 왜냐하면 그곳에서는 규칙을 알았기 때문이다. 만일 그곳에서 실수한다면 처리할 수 있었다. 그런 일들이 아슬아슬했던 것 같기도 하다. 하지만 그곳에는 언제나 방법이 있었다.

하지만 여기에서는? 실수를 한 번이라도 하면, 왼쪽 또는 오른쪽으로 한 걸음만 더 가면, 끝이다. 팔이나 다리, 또는 더 끔찍한 것을 잃을 것이다. 피를 철철 흘릴 것이다.

우리는 무리 지어 문으로 천천히 걸어갔다. 방탄복을 입고 장비를 갖추었지만, 지금껏 살아오면서 겪었던 어떤 순간보다 더 벌거벗은 기분이었다. 문이 열리고 우리는 두 줄로 연이어 걸어가며 팔을 올려 문 위에 빨간색으로 적힌 한 단어를 차례차례 만졌다. 데번포트(DAVENPORT). 그 문을 나갔지만 다시 돌아오지 못한 첫 번째 병사의 이름이다. 우리는 존경하는 마음으로 그 이름을 쓰다듬으며, 그 병사가 이유 없이 전사한 게 아니라는 사실을 보여 주었다. 하지만 이름을 만진다고 해서 그 병사와 같은 운명에서 벗어날 수 있는 것은 아니라는 사실 또한 모두 알았다.

나는 토모를 보았다. 바로 그때 토모가 그 이름을 쓰다듬는 중이었다. 토모의 뒤를 기퍼가 따라갔다. 이미 결의에 찬 표정이었다.

완장에 대한 생각이 기퍼를 안심시키는 것 같았다. 하지만 나를 안전하게 지켜줄 만큼 커다란 지혈대는 없는 것 같았다.

우리는 지체하지 않고 마을로 향했다. 흥분과 함께 임무를 무사히 마치겠다는 희망을 가진 채 언덕 아래로 차를 타고 달렸다. 카페인이 의미 없이 내뱉는 농담이나 들으며 베이스캠프에서 지루한 날들을 보내서인지, 단조로운 풍경조차도 굉장하게 느껴졌다.

고스트와 비교하면 모든 것이 이국적이다.

고스트에서는 이처럼 더운 날이면 아이들은 너 나 할 것 없이 축구 셔츠를 벗어 던지고 맥주로 빵빵해진 배를 드러내 놓고 일회용 바비큐 위에서 익어가는 먹음직한 버거 냄새를 맡았다. 이곳에는 고스트를 떠오르게 할 만 한 것이 없다. 우리 앞에 시장이 나타났을 때 온갖 냄새가 들이닥쳤다. 백 살까지 살더라도 결코 그 냄새의 정체를 알 수 없을 것 같았다. 머릿속에서 온갖 냄새가 뒤섞이더니 솜사탕처럼 달콤한 냄새가 났고, 뒤이어 보호 안경 사이로 확 뿌려진다 싶을 만큼 아주 압도적인 향신료 냄새가 났다.

나는 소니와 다른 아이들에게 내가 맡은 냄새를 어떻게 설명할지 생각해 보았다. 하지만 너무 어지러워서 생각을 멈추고 가까이 있는 일에 집중해야 했다. 위쪽 창문들이 폭탄에 날아간 건물의 모습과 광장을 뒤덮은 수많은 사람들이 보이자 내 일에 집중할 수밖에 없었다.

〔똑똑히 보라, 제군들. 그리고 기억해라, 방긋방긋 웃어야 해.〕

소대장의 말이 우리 귓속에서 윙윙거렸다.

나는 활짝 웃지 않을 수 없었다. 상급 장교로부터 이런 말을 들을 거라고 생각조차 하지 못했다. 하지만 소대장은 그런 걸 사랑했고, 그것은 지역 주민을 다루는 소대장의 원만한 기품에 꼭 맞았다. 주민들의 마음을 빼앗고 믿음을 얻고 주도권을 잡아라.

우리는 주민들의 시선을 무시하려고 노력했다. 두려워하거나 믿거나 멸시를 하면서 말이다. 우리는 네 그룹으로 나누고, 필요한 대답을 듣게 해줄 질문을 하는 데 숙련된 현지 통역관을 각 그룹에 나누어 배치했다.

일은 더디게 진행되었다. 도움을 줄 거라고 생각되는 주민들을 일일이 확인하고 구분하기는커녕 군중 사이로 나아가는 것조차 무척 어려웠다. 질문을 하면 주민들 대부분은 어깨를 으쓱하거나 멍한 눈길을 보냈다. 종종 화를 내며 재빨리 묵살하기도 했다.

주민들이 우리가 미친 거냐고 묻는 걸까? 우리는 존재하는지조차 의심스러운 마약이나 찾아내려고 군대에 온 걸까? 어째서 우리가 퍼부은 공습 때문에 무너진 집들을 다시 짓는 일에는 집중하지 않는 걸까? 우리가 쏜 포탄 파편에 맞은 아이들을 위한 약은 왜 갖다 주지 않는 걸까?

우리는 통역관에게 영어로 계속 이야기했고 통역관은 주민들을 진정시키려고 노력했다. 하지만 우리의 수첩은 먼지만 묻은 채, 마을에 도착했을 때와 마찬가지로 여전히 텅 비었다. 먼지는 우리의 온몸을 구석구석 뒤덮었다.

소대장은 정기적으로 최신 정보를 알려 달라고 지시했다. 지휘관의 목소리는 긴장해서인지 날카로웠다. 아무리 우리가 주민들에게 질문과 부탁과 간청을 해도 대답은 같았다. 우리가 알아낸 것은 아무것도 없었다.

나는 우리 그룹의 다른 병사들을 지켜주지 못하는 느낌이었다. 슬래셔와 귀도는 점점 더 좌절하는 것 같았다. 반면 토모는 우리가 질문해야 하는 주민들이 아닌 다른 모든 곳에 관심을 두었다. 내가 확인할 때마다 토모는 다른 곳을 바라보는 중이었다. 하늘을 보거나 높은 건물 너머를 신경질적으로 훑어보았다. 화장실에 가고 싶은 다섯 살짜리 아이처럼 이리저리 서성거리기도 했다. 나는 잠시 통역관을 슬래셔에게 맡기고, 토모의 팔을 잡아끌어 한쪽으로 돌려세웠다.

"무슨 일 있어?"

나는 이를 악물고 속삭였다. 토모는 아드레날린이 과다 분비된 사람처럼 눈을 깜빡이지 않고 나를 빤히 쳐다보았다.

"아무 일 없어."

토모는 시선을 움직이지 않았지만, 대답을 하자마자 바로 마음을 바꾼 듯했다.

"모든 게 의심스러워. 저기에 사람들이 있어. 내가 봤어."

그리고 총열로 창문을 가리켰다. 방아쇠를 너무 꽉 쥐는 바람에 긴장된 손가락들이 파랬다.

"긴장 풀어, 응? 물론 저기엔 사람들이 있지. 그 사람들은 저기서 살아. 당연한 것 아냐?"

토모는 고개를 가로젓더니 다시 총열로 창문을 가리켰다.

"저게 마음에 안 들어. 안전하지 않아. 우린 완전히 노출되어 있어."

나는 누군가 우리를 볼 수 있다는 것도 고려하지 않고 토모의 팔을 움켜잡았다.

"당연한 것 아냐? 우리가 질문을 할 때, 저 사람들이 우리를 해치기라도 한다는 거야? 물론 여긴 안전하지 않아. 넌 더 이상 집에 있는 게 아니니까."

"난 주민들한테 질문하는 게 좋지 않아."

"좋지 않다고? 잘 들어, 토모. 우리 중에 어느 누구도 그런 걸 좋아하는 사람은 없어. 하지만 그건 우리가 입대했으니 해야 하는 일이야. 그러니까 필요한 정보를 얻는 일에 집중해. 그걸 얻어야 집으로 가지."

토모는 집이라는 말을 듣자 눈이 커다래졌다. 나는 그 말을 꺼낸 걸 바로 후회했다.

"내가 무슨 말 하는지 너도 알잖아. 네가 해야 할 일을 해."

나는 마지막으로 토모의 팔을 꽉 잡았다 놓았다. 그리고 다시 다른 병사들에게 돌아갔다.

한 시간이 흐르자 시장은 장을 보러 나온 사람들로 북적였다. 사람들이 개미들처럼 광장의 모든 좁은 틈과 구석에서 기어 나오는 것 같았다. 그 결과 토모의 두려움은 우리 모두에게 번져 나갔다.

우리는 우호적인 주민들이 어디서 끝나고 탈레반이 어디서 시작되는지 모른다. 모두가 알다시피 모임의 우두머리들, 그러니까 우리가 패배시키려고 노력해야 할 남자들에게 질문했다. 마음이 약해지고 혼란스러웠지만, 그곳에 있는 모든 기회를 다 쓰지 않았기 때문에 아직은 기지로 돌아가지 않을 거라는 점을 잘 알았다.

소대장의 목소리에 번쩍 정신이 들었다. 헤드셋을 낀 귀까지 바짝 긴장될 정도였다. 나는 옆에서 과일을 파는 사내에게 닥치라고 말하고 싶었다. 잠깐만, 조용히!

[제군들, 조심히 이동한다. 수상한 움직임이 포착되었다. 네 사람이 광장 남서쪽 구석 건물에서 상자를 나르는 모습을 발견했다. 슬래셔, 기퍼, 병사들을 데리고 가서 도와주도록. 천천히, 하지만 결단력 있게 이동하라. 적들이 우리 낌새를 조금이라도 눈치채면 일이 심각해질 수 있다.]

우리는 어렵게 군중 사이를 헤치고 시장을 벗어났다. 심장이 거세게 날뛰었다. 펜과 사탕을 달라고 애원하는 아이들을 무시하며 서둘러 지나쳤다.

바로 이것이었나? 믿을 수 있는 정보일까? 내 말은, 물건들을 옮기는 남자들은 광장 전체에 있다는 뜻이다. 그런데 왜 그 상자들이 특별한 걸까? 어떻게 소대장은 그 상자 안에 쌀이나 야채가 아니라 마약이 들었다는 것을 알았을까?

슬래셔가 나를 돌아보았다. 내가 어떤 마음인지 알아챈 것 같았다. 슬래셔는 웃으며 나를 달랬다.

"정보를 믿어. 소대장도 믿고. 그리고 상자에 마약이 있길 빌어. 그게 자정이 되기 전에 이 정찰을 마칠 수 있는 유일한 길이야."

우리는 기퍼와 다른 신참들과 함께 소대장이 있는 곳에 합류했다. 토모도 뒤따랐다. 모두 열 명이 그늘 아래 모였다. 나는 얼굴에 맺힌 땀방울을 닦아 내고 싶은 마음을 꾹 참았다. 먼지 같은 존재이지만 다른 병사들처럼 열심히 하려고 노력했다.

소대장은 우리가 임무를 수행할 준비가 되었는지 확인하기 위해 우리 얼굴을 살피며 빠르게 내용을 전달했다. 우리는, 심지어 토모조차도, 소대장을 만족시키기 위해 필사적으로 소대장에게 결연한 시선을 보냈다.

〔잘 들어라. 적들은 오늘 두 번 들락거렸는데 모두 상자를 가지고 있었다. 그리고 7분 간격으로 나타났다. 그것은 곧 건물 꼭대기에 물건을 모아 두었을 가능성이 있다는 얘기다. 건물의 각 끝에는 계단통이 있다. 기퍼, 자네는 병사들을 이끌고 남쪽 계단으로 올라가 홀수 층을 맡아라. 슬래셔, 자네는 병사들과 북쪽 계단으로 올라가 짝수 층을 맡아라. 대화는 최소한으로 하되, 명료하게 하도록. 만일 우리가 찾던 자들이라면, 놓쳐서는 안 된다.〕

나는 소대장이 우리의 긴장을 풀어 줄 농담을 하나쯤 던지길 기

다렸지만 그런 일은 일어나지 않았다. 소대장의 얼굴이 모든 것을
말해 주었다.

지금 그 일이 시작된다. 대형 사냥감을 낚을 시간이다.

소니

여기서 벗어날 방법을 찾아야 한다. 하지만 생각에 집중할 수 없다. 나는 허공에 떠 있다. 나를 붙잡은 것은 쿠다 패거리의 털이 무성한 주먹뿐이다.

바람에 점퍼가 펄럭이자 내가 얼마나 높은 층에 올라왔는지 떠올랐다. 12층.

나는 새로운 머리 색깔로 경찰을 속일 수는 있었지만, 이 녀석들은 속이지 못했다.

쿠다 패거리가 오는 모습을 보고 나는 계단을 올라갔다. 그러면서 속으로 나 자신을 욕했다. 얼마나 바보 같은 짓이람? 적어도 땅에 발을 대고 있다면, 저 아래로 떨어질 걱정은 없을 텐데. 아마도 나는 여기서 목이 부러질 것이다. 고릴라 같이 생긴 녀석의 기분이 정말 더럽다면 내가 여기서 도망칠 수 있는 방법은 아무것도 없을 테니까.

나중에 안 사실이지만 고릴라 녀석은 말이 많지 않았다. 어쩌면 문장을 길게 나열하는 유전자 공급원이 없는 것 같다. 주로 말을 한 건 그 녀석이 아니라 뒤에 있던 다른 녀석이었다.

"넌 우릴 바보라고 생각하는 게 분명해, 이 새끼야. 맞지?"

영화에 나오는 질 나쁜 악당처럼 질질 끌고 느릿한, 골수 고스트들이 쓰는 억양이었다. 나는 녀석이 벼룩이 들끓는 고양이를 쓰다듬으며 다닐 거라고 생각했다.

그 녀석이 난간 너머로 몸을 기울여 나를 향해 고개를 들이밀었을 때, 나는 상상할 수 있는 가장 지독한 입 냄새를 맡았다. 만일 녀석의 친구인 고릴라 녀석이 나의 처음이자 마지막 추락을 막아 줄 유일한 사람이 아니었다면, 나는 녀석에게서 역겨운 냄새가 난다고 말했을 것이다. 하지만 나는 움찔 놀라며 무슨 말을 하는지 모르겠다고 대답하고 말끝에 '이 새끼야'를 덧붙였다. 녀석들에게 내 말투가 우스꽝스럽게 들렸을 것이다.

"이봐, 소니. 도매점 승합차에서 무슨 일이 있었는지 모두 다 알아. 소문 다 났어. 너 그거 알아? 네가 우리 고객들한테 물건을 팔기 시작했을 때 나는 아주 깊은 인상을 받았어. 우리 구역에 침범하면서 우리 생각은 안 했다는 얘기거든. 내 말 알아들어?"

나는 그 말을 부정하려고 애쓰지 않았다. 부정해 봐야 소용없는 일이다. 오히려 솔직히 털어놓으면 나를 난간 오른쪽으로 밀어 버릴지도 모른다.

하지만 그런 일은 일어나지 않았다. 대신 못생긴 고릴라 녀석이 나를 뒤로 더 밀치더니 내 멱살을 잡은 손에서 힘을 조금 뺐다. 나는 녀석의 팔을 양손으로 잡고 조금이라도 밀어낼 수 있기를 간절히 바랐다.

"얼마나 벌었어?"

녀석의 목소리가 내 귓속에서 소용돌이쳤다.

"뭐라고?"

"보드카랑 담배 말이야. 그걸로 얼마나 벌었어?"

"40파운드. 그 정도 되는 것 같아."

"더 정확하게 말해."

고릴라 녀석은 나를 난간 밖으로 점점 더 밀어냈다.

"50! 50파운드. 그게 다야. 대답했잖아."

"그럼 넌 우리한테 500파운드를 빚진 거네. 5일 내에 돈을 가져오기만 하면 그 정도로 해주지."

이자가 터무니없는 걸 보니 나는 이 거래에서 유리한 위치에 있지 않은 게 분명했다. 주위 공기를 붙잡기라도 할 듯이 허우적대며 더 뒤로 넘어가게 되자, 다른 대안이 없다는 것을 깨달았다.

"5일. 500파운드. 이해했어."

"잘 결정했어, 이 새끼야."

고릴라 녀석이 나를 난간 위로 다시 들어 올리자 땅바닥이 발아래에서 빙글빙글 돌았다.

나는 녀석들의 얼굴을 마주보고 싶었다. 하지만 무릎이 바닥에 닿으면서 떨어졌다. 아프지 않은 척하는 것 말고는 별다른 도리가 없었다.

"그럼 화요일 6시에 여기서 다시 만나, 알았어? 동전은 안 돼. 돼지 저금통 털지 마."

발이 바닥에 닿자 녀석들과 다시 싸워 볼 만하겠다는 생각이 들 정도로, 나는 충분히 마음이 놓였다.

"10파운드짜리, 아니면 20파운드짜리?"

"우린 까다롭지 않아. 접히는 돈이면 돼."

녀석들은 자리를 떠나려다가 다시 걸음을 멈추고 돌아보았다. 그리고 말 많은 녀석이 물었다.

"하나 물어볼게. 넌 필사적으로 우리 영역에서 거래를 하려고 했어. 대체 왜 그렇게 급하게 돈이 필요했던 거야?"

"꽃을 사야 했어."

나도 모르게 불쑥 말이 튀어나왔다. 차라리 녀석들이 나를 밖으로 집어던져 이 어색한 상황을 피하는 게 나을까 싶을 정도로 너무 설득력 없는 말이었다.

잠시 뒤 녀석들이 내 말뜻을 알아차렸다. 무슨 말인지 이해하자마자 녀석들은 참지 못하고 나처럼 바닥에 털썩 주저앉다시피 했다. 그리고 서로에게 기대어 휴대전화를 꺼내더니 그 말을 되풀이하라고 나에게 아우성쳤다.

"꽃 사고 머리도 잘랐구나? 사람들이 얘기하기 시작할 거야. 다른 애들이 이 얘기를 들어야 하는데."

나는 "닥쳐…….." 하고 내뱉고 말았다. 그랬더니 말 많은 녀석이 앞으로 한 걸음 나왔다.

"다시 말해 봐."

나는 고개를 저었다.

녀석이 갈비뼈를 힘껏 걷어차자 나는 옆으로 풀썩 쓰러졌다. 수많은 벼락이 가슴에서 번쩍이는 것 같았다. 가슴을 부리나케 움켜잡으면서 녀석의 운동화 끈이라도 손가락 사이에 걸리기를 기대했다.

녀석이 갈비뼈 하나를 부러뜨린 게 틀림없었다. 나는 어떤 갈비뼈에도 구멍이 나지 않았기를 바랐다.

"알아들었어?"

고릴라 같은 녀석이 여전히 영화 대사 같은 말투로 물었다.

"응. 그 정도면 됐어. 어쨌든 저 녀석은 잠시 동안 주둥이를 함부로 놀릴 수 없을 거야."

말 많은 녀석이 허리를 숙이더니, 침을 잔뜩 끌어모아 내 얼굴에 퉤 뱉은 뒤 말했다.

"5일 뒤. 500파운드. 6시."

녀석들이 축하한다는 듯 내 손을 움켜잡고 정성스레 악수를 한 다음 떠났다. 나는 이 세상 어디에서든 돈을 마련해 갚아야만 한다는 것을 깨달았다.

양털을 깎듯이 억지로 머리카락을 자른 지 며칠 되지 않아 아이들과 이야기를 나누는 건 쉽지 않았다. 게다가 아이들은 우리를 쫓는 건 경찰뿐이라고 생각했지 내가 쿠다 패거리의 발가락을 밟았을 거라고는 생각조차 하지 못했다.

나는 어떤 커다란 거래를 제안하거나 호들갑을 떨지 않고 돈 얘기를 무심하게 꺼내고 싶었다. 하지만 기한은 정해졌고 나는 마음이 괴로웠다. 정말이지 다른 걸 선택할 여지가 없었다.

쿠다 패거리를 만난 뒤 집으로 돌아가는 길이었다. 긴장이 풀려서인지 속이 메스꺼워 벤치에 털썩 주저앉았다. 그때 위기가 나를 발견했다. 위기는 질겁하더니 곧장 캐머런에게 전화를 걸었다. 캐머런은 데니스에게 전화했고, 데니스는 믿을 수 있는 사람들을 찾아서 얼마씩 돈을 꿔 보자고 했다. 근사한 생각이었지만 나에겐 소용없었다.

히치가 예상대로 전화를 받지 않자 우리는 히치를 조금 깎아내렸고 데니스는 잔뜩 화를 냈다.

"히치 녀석 무슨 일 있나? 받지도 않을 거면서 대체 왜 전화기를 갖고 다니는 거야?"

위기가 물었다.

"마지막으로 히치를 본 게 언제였더라?"

우리 중 누구도 확실하게 기억하지 못했다. 지난번에 승합차를 털었던 때인 것 같긴 하지만 너무 오래된 일이었다. 나는 편히 앉을 수 없었다. 하지만 히치 문제는 갈비뼈를 두들겨 맞고 5일 뒤 고통스럽게 죽을지도 모른다는 걱정 말고도 또 다른 걱정거리였다.

데니스가 나를 부축해 집에 데려다주었다. 캐머런이 얼음이 든 쇼핑백 두 개를 가슴에 묶어 줄 때까지 나는 아무 말도 하지 않았다. 하지만 불행히도 아이들은 뭔가 이야기해 주기를 원했다.

"그나저나 무슨 일이 있었던 거야?"

위기가 여전히 입가에 담배를 물고 뻑뻑 피우며 따졌다. 너무 직접적으로 묻는 바람에 나는 저절로 방어하는 태도를 취했다.

"뭐가?"

위기는 마치 뇌수술을 받은 정신병자를 보는 듯한 눈빛으로 나를 쳐다보았다.

"후유, 어쩌다 이렇게 된 거냐고?"

그리고 나를 가리켰다. 나는 못 알아듣는 척하며 어깨를 으쓱했다. 위기는 첫 번째 담배를 다 피우기도 전에 다른 담배에 불을 붙이고 거실을 서성거리기 시작했다.

"별일 아닌 것처럼 굴지 마, 소니. 널 봐. 네 갈비뼈 상태 좀 보라고."

"무슨 일이 있었던 거야, 이봐, 친구. 대체 무슨 일이냐고. 이번엔 누구를 화나게 한 건데? 또 핏불테리어한테 시비 건 거야?"

데니스가 쓸쓸하게 웃으며 물었다.

"그 개 얘긴 꺼내지도 마. 난 그 개를 화나게 할 짓은 하나도 하지 않았어. 너도 알잖아."

"지금 네 상태랑 비교하면 그 개는 너한테 고작 뽀뽀나 해줬던 거네. 무슨 일이 있었던 거야?"

"쿠다 녀석들이랑 심하게 싸웠어. 그게 다야."

위기가 코로 담배 연기를 뭉게뭉게 내뱉으며 코웃음을 쳤다.

"어째서 싸움을 한 건데? 넌 아무것도 몰라?"

"난 잘못한 거 없어, 위기."

하지만 위기는 내 말을 이해하지 못했다.

"말도 안 돼, 친구야. 녀석들이 네 존재를 알아선 안 되지. 네가 분명 무슨 짓을 했으니까 녀석들의 레이더에 걸렸을 거야."

나는 입으로 크게 숨을 내쉬고는 솔직하게 말하려고 했다. 그런데 그때 문이 열리더니 히치가 여느 때보다 더 거칠고 창백한 모습으로 들어왔다. 바닥에 닿은 발을 보지 않았다면 나는 히치가 유령이라고 딱 잘라 말했을 거다.

"무슨 일이야? 너도 또 그 개한테 시비 걸었어? 응?"

데니스와 위기가 농담을 하며 웃어넘기려 했지만, 히치는 웃지 않았다. 아이들이 비웃는 거라고 생각하는지 입을 더 굳게 다물었다. 캐머런이 그것을 알아차리고 히치 팔을 잡고서 상황을 설명해 주었다. 그러나 히치는 기분이 조금도 나아진 것 같지 않았다.

나는 가슴 통증 때문에 무척 고통스러웠지만 다시 대화를 시작했다.

"쿠다 패거리 두 녀석이랑 잡담 좀 했어. 우리가 훔친 보드카를 내가 걔네 구역에서 팔았는데 그게 들통났거든."

웃음소리가 딱 멈추더니 네 명 모두 제정신이냐고 말하는 듯한 눈빛으로 나를 보았다.

"왜냐고? 급했단 말이야. 당장 돈이 필요했어."

히치가 가장 심하게 나를 다그쳤다. 히치는 불안한지 서성거리며 볼까지 벌게진 채 화를 냈다.

"넌 정말 멍청한 짓을 했어, 그렇지? 왜 그렇게 급하게 돈이 필요했어?"

위기도 궁금한 것들을 물었다.

"어떤 계집애의 관심을 끌려고 한 거야? 홀트비 하우스에 살던 걔는 아니지? 걔는 네가 걷어찼던 것 같은데. 걔한테서 악취가 났던 거지. 입냄새가 장난이 아니라며. 분명 상어처럼 보였을 거야. 상어처럼 이가 삐죽삐죽 난 애였잖아. 백상아리보다 이빨이 더 많아 보이더라니까."

"그래, 그래, 맞아. 그렇지만 몇 달 동안 본 적도 없어."

얼굴이 붉어진 나는 과감하게 캐머런을 흘끔 쳐다보았는데 다행히 캐머런도 웃었다. 캐머런은 그런 농담에 익숙했다.

"네가 차인 건 아니고?"

위기는 자신이 꽤 우스운 농담을 했다고 생각했다.

"자, 거기까지 해둬. 상어 같은 계집애 때문이 아니라면 대체 돈이 왜 필요했던 거야?"

히치가 다시 화를 냈다. 평소 같지 않았다. 아무리 자주 닦아 내도 땀이 금세 얼굴을 타고 흘러내렸다.

나는 양 볼을 볼록하게 부풀렸다. 가두 행진을 위해 꽃을 사려고 돈이 필요했다고 말할 수는 없었다. 그래, 아이들이라면 나를 이해해 줄지도 모르지만, 어쨌거나 나는 아이들한테 할 말을 찾을 수 없었다. 그런데 그런 걱정을 할 필요가 없게 되었다. 캐머런이 나를 고민에서 꺼내 주었기 때문이다.

"내가 소니한테 돈을 구해 달라고 했어."

캐머런은 자신을 믿으라는 듯이 또박또박 말했다.

"하지만 넌 홀트비 출신 여자애처럼 보이지 않아. 그 여자애처럼 내 다리를 물어뜯어 버릴 수 없잖아, 그렇지?"

위기가 진지한 얼굴로 말했다. 그리고 잠시 말을 멈추고 다시 물었다.

"그렇지?"

"계속 그렇게 말해 봐. 그럼 내가 네 머리를 깨끗이 날려 버려 줄게."

캐머런은 위기에게 대답하고는 다른 아이들한테 고개를 돌리고 다시 말했다.

"돈이 필요했어. 아빠가 가진 돈보다 더 많은 술을 마셨거든. 아빠 친구가 날 찾아왔어. 그 아저씨가 엄마나 나한테 분풀이를 하기 전에 해결해야 했지. 소니가 날 도와주겠다고 했고."

"그래서 지금 이게 해결된 거야, 응?"

히치가 발끈했다.

"잘 해결하는 중이야. 그리고 아빤 잠시 동안 술병에 머리를 처박고 있을 거야."

캐머런은 머뭇거리지 않고 대답했다. 배우 같았다. 나보다 더 용감하기도 했다.

"그럼 너희들이 도와줄 수 있는 게 있을까, 얘들아?"

나는 그렇게 물어보는 것조차도 기분이 상했지만, 줄도 달지 않고 번지 점프를 하고 싶지는 않았다.

"우리한테 남은 돈이 있냐고 묻는 거면 잊어버려. 난 이미 빈털터리야."

데니스가 한숨을 쉬었다.

"난 담배 피우는 데 다 썼어."

위기가 입술에 문 담배를 위로 튕기며 말했다.

찔리는 데가 있는 듯 히치는 입 속에 껌을 쑤셔 넣었다. 그리고 여전히 말을 거의 하지 않았다.

"걱정 마. 나랑 소니가 해결할 수 있어."

캐머런이 여전히 죄인처럼 연기하며 끼어들었다.

나는 캐머런에게 입을 맞출 수도 있었다. 하지만 마음을 굳게 먹고 소파 반대편 끝에 앉아만 있었다.

"그건 안 돼. 우리끼리 말이지만 우린 뭐든지 함께 해결할 수 있어. 얼마야?"

데니스가 으르렁거리듯 말하며 내 어깨를 아주 세게 때렸다. 그 충격에 남은 갈비뼈들이 쨍그랑거리는 것 같았다.

"500파운드."

나는 그렇게 대답하고는, 아이들이 반발하기를 기다렸다.

"은행 열쇠가 있으면 되겠네, 그치? 넌 대체 뭐야, 이 멍청아?"

위기가 말했다.

"넌 무슨 생각이라도 있어? 이번엔 뭘 좀 생각해 낸 거냐고?"

히치가 짜증을 내며 위기에게 물었다.

위기는 입을 벌렸지만 아무것도 말하지 못했다. 히치는 위기에게 손을 흔들며 계속 생각해 보려고 노력하라고 들볶았다.

"아니, 아무 생각 안 나. 그러니까 입 좀 다물어, 알았어?"

그때 데니스가 위기를 뒤로 밀쳐 내고 둘 사이에 끼어들었다. 오히려 다행이었다. 히치가 한 손으로 위기를 으스러트릴 수도 있어 보였기 때문이다.

데니스가 고압적인 자세를 누그러뜨리자 불쑥 위기가 다시 지껄였다.

"다시 사기나 한판 치자. 또 다른 승합차를 털자고."

데니스는 그것을 좋아하지 않았다.

"정말 그렇게 생각해? 승합차를 턴 지 2주도 안 됐어. 운 좋게도 사람들이 우리를 찾아내지 못한 것뿐이야."

위기는 풀이 죽은 모습으로 우리 앞에서 빡빡 깎은 머리를 문질렀다. 그리고 첫 번째 승합차 털이가 자신에게 어떤 대가를 치르게 했는지 떠올린 것 같았다.

하지만 나는 그 제안이 좋았다. 그건 배짱이 필요한 일이다.

"잘 생각해 봐. 사람들은 그게 마지막 사기라고 생각할걸."

"그렇게 생각해? 사람들이 혹시라도 승합차에 야구 방망이를 가지고 다니기 시작했을 수도 있어."

데니스는 겁쟁이가 아니지만 두 번째 시도는 하고 싶어 하지 않았다.

"그럼 소니가 얻어터지게 내버려 두자는 거야? 끝내주네."

히치가 내뱉듯이 말했다.

"무슨 소리야? 그런 말이 아니잖아."

"이런, 무슨 말을 한 건데?"

둘 사이 거리가 가까워졌다.

"넌 꺼져야 한다고 말한 거야. 몇 주 동안 우리는 널 보지도 못했으니까. 넌 이 일에 참견하지 마. 어떻게 된 일인지나 말해. 일이 이 지경이 되기 전에 어디 있었어?"

우리는 모두 누가 히치의 성격을 변하게 했는지 알고 싶었지만 절대 알 수 없었다. 분노를 드러내고 폭력적인 히치의 새로운 모습은 결코 좋아 보이지 않았다.

두 아이가 우리 중 누구도 예전에는 건넌 적 없는 선을 건너려고 서로를 마주보며 빙글빙글 도는데, 문이 획 열렸다. 엄마가 아이들만큼이나 잔뜩 찌푸린 얼굴을 하고 들어왔다.

"별일 없지?"

그 순간 아이들이 주먹 쥔 손을 내렸다. 하지만 히치는 아직 온몸에 위협적으로 구멍이 숭숭 뚫린 것 같았다. 엄마는 묘하게 흐르는 긴장감을 알아차리고는 위기를 쳐다보았다. 위기는 수줍어하며 순진해 보이려고 애썼다.

"지난번에 여기서 담배 피다가 나한테 걸렸을 때, 새 소파를 갖다 주겠다고 약속했잖아. 소파는 어디 있니? 지금 당장 배달부가 소파를 가져오는 게 좋을걸."

"재고가 없대요."

위기가 얼굴을 붉혔다. 엄마는 내가 아는 한, 위기의 입을 다물게 할 수 있는 유일한 사람이다.

"다음 주에 갖다 드릴게요. 약속할게요, 아줌마."

위기는 담뱃불을 붙이기 위해 부엌으로 향했다.

엄마는 문제의 원인이 된 두 사람 중에 한 사람이 자기 구역으로 돌아간 게 만족스러운지 데니스에게 윙크를 했다. 그리고 캐머런의 뒤통수를 쓰다듬고 히치에게 어색하게 웃어 보였다. 그러나 나는 엄마가 히치를 이해한 적 있다고 생각하지 않는다.

그때 엄마가 내 가슴 상태를 알아보고는 표정이 바뀌었다.

"소니? 친구들은 갈 때가 된 것 같구나."

그리고 내가 다리나 아니면 다른 중요한 무언가를 잃어버리기라도 한 것처럼 비명을 질렀다.

아이들은 투덜거리지 않고 줄줄이 나갔는데, 위기는 과감하게 엄마의 뺨에 입을 맞췄다.

"다음에 봬요, 아줌마."

캐머런은 처음에는 움직이지 않았지만, 엄마가 나가라며 손짓하자 몰래 내게 입맞춤을 날리고 집을 나섰다.

현관문이 닫히고 나자 방 안이 고요해졌다. 어쩐 일인지 오늘은 이웃들이 맥주에 취해 말다툼하는 소리조차 들리지 않았다.

나는 마음을 다잡았다. 예전처럼 불평이나 할 기분이 아니었다.

"얼음이 더 필요하겠구나. 진통제도 있어야겠고. 엄마가 돌아올 때까지 움직일 생각은 하지 말거라."

엄마는 지갑을 들고 폭풍보다 더 빨리 나갔다.

저런 속도라면 돌아오기까지 시간이 오래 걸리지 않을 것이다. 나는 눈을 감고 애처롭게 잠을 청했지만 통증 때문에 졸리지가 않았다.

참고로 갈비뼈 통증은 엄마가 돌아온 다음 내 귀가 겪게 될 고통에 비하면 참을 만했다. 엄마는 기어이 사실을 확인하려고 할 것이다. 지난 몇 년 동안 나는 엄마가 잔소리를 연습할 수 있도록 많은 기회를 주었다.

소니

엄마는 나를 잘 안다. 아니 나를 안다고 생각한다. 엄마는 누가 내 갈비뼈를 부러뜨렸는지 모른다. 하지만 자신이 어떻게든 알아낼 거라고 확신했다.

놀라운 사실은 엄마가 내게 캐묻기 전에 꽤 오랫동안 내가 먼저 이야기하기를 기다려 주었다는 거다.

엄마는 내 가슴에 얼음주머니를 묶어 주었다. 그리고 약국에 있는 약 절반 정도를 내 입 안에 쏟아부은 뒤에 침대로 데려다주며 말했다.

"기적을 바라지 마. 아침엔 더 아플 거야."

나는 그 말이 갈비뼈 통증을 애기하는 건지 아니면 나를 추궁하겠다는 경고인 건지 궁금했다. 그러나 내가 걱정하는 모든 일들이 겨우 타박상 정도로 느껴질 만큼 갈비뼈 통증은 고통스러웠다.

그날 밤 잠자리는 꿈으로 뒤숭숭했다. 꿈에서 나는 항상 떨어졌다. 하지만 땅바닥에 부딪친 건 내가 아니었다. 사람들이 그 사람의 몸을 굴려서 뒤집었을 때, 그건 언제나 우리 형이었다. 완전 군장을 했지만 철모가 산산조각이 났다.

꿈에서 깨자 두려워졌다. 지금 우리 형은 어디 있을까? 어디서 잠들었을까? 뉴스에 나왔던 폭탄들이 갑자기 머릿속에 떠올랐다. 형은 아직 살아 있겠지, 아니라면 이게 일종의 정신 나간 예감일까? 나는 그 꿈을 믿지 않았다. 하지만 갈비뼈 통증과 지루하게 흘러가는 시간 때문에 여느 때처럼 가볍게 넘길 수가 없었다.

나는 늘 답을 잘 찾는 편이다. 그것은 나의 가장 큰 자산이자 때때로 곤경에 빠트리는 점이기도 하다. 하지만 바로 그때는 어떤 답도 찾지 못했다. 형이 어디에 있는지, 엄마는 기분이 어떤지, 또 내 실수에 대한 값을 치를 돈은 어떻게 구해야 하는지에 대한 답을 찾을 수 없었다. 그래서 두려웠다. 너무 두렵고 놀란 나머지 눈물을 주르륵 흘렸다. 눈물은 끝내 멈추지 않았고, 두 번째, 세 번째, 네 번째 눈물방울이 주룩주룩 흘러내렸다.

나는 자주 울지 않는다. 기회를 노리며 쉴 새 없이 움직여야 할 때는 눈물이 날 새가 없다. 우리가 형에게 손을 흔들며 작별 인사를 했을 때 엄마 표정을 기억한다. 내가 돌처럼 굳은 얼굴로 형과의 이별을 굳세게 견뎌 내려 할 때 엄마는 나를 보고 충격에 빠진 표정이었다. 나는 엄마가 하고 싶은 말이 백 가지는 있다는 사실을 알았지만, 엄마는 그날 남은 시간 동안 내게 말을 하지 않았다.

그건 잊을 수 없는 표정이었다. 엄마의 그 표정은 어떤 문신보다도 더 영구적으로 내 머릿속에 생생히 새겨졌다.

신음 소리를 내지 않고 움직일 수 있었다면 나는 곧장 엄마 방으로 들어갔을 것이다. 나는 엄마가 생각하는 것처럼 돌로 만들어진 사람이 아니라는 것을 알려 주고 싶었다.

물론 나는 엄마 방으로 가지 않았다. 대신 침대에 누워서 어깨를 떨며, 머릿속으로 성큼성큼 걸어 들어오는 모든 귀신들과, 그러니까 아프가니스탄을 떠나 집으로 더 가까이 오고 있을지 모르는 귀신들과 싸웠다.

나는 거짓말을 하거나 자지 않았다고 말하지 않을 것이다. 하지만 가장 어두운 악몽과 새벽 사이 어딘가에서 마침내 나를 끌어안고 흔드는 한 줌의 시간 아래로 가라앉았다. 그다음에 나를 잡은 손들은 썩 부드럽지 않았다. 어디서든 엄마 손은 알아볼 수 있다. 구석구석 거친 피부, 그건 엄마가 깨어 있는 내내 무언가를 빨고 문지르고 분류하는 데 손을 쓴다는 증거였다.

지금보다 더 어렸을 때, 이따금 나타나던 남자들 중 누구도 우리 집에서 계속 살지 않는 이유가 궁금했다. 다른 아이들은 우리 엄마가 매력적이라고 생각했다. 나는 그렇게 생각하지 않았지만 받아들여야 했다. 하지만 순진한 아이답게 엄마가 결혼을 하지 못하는 이유는 손 탓이라고 생각했다.

'저렇게 손이 거친데 누가 엄마 손을 잡으려고 하겠어?'

어리석은 생각이라는 건 안다. 그러나 난 어린아이였다.

하지만 엄마가 혼자라는 사실에 실망한 건 아니었다. 시리얼 그릇 너머로 어색하게 엄마가 만나는 남자들과 마주치지도 않았다. 그 남자들은 내가 먹기도 전에 상자에 남아 있던 마지막 시리얼을 가져갔고, 빈 지갑을 훔치거나 달달한 시리얼을 먹어 치우거나 술을 마시기 위해 덤벼들 기회를 엿보았다. 나는 캐머런의 집에서 그런 모습을 충분히 보았기 때문에 우리에게 그런 일이 일어나는 것을 바라지 않았다.

내가 그렇게 힘겨운 밤을 보냈는데도 엄마는 나를 가엾게 바라보지 않았다. 나를 침대에서 끌어내더니 팔을 틀어쥐고 화장실로 끌고 가서는 내가 밖으로 나올 때까지 문 밖에서 기다렸다. 엄마는 나를 정말 잘 안다. 그러지 않았다면 도망칠 수 있는 순간이 있었을 것이다.

엄마는 아침을 먹지도 않고 놀랍게도 잔소리를 하지도 않았다. 내 가슴에 얼음주머니를 더 많이 감아 주기만 했다. 그러고는 내 귀를 틀어쥐고 현관문으로 끌고 갔다.

"도망가기만 해봐. 엄만 널 끝까지 찾아내고 말 거야."

엄마는 빈정대는 기미 없이 말했다. 그 말은 내가 엄마에게 딱 붙어 있어야 한다는 뜻이었다.

여느 때처럼 한참 동안 엘리베이터가 오기를 기다렸다. 그런데 엄마는 엘리베이터를 타고 아래로 내려가지 않고 갑자기 나를 끌고 먼지 낀 계단으로 터덜터덜 걸어 올라갔다.

꼭대기 층에 도착해 밝은 곳으로 나오고 나서야 비로소 나는 얼마나 이른 시간인지 깨달았다. 피카드 하우스 꼭대기로 해가 막 떠올랐다.

"몇 시지?"

나는 아빠의 손목시계를 얼굴까지 들어 올려 보면서 엄마의 찡그린 얼굴을 외면했다.

"5시? 엄마 제정신이세요?"

순식간에 엄마는 잠이 덜 깬 내 정신을 번쩍 나게 했다.

"지금껏 네가 이 시간에 일어나 본 적 없다고 해서 이 시간이 존재하지 않는 건 아니란다."

엄마는 진지해지려고 애를 썼지만 좀체 어울리지 않았다. 그리고 내가 받은 충격도 누그러뜨리지 못했다.

"여기서 아침 드시려고요? 고스트가 사방으로 다 보여서요? 근사하네요."

엄마는 내 말에 화가 나거나 실망한 것 같지 않았다. 이 대화는 내가 기억할 수도 없을 만큼 오래전부터 우리 관계가 어땠는지 보여 준다.

"모르겠구나. 하지만 아주 나쁘진 않은걸."

엄마가 한숨을 쉬었다.

"사람들이 고스트를 날려 버리면 훨씬 더 근사해 보일걸요."

내 말에 엄마는 짜증스런 표정을 지었다. 그러나 나는 엄마가 내 말의 요점을 이해하고 내 마음을 알아주기를 바랐다.

"널 봐, 너는 차가운 시멘트 바닥에서 끝나게 될 거야. 네 상태를 좀 보라는 뜻이야!"

"저를 멈추시려거든 다이너마이트를 더 많이 가져오세요."

"물론 그렇겠지. 그래서 네가 지금 이렇게 좋은 상태에 있는 거고. 소니, 솔직히 이런 일이 대체 얼마나 많이 일어날 것 같니? 엄마가 소파가 아니라 병원에서 널 찾아낼 때까지 얼마나 걸릴까?"

"과장하지 마세요, 엄마. 많이 아프지 않아요. 더 아팠던 적도 있잖아요."

"오, 그건 나도 알지. 네가 바보 같은 개랑 싸움질을 했던 때를 말하는 거구나."

"그건 핏불테리어였어요! 그 개는 가죽 끈도 채우고 입마개도 씌워야 했다고요. 게다가 제가 싸움을 시작한 것 같지도 않고요."

"바로 그거야. 넌 아무것도 시작하지 않아, 그렇지? 네 말을 들어 보면, 넌 자신을 위해 맞서지도, 옳은 일을 하지도 않는데 잘못한 게 없다고 해."

엄마는 한숨을 쉬었다. 그리고 머리카락을 꼭 쥐었다가 다시 손을 폈다.

"아들아, 더 좋아지는 게 아니라 더 나빠지잖니. 잼미가 여기서 지켜보지 않은 뒤로 네가 한 일은 힘든 상황에서 더 멀리 도망치는 것뿐이잖아."

"저도 스스로 보살필 수 있어요."

화가 머릿속에서 부글부글 끓어올랐다. 엄마 말은 모두 형 얘기로 끝난다. 마치 형이 내 보스라도 되는 것처럼, 형이 겉옷 안에 슈퍼맨의 망토라도 숨긴 것처럼.

"그나저나 왜 저를 야단칠 때마다 그 사람 얘길 꺼내세요?"

"그 사람?"

"누군지 아시잖아요! 형 말이에요."

"네 형은 관계없어."

"관계있어요. 엄마도 아시잖아요. 언제나 형 얘길 하시면서. 엄만 제게 형 같은 사람이 될 기회를 주지 않았어요. 엄마는 그 점을 생각하셔야만 할걸요. 그게 우리가 여기 서 있는 이유거든요."

"아무도 네가 형과 같아지기를 바라지 않아, 소니. 엄마는 분명히 아니야. 다른 사람은 몰라도 엄마는 아니야. 형한테서 경쟁심을 느끼는 사람은 너뿐이지. 엄마가 원하는 건 너희 둘 다 행복하고 안전하게 지내는 것뿐이란다."

"하지만 형은 아니잖아요, 그렇죠? 행복하지도 안전하지도 않아요. 형이 왜 거기에 있을까요? 폭탄과 싸움은 형이랑 아무 관계가 없는데 왜 모든 위험을 감수하고 거기 있는 거죠?"

"형은 자신이 옳다고 생각한 걸 하는 거야. 아무도 돈을 주지 않았을 때 군에서는 형에게 월급을 줬어. 우린 그 돈이 필요했고, 영원히 이렇게 살 수는 없잖니."

나는 엄마가 고통스러워하는 표정을 보였을 때 물러서야 했다. 엄마는 죄책감을 느낄 필요가 없었다. 지난 16년 동안 날마다 나를 먹여 살렸기 때문이다.

하지만 언제나 그렇듯, 형과 나 사이에 틈이 넓게 벌어져 있다는 사실을 확인했다.

"돈이 그렇게 부족하면 저한테 말하지 그랬어요. 저도 제 몫은 할 수 있어요, 엄마도 아시잖아요. 전 완전히 쓸모없는 사람은 아니에요."

"아무도 네가 쓸모없다고 한 적 없어."

"일자리를 구할게요. 공장에 얘기해서 교대 근무 자리라도 얻을게요."

"길게 내다볼 수 없니, 소니? 엄만 네가 다시 학교를 다녔으면 좋겠어. 다시 시작해 볼래?"

대화는 엉뚱한 방향으로 흘러갔다. 나는 불쾌한 기분을 숨길 수가 없었다.

"학교는 잊어버리세요. 그런 데는 안 가요."

"왜 안 된다는 거니? 넌 아주 똑똑한 아이야. 하지만 공부를 더 해야 해."

"아뇨, 과연 어떤 남자가 쓸데없는 과목에서 C를 줄줄이 받으면서 그냥 있을 수 있을까요? 누가 제게 사무실에 일자리를 줄까요? 뭐라고요? 누군가 우리 집 주소를 보겠죠. 그럼 끝이에요. 게임 끝이라고요!"

"사람들이 네가 어디 사는지만 본다고 생각하니? 사람들은 신경 쓰지 않아. 네가 무엇을 할 수 있는지에 대해 신경 쓰지."

나는 답답한 마음에 양팔을 내저으며 그 자리를 떠나려고 했다.

"이런 얘기 해봐야 소용없어요. 엄마는 할 수 있다고만 생각하시잖아요. 우리가 대체 왜 이러는 거죠?"

엄마는 내 팔을 잡고 옥상 가장자리로 끌고 갔다.

"왜냐하면 네가 이번만은 나와 같은 것을 보기를 바라니까. 고스트가 아니라 저 너머에 무언가 있다고 깨닫길 바라니까."

엄마도 나도 넌더리가 날 만큼 주고받은 얘기였다. 하지만 엄마는 포기하지 않았다.

"네 머리는 언제나 사기칠 생각으로 가득 차 있어. 그러니까 이렇게 살면 안 된다는 걸 알 수 없지. 저길 봐, 소니. **보라고!** 저기엔 더 많은 것들이 있어. 너와 잼미를 위해서. 넌 다른 사람들이나 엄마처럼 여기에 있을 필요 없어. 그 점에 대해서 생각하렴. 네가 어떤 가치가 있는지 생각해!"

그리고 잔뜩 골이 난 내 얼굴을 움켜잡았다.

그래, 고스트 경계 너머에는 건물들이 있다. 대부분 더 매력적이고 더 잘 유지되어 있다. 하지만 그 건물들은 나에게 아무런 의미가 없었다. 한때 현장 학습을 나갔다가 그 건물 중 일부를 가까이서 본 적 있지만, 다른 아이들의 도시락을 슬쩍했다는 이유로 일찍집으로 돌려보내졌다. 그래서 운전기사의 도시락도 슬쩍했다. 그게 뭐가 어떻다는 거지? 나는 배가 고팠다.

하지만 엄마는 이해하지 못했다. 우리를 위해 저곳에 무언가가 있다고, 정말로? 나를 위해서, 아니면 형을 위해서? 우리는 저 사람들의 규칙은 모르지만 여기 규칙은 잘 안다고 엄마에게 여러 번이야기했다.

"그거 아니? 그게 너와 네 형의 유일한 차이점이야. 형은 저 밖을 도전이라고 생각할 거야. 만일 형이 떠나고 싶다고 생각하면, 가진 모든 것을 승합차에 가득 채울 때까지 멈추지 않을 거야. 설사 형이 두려워하더라도 나중에는 좋아질 거야. 잼미는 도전을 할 거고, 우리를 데려갈 거야."

나는 욕이 나왔다. 그리고 우리 삶에 형이 있다는 게 참 재수도 좋은 일 같다며 분위기를 긴장시켰다. 하지만 진심이 아니었다, 정말 아니었다. 내가 너무 부족해서 화가 났을 뿐이다. 그리고 낯설게도 엄마도 나만큼이나 마음이 아파 보였다. 눈에 눈물이 가득 차자 눈가에 주름이 생겼다.

"원한다면 넌 그렇게 할 수 있어."

흥분해서인지 엄마 목소리가 떨렸지만 나는 그 말을 똑똑히 들었다.

"난 형처럼 될 수 없어요, 엄마. 난 할 수 없어요."

"엄만 네가 형처럼 되는 걸 바라지 않아. 엄마가 원하는 건 네가 저곳을 보는 것뿐이란다. 그리고 저곳에 대해 생각하는 거야. 넌 할 수 있어, 그렇지?"

엄마는 갈라진 손으로 내 뺨을 그러쥐었다.

"생각해 볼게요."

나는 생각보다 더 공허하게 들리는 목소리로 중얼거렸다.

"꼭 해야 해."

엄마가 한숨을 쉬고 마지막으로 경치를 바라보았다.

"다음에 네가 궁지에 몰리면, 우린 널 아주 빨리 꺼내 줄 수 없을지도 모르니까. 엄마도 네 형도."

엄마는 가방을 들고 자리를 떠났다. 서른여섯 살보다 열 살은 더 들어 보였다.

나는 엄마가 경치를 보던 자리로 가서 무엇을 보았는지 알기 위해 노력했다. 만일 저곳에 희망이 진짜 있다면, 그럼 그것을 빨리 찾아야 한다. 4일 동안 500파운드를 만들어야 한다. 고스트 너머에 200파운드짜리 지폐가 달린 나무가 자라는 게 아니라면, 집 안 틈새 하나까지 뒤져봐야 할 것이다. 엄마가 기뻐하지 않을 테지만. 하긴 엄마는 알 필요가 없다. 이번엔 알 필요 없다. 이번이 마지막이니까.

잼미

나는 무언가의 가장자리에 서 있었다. 영광 아니면 들것 어느 쪽으로든 갈 수 있었다. 그러나 그것에 영향을 끼치기 위해 내가 할 수 있는 일은 없었다. 우리는 플레이스테이션 같은 게임을 하는 것이 아니기에 한숨 돌리고 싶을 때 일시정지를 할 수도 없었다. 소대장을 믿고 자신뿐만 아니라 서로를 보살피는 일에 집중해야 했다.

옆 소대가 다른 방향으로 떠났다. 나는 토모를 바로 앞에, 내가 볼 수 있는 곳에 있게 했다. 토모는 땀에 흠뻑 젖었지만 발걸음은 가벼워 보였다. 우리는 무리지어 계단에 도착한 뒤 총열을 펼치고, 계단을 올라가며 문이 열린 곳의 모든 벽면을 구석구석 겨누었다.

나는 새로운 정보를 들으려고 헤드셋에 귀를 기울였지만 아무 소식도 없었다. 심장 뛰는 소리만 들렸고 나는 극도로 예민해졌지만 이상하게도 천하무적이 된 것 같은 기분이 들었다. 아무것도 나를 건드릴 수 없고, 총알이 내 몸에 박히는 대신 바닥에 부딪쳐 구겨질 것 같았다. 우리 넷은 실험실에서 굉장히 새롭게 만든 잡종 같았다. 우리가 함께 붙어 있는 한 그 마약을 찾아낼 것이다. 다른 결과가 있을 리 없다.

기퍼 조 병사들이 1층을 전부 확인했을 때, 우리 조는 2층에 도착했다. 보고할 만한 것은 없었다. 나는 눈물이 날 것 같았지만 그 일을 잘 해낸, 다시 말해 마약을 찾아낸 병사가 되고 싶었다. 우리가 마약을 찾는다면, 무기도 같이 찾게 될 것이다. 꼭 그렇게 되어야 했다.

슬래셔가 우리 앞에서 복도를 살펴보았다. 그리고 심한 리버풀 사투리로 속삭였다.

"문 12개. 잼미, 토모, 왼쪽을 맡아. 우린 오른쪽을 맡을게."

우리는 고개를 끄덕였다. 토모는 나와 같은 조가 되어 안심이 되는 것 같았다. 우리는 망설이지 않고 총을 턱에 바짝 갖다 댄 채 첫 번째 방으로 달려 들어갔지만 아주 오래된 매트리스만 발견했다. 매트리스 냄새 때문에 화장실에 들어갈 때처럼 몸이 웅크려졌다. 토모는 나에게 매트리스를 수색하라고 손짓했다. 나는 토모 말대로 앞으로 나가 발로 매트리스를 휙 뒤집어 찼다.

매트리스 아래에는 아무것도 없었고 매트리스 안에도 아무것도 채워져 있지 않았다.

"확인 완료. 이동."

방을 하나씩 확인할수록 우리는 소대장이 말한 정보를 점점 믿기 힘들어졌다. 하지만 정해진 순서대로 진행했다. 그리고 몇 분 만에 우리 넷은 다시 계단으로 돌아와 더 높이, 4층으로 올라갔다.

하지만 거기서도 계속해서 아무것도 발견하지 못했고 우리는 점점 더 두려워졌다. 이제 두 층에 스물네 개의 방이 남았다. 그 방들 중 하나에 마약과 마약을 지키기 위한 무기가 많이 쌓여 있어야만 했다.

내 머리가 마치 콘센트에 꽂힌 것처럼 귓속이 심하게 윙윙거렸다. 군복이 바스락거리는 소리가 들렸고, 숨을 깊게 들이쉬자 폐가 터질 것 같았다.

"이제 시작이야, 토모."

내가 속삭였지만 아무 응답이 없었다. 나는 토모가 그 구역에 집중하느라 그랬기를 바랐다.

꼭대기 층. 아래층과 동일한 배치에 개수도 똑같은 방들이 있었다. 첫 번째, 두 번째, 세 번째 방은 잔뜩 어질러져 있었지만 중요한 물건은 아무것도 없었다. 네 번째 방 역시 다른 방들보다 더 덥고 작은 것을 빼고는 다른 점이 아무것도 없었다. 방 크기가 다른 방들에 비해 3분의 1밖에 되지 않았다. 나는 더위 때문에 얼굴을 잔뜩 찡그렸다.

토모가 땀을 흘리며 속삭였다.

"대체 어떻게 된 거지?"

벽을 걷어차 보려고 했지만 건드리기만 해도 먼지들이 쏟아져 내렸다.

"여긴 아무것도 없어. 기퍼가 담당한 층에 있는 게 분명해."

나는 열린 문을 통해 슬래서와 귀도가 또 다른 방문을 열고 들어가는 모습을 볼 수 있었다. 이때다 싶어 토모를 내 쪽으로 잽싸게 잡아당겼다.

"너 무슨 문제 있어?"

나는 내 무전기가 꺼진 걸 확인하고 물었다.

"틀린 정보인 거지?"

토모는 자신의 말이 벽에 그려지기라도 할 것처럼 두리번거리더니 말을 이었다.

"이 방은 좀 작네. 너무 덥고. 주민들이 생각나. 여기 사람들은 우리가 여기 있는 걸 원하지 않아. 우리가 쫓는 마약 말이야, 그게 여기 있는지 어떻게 알아? 알다시피 군사 정보가 터무니없는 것일 수도 있잖아."

나는 토모 말 속에 배인 공포를 들을 수 있었다. 토모는 자제력을 잃을 지경에 이르렀다. 우리, 아니 바로 내가 토모를 진정시켜야 할 때였다. 나는 토모와 거리를 좁혔다. 하지만 토모는 뒤로 물러서며 수상쩍다는 듯이 나를 쳐다보았다.

"뭐야? 너 뭐하려는 거야?"

토모가 물었다.

"목소리 낮춰, 알았어?"

나는 토모에게 물을 먹이려고 토모의 음료 튜브로 양팔을 뻗었다. 하지만 토모는 내가 방심한 틈을 타 내 방탄복을 움켜쥐고는 나를 벽으로 내던지듯 떠밀었다.

나는 충격을 받았다. 15년 동안 토모는 나에게 손가락 욕 한번 한 적이 없었다. 화가 나 하얀 섬광이 머릿속에 번쩍였지만, 불현듯 이상한 생각이, 무언가 잘못되었다는 생각이 들었다.

그것은 벽이었다. 토모가 나를 내던졌을 때 그 벽은 다른 벽들처럼 바스러지지 않고 구부러졌다. 크게 구부러진 건 아니었지만 충분히 느껴질 정도였다.

나는 조용히 하라는 표시로 손가락을 입술에 댔다. 나는 다시 한번 벽을 밀기 위해 벽에서 한 발짝 떨어졌다. 한번 더 밀었더니 다시 벽이 휘어지는 게 느껴졌다. 그 벽은 돌이 아니라 나무로 되어 있었다.

"뭐하는 거야?"

토모는 여전히 화가 난 것 같았다. 한 대 맞을지도 모른다고 생각했는데 아무 일도 일어나지 않아 두려워하는 것 같기도 했다. 하지만 나는 대답하지 않았다.

어떤 일이 생길 수 있을지 가늠하느라 머릿속이 바쁘게 돌아갔다. 왜 이 방 하나만 다른 방들보다 더 작을까? 또 왜 더 더울까? 이빨로 손가락 부분을 물어 장갑을 벗은 다음 벽에 손을 대보았다. 따뜻했다.

그리고 토모에게 나처럼 해보라고 속삭였지만 토모는 내 말을 이해하지 못하고, 여전히 미치광이처럼 거품을 물고 화를 냈다. 나는 망설일 틈 없이 토모의 배낭끈을 잡고서 문 쪽으로 끌고 간 뒤 귀에다 대고 내뱉듯 말했다.

"진정하고 내 말 들어! 저 안에 무언가 있어. 저건 가짜 벽이야. 우리가 마약을 찾아낸 것 같아."

화를 내던 토모는 공포에 질려 훌쩍이기 시작했다.

"우리가 뭘 해야 하는데?"

그때 귀도와 슬래셔가 지나가며 이상하다는 듯 우리를 보았다. 나는 토모를 놓아 주고, 평범하게 행동하려고 노력했다. 그리고 재빠르고도 조용하게 내가 알아낸 것을 그들에게 전달했다. 다시 벽 쪽으로 돌아갈테니 나를 엄호해 달라고도 했다.

본능적으로 나는 벽을 없애고 싶었다. 벽 뒤에서 적들이 나를 공격하지 않기를 기도하며 모든 총알을 벽 표면에 깊숙이 박고 싶었다. 하지만 나는 그렇게 하지 않았다. 반대편에 무엇이 있는지 전혀 알 수 없었다. 만약 사제 폭탄이 있다면, 그것이 우리를 하늘 높이 날려 버리면 어쩌지?

총을 들고 양손으로 조용히 돌린 다음 밑동으로 벽을 내리쳤다. 벽이 더 많이 휘어지자 더 빠르게 때렸고 마침내 벽이 깨끗하게 뚫렸다. 그와 동시에 복도에서 쾅음이 났다. 두 사람이 계단통으로 달려가는 게 보였고 뒤이어 총알이 쏟아지는 소리와 다른 불분명한 소리들이 들렸다. 슬래셔가 건너편 방에서 부리나케 나가더니 고함을 지르며 그 사람들 쪽으로 총을 마구 쏘았다.

지금까지 들어 본 비명 중 가장 날카로운 소리였다. 더 많은 총알이 발사되는 소리와 더욱 고통스러운 비명, 쿵 하는 두 번의 소리까지. 그리고 고요해졌다.

내가 널빤지로 만든 벽 안으로 팔을 반만 집어넣는 순간, 심장이 갈비뼈를 마구 두드리듯 요동쳤다. 총을 지렛대처럼 사용해서 나무 벽을 뜯어냈다. 큰 덩어리가 떨어져 나가자 뒤에 숨겨진 공간이 모습을 드러냈는데, 그곳은 배관과 양동이, 상자 들로 가득했다. 바닥에 줄지어 늘어놓은 포장용 셀로판 상자들은 주인들을 아마도 오랫동안 기다려야 할 것이다.

나는 마지막 널빤지를 걷어차고 헤로인을 최대한 많이, 양팔 가득 들었다. 그리고 소대장과 다른 병사들이 도착해서 기다리는 문으로 향했다.

그런데 복도에 펼쳐진 광경을 본 순간, 방금 느꼈던 승리감이 다 사라져 버렸다.

몸에서 피가 흘러나오는 것을 빼고는 다른 움직임이 없는 시체 두 구가 있었다. 슬래셔 쪽으로 피가 흘러갔다. 슬래셔는 그 자리에 얼어붙은 듯 서서, 시체들을 향해 여전히 총을 겨누었다. 귀도가 어깨를 두드리자 슬래셔는 그제야 총을 옆으로 내렸다.

"이봐, 저자들은 다시 총을 쏘지 못해."

슬래셔는 아무 말도 하지 않았고 다른 곳으로 시선을 돌리지도 못했다.

내 발 쪽으로 피가 흘러 군화를 물들였다. 하지만 나도 꼼짝할 수 없었다. 총을 쏜 사람이 내가 아니라 슬래셔라서 다행이라는 생각밖에 나지 않았다. 나라면 방아쇠를 당길 배짱이 있었을까?

토모는 엄청난 총소리가 난 뒤부터 계속 몸을 떨면서 내 뒤에 서 있었다. 나는 토모가 내 뒤에 있어서 기뻤다. 그러지 않았다면, 토모가 날카로워질 수도 있었다. 토모가 복도에 펼쳐진 끔찍한 광경을 본다면 다시 돌아오지 못할 절벽으로 떨어질 수도 있었다.

내 헤드셋이 치직거리며 다시 연결되고 소대장이 복도로 성큼성큼 걸어왔다. 기퍼와 병사들은 소대장 뒤에 있었다.

"자네가 찾은 걸 봐!"

소대장이 소리쳤다.

나는 내 옆에서 일어난 죽음에 대해서는 잊고, 갓 태어난 아기를 자랑하듯이 상자들을 들어 올렸다. 죄책감을 느낄 필요 없다고 스스로를 다독였다. 나는 내 임무를 완수했고, 마약을 발견했고, 아직도 숨을 쉰다.

"아주 훌륭하군."

소대장이 내 철모를 거칠게 툭툭 치며 씩 웃었다. 나는 온몸이 떨렸다.

"더 있나?"

나는 뒤쪽을 가리켰고, 토모가 남은 꾸러미들을 들고 선 모습을 보았다. 토모가 자기 몫을 해낸 것 같아 무척 기뻤다.

"한 쌍의 뛰어난 마약 탐지견 같군. 앞으로도 주의 깊게 행동한다면, 자네는 명예롭게 제대할 수 있을 거야."

"제가 한 일은 많지 않습니다. 벽을 발견한 건 토모예요. 전 벽을 부수기만 했습니다."

미처 생각하기도 전에 그 말들이 내 입 밖으로 빠르게 나왔다.

토모는 소대장이 팔을 뻗자 그만 깜짝 놀라 들고 있던 상자를 떨어뜨릴 뻔했다.

'침착해! 내가 거저 줬잖아. 망치지 마.'

침착하게 토모는 칭찬을 받아들였지만 혼란스러운 눈빛으로 나를 흘끗 보았다. 나는 슬쩍 고개를 저었다.

'나중에 얘기할게.'

우리에겐 시간이 없었다. 방은 하이파이브를 하는 병사들로 무척 붐볐고, 안도감에 휩싸인 훈훈한 기운이 코끝으로 전해졌다. 그 훈훈한 냄새를 맡을 수 있을 정도였다.

임무를 완수해 정찰은 끝났다. 이제 우리는 기지로 안전하게 돌아가기만 하면 되었다.

나는 우리의 행운이 벌써 바닥난 건 아니기를 바랐다.

잼미

기지는 우리가 마약을 찾아냈다는 소식으로 활기가 넘쳤다. 우리는 운이 좋았던 불량 병사들이 아니라 정복 전쟁의 개선장군처럼 당당하게 돌아갔다.

동료들은 화질이 선명한 영화를 보듯이 직접 그 이야기를 듣고 싶어 했다. 우리는 여전히 흥분된 상태라 이야기해 달라는 요청이 즐거웠다. 내가 먼저 이야기를 시작했다. 토모는 처음에는 열심히 듣기만 하다가, 자세한 내용까지 곧바로 외워 눈에 보이는 모든 사람에게 다시 이야기했다. 나는 토모를 칭찬하는 게 부끄럽지 않다. 만일 내가 모든 영광을 토모에게 돌린다면 나중에 토모가 혹시 실수를 하더라도 눈감아 줄지 모른다고 생각했다. 오늘 우리의 성과 정도면 충분한 것 같았다.

30분 뒤 토모는 진짜 영웅이 된 듯 행동했고, 자신이 하지 않았던 일과 자신이 보여 준 게 아닌 용기에 대해 이야기하고 또 이야기했다. 나는 훗날 토모를 골려 줄 말이 생각났다. 하지만 지금은 아니었다. 내가 할 일은 방탄복이 나를 땅바닥으로 끌어당기기 전에 어서 그것을 벗어버리는 것뿐이었다. 빨리 씻지 않으면 다음 날 아침, 사람들이 방탄복을 입은 채 잠자는 나를 발견할 게 분명했다.

물줄기가 제트기처럼 시원하게 쏟아지지는 않았지만, 조금 시원하기는 했다. 내 피부가 천천히 생기를 되찾을 수 있도록 졸졸 흐르는 정도였다. 나는 먼지가 서서히 사라지는 것을 보았다. 먼지는 머뭇머뭇 바닥으로 미끄러져서 발에 고여 있다가 배수구로 흘러갔다. 피로 때문인지 모르겠지만, 잠시 뒤 먼지 색깔이 갈색에서 붉은 색으로 바뀌는 것 같더니, 아까 복도에서 보았던 아프가니스탄 사람 둘이 피를 흘리는 모습이 보였다. 어지러웠다. 심장 소리에 귀가 먹먹해지더니 샤워 박스가 빙글빙글 돌기 시작했고 온갖 소음이 더 요란해졌다. 나는 본능적으로 팔을 뻗어 벽을 붙들고 몸을 지탱했다.

지금은 안 된다. 첫 번째 정찰에서 살아남았을 때는 안 된다. 샤워를 하다가 곯아떨어지는 건 기분 좋은 일이 아니다.

회전목마가 느려져 마침내 멈출 때까지 쉬고, 또 쉬고, 계속해서 숨을 쉬었다. 맑은 물이 흘렀다. 몸은 깨끗해졌지만 마음은 공허해졌다.

다시 몸을 가눌 수 있게 되자 바닥에 미끄러지듯 앉았다. 동료들 얼굴을 마주할 준비가 될 때까지 잠시 동안 물줄기를 맞았다.

나는 흥분한 상태로 허리에 수건을 두르려고 애를 썼다. 평소에는 수건을 쓰지 않아도 세면장에서 막사로 걸어가는 동안 몸이 다 말랐다. 나는 토모가 신경 쓰였다. 토모가 아직도 떠들기를 바랐다. 토모 혼자서 오늘 일을 되새길 걸 생각하니 걱정이 되었다. 그래서 다리가 아직 불편했지만 발걸음을 재촉했다. 그러나 막사 문을 열어젖혔을 때, 나는 옷을 입은 채로 침대에 누워 잠든 토모를 발견했다.

용케 철모는 벗었지만, 방탄복, 군화, 전투복은 그대로였다. 나는 바로 옆에 있는 내 침대에 털썩 주저앉아 어떻게 해야 하나 고민했다. 자게 내버려 둘까 아니면 깨워서 옷을 벗겨야 하나?

하지만 오래 생각할 필요가 없었다.

"내가 너라면 그냥 자게 둘 거야. 토모는 깨워 준 걸 고마워하지 않을 거야."

기퍼가 침대에 비스듬히 누워 담배를 힘껏 빨아들이며 말했다.

나는 다른 이가 결정을 내려 준 것에 마음이 놓여 고개를 끄덕였다. 그러나 나는 곧 기퍼의 갑작스런 말에 다시 안절부절못했다.

"토모가 너한테 고마워해야 할 게 많은 것 같아. 안 그래?"

기퍼는 나를 물끄러미 바라보았는데 비난하려는 건 아닌 것 같았다. 내가 기퍼에 대해 아는 한 가지는 사람들을 함부로 대하지 않는다는 것이다. 기퍼는 상대방을 자극하지 않고 관찰하기만 했다.

기퍼는 상황을 정확하게 파악했다. 하지만 나는 기퍼에게 사실을 말하고 싶지 않았다.

"무슨 말씀이시죠?"

기퍼는 앉은 채로 앞으로 몸을 숙여 엉덩이를 바닥에 문지르고는 다시 싱긋 웃었다.

"너희 둘은 가까운 친구야. 이해해. 그게 잘못된 건 아니지. 나는 친구들이 함께 군대에 지원한 것을 많이 봤어. 누구를 믿어야 하는지 아니까 진짜 전쟁을 치를 때 큰 도움이 될 수 있어."

"전 분명 오늘 토모를 믿었어요. 토모가 먼저 벽을 발견했죠."

나는 허세를 부렸다.

기퍼가 눈썹을 치켜세우자 눈썹이 이마 위로 사라질 것 같았다.

기퍼가 활짝 웃으며 말했다.

"이봐, 잼미. 넌 절대 날 속이지 못해. 나는 도착한 순간부터 토모를 보았어. 토모는 줄곧 옷을 만지작거렸지."

나는 부정하려고 했지만 기퍼는 나를 내버려 두지 않을 것이다.

"그건 문제되지 않아. 나는 소대장이 아니야. 게다가 우리 모두는 지금 두려움을 느끼잖아?"

나를 약 올리는 걸까? 정말로 두려움을 느낀다면 기퍼는 기막히게 좋은 배우가 틀림없다.

"하지만 당신은 두렵지 않잖아요, 당신한텐 모든 것이 새롭지 않죠. 어쨌거나 당신은 잘해 왔잖아요. 그렇지 않나요?"

나는 기퍼의 팔과 다리를 손가락으로 가리키며 하나하나 세는 시늉을 했다.

기퍼는 슬쩍 웃어 주고는 잠시 동안 심각한 표정이 되었다.

"단지 운이었지, 경험이 있다고 해서 너희보다 내가 더 용감하다고 생각하지 마. 사실은 그렇지 않아. 나는 더 나은 청년들이, 그러니까 더 용감한 청년들이 신체의 일부를 잃고 돌아오는 걸 봤어. 하지만 적어도 그 사람들은 돌아오긴 했지. 내 말은, 난 네가 친구와 거기서 무엇을 했는지 안다는 것뿐이야. 오늘 우리가 성공한 일이 토모와 관계없다는 데 내 한 달치 월급을 걸겠어. 나는 토모를 봤어. 시장을 구석구석 두리번거리는 걸 보았지. 토모는 자신이 어디 있는지도 모를 만큼 집중을 하지 못했어. 그러니까 가짜 벽을 발견하는 일도, 부수는 일도 신경 쓰지 못했을 거야."

나는 아무 말도 하지 못했다. 그 침묵이 모든 사실을 인정하는 셈이 되었다.

"난 판단하지 않아. 토모도, 너도. 내 말은 우리가 토모만큼이나 두려워한다는 것뿐이야. 토모는 두려움에 파묻히기 전에 두려움을 떨쳐 버리는 방법을 배워야 해. 내 말 이해하겠어?"

나는 고개를 끄덕였다. 하지만 무엇을 해야 하는지 알지 못했다.

나는 기퍼가 말을 계속하기 전에 서둘러 말했다.

"사람들한테 약속했어요. 우리가 떠나던 날 말이에요. 토모가 내 곁에 없다면 고스트로 돌아오지 않겠다고요."

나는 캐머런을 떠올렸고 그녀에게 진심을 담아 전한 말들을 떠올렸다. 그러자 기퍼가 한숨을 쉬었다.

"우리는 모두 진지한 약속을 했어. 호감을 얻고 싶은 여동생이 있을 땐 더더욱 그렇고 말이야."

기퍼는 놀랍도록 빠르게 진실을 파악하는 재주를 가졌다. 그리고 웃음소리는 폭탄이 터지는 것처럼 커다랬다.

"그러니까 토모한테 여동생이 있는 거지? 난 눈치챘어. 매력적인가?"

기퍼가 우렁찬 목소리로 말했다.

나는 대답하지 않았다. 대답할 필요 없었다.

"토모의 여동생이 네 마음을 빼앗았나 봐, 그렇지? 네가 토모의 여동생에게 점수를 따려고 입대한 게 아니길 바라. 왜냐하면 네 피부가 햇볕에 타고, 모든 것을 걸어 싸우고 돌아갈 때쯤엔 그 아이의 마음은 다른 남자한테 가 있을 테니까."

기퍼의 목소리에는 자신의 경험에서 나온 분위기가 있었다.

나는 한숨을 쉬었다.

"나하고 캐머런 사이에는 아무 일도 없었어요. 고스트에는 이리저리 돌아다니는 우리 친구들이 있어요. 우린 아주 가깝죠. 그래서 열두 살 때쯤에 바보 같은 약속을 했어요. 아시죠, 우린 서로의 여동생을 건드리지 않기로 했죠. 누구라도 약속을 깨 버리면 이유를 묻지 않고 서로를 없애 버리기로 했어요."

"나한텐 남학생의 어설픈 실수로밖에 안 들리는걸."

기퍼가 껄껄 웃었다.

"2년 동안 그런 약속을 한 걸 후회했어요. 하지만 난 캐머런한테 토모를 안전하게 지켜 주겠다고 약속했고, 오늘이 좋겠다고 생각했어요. 내가 할 수 있는 한 오랫동안 토모를 모든 압박감에서 멀어지게 하고 싶었죠."

"자넨 좋은 사람이야, 잼미. 좋은 군인이기도 하고. 그건 가치 있는 일이지. 우리가 시체 운반용 가방에 들어가지 않고 헬기를 타고 여기를 나갈 수 있는 가장 좋은 방법은 우리 모두 하나가 되는 거야. 넌 군사 기초 훈련을 받았고, 이 전선에서 먹고 살지. 하지만 이게 사실이야. 소대장과 나, 슬래셔, 귀도, 심지어 저 바보 같은 카페인까지, 모두들 네가 여기 있는 동안 인정해야 할 유일한 가족이지. 집에 있는 사람들은 아무도 자네를 살아남을 수 있게 해주지 못해. 우리뿐이야. 무서운 생각 같지만 사실이야."

기퍼가 수건으로 내 팔을 가볍게 치고 샤워를 하러 갔다. 나는 홀로 남아 많은 것을 생각했다. 수천 마일 떨어진 곳에 있는 가족들을 생각하느라 머릿속이 괴로웠다. 내가 모든 사람들을 배려할 수 없다는 것을 알지만, 나는 해내야만 했다. 여전히 소니는 토모만큼이나 내가 필요하다. 그리고 캐머런은? 음, 캐머런은 내가 아무리 잊으려고 노력해도 잊을 수 없다. 솔직히 말하자면, 캐머런을 생각하니까 기분이 좋아졌다.

잼미

우리가 마약을 찾아낸 영광은 오래 지속되지 않았다. 들뜬 기분은 더위 때문에 곧 시들해졌고 다시 그늘 속으로 들어가야 했다. 하지만 오랫동안 둘러앉아 있지 말라는 주의를 받았다.

"명령을 기다려라. 대기하라, 제군들. 적들만큼 많은 걸 잃어서도 안 되고 긴장을 풀어서도 안 된다."

정찰이 두 배로 늘었다. 장교들은 탈레반이 우리가 찾아낸 마약 때문에 주민들에게 분풀이를 할까 봐 걱정했다. 탈레반은 일부 주민들이 우리가 보호해 주기를 바라고 마약이 있는 장소를 알려 줬다고 생각했다. 결과적으로 우리는 손에 기관총을 든 사람들이 평소에 하는 평범한 일, 순찰을 눈에 띄게 해야 했다.

우리는 정찰을 돌 때마다 긴장했다. 시장이 본격적으로 시작되는 시간에도 거리에 나오는 주민들 수는 줄어들었고, 우리가 광장에 도착했을 때도 전보다 훨씬 경계를 했다. 아무도 가까이 다가오고 싶어 하지 않았다. 이런 상황이 토모에게는 자신감을 찾는 기회가 되었다.

정찰을 할수록 거리들이 익숙해졌다. 우리는 공격받기 쉬운 곳들을 찾기 위해 거리를 샅샅이, 사납게 살펴보았다. 나는 토모가 저격수에게 알맞은 창문과 박격포 공격을 할 수 있을 정도로 넓은 옥상들을 살피는 것을 보았다. 그리고 토모는 전우들이 어떻게 움직이는지도 확인했다. 토모는 군인처럼, 그러니까 내가 다른 사람들에게 말했던 영웅처럼 보였다. 내가 할 수 있는 일은 새롭게 빛나는 토모의 모습이 이 더위 속에서 부풀어 터지지 않기를 바라는 것뿐이었다.

동네 아이들은 더위에도 아랑곳하지 않았다. 우리가 있어도 상관하지 않았다. 아이들은 어른들과 달리 우리를 의심하지 않았다. 대신 우리를 걸어 다니는 과자 가게라고 여겼다. 우리가 광장에 나타난 순간부터 우리를 에워싸고, 우리가 갖고 다니는 보급품을 찾기 위해 꼬질꼬질한 손가락으로 주머니를 샅샅이 뒤졌다.

사탕은 펜과 연필보다 인기가 많은, 가장 좋은 상이었다. 하지만 항상 위험도 있었다. 이곳에 있는 모든 것들, 눈깔사탕 하나에도 위험이 매달려 있었다.

우리는 소대장에게서 이런 말을 들었다.

"되도록 사탕 포장지를 수거하도록. 받은 즉시 사탕을 먹게 하고. 아니면 통역관을 시켜서 아이들에게 포장지를 땅에 묻으라고 말해."

우리는 당황해서 소대장을 쳐다보았다.

"쓰레기를 걱정하십니까?"

나는 능글맞게 웃으며 물었다.

"그런 건 신경 쓰지 않아. 하지만 사탕을 받은 아이가 담배에 양 손을 데이는 걸 원하지 않는다면, 내 말을 진지하게 생각하는 게 좋을 거야."

소대장이 날카롭게 대꾸했다.

"무슨 뜻입니까?"

"자네한테는 그게 사탕일 수도 있겠지. 하지만 사탕을 받았다는 이유로 고문을 당하는 아이들도 있어."

"뭐라고요?"

"탈레반 병사들은 아이 주머니에서 사탕 포장지 하나만 발견하 면 돼. 그리고 아이뿐만 아니라 가족들까지 배신자로 낙인찍어 버 리지. 결국 손가락 서너 개로 돌아다니는 아홉 살 아이들이 많이 생겨났어. 부디 책임감을 갖고 사탕을 나눠 줘. 자네가 정찰을 나 가서 걸음을 내딛는 매 순간마다 주의를 하란 말이야."

우리는 진지하게 고개를 끄덕였다. 함께 살아남기 위해 노력하 는 것 뿐만 아니라 기억해야 할 사항이 하나 더 생긴 것이다.

그런데 우리가 주는 상품에 신경 쓰지 않는 아이들이 한 무리 있 었다. 어떤 아이들 인생에는 한 가지만을 위한 자리가 있다. 그건 바로 축구이다.

나는 2주 전쯤에 아이들이 경기하는 시간을 재 보고 깜짝 놀랐다. 태양의 열기도 아이들에게 닿지 않는 것 같았다. 아이들은 몇 시간 동안 전력으로 질주하고, 태양도 지쳐 포기했을 때 멈추었다.

아이들은 열 살 아이답게 축구를 했다. 벌떼처럼 공을 쫓아 몰려다녔고, 내 생각엔 '패스'라고 하는 듯한 단어를 자꾸자꾸 소리쳤다. 그런데 다른 아이들과는 다른 방식으로 축구를 하는 아이가 있었다. 아이는 공을 세게 차지 않았다. 대신 발에 공을 달고 달렸는데, 공을 가볍게 차면서 아이들을 제치면 그때마다 아이들이 소년의 그림자 위에 서 있었다.

아이는 큰 아이들보다 키가 족히 50센티미터는 작았지만 무척 빨랐다. 나는 그 아이가 열정을 가진 게 좋았다. 아이가 뛰어난 기술을 쓸 때마다 다른 아이들은 여러 번 자존심이 상했다. 아이들은 먼지를 맞으며 달려 나가는 그 애의 정강이를 찼다. 그 애는 불평하거나 다리를 움켜쥐고 열다섯 번 구르지도 않았다. 공을 쫓아 벌떡 일어날 뿐이었다. 그리고 경기를 자신이 주도하는 흐름으로 돌려놓는 데 오랜 시간이 걸리지 않았다.

"저런 아이를 본 적 있니? 꼬마 메시 같아, 저 아이."

나는 토모를 보고 웃으며 말했다.

토모는 옆에 총을 내려놓고 부드러운 표정으로 아이를 보았다.

"몇 살이나 됐을까?"

"몰라. 많아야 아홉 살이나 열 살쯤 됐겠지."

"그런데도 계속 공을 안 놓치네. 저 아이를 보니 옛날 내 모습이 생각나."

나는 깔깔 웃었다. 그건 완전히 터무니없는 소리였지만 토모가 농담을 하는 것을 들으니 기분이 좋았다.

"옛날 네 모습이라고? 넌 마흔여덟 살이 아니라 열여덟 살이야."

"맞아, 하지만 나도 여자들을 만나기 전에는 저 아이처럼 열정이 넘쳤지."

"그래. 하지만 기술이……, 저 정도는 아니었어."

"도대체 왜 그래? 스카우트하는 사람이 갑자기 나타나서 나한테 선수 선발 시험을 제안하기도 했는걸."

"오 그래, 그 시험 네가 꾸며낸 것 같은데. 우습게도 너 말고 그걸 본 사람이 아무도 없잖아."

나는 토모가 씩씩거리는 소리를 듣고 웃지 않으려고 애썼다. 우리는 스카우트에 대한 얘기를 들었을 때 놀라지 않았다. 토모는 발재간이 좋았고 빨랐다. 축구 클럽의 선수 명단에 이름을 올릴 만한 실력이 충분했다.

하지만 토모는 자기 아버지를 설득하지 못했다. 아저씨는 차로 리즈까지 데려다 줄 시간이 없으며 토모의 실력이 그리 뛰어나지 않다는 얘기만 했다.

"누가 기름 값을 내주겠어? 그리고 나는 교대 근무 일자리를 잃어버릴 거야. 일자리를 잃게 되면 밥을 못 먹는 거고, 너처럼 이기적인 꼬맹이는……."

토모는 음식이 아니라 맥주를 사는 데 들어가는 많은 돈 때문에

울화가 치밀었지만, 꾹 참았다. 토모의 엄마는 아빠와 온갖 싸움을 했지만, 결국 그건 토모의 꿈으로 끝났다. 1주일 뒤에 선수 선발 시험이 열렸고, 그때까지 토모의 상처는 곪아 가고만 있었다.

그러고는 토모는 축구에 흥미를 잃어버린 것 같았다. 축구는 결혼을 약속했던 옆집 여자애만큼 중요한 것 같지 않았다. 그리고 토모는 많은 여자애를 만났다.

토모가 지금 아이들의 경기에 완전히 몰두한 채 직접 뛰어들고 싶어 근질거려 하는 모습을 보니 나는 정말 기분이 좋았다. 우리는 오래 기다리지 않아도 됐다. 잠시 뒤에 공이 내 발을 세게 때렸기 때문이다. 나는 축구를 못하는 멍청이처럼 보이고 싶지 않아서 공을 차 무릎 위로 올렸다. 하지만 공은 바람이 너무 빠진 상태라서 푸딩처럼 땅바닥에 철퍼덕 떨어지고 말았다.

"공이 얼마나 말랑말랑한지 만져 봐. 이걸 자유자재로 다룰 수 있다니 저 아이는 참 대단해."

나는 웃으며 토모에게 공을 차 주었다.

토모가 공을 꽉 쥐었더니 럭비공 모양이 되었다.

"저 아이는 정정당당하게 경기를 해. 우리 저 아이를 몰래 데려가서 에이전트가 되자. 그럼 우린 저 아이 몸값의 20퍼센트를 받아서 부자가 될 거야."

토모는 공을 떨어트리더니 순식간에 다시 공중으로 차올렸다. 그리고 무릎으로 공을 튕겨내 고개를 앞으로 숙여서 목 뒤로 공을 받았다. 공은 몸을 똑바로 펴도 배낭과 철모 사이에 착 달라붙어 있었다. 아이들은 탄성과 비명을 지르며 순식간에 토모를 에워쌌고, 내 추측이지만 자기들에게 비결을 가르쳐 달라고 간청하는 것 같았다.

토모를 지켜보는 건 아주 우스웠다. 공은 여전히 딱 붙어 있었고, 토모는 공을 본 적조차 없다는 듯이 행동했다. 어떤 아이가 공을 쳐내려고 폴짝폴짝 뛸 때마다 토모는 아이의 손이 닿지 않는 곳으로 몸을 획획 돌리며 아이들이 무엇을 원하는지 모르는 척했다. 두 뺨을 가로지르는 함박웃음에 귀가 사라져 보이지 않을 것만 같았다. 토모는 자만심을 보였고 그건 우리가 도착한 뒤 한 번도 보지 못했던 허세였다. 바로 내가 알던 예전의 토모였다. 그래서 나는 토모를 보고 바보처럼 웃었다.

토모를 편안하게 해줄 수 있는 것이 축구공이라는 사실을 알았더라면 몇 주 전에 공을 차주었을 텐데.

소니

4일이 지났다. 정확하게 4일하고도 23시간 32분. 그리고 나는 여전히 311파운드가 부족했다.

내가 가진 모든 것을 뒤져서 돈이 될 만한 것들을 찾아 중고품 매장으로 달려가기도 했다. 하지만 고작 60파운드를 들고 나왔다. 그리고 내가 받은 실망감은 백 배가 넘었다. 결국 내 삶이 이렇게 끝이 난다면, 나는 항복하고 나에게 닥칠 발길질을 받아들여야 하나 생각했다.

다른 아이들도 힘을 보탰다. 위기는 플레이보이 로고까지 새겨진 완벽한 은도금 지포 라이터를 전당포에 맡기고, 데니스는 3일 내내 술을 마시지 않았다. 데니스가 지난 몇 년 동안 맥주를 마시지 않고 가장 오래 버틴 시간이었다. 내가 도움을 청하자, 아이들은 자신이 할 수 있는 것을 했다.

캐머런은 더 많은 돈을 내놓았는데, 이틀 동안 구깃구깃한 10파운드 지폐 뭉치를 내 손에 꼭 쥐여 주었다.

"내가 모은 거야. 더 못 줘서 미안해."

캐머런이 어깨를 으쓱했다.

"이것도 많은걸. 하지만 어떻게 갚지?"

캐머런은 내게 기댔다. 캐머런의 속삭임은 겁에 질린 내 몸에 밝은 빛을 비춰 주었다.

"이미 갚은걸."

나머지 39파운드는 다양한 곳에서 나왔다. 6파운드 50펜스어치 동전은 소파 쿠션 아래에서, 또 20펜스짜리 동전 한 주먹은 위기 엄마가 모는 차 안 재떨이에서 나왔다.

우리는 5파운드씩을 받고 세차를 할 생각을 떠올렸다. 멀리 가지 않아도, 사람들이 자랑스러워하는 반짝반짝 빛나는 차들이 도로에 아주 많았다. 하지만 그건 내게 어림도 없었다. 엄마에게 솔직히 털어놓을까 생각했지만 내가 갚아야 하는 돈 때문에 엄마의 얼굴에서 더 큰 실망감을 보는 건 견딜 수 없었다.

이제 남은 방법은 내 입에 모터를 달고 그럴듯한 변명거리를 쏟아내는 수밖에 없었다. 나는 쿠다 패거리와 입씨름을 해서 며칠 시간을 더 달라고 협상할 수 있을 거란 희망을 가져야 했다. 하지만 그건 최악의 생각, 아마도 나를 어마어마한 추락으로 이끌 생각일 수도 있었다. 어쨌든 적어도 바닥으로 떨어지기 전에 내 옆에는 데니스와 위기가 있을 것이다. 데니스와 위기는 나 혼자 가도록 두지 않았다.

"널 지켜 준다고 잼미 형한테 약속했어."

우리가 피카드 하우스의 엘리베이터 안에 서 있을 때 데니스가
주장했다.

"어쨌든 오늘 밤 뉴스에서 아무 소식 없었잖아."

위기가 활짝 웃었다.

이건 내 이기심 때문에 생긴 일이었다. 결국 이건 내 일이었다.
하지만 엘리베이터가 삐걱거리며 올라가는 동안 히치를 욕하지 않
을 수 없었다. 히치는 또다시 잠적해 버렸지만 캐머런이 돈을 보태
준 지 얼마 되지 않아서 히치가 보낸 아리송한 문자가 도착했다.
그 문자는 어쩌면 문제를 해결할 수 있을지도 모른다는 희망을 주
었다.

　　널 실망시키지 않을게.

하지만 그러고 나서는? 없다, 아무것도 없었다. 문자도 전화도,
심지어 도서 상품권조차 보내오지 않았다. 나는 히치가 나를 위해
서 문자를 보낸 게 아니라는 생각까지 들었다.

히치가 없다는 걸 알아차린 사람은 나만이 아니었다. 히치가 마
지막으로 나타났을 때 보여 준 공격적인 모습 때문에 데니스는 아
직도 마음이 상해 있었다.

"녀석한테 무슨 일이 있는 거야. 이상한 일이 생긴 거라고."

5층을 지나갈 때 데니스가 말했다.

"보통 때보다 더 이상한 일 말이야? 히치는 가장 멀쩡할 때도 거의 제정신이 아니야."

위기가 담배를 뻑뻑 피우자 엘리베이터가 연기로 가득 찼다.

"맞아. 하지만 나는 히치가 그날 했던 말투나 행동이 좋지 않았어. 전부 다 엉망진창이었다고. 솔직히 개 수상해."

"난 네가 수상한데."

"너도 담배 한 대 할래? 여기 준비돼 있어."

위기는 그 밖에 아무 말도 하지 않았다. 나도 마찬가지였다. 나는 히치가 도와주겠다고 제안한 사실을 누구에게도 말하지 않았다. 히치와 히치가 가져온 돈이 없는 상태에서는 아이들이 히치를 더 안 좋게 여길 수도 있기 때문이다.

엘리베이터가 도착했을 때 마지막 용기마저 나를 떠나 버렸다. 문이 열리자 얼뜨기 여섯 명이 보였다. 모두 목이 긴 운동화에 모자 달린 티셔츠, 챙을 구부리지 않고 상표를 자랑스럽게 드러낸 모자 차림이었다. 다른 사람들 눈길을 끌고 싶은 건지, 아니면 상점을 털고 곧장 달려온 건지 알 수 없었다. 하지만 지금은 물어보기 적당한 때가 아닌 것 같았다. 특히 상대방이 내 지원 병력을 보고도 마음이 흔들리지 않을 때는 말이다.

"혼자 오라고 했을 텐데."

"뭐? 그러는 넌? 내가 뇌진탕이라도 일으켰었나. 지난번에 나를 걷어찼던 건 너희 둘뿐이었던 걸로 기억하는데."

"경비를 위해서야, 이 새끼야. 네가 가져온 동전을 모두 가지고 돌아가야 하니까. 그래서? 그건 어딨어?"

나는 주머니에서 지폐 뭉치를 꺼내면서 복도에 동전을 잔뜩 뿌렸다. 그러나 예측 가능한 상황에 머무르고 싶을 때는 이렇게 일을 시작하면 안 된다. 패거리를 이끄는 리더는 동전은 쳐다보지도 않고 내 손에서 지폐를 홱 가져가서 다 세더니 역겹게 이를 쩝쩝 빨았다.

"나는 동의하지 않았어. 요구당한 거지, 이 비열한 자식아."

나는 기술적으로 우두머리를 이기려고 노력했다.

"우리 장사를 가로챘으면 돈을 갚아야지."

"줄게. 단지 며칠이 더 필요할 뿐이야."

우두머리는 아무 말도 하지 않고, 나를 뚫어지게 쳐다보기만 했다. 내 요구를 받아들인다는 듯이 자기 패거리들을 향해 고개를 끄덕였다.

일이 너무 쉽게 풀렸다. 우두머리가 앞으로 나왔을 때 어쨌거나 나는 마음속으로 조금 안도했다. 우두머리는 고개를 연신 끄덕이고는 바보같이 웃으며 이를 드러냈다. 그러나 내가 고개를 치켜든 순간 우두머리의 표정이 변했다. 입을 꽉 다물고 팔로 내 목을 내리치더니 엘리베이터 문에 대고 힘껏 눌렀다.

내 옆에서 실랑이를 벌이는 소리가 들려서 흘끔 보았더니 데니스가 반격하는 것이었다. 데니스가 다른 녀석들을 들이받자 패거리가 모두 주머니에서 칼을 꺼냈다. 데니스는 가장 덩치가 크고 힘도 세지만 가진 건 주먹밖에 없어서 몇 초 만에 나와 위기 옆으로 뒷걸음질 치고 말았다.

"이렇게 나타난 걸 보니 틀림없이 넌 우리를 깡패라고 생각해. 정말로 우리가 이걸 보상이랍시고 받을 거라고 생각하나? 아니면 너한테 시간을 더 줄 거라고 생각하는 거야?"

대꾸할 말이 머릿속에 줄줄이 떠올랐다. 하지만 내 다리가 끊어지는 걸 바라는 게 아니라면 어떤 말도 내뱉지 말아야 했다. 대신 우리 형이 여기 있다면 어떻게 했을지 상상했지만 아무것도 떠오르지 않았다. 형은 아주 똑똑하고 영리해서 자신을 이런 상황에 빠뜨리지도 않을 거다. 이런 상황으로 떠들썩하게 곧장 걸어 들어간 나와는 다르다.

녀석이 다시 한 번 내 목을 강하게 눌렀을 때, 녹슬긴 했지만 끝이 날카로운 칼이 내 눈앞에서 흔들렸다. 칼이 왼쪽 눈으로 아주 가까이 다가왔을 때 그 칼이 더럽다는 사실을 알았다. 칼에 묻은 오물이 내 눈동자를 괴롭혔다.

온몸이 긴장되었다. 칼날을 벗어나려고 버둥거리자 목이 엘리베이터 문에 찌그러질 듯 눌렸다. 데니스가 마지막 몸부림을 쳤지만 결국 칼날은 데니스의 목을 겨누었다. 위기는 아무 말도 하지 않았다. 하지만 나는 위기가 가쁜 숨을 쉬며 가슴을 달그락거리는 소리를 들었다. 위기는 그 어느 때보다 담배를 피우고 싶어 하는 것 같았다.

쿠다 패거리는 도망칠 방법이 없는 곳에서 우리를 붙잡았다. 아

126

니면 나만 그렇게 생각했는지도 모른다. 무서운 칼에 겁을 먹고 눈물이 나기 시작할 때 뒤에서 엘리베이터 문이 열렸다. 그 순간 나는 엘리베이터 바닥, 누군가의 발아래에 나동그라졌다.

그 사람은 우리의 몸싸움 한복판으로 걸어 들어온 자신의 운명을 저주했을 것이다. 나는 본능적으로 그 사람이 측은했다. 그 사람은 뒷걸음치며 아무것도 보지 못했다고 주장할 수도 있었다. 하지만 그 사람의 발은 계단으로 달려가지 않고 나를 넘어갔고, 쿠다 패거리의 우두머리를 한 걸음 두 걸음 뒷걸음질 치게 했다.

"내가 늦었네, 그치?"

그 사람이 말했다. 익숙한 목소리였지만 나는 겁에 질려서 누구인지 바로 알아채지 못했다. 처음에는 순간 이동으로 우리 형이 돌아왔다고 생각했다. 하지만 그러고 나서 보풀이 잔뜩 일어난 옷과 감지 않은 머리 그리고 킁킁거리는 비염이 섞인 목소리를 듣고서 히치라는 것을 알았다. 히치는 준비되지 않은 상태로 전보다 훨씬 늦게 나타났던 것이다.

아니다. 히치는 준비되어 있었다. 무엇을 해야 하는지 정확하게 아는 것 같았고, 그것을 하는 데 시간을 낭비하지 않았다.

"얼마라고 했지?"

내가 옆으로 잽싸게 다가가자 히치가 물었다. 히치는 다시 잔뜩 흥분한 듯한 표정이 되어 단단한 턱을 움직이며 힘차게 껌을 씹었다. 그 모습은 나를 어지럽게 했다. 히치는 손에 무기를 가진 것도 아니었고 패거리가 가진 것과 맞먹는 칼도 없었지만, 패거리는

'위험해!'하고 비명을 지를 것 같은 두려운 시선으로 히치를 쳐다 보았다.

나는 전에도 히치 얼굴에서, 또 고스트를 활보하던 다른 아이들의 얼굴에서 그 표정을 본 적이 있다. 그것은 사람들이 피하기 위해 일부러 길을 건너거나 혹시라도 자기 쪽으로 시선이 집중 될까 두려워하게 만드는 표정이었다.

그리고 내가 볼 수 있는 것을 본 패거리도 나처럼 그 사실을 알아챈 듯했다.

"넌 누구야?"

나를 괴롭혔던 녀석이 물었지만 정말로 대답을 듣고 싶은 건지 확실하지 않았다.

"알 거 없어. 내가 얼마냐고 물었을 텐데?"

히치가 말했다.

"뭐가 얼마야?"

히치는 다시 앞으로 한 발짝 나갔다. 공격성으로 가득 차 있어서 나는 히치가 폭발하기 일보직전이라는 것을, 쿠다 패거리뿐만 아니라 우리와 이곳 전체를 엎어 버릴 수도 있다는 것을 확신했다.

"얼마가 부족해?"

"300파운드."

우두머리가 대답했지만 어떻게 자신이 30초 만에 흐트러졌는지 혼란스러워하는 것 같았다.

"그게 너희가 꺼져 버리는 데 필요한 전부냐?"

"아까는 그랬지."

우두머리는 용감해 보이려고 노력했지만 형편없이 실패했다.

나는 히치가 왼손을 바지 뒷주머니에 넣는 모습을 보았다. 모든 아이의 눈이 히치를 좇았지만 무엇을 꺼낼지 알 수 없었다. 히치의 움직임이 너무 불안하고 긴장되어 있어서 히치가 만약에 무언가 가지고 있더라도 그것으로 어떤 게임을 하려는 건지 나는 전혀 짐작할 수 없었다.

그 순간에는 14년 동안 쌓아 온 우정도 아무 의미 없었다. 우리 중 어느 누구도 히치를 아는 것 같지 않았다.

앞으로 걸어가면서도 히치는 손을 계속 숨겼다. 패거리를 지나쳐 발코니 가장자리에 갈 때까지도. 그리고 두툼한 10파운드 지폐 뭉치를 무심하게 꺼냈다. 하지만 돈을 갖고 우리를 거기서 꺼내 주기는커녕 난간 가장자리 너머로 손을 내밀어 지폐를 바람에 날려 버릴 것처럼 굴었다.

'뭐하는 거지?'

히치가 눈을 계속 크게 떠서 눈이 머리 밖으로 튀어나올 것 같았지만 침착해 보였다.

"난 300하고도 50파운드가 있어. 네가 원하는 것보다 더 많은 돈이지."

그리고 껌을 질경질경 씹었다.

쿠다 패거리 여섯 명 전부 군침을 흘리며 히치에게 다가갔지만, 히치가 팔을 아래로 더 떨어뜨리자 놀라서 침을 꿀꺽 삼켰다.

"내가 도착했을 때 상황을 보니 너희는 싸움을 하고 싶은 것 같은데."

히치가 패거리에게 다가서면서 돈을 다시 주머니에 넣자 데니스와 위기, 나는 놀라서 숨을 들이마셨다. 나는 '안 돼!' 하고 소리 지르고 싶었다.

무엇을 하려는 거지? 돈을 녀석들에게 줘! 비록 히치는 흥분 상태지만 우리가 수도 적고 무기도 없다는 사실을 당연히 알았을 것이다.

"어떤 걸 선택할래?"

히치가 물었다. 우리 아홉 명은 모두 어안이 벙벙해서 우두커니 서 있었다. 아무도 이 상황이 어느 방향으로 가게 될지 짐작할 수 없었다.

"300파운드라……. 이봐, 그건 우리한테 큰 차이가 없어. 그건 푼돈이지."

우두머리가 대답했다.

나는 심장이 덜컥 내려앉았다. 우리 목숨이 달린 상황에 이런 일을 벌이다니. 도망치고 싶었지만 할 수 없었다. 할 수 있는 일이라고는 마음을 굳게 먹고 히치가 움직이는 것을 지켜보는 것뿐이었다. 억눌린 공격성이 다시 활기를 찾은 듯 히치는 앞으로 두 걸음 걸어 나갔다.

그게 다였다.

두 걸음. 1미터조차 되지 않았다. 하지만 쿠다 패거리는 아주 집중했다. 히치 얼굴 근육이 아주 단단하게 구겨지자 얼뜨기 같은 패거리는 히치가 어디까지 갈지도 모르면서 한 명 한 명 뒤로 물러섰다.

나 역시도 아는 게 전혀 없었다. 히치가 바지 뒤에 쇠몽둥이를 숨겨 두었을 수도 있었다. 그 불확실함은 힘의 균형을 뒤바꾸기에 충분했다.

"미쳤구나. 너도 네가 미친 거 알아?"

우두머리가 내뱉듯 말했다.

히치는 그 수수께끼 같은 행동을 계속하며 어깨를 으쓱했다.

"그건 잘 알지. 그런데 이것도 알아? 어쨌거나 난 네 돈을 가져갈 거라는 거, 이 정신 나간 놈아."

우두머리는 평정심을 잃지 않으려고 잠시 멈추었다가 다시 말을 이었다.

"넌 체취 제거제를 엄청나게 사려고 그 돈이 필요하겠지만."

그리고 돈을 주기를 기다리며 손을 내밀었다. 하지만 히치는 움직이지 않은 채 이를 부득부득 갈기만 했다.

"히치, 그냥 돈 줘."

나는 얼마나 필사적으로 들리는지 아랑곳하지 않고 간청했다.

히치는 꼼짝하지 않았다.

"어서 줘버려, 응?"

데니스도 나만큼이나 간절히 바랐다. 하지만 히치는?

히치가 우리에게 고개를 돌려 웃음 지었을 때 얼굴 구석구석에서 활기가 넘쳤다. 그리고 천천히 손을 뒤로 가져가더니 뒷주머니에서 멈추었다. 히치의 정신 나간 행동에 나는 다시 움츠러들었다.

히치는 돈을 꺼냈다. 그리고 긴장한 나와 쿠다 패거리의 바람과는 다르게 아주 천천히 돈을 내밀었다.

"성가시게 굴 필요 없었잖아, 안 그래?"

패거리가 주머니에 돈을 넣었다. 맨 앞에 있던 녀석이 히치가 돈 뒤에 어떤 전염병이라도 남긴 건 아닌지 보려는 듯 자신의 손을 확인했다.

"하나 알려 줄까? 너에 대한 소문이 돌더라. 계속 지켜볼 거니까 조심해."

정말일까? 이런 분위기에서 히치가 쿠다 패거리 중 누구하고든 또 다른 싸움을 하게 되는 것을 나는 상상할 수 없었다.

패거리는 내 쪽으로 마지막 경고의 눈빛을 보내고 계단을 향해 슬금슬금 걸어갔다. 그건 우리가 엘리베이터를 타고 내려가야 한다는 뜻이었고, 우리가 히치와 함께 시간을 보내야 한다는 뜻이었다. 그 순간 우리는 어땠을까? 우리 중 어느 누구도 그것을 바라지 않았다.

소니

두려움을 느끼게 되면 사람들은 이상한 행동을 한다.

그렇다, 나는 쿠다 패거리에게 계속 얻어맞은 것 같은 기분이 들었는데 위기는 복권에 당첨된 것처럼 행동했다. 난간 주위를 뛰어다녔고 냄새가 코를 찌를 때까지 히치를 끌어안으려고 했다.

그러나 데니스는 위기와는 달리 즐거워하지 않았다. 데니스가 원하는 것은 대답뿐이었다.

"어디 있었어?"

데니스가 주먹을 불끈 쥐고 고함쳤다.

히치는 생각에 잠긴 채 데니스를 빤히 쳐다보았다. 지난번만큼이나 화가 난 듯했다.

"뭐라고?"

"어디 있었냐니까? 네가 없는 동안 무슨 일이 있었는지 알아?"

히치는 데니스가 자기 뒤 누군가에게 말하기라도 하는 것처럼 휙 돌아보았다.

"잔머리 굴리지 마. 너한테 말하잖아."

"문제가 뭐야?"

데니스는 자신이 들은 말을 믿을 수 없다는 표정을 지었다.

"문제가 뭐냐고? 문제는 너 때문에 우리가 크게 다칠 뻔했다는 사실이야. 신이라도 된 것처럼 굴면서 뭘 하려고 했어?"

"뭐처럼 행동했다고? 녀석들은 내게 돈이 있다는 사실을 안 순간부터 절대 우리를 다치게 하지 못해."

"그렇게 생각해? 녀석들이 돈을 빼앗은 다음에 우리를 칼로 찔렀다면 막을 수 있었을까? 우리는 맞서 싸울 수 없었을 거야."

히치는 데니스의 주장을 조금도 받아들이지 못하고 여전히 흥분한 채 거들먹거리며 돌아다녔다.

"당연히 우린 할 수 있었어. 그것보다 더 나쁜 곳에도 있어 봤잖아, 안 그래, 소니?"

장전된 총에 관한 얘기였다. 나는 둘 중 하나라도 화나게 하지 않고 대답할 방법을 찾지 못했다. 데니스 말이 다 맞긴 했지만, 히치가 빚을 갚아 준 덕에 나는 간신히 살아남았다. 히치가 아무리 정신병자처럼 행동했다 해도 도움을 준 히치를 비난하기는 어려웠다.

"우리가 말하고 싶은 건, 지금 네 모습이 우리가 알던 친구 같지 않다는 거야. 거칠게 군 거 말이야. 게다가 우리는 네가 오리라고는 전혀 생각하지 못했어."

나는 히치 쪽으로 걸어가려다가 히치가 찌푸리는 것을 보고 멈칫했다. 그러자 데니스가 말을 이어 나갔다. 부드럽지는 않았다.

"네가 돈이 있다고 미리 말했어도 너를 죽이진 않았을 거야."

"내가 해결하겠다고 소니한테 말했어."

데니스의 눈이 나를 향했다. 왜 내가 말을 하지 않았는지 알아야겠다는 눈빛이었다.

"하지만 그건 며칠 전이었어. 그리고 자세한 이야기를 듣지 못해서 일이 잘 안 됐다고 생각했어."

미친 짓이었다. 우리는 서로 비난할 것이 아니라 축하를 해야 했다.

나는 데니스에게 곤두서 있는 히치를 진정시키기 위해 다가갔다. 가까이 다가서자 참을 수 없는 냄새가 밀려왔다. 히치가 무엇을 가져왔든 그것은 우리가 알던 히치를 빼앗아 갔다. 나는 히치가 모든 근육들이 바들바들 떨릴 정도로 긴장한 것을 볼 수 있었다. 잔뜩 취한 건지 한 대 치고 싶은 건지 알 수 없었다. 어느 쪽이든 히치는 우리가 걱정하는 일에는 관심을 두지 않았다. 심지어 데니스가 돈을 어디서 가져왔는지 대놓고 물었을 때도 말이다.

"왜 내가 이런 대접을 받아야 하지? 내가 문제를 해결했잖아. 여기서 문제를 해결한 건 너희나 잼미 형이 아냐. 너희는 내 돈이 필요했어, 아니야?"

"그럴지도 모르지만 돈을 구한 곳까지 좋아할 수는 없어. 히치, 돈이 어디서 난 거야? 너 자신까지 그렇게 망가뜨리면서 누구와 거래를 한 거야?"

히치는 셔츠를 바로잡으면서 몸을 떨었다. 자신에게서 얼마나 지독한 냄새가 나는지 모르는 것 같았다.

"네가 낸 돈이 좀 됐나 보지, 그렇지? 이번 주엔 맥주를 얼마나 해치운 거야?"

"술을 좀 마셨다고 옷도 못 갈아입고, 씻지도 못하지는 않아. 히치, 솔직히 말해 봐. 너 지금 주정뱅이 같아 보여."

그리고 뒤따라 일어난 일을 나는 잊을 수 없다. 생각할 겨를도 없이 순식간에 둘 사이의 거리가 가까워지더니 히치가 데니스 귀 밑에 칼을 대고 세게 밀어붙였다.

나는 믿을 수 없었다. 히치에게 칼이 있었는데, 왜 그것을 쿠다 패거리에게 보여 주지 않았던 걸까? 왜 자신과 가까운 누군가를 위해서 아껴 두었던 걸까?

나는 중립을 지켜야만 했을지도 모르지만 그럴 수 없었다. 히치가 칼을 내게로 돌린다고 해도 상관없었다. 이건 우리를 위한 일이 결코 아니었다.

"데니스에게서 떨어져! 데니스 말이 맞아. 이건 너답지 않아. 무엇이 널 먹어 치웠든 우리가 도와줄게, 히치."

나는 움직이기를 거부하는 히치의 팔을 밀쳐 내며 고함쳤다.

"네 도움 따위 필요 없어. 이번만은 날 존중해 줘. 너희 중 한 명이라도 나한테 고마워해야 해."

이를 바득바득 갈던 히치는 비로소 우리가 알아들을 수 있는 말을 내뱉었다.

"나야 물론 고맙지. 너 아니었으면 쟤들은 바닥에 떨어진 내 시체를 정리해야 했을걸. 하지만 나는 너를 이런 상태로 희생시키면서까지 돈을 갖고 싶지는 않았어. 넌 우리를 위협했어. 어서, 히치, 칼 내려놔, 우리가 도와줄게."

히치는 칼을 단단히 쥐었다. 하지만 히치가 내 말을 듣느라 잠시 힘을 뺐을 때 데니스가 주도권을 빼앗았다. 무릎을 히치의 사타구니에 힘껏 쑤셔 박고 연달아 걷어차자 칼이 복도로 떨어져 팽그르르 돌았다.

데니스는 눈 깜짝할 사이에 칼을 밟았다. 그리고 발로 바닥에서 비스듬히 들어 올린 다음 세게 짓밟아 두 동강 냈다. 히치는 칼이 부러진 것이 고통스럽다는 듯이 비명을 질렀다.

그러자 데니스가 으르렁거리듯 말했다.

"이제 끝이야. 더 이상은 안 돼. 이제 네가 선택할 수 있는 건 두 가지야, 히치. 우린 이 모든 일을 잊을 수 있어. 무엇이 널 삼켜 버렸든 간에 우리가 해결해 줄게. 그렇지 않으면……."

데니스는 말을 멈추고, 두 동강 난 칼을 주워 히치에게 건넸다.

"이거 갖고 꺼져 버려."

히치는 고통스러워하는 듯했지만 몸을 웅크리고 웃는 것이었다. 그만 거기서 나가고 싶어진 것 같았다.

"웃기시네, 너 그거 알아? 갑자기 네가 내 문제를 아주 간단하게 해결할 수 있을 것 같지? 이런, 그런 거야."

히치의 말에는 분노가 서려 있었다. 나는 히치가 무슨 말을 하려는지 짐작이 갔다.

"너 때문이야, 난 가야겠어."

히치는 천천히 일어섰지만 옷에 붙은 먼지를 털어 내려고 하지 않았다. 옷 상태가 먼지를 털어 낼 수 있는 수준이 아니었다. 대신 우리 모두에게 강철을 구부릴 수도 있을 것 같은 눈빛을 건넸다. 그러고는 쿠다 패거리가 기다려도 상관없다는 듯 휘청거리며 계단으로 갔다.

나는 히치를 따라가려고 했다. 하지만 위기가 나를 뒤로 획 잡아당겼다.

"지금은 가지 마. 히치는 곧 진정할 거야."

위기는 담배에 불을 붙이고 힘껏 빨아들였다. 연기를 내뿜자 긴장감이 위기를 떠나는 것 같았다.

나는 위기가 부러웠다. 긴장감을 간절히 떨쳐 버리고 싶었지만, 담배를 피워도 긴장감이 사라지지 않을 거라는 걸 알았다.

나는 벽에 기대 미끄러지듯 앉아서 두 손으로 머리를 감싸 안고는 무언가를, 머릿속이 폭발하지 않게 할 무언가를 생각해 보았다.

소니

문제는 또 다른 문제로 대체된다는 말은 나에게 생소하지 않았다. 문제가 너무 커지는 것에 익숙하지 않았을 뿐이다.

쿠다 패거리가 더 이상 괴롭히지 않는다는 사실에 안심했지만 대신 히치를 걱정하거나 찾는 데 모든 시간을 써야 했다.

나는 혼자서 히치를 찾아다녔다. 데니스는 절대로 동참하지 않을 것이고, 위기는 덩치 큰 데니스 뒤에 숨을 것이다.

히치를 찾는 일은 확실한 곳에서, 다시 말해 히치의 집에서 시작했다. 문에 난 우편물 투입구를 통해 들여다 보았을 때 발견한 건 넘어질 듯 쌓여 있는 피자 상자와 지독한 냄새뿐이었다. 역겨운 냄새에 나도 모르게 뒤돌아섰다.

누군가 그 안에서 썩는 것 같은 냄새였다. 내 코도, 히치의 이웃들 중 한 사람도 견디기 힘겨운 냄새였다. 비틀거리며 그곳을 빠져

나가는데 이웃 중 한 사람이 대뜸 쏘아붙였다.

"너, 히치 친구냐? 히치한테 전해, 내가 대책 회의를 열 거라고. 사람들이 노상 들락거려. 큰 소동도 벌이고."

나는 히치를 본 적 있는지 물어보려고 애쓰지 않았다. 이웃이 착한 사마리아인일 수 있다고 생각하지 않았다. 대신에 고스트 구석구석을 샅샅이 뒤졌다. 보통 우리가 피하는 더 어두운 장소들까지도.

마약과 관련 있을 거란 점을 제외하고는 근거로 삼을 것이 많지 않았다. 고스트에서 자라지 않은 사람들은 마약과 어떤 관계가 있다고 추측할 수 없을 것이다. 마약은 고스트가 돌아가게 했다. 어떻게 만들어지느냐에 따라 색깔은 갈색에서 흰색까지 다양할지 모르지만, 어떤 색깔이든 누군가의 손에서 다른 사람의 손으로 끊임없이 건네졌다. 모두가, 심지어 경찰도, 보았고, 알았다. 나는 경찰들도 조금씩 손댄다고 생각했다. 경찰을 위한 몫이 있는데 왜 거절하겠는가? 좀 다른 부류의 아이들, 그러니까 지난 몇 년 동안 우리처럼 마약에 손대지 않는 괴짜들이 더러 있었다. 하지만 그 아이들마저 우리와는 다른 선택을 하고 말았다. 결국 우리만 더 똑똑하거나 더 나은 아이들이 아니라 괴짜로 불리게 되었다. 담배를 피며 이따금씩 술잔치를 하는 것과 헤로인이나 코카인, 알약을 하는 건 완전히 달랐다.

사람들은 놀라지 않겠지만, 우리 모두와 달리 나는 하마터면 굴복할 뻔한 적이 있다. 내가 열세 살 때 형이 내 주머니에서 알약을 발견했다. 온전히 한 알이 아니라, 내가 눈물겹게도 건초열에 먹는 약인 듯 행세한, 초승달 모양으로 쪼갠 노란색 조각이었다.

그때 피카드 하우스 계단을 하나하나 올라가면서 나는 형이 내 머리카락을 다 뽑아 버릴 것 같다고 생각했다. 내가 층과 층 사이에서 이빨이 없는 중독자들을 마주칠 때까지 형은 멈추지 않았다.

나는 그 광경이 괴롭다고 형에게 말하지 않았지만 그 후 한 달 동안 다른 꿈은 꾸지 않았다. 당시의 기억이 떠올라 나는 신경이 곤두선 채 그곳으로 향했다. 그 사람들 사이에서 풀썩 쓰러진 히치를 발견할 것만 같았다.

많은 게 바뀌진 않아 보였다. 계단통은 여전히 까맣게 탄 포일과 구부러진 숟가락들로 어질러져 있었고, 약에 취한 사람들의 냄새가 아주 고약했다. 소녀들은 실제보다 스무 살은 더 나이가 들어 보였는데, 얇은 피부 위로 툭 불거진 광대뼈에 바스러진 치아를 보이며 온갖 제안을 했다.

나에게 정말 필요한 것은 히치에 대한 정보였다. 하지만 아무도 히치를 아는 것 같지 않았다. 그래서 나는 고스트 구석구석을 샅샅이 훑었다. 내 금발 머리가 보행자용 신호 버튼처럼 여전히 빛났다. 만일 경찰이 나를 빤히 쳐다본다면, 자기들이 찾는 사람과 내가 일치하기 때문이 아니라 단지 내 모습이 충격적이기 때문일 것이다.

끝없이 히치를 찾아다니느라 머리가 짓이겨지는 기분이었다. 매일 같은 장소를 찾아가서, 서서히 썩어가는 얼굴들을 보는 건 고역이었다. 나는 히치가 그들과 같은 길을 가는 중이라고 상상하지 않을 수 없었다. 내가 얼마나 오래 쳐다보고도 히치를 못 알아보게 될지 궁금했다. 그 생각들을 머리에 매단 채 무거운 발걸음으로 집으로 돌아왔다.

그런데 캐머런의 도움으로 마음이 녹았다. 캐머런은 놀라웠다. 내가 스트레스를 받을 땐 침착했고, 흐트러지기 시작할 땐 거칠었다. 무엇보다 최근 캐머런 아빠가 잔뜩 성질이 난 상태로 위스키 병에서 기어 나왔는데도 캐머런은 내 문제를 처리해 주었다.

나는 아저씨에게 똑같이 매질을 해주고 싶은 마음이 가득했지만 캐머런을 위해 어깨를 내주려고 노력했다. 캐머런은 자신의 아픈 곳들이 내 문제를 똑똑히 보는 데 방해가 되게 두지 않았다. 내가 전에는 절대 경험해 본 적 없는 방식으로 나를 침착하게 만들었다. 나는 그런 점 때문에 캐머런을 사랑했다. 완전히.

또한 캐머런에게는 저항하기 힘들 만큼 장난스러운 면도 있었다. 그건 날카롭게 곤두선 내 신경을 조금 누그러뜨리고, 함께 대화를 이어 나갈 수 있는 좋은 시간을 갖게 해주었다. 그래서 형이 약속대로 아침 8시에 전화를 걸었을 때, 나는 무척 곤란했다. 캐머런이 내 옆에 누워 있었기 때문이다.

대화는 평범한 농담으로 시작되었다. 하지만 형이 내가 산만하다는 것을 눈치챈 것 같아서 긴장되었다.

〔괜찮니, 소니?〕

내가 형 질문에 뭐라고 말했더라?

"어, 괜찮아. 좀 피곤할 뿐이야, 형도 알다시피."

〔왜 피곤한지 얘기해 줘. 여긴 잠을 못 잘 정도로 더워.〕

캐머런이 잠에서 막 깨어 장난을 치는 바람에 나는 더 곤란했다.

"그만 좀 할 수 없어? 잠깐이면 돼. 우리 형이란 말이야."

나는 수화기를 손으로 가리고 속삭였다.

〔곁에 엄마 계셔? 네가 괜찮다면 엄마한테 딱 붙어 있어.〕

캐머런은 형의 말을 듣고는 엄마 표정 중 하나처럼 얼굴을 찡그리기 시작했다. 그러더니 온 얼굴 가득히 함박웃음을 웃었다. 나는 형이 우리 관계에 대해 아는 걸 원치 않았는데, 캐머런은 내 집중력을 시험할 준비를 하고 키득키득 웃었다.

캐머런의 장난은 너무 심했다. 정말 너무 심했다. 지나친 장난에 죽을 것만 같아서 나는 캐머런에게서 떨어져 침대 밖으로 뛰어나가야 했다. 캐머런은 실망한 척하는 표정을 지었다.

"엄만 공장에 가셨어. 교대 시간에 늦으면 안 되잖아, 그게 어떤 건지 형도 알면서."

나는 형의 목소리에 실망감이 묻어난다고 잠시 생각했다.

〔그래. 그럼 애들은 어때? 모두 잘 지내?〕

모든 질문이 폭탄을 가득 실은 것처럼 느껴졌다. 나는 질문이 폭발할 경우에 대비해서 질문 근처 어디에도 가고 싶지 않았다.

"모두 잘 있어. 바쁘게 지내, 알다시피."

〔뭐하느라 바쁜데?〕

"평범한 일들을 해. 돈을 좀 벌려고 하지."

〔일자리를 구했다고 나한테 말 안 했잖아, 그치? 솔직히, 나는 잠시도 너한테 아이들을 맡길 수 없어.〕

나는 그 단어를 천천히 발음했다.

"일, 자, 리…… 나도 일자리가 뭔지는 알아. 하지만 우리 중 누구도 일자리를 구한 건 아냐. 이 근처에서는 그런 거 자주 찾지 못하잖아."

그것은 형과의 평범한 통화, 다시 말해서 오래되고 똑같은 농담이었다. 하지만 나는 형이 나를 살펴보려고 전화했다는 사실을 알았다. 내가 집을 홀랑 태워 버리지 않았다는 사실을 확인하려고. 그래서 형의 질문이 쌓이자 나는 언제나처럼 불만스러워졌고, 결국 형이 캐머런에 대해 물었을 땐 아주 비꼬며 말하게 되었다.

"형이 캐머런을 본 적이나 있었나? 아, 있다. 형도 알겠지만, 걔이 근처에 있어. 내가 다른 애들보다는 몇 번 더 봤지."

바로 그 순간 캐머런이 주위를 빙글빙글 돌더니 나를 침대 쪽으로 밀쳤다. 내가 한 번에 두 가지 일을 처리할 수 있는 방법은 없었다. 그래서 멍청하고 이기적인 짓을 하고 말았다. 바로 앞에 서 있는 한 가지를 선택한 것이다.

"저기, 형. 나 지금 가 봐야겠어. 엄마가 집 꼴을 보고 엄청 혼내셨거든. 오늘 밤까지 싹 다 치우래. 엄마가 어떤지 형도 알잖아."

〔알지. 그래, 이번엔 꼭 엄마 말씀 잘 들어. 그리고 내가 다시 전화하겠다고 전해 드리고, 알았지?〕

"알았어. 또 전화해."

나는 서둘러 전화를 끊었다. 그리고 우리가 다시 침대로 갔을 때 죄책감을 뱃속 바닥으로 밀어냈다.

캐머런이 집으로 돌아가고 나서야 죄책감이 다시 고개를 내밀고 내 얼굴을 때렸다. 형과 내가 이야기할 수 있는 마지막 시간이었을지도 모르는데.

머리를 베개에 파묻고 비명을 내지르자 소리가 약하게 새어 나왔다. 내가 얼마나 많은 것들을 잘못할 수 있는지 나조차도 놀라웠다.

소니

집은 피난처가 되지 못했다. 형이 집으로 돌아올 날이 가까워지자 엄마는 더욱더 열성을 다했다. 1주일이나 남았는데도 방바닥이나 찬장, 액자까지 죽어라 청소를 했다. 엄마 마음은 나도 똑같이 청소해 버리고 싶었을 텐데.

"머리 색깔을 왜 그렇게 한 거야?"

엄마가 물었다. 그건 정직하게 대답할 수 있는 질문이 아니었다.

"이 색깔이 유행이에요. 엄마도 해보세요."

나는 대답하면서도 내 판단이 옳은지 확신할 수 없었다. 내 말은 생각보다 더 무심하게 들렸다. 하지만 말은 밖으로 내뱉는 순간 되돌릴 수 없다.

"그래, 음. 돈 좀 들었겠네, 그렇지 않니? 이상하게도, 너와 네 친구들이 먹을 음식들을 냉장고에 채워 놓고 나니, 나에겐 머리 염

146

색을 할 만한 돈이 남지 않더구나."

그런 일 때문에 엄마가 정말로 괴로워하는 건 아니었다. 아이들은 편히 쉬며 맘껏 먹어 댔지만 형이 떠나고 없는 상황에서 아이들의 존재는 엄마를 웃음 짓게 하는 것 중 하나였다.

뜻밖에도 냉장고 안 음식을 제일 많이 먹어 치운 건 남자아이들이 아니라 캐머런이었다. 아저씨가 독한 술들을 잔뜩 마시고 집에 있는 동안, 캐머런은 대부분의 시간을 우리 집에 와서 나와 함께 보냈기 때문이다. 히치를 걱정하는 나를 다독이고 머리를 식혀 주면서.

"차 타고 여행 가자!"

캐머런이 어느 날 아침 불현듯 소리쳤다. 내가 여느 때처럼 툴툴거리는데도 아랑곳하지 않았다. 나는 캐머런이 무슨 얘기를 하는 건지 알 수 없었다. 우린 차가 없는데 어떻게 차를 타고 여행을 가자고 하는 건지 전혀 알 수 없었다.

그리고 한 시간 뒤 나는 조금도 설레지 않는 마음으로 버스 정류장에 서 있었다. 빵 껍질에 조금 곰팡이가 핀 샌드위치를 들고서. 그건 특별한 하루를 만들어 줄 만한 음식이 결코 아니었다.

"어디로 갈 건데?"

"그게 중요해?"

"음, 그럴걸?"

캐머런은 내 우울한 표정을 보고도 망설이지 않았다. 자기도 모른다는 듯 어깨를 으쓱하기만 했다. 그리고 아무 버스나 두 번 타고 종점에서 종점까지 가서 그곳을 구경할 거라고 했다.

"근데 그럼 어디든 될 수 있잖아."

그러자 캐머런이 내 팔을 주먹으로 툭 치고 빙긋 웃었다.

"그게 아주 중요한 거야, 멍청아. 우리가 어디 있는지가 중요하니? 여기가 아니기만 하면 되지. 어쨌거나 그럼 넌 몇 시간이나마 히치를 찾지 않고 지낼 수 있으니까. 히치는 꼭 나타날 거야. 너도 알잖아."

나는 애써 웃음을 지으며 고개를 끄덕였다. 히치가 시체 운반용 가방 안에 있지 않기를 바라면서.

한참 뒤 버스가 왔다. 내가 방에서 찾아낸 마지막 잔돈들로 요금을 내자 버스 기사가 못마땅한 듯 쳐다봤다. 캐머런의 요금을 대신 내주는 것은 고사하고 두 번째 버스 요금을 낼 돈도 충분하지 않았다. 그 생각은 내 머릿속을 가득 메운 안개 벽을 더 단단하게 했다.

"너의 어떤 면을 내가 좋아하는 줄 알아? 쉴 새 없이 농담을 한다는 거야. 계속 입 꾹 다물 거야? 너는 늘 떠들잖아."

내가 조용히 앉아 있자 캐머런이 말했다.

나는 캐머런을 부드럽게 찔렀다. 캐머런이 갑자기 환하게 웃자 나는 묘한 기분이 들며 기운이 났다.

"집으로 돌아오면 뭘 하고 싶을까?"

"누구?"

"누구 같아? 토모 형 말이야. 우리 형도."

나는 전혀 짐작할 수 없었다. 아프가니스탄보다 여기에 할 게 더 많은 것 같지 않았다. 하지만 무기 수만큼은 비슷할지도 모른다.

"파티를 열래? 특별한 건 아니고, 마실 것 좀 준비하고 음악도 틀까? 너희 엄마가 좋아하실 것 같니?"

나는 엄마가 좋아할 거라는 걸 알았다. 엄마는 형을 행복하게 만들어 준다면 뭐든지 좋아할 것이다.

"형들이 돌아오면 날 위해 시간 좀 내주겠니? 버터 바른 빵이랑 부풀린 풍선 사이에 나를 끼워 줄래?"

나는 농담 반 진담 반으로 물었다.

"운 좋으면 5분 내줄게."

"모두한테 우리 얘기 하기에 충분한 시간이네."

나는 형을 실망시키고 싶지 않았다. 하지만 우리는 언젠가는 솔직히 털어놓아야 했다. 적어도 나는 솔직히 털어놓기를 바랐다. 하지만 캐머런의 반응이 싸늘한 것 같아 겁이 났다.

"넌 계속 몰래 만나고 싶구나, 캐머런? 그런 거지?"

"너도 알다시피, 아주 멋진 어떤 사람 때문에 너는 내가 아는 가장 멍청한 사람이 됐어. 지난 1주일 동안 밤에 내가 어디 있었니? 내가 누구와 얘기했어? 내 머릿속에 든 비밀을 모두 아는 사람은 누구고?"

나는 캐머런이 그런 식으로 말하는 게 싫었지만 그 말은 순식간에 나를 크게 안심시켜 주었다.

"뭐야, 너 위기도 만났잖아? 네 말 못 믿겠어."

변변찮은 대답이었지만 내가 할 수 있는 유일한 방어였다. 캐머런은 내가 걱정하자 내 머리를 옆구리에 끼고 헤드록을 걸었다.

"뭘 원해, 소니? 커플 문신이라도 할까?"

나는 팔을 뿌리치고 버스 의자 위로 캐머런을 휙 밀어 눕혔다. 앞에 앉은 할머니가 혀를 차는 건 신경 쓰지 않았다.

"지금 네 말은, 내 이니셜을 목에 새기겠다는 거구나. 피카드 하우스 출신 아가씨들처럼 고급스럽게."

"내가 정말 피카드 하우스 출신처럼 보이길 바란다면 아기가 있어야 할 거야."

"이미 준비되어 있을 수도 있지."

"난 아냐, 절대로. 너도 새벽 4시에 아기한테 우유를 먹이고 싶지는 않지?"

나는 쉴 새 없이 캐머런과 농담을 주고받았다. 대화가 끝날 때까지 운전기사가 수상쩍다는 듯 쳐다보더니 우리를 내쫓았다. 멍청하긴! 낡아 빠진 버스에는 훔치고 싶은 물건도 없었는데 말이다.

아직 점심때가 되지 않았지만 우리는 다음 버스에서 샌드위치를 싹 먹어 치웠다.

나는 어떤 할아버지가 삐걱거리며 내릴 때 뒷문으로 몰래 타는 방법으로 돈이 없는 문제를 해결했다.

"내가 요금을 내줄 수도 있는데."

내가 옆에 앉자 캐머런이 싱긋 웃었다.

"나는 내 원칙이 있어."

그러자 캐머런이 깔깔 웃어 댔다.

"정말? 도둑고양이의 윤리구나."

"그게 네가 나한테서 눈을 뗄 수 없는 이유지."

캐머런은 내 무릎에 손을 가만히 올리고 한동안 잠자코 있었다. 버스가 마을을 지나 좁은 도로를 탈탈거리며 달렸다.

흔들리는 버스에 혼이 빠진 건지 우리는 잠시 아무 말도 하지 않았다. 대신 창문으로 지나가는 풍경을 바라보았다.

낯설었다. 장난감 상자 속 마을처럼 모든 게 환상적이었다. 페인트칠을 해야 하는 낡은 건물은 없었다. 햇빛이 닿은 차들도 모두 반짝였다. 나는 목을 길게 빼고 단독 주택의 창문들을 물끄러미 바라보았다. 거기서 무엇을 보고 싶어서 그랬는지 모르겠지만, 너무나 생소한 광경에 흥미로운 마음이 삐죽삐죽 솟아올랐다.

퍽 흥미로워하는 것 같지 않던 캐머런이 막 잠이 들려고 하는데 마침내 버스가 멈추었다.

우리는 그 버스의 마지막 남은 승객이었다. 나는 운전기사가 내가 처음에 어디서 탔는지 기억하려 애쓰는 것을 눈치챘다.

결국 우리는 어떤 마을에 도착했다. 그곳을 마을이라고 부를 수 있다면 말이다. 얼마나 많은 집이 있어야 마을이라고 할 수 있는 걸까? 그건 중요하지 않다. 우리는 단층집 스무 채 정도와 비좁은 상점 하나, 술집 하나 그리고 내가 여태 살면서 본 것 가운데 제일 큰 하늘을 마주했다.

정말로 하늘이 커다랬다. 하늘에서 쏟아져 나오는 햇빛이 마을 구석구석을 촘촘히 채웠다. 내게는 낯설기만 한 풍경이었다. 고스트에서 사람들은 언제나 높은 건물 중 하나가 드리운 그늘 속에 서 있다. 하지만 그곳에는 맑고 또렷한 햇빛뿐이었다.

이상한 기분이 들었다. 마음이 편안해지면서 동시에 긴장이 되었다. 그리고 내가 얼마나 꾀죄죄해 보이는지 깨달았다. 나달나달한 바지 밑단이 그 순간 더 낡은 것 같았다. 그래서 티셔츠를 바지 속으로 밀어 넣고 싶은 유혹과 싸워야 했다. 우스꽝스럽지만 그런 생각을 하지 않을 수 없었다.

"그럼 우리 뭐할까?"

내가 물었다.

"먹자!"

캐머런이 나를 술집 쪽으로 밀며 소리쳤지만 술집 문은 닫혀 있었다. 우리는 당황했다. 고스트에서 술집은 아침 9시에 문을 연다. 단골손님들은 완전한 영국식 아침 식사를 하고 종종 맥주 한 잔씩을 마신다. 그러니까 이곳을 소유한 사람이 누구든 좋은 기회를 놓치는 거다.

캐머런은 내가 주머니를 가득 채우고서 자기에게 돈을 내게 할 거라고 주장하며 말렸지만 우리는 결국 상점으로 갔다. 그러나 무언가를 훔칠 수 있는 기회는 거의 없었다. 주인 할머니는 우리가 다시 나갈 때까지 졸졸 따라다녔다. 심지어 우리를 위해 문을 열어주기까지 했다. 내보내려고 아주 필사적이었다.

아주 배가 고프지 않았다면 나는 마구 불평을 했을 거다. 게다가 캐머런은 연한 파란색으로 염색한 머리를 하고, 몸에서는 좀약 냄새까지 나는데도 자신이 사랑스럽다고 생각했다.

우리는 고작 10분 만에 마을 곳곳을 다 둘러보았다. 너무 조용해서 그만 떠나고 싶어질 무렵 캐머런이 술집 너머에 있는 공터를 발견했다. 아이들의 놀이터였다. 놀이기구는 전부 나무로 만들어진데다 크리켓 구장과 부속 건물들도 있었다. 탐정 미스 마플(영국 출신의 세계적으로 유명한 작가 아가사 크리스티의 추리 소설 시리즈에 등장하는 인물. 영국에서 「미스 마플」이라는 제목으로 드라마 시리즈가 만들어져 방영되었다)이 끔찍한 살인 사건을 조사하다가 어떤 목사를 불시에 찾아갈 때 지나가는 곳처럼 보였다. 그곳은 텔레비전 프로그램을 위한 촬영용 세트처럼 비현실적으로 느껴졌다는 얘기다. 하지만 분명 사람들이 실제로 이용하는 장소였다.

우리는 놀이터에서 그네를 타면서 포테이토칩 봉지를 서로에게 건네기를 반복했다. 그러면서 부스러기 하나 떨어뜨리지 않았다.

"우린 서로를 향해 가는 중이야."

내가 입을 활짝 벌리고 웃었다. 캐머런이 내 말을 부정하지 않자 나는 그네를 타고 더 높이 올라갔다.

"이 놀이터는 얼마나 오랫동안 여기 있었을까?"

"몰라. 몇 년 됐겠지?"

"고스트에선 얼마나 오랫동안 유지될지 생각해 봐."

"아마 1주일쯤? 여기처럼 나무로 만들 수 없었을걸. 누군가 불을 질렀을 거야."

"아마 위기가 담뱃불로 홀랑 태워 버렸겠지."

"한 번이 아닐지도 몰라."

내가 깔깔 웃었다.

우리는 서로를 스쳐 지나가며 잠시 그네를 탔다. 그리고 서로 다른 방향으로 몸을 날렸다. 동시에 떨어지지는 못했다.

"넌 여기서 살 수 있을 것 같아?"

"지금 웃음이 나와? 나는 여기서 포테이토칩 한 봉지를 살 여유도 없다고!"

"내 말뜻 알면서."

"우리 엄마만 살 수 있을걸. 나랑 형을 끌고 득달같이 여기로 오실 거야."

내 표정이 씁쓸해진 게 틀림없다. 캐머런이 우리 엄마를 두둔하기 위해 떠들기 시작했기 때문이다.

"너희 엄마가 좋은 분인 거 너도 알지?"

"네가 우리 형이라면 좋은 분이지."

"말도 안 돼. 너희 엄마는 잼미 오빠를 사랑하는 것처럼 너도 사랑해. 넌 단지 그 사실을 알고 싶지 않은 것뿐이야. 거친 남자가 되고 싶으니까. 하지만 그건 너한테 어울리지 않아."

"난 선택할 수 있는 게 많지 않아, 그렇지?"

캐머런은 이해하지 못했다.

"내가 형처럼 되려고 노력해 봐야 소용없어. 아무한테나 물어봐. 형 같은 사람을 만드는 거푸집은 이미 부숴졌다고 대답할걸."

캐머런은 그런 생각들이 나를 괴롭힌다는 걸 알았을 거다. 하지만 그런 걸 이용할 만한 아이는 아니었다. 대신 하품을 하는 척하며 몸을 움직였다.

"그래도 우리 오빠랑 잼미 오빠가 집으로 돌아온다니 정말 놀라워, 그렇지?"

나는 동의해야 했다. 그러나 우리 앞에 형들이 서 있는 모습을 보고 안도한다는 게 아직 상상이 되질 않았다. 형들이 아주 멀쩡한 상태로 온다는 게 말이다.

우리 형과 토모 형이 완전히 안전하게 도착하고, 히치가 갑자기 사라지지 않았다는 것까지 알게 된다면 훨씬 더 좋을 것 같았다. 그럼 형과 약속한 내 역할을 잘 해낸 것 같은 기분이 들 텐데.

우리는 수다를 떨면서 그 기분을 즐겼다. 거기엔 우리를 방해하는 자동차 경적이나 의심스러운 거래가 없었다. 나는 고스트를 벗어나는 것에 대해서 엄마랑 옥상에서 얘기를 나누었다고 캐머런에게 말해 주었다. 우리가 고스트를 벗어날 수 있다고 엄마가 얼마나 믿는지에 대한 얘기를.

"왜 넌 할 수 없다고 생각하는데?"

캐머런이 물었다.

"뭘 할 수 없어?"

"고스트를 벗어나는 것 말이야. 승합차를 가득 채워서 떠나는 건 어때? 밤에 해야 한다는 게 아니야. 잘 생각해 봐. 탈탈거리는 낡은 승합차를 사서 그걸 운전하기도 하고 빌려 주기도 하는 거야. 거칠지만 능숙하게 흰색 승합차를 잘 모는 남자가 돼 봐. 형과 비교해도 넌 충분히 매력적이라 많은 일을 얻어 낼 수 있을 거야."

"그걸로 우리가 다른 어딘가에서 살아갈 수 있을까?"

"네가 얼마나 원하느냐에 달려 있지. 난 지금까지 그런 걸 본 적이 있어. 네가 정말로 무언가를 원한다면 이루어지지 않을까? 진심으로 바라는 일은 어떻게든 이루어지는 것 같아."

"형이 나랑 그런 걸 하고 싶어 할 거라고 생각하니?"

"농담해? 토모 오빠 무척 좋아할걸. 그렇게 널 지켜볼 수 있을 테니까."

캐머런이 깔깔대며 웃자 그 즐거운 소리에 그네가 떨리는 것 같았다.

나는 놀이터에서 캐머런을 뒤쫓아 뛰었다. 캐머런을 그네 위에서 땅바닥으로 끌어내리려고 씨름하는데 빗방울이 떨어지는 것 같았다. 완벽한 타이밍이었다.

"저 건물이 열려 있을까?"

캐머런이 물었다.

우리는 우산까지 가져올 생각은 미처 하지 못했다.

"이제 열릴 거야."

캐머런을 데리고 건물로 향하는데 빗방울이 우리 머리를 툭툭 찔렀다.

나는 생각보다 쉽게 건물 안으로 들어갔다. 걸쇠가 풀린 작은 창문이 내가 들어갈 수 있는 유일한 구멍이었다. 그러나 안에 있던

크리켓 패드와 헬멧을 착용하고 캐머런에게 문을 열어 주었을 때 멋있어 보였는지는 모르겠다. 지금 내가 있어 보이는 스타일은 아니니까.

우리는 목이 말랐다. 나는 주전자를 발견하고 즉시 커피를 끓였다. 그리고 의자 두 개에 나란히 앉아 얘기해야 할 때 얘기하고 적절할 때 입을 다물었다. 집에서 멀리 떨어져 있다는 사실을 거의 잊어버리니 마음이 아주 편안했다. 버스 두 대를 타고 왔을 뿐인데 집에서 백만 킬로미터나 떨어져 있는 것 같았다.

한 시간 뒤, 우리는 컵을 헹구고 창문을 단단히 잠근 다음 그곳을 떠났다. 금세 도착한 버스가 우리를 태우고 흔들흔들 집으로 향하는 동안, 우리는 농담도 하고 공상에 잠기기도 했다.

나는 몇 시간 동안 히치를 생각하지 않았다. 피카드 하우스가 어렴풋이 보이는 순간 불현듯 히치가 떠올랐다. 하지만 기분 좋은 하루를 히치 때문에 망치고 싶지 않았다. 그렇게 내버려 두지 않을 거다. 형들이 집으로 돌아오기 전에, 우리 형 코를 납작하게 하기 위해 내가 해야 할 일을 해낼 거다. 그리고 나면 우리가 각자 중요한 일을 해낸 것에 대해 서로 축하할 수 있을 것이다.

마지막 남은 햇빛이 높은 건물들 뒤로 사라졌을 때, 버스 문이 우리 뒤에서 닫혔다. 바람이 내 목을 스쳤다. 하지만 나는 옷깃을 여미지 않았다. 히치를 찾으러 다시 계단을 올라가면 금세 더워질 테니까.

잼미

정찰은 계속되었다. 태양은 열두 시간마다 우리의 피부를 굽고 긴장시켰다. 그러나 내 안에 있는 나에게는 같은 짓을 할 수 없었다. 내가 아주 불안한 상태로 뛰어다녔다는 얘기다.

그날 아침, 소니에게 전화를 걸 때마다 통화 연결음만 요란하게 들렸다. 하지만 나는 메시지를 남기지 않았다. 무슨 말을 한단 말인가? 네가 나 대신 여기 있기를 바란다고 말할까?

나는 이것이 소니와 나의 마지막 통화라고 해도 소니가 말대답을 하기를 바랐다. 나는 소니가 언제나 마지막에 덧붙이는 말을 특히 좋아했는데, 그건 나에게 소니의 특별한 인사였다.

나는 마지못해 집에 대한 생각을 머릿속에서 밀어냈다. 그리고 이 마을에 집중했다. 우리는 정보를 모으기 위해 마을로 돌아왔다. 사람들은 우리가 마약을 급습한 것에 대해서 얼만큼 알까? 여기에 우리가 찾아낸 것보다 더 많은 마약이 있을까?

　어떤 사람은 무슨 일이 있었는지 다 알았다. 그는 우리가 마약 냄새를 어떻게 맡고 찾아냈는지 알아내려고 떠보기까지 했다.

　통역관들은 초과 근무를 하며 우리가 만난 사람들을 설득했다. 그들은 우리가 한 질문에서 공격적인 어조는 빼고, 질문당한 사람들이 불쾌하지 않도록 말하려고 노력했다. 하지만 두 시간 뒤, 우리는 모두 신경이 날카로워지고 인내심은 너덜너덜해졌다.

　나는 음료 튜브에 굳게 의지했지만 지금껏 마셔 본 것 중 최고로 밍밍한 차만큼이나 뜨뜻미지근한 물이 나왔다. 마음을 채워 줄 다른 무언가가, 그러니까 단순한 무언가가 필요했다. 그래서 축구공이 내 옆을 데굴데굴 굴러갔을 때 엄청난 에너지가 폭발하는 것 같았다. 나는 본능적으로 공을 따라가 발로 툭툭 찼다.

　하지만 그 순간 공이 사라졌다. 누군가 내 곁을 휙 지나가더니 내 발에서 공을 낚아챘다. 어린아이였다. 지난번 축구경기에서 본 능숙한 아이 말이다.

　아이는 1, 2미터쯤 떨어진 곳에 멈춰 섰다. 그리고 자기 마음대로 공을 다루기 시작했다. 왼발에서 오른발로, 그러더니 잠시 동안 무릎 위에 올렸다가 하늘 높이 차올리며 토모의 기술을 똑같이 따라 하려고 애썼다. 하지만 아이는 그 기술을 완전히 습득하지는 못한 모양이었다. 공이 아이의 등에서 튕겨 나와 다시 내 쪽으로 날아왔다.

　나는 싱긋 웃음이 나왔지만, 그 공이 얼마나 바람이 빠진 공인지 기억났다. 안쪽이 찢어진 게 틀림없었다. 아이가 하고 싶어 하는 게 연습이 전부라고 생각하니 딱해 보였다.

고스트 아이들도 돈이 없다. 하지만 돈을 모아 쓸 만한 축구공을 살 수는 있었다.

나는 다시 아이에게 공을 굴려 주었다. 하지만 아이는 공을 가지고 놀지 않고 내게 무언가를 말했다. 이해할 수 없는 단어들이 뒤죽박죽 섞여 있었다.

"유맨유?"

나는 다시 말해 달라는 뜻으로 손을 둥그렇게 말고 귀에 갖다 댔다.

"유 맨 유?"

이번엔 더 크게 말했지만 똑같은 단어들이 뒤죽박죽 들렸다. 소용없었다.

나는 못 알아들었다는 뜻으로 어깨를 으쓱하고, 아이 발 앞으로 공을 툭 차 주었다. 말은 이해할 수 없어도, 축구 경기는 함께 할 수 있었다. 하지만 아이는 나에 비해 아주 빨랐다. 내가 건드리지 못하게 발뒤꿈치로 공을 획 차버렸다.

나는 열 살짜리 아이에게 압도당했다.

아이는 대답을 듣고 싶어 했다. 그래서 다시 물었다.

"유 맨 유?"

아이는 이제 나 때문에 완전히 화가 났다. 마치 내가 우둔해서 못 알아듣는 것처럼.

통역관이 도와줄 수 있겠지만 아무도 한가하지 않았다. 여전히 사람들을 구슬리는 중이었다.

"잘 들어, 꼬마야. 난 네가 무슨 말을 하는지 모르겠어."

아이가 투덜거렸다. 나는 아이가 내 정강이를 찰 거라고 잠깐 생각했다. 하지만 아이는 공을 양손으로 툭툭 치더니 내 얼굴 앞으로 내밀었다.

아이가 공을 들고 흔들자, 나는 처음으로 질문을 알아들을 수 있었다.

"유. 맨 유? **맨. 유**. 루니, 긱스. **골!**"

그 말과 함께 아이는 공을 공중에 내던졌다. 그리고 닳아서 다 해진 셔츠를 벗어 머리 위에서 빙글빙글 돌렸다.

나는 이해했다. 마침내.

"맨체스터 유나이티드?"

나는 천천히 다시 물었다.

"루, 니?"

내가 맨체스터 유나이티드를 좋아했나?

아이는 안도한 듯 머리를 철썩 때렸다. 마침내!

"맨 유. 베스트 팀. 첼시?"

아이는 손가락을 입안에 넣으며 구역질이 난다는 시늉을 했다. 그리고 나서 그 팀을 어떻게 생각하는지 강한 영어 욕설 하나를 정확하게 내뱉었다.

나는 깔깔 웃었다. 웃지 않을 수 없었다. 우리는 막대한 양의 헤로인을 숨겨 둔 사람을 찾으려고 노력하며 거기에 있었다. 그런데 프리미어 리그를 좋아하는 열 살짜리 아이가 유일하게 나를 웃게 했다.

아이는 적어도 첼시에 대해서는 옳았다. 나는 토모를 불렀다. 토모도 이 얘기를 들어야 했다.

하지만 대답을 듣기 위해 기다리기 싫었던 아이는 내 정강이를 걷어찼다.

토모는 그걸 보고 아주 우스워했지만 결국 자기도 발길질을 당할 뻔했다.

"조심해야지, 이 덩치 큰 꼬맹아. 넌 그런 식으로 경기하는 첼시에 잘 맞겠어."

내가 웃었다. 아이는 여전히 대답을 원한다는 듯 고개를 삐딱하게 들었다. 내가 어느 팀을 응원했더라?

"타이거즈."

결국 내가 또박또박 말하려고 노력하며 대답했는데, 아이는 못 알아들었다. 나는 다시 천천히 말해 주었다. 소용없었지만.

하는 수 없이 나는 짐승의 앞발처럼 양손을 앞으로 말아 쥐고 으르렁거렸다.

아이가 까르르 웃었다. 토모도, 우리 얘기를 듣기 시작한 다른 아이들도 모두 웃었다.

"고양이?"

아이가 묻고는 어깨를 으쓱했다. 아이는 우리에 대해 들은 적이 없는 것 같았다. 궁금해 하지도 않았다.

"내가 본 호랑이 중에 제일 진부해."

토모가 싱긋 웃었다.

"네가 해봐! 이 아이는 너만큼이나 영어를 거의 못해."

아이는 이제 누가 누구를 응원하는지 흥미를 잃었다. 우리에게 바라는 건 자신에게 어떤 묘기를 보여 주는 것뿐이었다. 자신의 기술을 향상시킬 수 있는 모든 것을. 우리는 재빨리 아이의 도전을 받아들였다. 마음과 정신, 그런 것들을.

그리고 내가 기억하는 최고의 10분이 이어졌다. 더위가 우리를 녹이고 그 무게가 등을 짓눌렀지만, 우리는 형편없고 건조한 마을이 아니라 어디든 다른 곳에 있는 것 같았다.

사람들이 조금씩 모여들었고, 노인들은 썩은 치아를 드러내며 웃음 지었다.

우리에게 고개를 내젓고 얼굴을 찡그렸던 사람들이 마침내 변하기 시작했다. 우리는 우리의 친구, 리틀 루니 덕분으로 돌렸다.

리틀 루니는 그 아이에게 완벽한 이름이었다. 아이는 루니처럼 굵은 목에 부드러운 기술 그리고 진짜 루니와 같은 정신도 가지고 있었다.

아이가 그곳에서 자기 실력을 우리에게 다시 보여 준 것으로 우리는 아이에게 신세를 졌다. 나는 아이에게 보답해야겠다고 생각했다.

그날 저녁 나는 기지로 돌아오는 내내 싱글벙글 웃었다.

계획이 머릿속에서 빠르게 커졌다. 무엇도 내 얼굴에 떠오르는 웃음기를 지울 수 없었다. 군인이 된다는 게 이런 의미라면 결국 잘 해낼 수 있을 것 같았다.

잼미

함성 소리가 더 커졌다. 올드 트래퍼드(Old Trafford 영국 잉글랜드 그
레이터맨체스터 주 올드 트래퍼드에 있는 경기장. 맨체스터 유나이티드의 홈구장이다)
경기장을 가득 메울 만큼 커다란 함성에 주변에 있던 모든 사람이
운동장 가운데를 쳐다보았다.

나는 새 공을 그리 높이 차지 않았다. 하지만 공이 바닥에 닿을
때쯤에 그 아래에는 서로 공을 차지하려고 아우성치며 열광하는
아이들이 40명은 있었다. 물론 그 중에 리틀 루니도 있었다. 우습
게도 별명은 그 아이와 딱 들어맞아서 아주 빨리 입에 붙었다.

나는 그 계획을 아무에게도 말하지 않았다. 얘기할 필요가 없을
것 같았다. 그 계획은 주민의 믿음을 얻기에 제격이었다, 그렇지
않나? 간단한 선물 하나로 우리가 얼마나 많은 사람의 마음을 얻
을 수 있는지를 생각했다. 아이들은 새 축구공과 할머니를 맞바꿀

수도 있을 것 같았다. 게다가 막사에는 어차피 우리가 필요한 것보다 더 많은 공이 있었다.

경기는 우승컵이라도 걸린 것처럼 격렬했지만, 처음부터 끝까지 리틀 루니만큼 아주 노련한 아이는 없었다. 리틀 루니는 10분 만에 해트 트릭을 기록했다. 팀 동료들이 자신에게 패스하지 못할 때마다 지시를 내리며 잠시도 공격을 멈추지 않았다. 나는 리틀 루니가 뭐라고 말하는지 무척 알고 싶었다.

사람들이 바글바글 모여들었다. 노인들은 지팡이에 의지하고 나왔고, 어떤 남자는 레모네이드 병을 들고 나와 토모에게 다가왔다. 나와 토모는 활짝 웃으며 레모네이드를 마셨다.

그건, 그 모든 건 효과가 있었다. 흥분이 빠르게 내 몸에 번지는 것 같았다. 몇 달 동안 잠을 자지 못해 쌓였던 피로가 일시에 사라졌다. 함께 뛰면서 내가 축구하는 모습을 보여 주고 싶은 생각도 들었다. 만약 리틀 루니가 뛰지 않았다면 바로 뛰어들었을 것이다. 그러나 리틀 루니가 순식간에 공을 가로챌 게 뻔했다. 사람들 앞에서 실패하는 모습을 보이고 싶지는 않았다.

운동장 여기저기에서 사람들이 대화를 했다. 통역관들은 몹시 분주했다. 나는 그저 그들이 첼시의 리그 우승 가능성에 대한 얘기를 하는 게 아니기를 바랄 뿐이었다. 거기에는 데이터 분석 이상의 중요한 문제가 있으므로.

웃지 않는 사람은 기퍼뿐이었다. 기퍼는 그늘 아래에서 총을 쥐고 서 있었다. 그러면서도 눈은 창문과 문, 자동차, 총알이 날아올

가능성이 있는 모든 곳을 재빠르게 둘러보았다. 전투를 위해 태어난 사람, 기퍼는 바로 그런 사람이었다. 나는 잠깐 기퍼에게 화가 났다. 기퍼가 경계심을 내려놓고, 우리가 아이들에게 잠시 가져다준 즐거움을 충분히 바라보기를 바랐다.

나는 기퍼와 같은 자세로 총을 잡고 성큼성큼 걸어갔다.

"아주 조용하죠, 기퍼?"

"아, 그렇군. 지금은 조용해. 하지만 넌 몰라, 그렇지?"

기퍼의 눈은 주위를 훑어보는 걸 결코 멈추지 않았다.

"모릅니다. 이런 분위기에서는 어떤 일이 시작되어도 알 수 없을 거예요."

"그렇게 생각해?"

나는 기퍼의 총을 팔목까지 부드럽게 끌어내려 기퍼가 내 말에 집중하도록 했다.

"왜 그래요, 기퍼? 우리 적은 저 아이들이 아니잖아요, 그렇죠?"

기퍼의 눈이 재빨리 나를 쳐다보았다. 화가 난 게 아니었다. 오히려 두려움이 번쩍이는 것 같았다.

"그런 말이 아냐. 지금 나는 저 아이들이 아이처럼 행동하는 모습을 보아야 한다는 생각뿐이야. 이렇게 엉망인 상황에서 우리가 놓친 건 바로 저 아이들이거든."

"대체 무슨 말씀이죠?"

기퍼는 적절한 말을 찾는 건지 한참을 가만히 있었다. 처음에는 아무 말도 하지 않을 거라고 생각했다. 하지만 내가 틀렸다.

"나는 널 좋게 생각해, 잼미. 너도 그걸 알지. 군인으로서가 아니라 사람으로서 말이야. 전에 네가 토모를 위해 뭘 했지? 그렇게 영광을 포기할 사람은 많지 않아. 난 못할 거야."

기퍼는 잠시 말을 멈췄다. 다음에 할 말이 고통스럽다는 듯이.

"하지만 공을 준 건 좋은 생각 같지 않아."

나는 정말로 깜짝 놀라 웃음이 나왔다.

"무슨 뜻이죠? 보세요, 기퍼. 저 아이들 좀 보시라고요."

"이런, 오해하지 마. 아이들은 공을 무척 좋아해. 그리고 결국 아이들은 너도 무척 좋아하겠지."

"그게 핵심은 아니죠, 기퍼? 아이들을 우리 편으로 끌어들이면 안 된다는 건가요? 아이들이 우리를 믿을 수 있다는 걸 보여 주는 게 왜 안 되나요?"

"해도 돼. 하지만 우린 여기서 아이들의 안전을 지켜 줘야 해. 아이들과 우리를 하늘 높이 날려 버릴 수도 있는 적들에게서 지켜 줘야 한다고."

"이해하지 못하겠어요."

"이봐, 기분 나빠 하지 마. 하지만 누군가 모든 걸 지켜볼지도 모르는데 이렇게 아이들에게 공을 주는 건, 실수야. 네가 아니라 저 아이들이 그 벌을 치러야 할지도 몰라. 한 사람만 알아차려도 모두 빼앗기는 거야. 그럼 완전히 엉망이 될 수 있어."

"너무 과민 반응하시는 거예요, 기퍼. 저건 공이에요. 그게 다라고요."

하지만 기퍼는 내 말을 받아들이지 않았다.

"너에겐 그렇지. 저 아이들에게도 마찬가지고. 하지만 저 공은 우리가 가져온 헤로인의 주인들을 화나게 할 거야. 분명히 말하지만, 적들은 저 공을 좋아하지 않을 거야, 잼미. 저 공은 적들을 화나게 할 거라고. 만일 적들이 아이들이 문제라고 판단한다면 모든 사람들을 다치게 할 거야."

처음으로 기퍼는 나를 괴롭게 했다. 한 번이라도 마음놓고 우리가 마침내 변화를 일으키는 모습을 그냥 볼 수는 없는 걸까? 그건 받아들일 만한 가치가 있는 위험이었다.

아이들에게 공을 주는 것이 기퍼의 생각이 아니었기 때문일까? 나는 기퍼에게 물어보고 싶었지만 할 수가 없었다. 기퍼가 내 질문을 되받아칠 것 같았다.

음, 농담이 아니다. 이렇게 정신없는 곳에서 오늘 우리는 잠시나마 정신을 차릴 수 있었다. 기퍼가 우리의 즐거운 시간을 망치게 하고 싶지 않았다. 그래서 나는 홱 돌아서서 총을 단단히 잡고 아이들에게 달려갔다. 기퍼가 비난할 수 있는 어떤 일도 만들지 않을 것이다.

나는 다시 축구 경기로 돌아가서, 기퍼에 대한 생각을 머릿속에서 밀어내려고 노력했다. 하지만 절대 그럴 수 없었다. 축구공에 신경을 집중하려고 할 때마다, 내 시선이 위쪽의 부서진 창문들로 되돌아갔고 총알이 그 중 하나에 구멍을 내는 모습을 보지 않기를 신에게 기도했다. 가슴이 미어지는 듯했다. 애써 해낸 것을 즐기고 싶었는데 주민의 안전이 우선이라는 기퍼의 충고만 듣게 되었다.

경기가 계속되는 동안, 내가 본 유일한 위험은 리틀 루니의 상대 팀이 체면을 구기는 것뿐이었다. 상대팀에는 아이들이 두 배나 많았고, 덩치 큰 아이들이 될 수 있는 대로 자주 리틀 루니에게 가까이 가려고 노력했다. 그렇다고 해서 크게 달라진 건 없었다. 리틀 루니는 아주 기술이 좋아서 아이들이 자기 쪽으로 다리를 휘둘렀을 땐 이미 지나가 버렸다.

그 모습을 지켜보는 건 환상적이었다. 영화에서 튀어나온 장면 같았다. 리틀 루니가 뛰어난 기술을 보일 수 있어 더 즐거워하는 건지, 아니면 자신을 쫓는 아이들이 짜증을 내서 더 즐거워하는 건지 알 수 없었다. 하지만 나는 두 가지가 다 무척 마음에 들었다. 그래서 리틀 루니가 공을 몰고 아이들을 지나가거나 넘어갈 때마다 소리를 지르며 응원하기 시작했다.

"좋아!"

응원 소리는 경기를 지켜보던 할아버지들에게도 전해졌다. 우리 중 누구도 리틀 루니에게서 잠시도 시선을 떼지 못했다.

안타깝게도, 리틀 루니의 기술은 자신을 희생시키는 것으로 끝이 났다. 나이 든 아이들은 공을 찰 수 없다면 대신 리틀 루니를 차야겠다고 결심이라도 한 듯 보였다. 하지만 리틀 루니를 때려눕히는 데는 시간이 조금 걸렸다. 그리고 마침내 나이 든 아이들이 간신히 성공했을 때 리틀 루니는 바닥에 심하게 쓰러졌다. 처음에는 움직임조차 없었다.

구경하던 사람들이 그 모습을 보고 웅성거리기 시작했다. 우리는 사람들을 헤치고 달려갔다. 한쪽 무릎이 엉망이었다. 모래에 살갗이 찢어졌다. 나는 상처 한 가운데에 무언가 있는 것을 보았다. 초록색 유리 조각이었다.

우리가 다리를 잡으려고 애를 쓰자 리틀 루니가 아파서 소리를 질렀다. 우리가 아는 아주 험한 욕설을 내뱉은 건 고마워하는 행동이 아니었지만 나는 웃고 싶었다. 타고난 축구선수라는 또 다른 표시 같았다.

바로 그 순간, 그러니까 리틀 루니의 눈빛이 아주 격렬해진 순간 나는 내가 그 아이를 따뜻하게 대하는 이유를 깨달았다. 나는 리틀 루니를 보면서 소니를 보았던 것이다. 지난 16년 동안 강철 같은 성질과 뻔뻔함이 뒤섞여 있는 아이를 매일 보았다. 축구 경기장에서가 아니라, 집에서, 계단참에서, 사람들이 이름 붙인 모든 장소에서.

불현듯 나는 소니와 함께 고스트에 있고 싶어졌다. 그러나 기퍼의 말에 생각을 멈추었다.

"이 아이를 집에 데려다줘야 해. 가족이 치료해 줄 수 있게."

하지만 나는 받아들이지 않았다.

"다리가 나을 때까지는 보내지 않을 거예요."

"여기서는 그렇게 하지 못해."

"이 아이의 집이 훨씬 더 나을 것 같지 않은데요. 게다가 무척 아파하잖아요. 이 아이와 함께 있게 해주세요."

기퍼는 내게 몸을 숙였다. 걱정스런 말투로 부드럽게 설득하다가 결국 단호하게 잘라 말했다.

"내가 말한 걸 기억해, 잼미. 이 일이 어떻게 보일지 말이야."

나는 그 말을 믿을 수 없었다. 자리에서 일어나 기퍼의 얼굴을 똑바로 노려보고 싶은 유혹과 싸워야 했다.

"상처가 썩도록 두는 것보다는 더 낫지 않을까요? 지금 상황을 보면 주위에 팔이나 다리가 잘린 아이들이 많잖아요."

기퍼는 내 말에 아무 대답도 하지 않았다. 다만 슬픈 듯한 웃음을 짓고는 나와 토모가 리틀 루니의 다리를 살펴보도록 내버려 둔 채 인파 속으로 돌아갔다.

우리가 해결할 수 있는 일은 많지 않아 보였다. 하지만 지금 내가 리틀 루니에게서 물러나야 할 이유 또한 없었다. 리틀 루니에게는 내가 필요했다. 그것이 내가 알아야 할 전부였다.

잼미

정찰을 기다리는 동안, 기퍼의 말이 내 머릿속을 맴돌며 떠나지 않았다. 기퍼의 말이 옳은 걸까? 내가 끼어들지 말았어야 했나? 주민들이 리틀 루니를 돌보도록 내버려 둬야 했나? 하지만 어떤 답도 찾지 못했다. 답은 이곳에 존재하는 것 같지 않았다. 오직 성공하거나 실패할 뿐. 성공은 우리 모두가 계속 숨 쉴 수 있다는 걸 의미했다. 그럼 실패는? 글쎄. 우리 중 어느 누구도 거기서 아주 오랫동안 살지 못한다. 우린 모두 그게 어떤 의미인지 알았다.

시간은 서서히 흘렀지만 그건 아무런 의미도 없었다. 우리는 기다리고, 정찰하고, 땀을 흘렸다.

기온을 추측하는 건 포기했다. 온도는 상관없었다. 우리는 돼지처럼 땀을 흘렸다. 몇 도인지 알려 줄 온도계 따위 필요 없었다.

불만스러워한 건 우리만이 아니었다. 소대장도 속을 끓였다.

"우린 지금 어려운 시기에 있다. 대부분에게 첫 번째 여정이었을 시간, 3개월이 거의 지나갔다. 하지만 우리가 바라던 안정을 확보하지 못했다."

소대장이 몹시 긴장하여 으르렁거리듯 말했다.

우리는 다른 말을 할 필요가 없었다. 지난주 폭발 수는 평소보다 세 배가 넘었고 적들이 덫을 우회했다. 그 과정에서 얼마나 많은 사람들을 다치게 했는지에 대해 우리는 충격을 받았다.

"하지만 기억해라, 여러분은 여기서 일을 해야 한다. 자기 방 침대와 엄마의 요리나 꿈꿀 때가 아니다. 가까이 있는 일에 집중하지 않으면 피 맛을 보게 될 거야."

소대장은 우리를 집으로 빨리 데려다줄 수 있는 기묘한 계획이라도 있는 것처럼 목소리를 낮추고 몸을 기울였다.

"그러니까 이곳에 있는 동안, 여러분의 가족이 누구인지 기억해라. 여러분에게 지금 당장 필요한 엄마는 나뿐이다. 그걸 명심해."

나는 슬며시 토모를 바라보았다. 토모는 눈을 깜빡이지도 않고 정면을 응시한 채 알맞은 때에 고개를 끄덕였다. 토모는 배우는 중이었다. 빠른 속도로 나보다 더 나은 군인이 되는 중이었다. 더 나은 군인이라는 게 사실 무엇을 의미하든 간에.

나는 이제 곁에서 토모를 찾을 수 없을 때가 많았다. 토모는 내 그늘 안에 숨지 않았다. 하지만 여전히 휴식 시간에는 운동장에서 혼자 공을 차며 보냈다. 공은 토모에게 효과가 있었고 다른 혼란스러운 일들에 대해 더 이상 생각하지 않을 수 있게 해주었다.

나는 토모가 부러웠다. 토모가 잠들지 못하게 하려고 꼬집었지만 소용없었다. 결국 토모는 내 옆 간이침대에서 요란하게 코를 골았다. 나는 거의 매일 아침 해가 뜨는 것을 몽롱한 상태로 지켜보았다. 그 시간이 되어야 연쇄 폭발 방식의 폭탄과 저격수들의 영상이 머릿속에서 사라졌다.

하지만 잠을 더 적게 잘수록 머릿속이 더 복잡해졌고, 내가 만난 모든 주민들이 의심스럽다는 생각을 지울 수가 없었다. 시장에서 우리에게 채소 다발을 내밀었던, 치아가 빠진 할머니들조차도 폭탄을 숨긴 것 같았다.

나 때문일 리는 없지만 마을은 전과 다르게 느껴졌다. 긴장감을, 다시 말해서 각각의 정찰대를 향한 분노의 냄새를 맡을 수 있었다. 우리가 수첩을 꺼내자 주민들은 등을 돌리고 문을 닫았다. 우리는 주민들의 마음을 잃었다. 주민들이 우리에 대한 믿음을 잃었다. 만일 주민들이 우리가 찾는 사람들에게로 돌아선다면? 그땐 우리 모두 위험에 빠지게 된다.

나의 정찰은 달라졌다. 광장에 들어선 순간, 나는 두리번거리며 리틀 루니부터 찾았다. 리틀 루니가 쓰러진 뒤 그 아이를 보지 못했다. 사고가 일어난 지 1주일이 흐르자 다리가 걱정되었다. 내가 상처를 제대로 소독해 주지 못했으면 어쩌지? 제대로 소독해 주지 못했다면 상처는 쉽게 감염되었을 것이다.

걱정스러운 마음에 여전히 광장에서 공을 차는 아이들에게 리틀 루니에 대해 묻기 시작했다. 하지만 아이들은 그 애를 모르거나 나를 도와주고 싶어 하지 않았다. 아이들에게는 언제나 축구 경기가 더 중요했다.

"통역관들한테 리틀 루니가 어디 사는지 아이들에게 물어봐 달라고 부탁해도 될까?"

나는 점점 더 의심이 많아지는 것을 느끼며 토모에게 말했다.

"그쯤 해둬, 친구야. 그 애가 아프다면, 치료 좀 해달라고 사람들이 우리한테 와서 문을 마구 두드려 댔을걸. 제일 가까운 병원이 80킬로미터나 떨어져 있잖아."

"하지만 아직도 리틀 루니가 여기서 놀지 않잖아."

토모는 성큼 다가와 내 어깨에 팔을 올리고 눈을 뚫어지게 쳐다보았다.

"넌 다른 생각을 해야 해. 리틀 루니랑 그 가족들도 이미 널 잊고 지낼 것 같아. 어쨌거나 리틀 루니는 한 아이일 뿐이야. 저기 훨씬 더 많은 아이들이 있어. 대신 저 애들 중 하나를 골라서 걱정해."

토모는 내가 걱정하는 걸 이해하지 못했다. 그리고 솔직히 나는 토모의 말을 받아들이지 못했다.

우리가 한 일은 그 뜻을 이루지 못했고 심지어 주민들의 마음에 아주 작은 변화도 만들어 내지 못했다. 내가 아는 건 발로 공을 다루던 리틀 루니의 모습이 머릿속에 계속 남아 있다는 것뿐이었다. 나는 여전히 여기서 무엇을 해야 하는지 생각하느라 화도 내지 못했다. 내가 리틀 루니에게 건넨 공은 그 아이뿐 아니라 나에게도 영향을 끼쳤다.

정찰을 나갈 때마다 리틀 루니를 찾는 건 내게 가장 중요한 일이었다. 맞다, 나는 아주 열심히 정찰하는 척하며 임무를 수행하는 내 모습을 소대장이 본다는 걸 알았다. 하지만 정보를 얻겠다는 명목으로 문을 두드리고 모퉁이를 돌 때마다 같은 얼굴을 찾아보는 걸 멈출 수 없었다.

한 주를 더 기다리고 나서야 마침내 리틀 루니를 찾아냈다. 처음에 본 건 그 공뿐이었다. 공은 누군가 차 주기를 기다리는 것처럼 시장 광장 한가운데 놓여 있었다. 나는 공이 있는 곳에 리틀 루니가 보이지 않아 당황스러웠다. 광장 구석구석을 훑어보며 그 아이를 찾았다.

이른 시각이었다. 하지만 주민들은 장사로 바쁜 하루를 기대하며 잠에서 깨었다. 집 밖에 쌓인 상자들, 먼지 사이로 싸한 향신료 냄새가 났다. 고작 몇 분 뒤면 공은 좌판들로 둘러싸일 것이다. 나는 리틀 루니를 생각하며 공을 지키려고 그쪽으로 걸어갔다.

그런데 몇 걸음 걸어간 순간, 리틀 루니가 시야에 미끄러지듯 들어왔다. 다리를 조금 절뚝거렸지만 달리지 못할 정도는 아니었고 시선을 공에 고정하고 있었다.

나는 내가 누구이고 어떤 사람인지 잊어버린 채, 참지 못하고 반갑게 소리치며 인사했다. 부지런한 상인들은 걸음을 멈추고 나를 바라보았다. 리틀 루니도 나를 바라보고는 의기양양한 얼굴로 입을 꿈틀거리며 웃음 지었다. 나는 팔을 들어 올려 공을 가리켰다. 리틀 루니는 내가 무엇을 원하는지 알아차리고 다리를 절뚝거리며 공으로 달려갔다.

내가 이곳에 온 뒤로 가장 행복한 순간이었다.

이해가 되었다, 전부 다. 심지어 더위조차도. 티끌만 한 의심도 들지 않았다. 나는 후다닥 바닥에 배낭을 벗어 던지고 철모 끈을 푼 다음 패스를 기다렸다.

하지만 공은 내게 오지 않았다. 리틀 루니가 공 옆에 오른쪽 다리를 놓고 왼쪽 다리를 힘껏 움직였을 때, 세상이 이상하고 해로운 짓을 했다. 세상은 뒤틀리고 날뛰었다. **쿵** 하는 소리와 함께 내 발이 공중으로 완전히 뜨더니 파편이 빗발쳤다. 나를 둘러싸고 함께 날아간 흙들이 내 위에 떨어졌다.

리틀 루니가 공을 차던 바로 그 순간, 세상이 끝났다. 모든 것이 변해 버렸다.

잼미

나는 겁에 질렸다. 바뀐 세상이 이해되지 않았다. 건물들이 괴상한 모양으로 쓰러져 있었다. 원래 있어야 하는 곳에서 튕겨져 나온 상태였다. 달 표면 분화구처럼 여기저기 움퍽움퍽 땅이 패어 있었다. 가장 심각한 건 자욱한 먼지였다. 엄청난 먼지구름이 햇빛마저 완전히 가려 버렸다. 먼지는 군복 한 올 한 올마다 들러붙었고, 허공을 빽빽하게 채우고 소용돌이쳤다.

나는 일어서려고 애썼지만 그럴 수 없었다. 파편 더미를 간신히 배 위에서 밀어냈으나 심하게 얻어맞고 긁힌 것 같았다.

하지만 나를 걱정할 겨를이 없었다. 리틀 루니를 찾아서 괜찮은지 확인해야 했다. 무엇이 폭발했든지 그 아이가 어떻게든 피했기를 바랐다.

앞이 잘 보이지 않아 더듬더듬 철모와 배낭을 찾았으나 소총만 손에 잡혔다. 소총에 기대어 몸을 일으켰다.

더 많은 먼지가 비처럼 내려 이마에 들러붙는 것 같았다. 이마를 만졌더니 흠뻑 젖어 있었다. 머리카락을 조금 매만지고, 얼굴 앞에서 주먹을 쥐어 보았지만 아무것도 보이지 않았다. 나는 손가락으로 눈을 살짝 만지고 나서야 비로소 피가 눈을 뒤덮었다는 사실을 알았다.

바닥에 널브러진 돌멩이들 때문에 비틀거리며 걸어가는데, 귓속에서 웅웅거리던 소리가 멈추고 광장에서 소리가 들려왔다. 벽돌이 와르르 쓰러지는 소리, 벽이 아직도 무너지는 소리, 사람들이 애원하고 절규하며 어둠 속으로 비명을 지르는 소리가.

그 상황이 이해되지 않았다. 우리 실수라는 생각만, 전투기가 좌표를 잘못 보고 표적을 놓쳤을 거라는 생각만 났다. 하지만 내가 또 다른 벽돌 뭉치에 발이 걸려 넘어져 리틀 루니의 이름을 소리쳐 부를 때, 사실을 듣게 되었다.

〔광장에 사제 폭탄. **사망자 발생. 사망자 발생.**〕

뭐라고? 이해가 되지 않았다. 여기에 사제 폭탄이 있었다고? 우리 막사 밖인데다 배수로가 있는 곳, 게다가 마을 사람들이 모이는 광장 한복판에 폭탄을 설치하다니. 그럼 우리가 여기 있는 내내 폭탄과 함께 있었다는 건가?

뱃속이 뒤틀리더니 아침에 먹은 음식들이 올라왔다. 시큼한 위액이 먼지가 일어난 땅에 난 구멍을 메울 듯 쏟아졌다. 나는 속이 빌 때까지 구역질을 했다. 막 구역질을 멈추었을 때 누군가 나를 일으켜 세웠고 친근한 목소리가 들렸다.

"괜찮아, 잼미?"

토모가 숨을 거칠게 쉬며 물었다.

"어떻게 된 거지? 폭탄은 어디 있어?"

토모가 내 양어깨를 움켜잡는 게 느껴졌다.

토모가 부축해 주자 나는 황급히 물었다.

"못 봤어? 그 애 말이야. 리틀 루니. 틀림없이 적들이 폭탄을 설치한 거야."

그리고 침묵이 아주 오랫동안 계속되자 토모는 내가 말문을 열기를 바랐고, 나는 다시 말을 이었다.

"분명 압력 스위치를 달아 놨던 거야. 리틀 루니가 공을 차는 순간, 폭탄이……."

토모를 밀쳤을 때, 바닥에 넘어지는 소리 외에는 아무것도 들리지 않았다. 머리가 터질 것만 같았다. 뿌연 연기 속으로 총을 쏘며 힘겹게 앞으로 걸어가는 동안 머릿속이 내 비명 소리와 총 소리로 가득 찼다. 적들이 거기에 있었다. 그리고 나는 이 일을 저지른 적들을 처치해야 했다.

총 머리가 거칠게 반원을 그리며 왼쪽 오른쪽으로 총알을 뱉어 냈다. 총알이 떨어졌을 때 내 귀에 소대장의 고함 소리가 들렸다.

〔사격 중지! 사격 중지!〕

그 말을 들으니 웃음이 나왔다. 소대장은 제정신일까? 적들은 세상을 하늘 높이 날려 버렸다. 그런데 우리더러 사격을 멈추라니? 소대장은 우리에게 수첩을 주고 정보나 모으라며 다시 내보낼 작정인가? 그런 시기는 이미 지나갔다. 더 이상은 없다.

나는 배낭에서 탄약을 찾았지만 없었다. 그래서 뭐라도 발사할 수 있는 것을 찾으려고 주머니를 뒤졌다. 할 수 있다면 딱딱한 사탕이라도 찾고 싶었다. 하지만 나는 땅바닥에서 허우적거리다가 소총을 두 손에서 떨어뜨렸고, 그때 기퍼의 목소리가 들렸다.

"**잼미**! 진정해! 사람들이 저 안에 있어. 꺼내 줘야 해."

너무 버거웠다, 모든 게 다. 생각이 머리 주위를 굴러다녔고 폭발 때문에 무감각해졌다. 하지만 나는 이 일을 처리해야 했다. 리틀 루니를 찾아야만 했다. 그래서 기퍼를 뿌리친 다음 거리낌 없이 소총을 잡았다. 기퍼가 나를 막아섰다.

"어딜 가려고? 소대장이 자리를 지키라잖아. 넌 어디든 가려고 하겠지만!"

나는 기퍼의 말을 무시하고 앞으로 걸어가려 했지만 첫발을 딛다가 넘어졌다. 기퍼는 나를 붙잡아 주는 걸 선택했고, 나는 기퍼를 밀쳐 내고 다시 걸어가는 걸 선택했다.

"꼭 그 애를 찾아야 해요."

"누구를 찾는데? 토모는 우리 뒤에 있어. 명령을 따르는 중이지. 네가 해야 하는 것처럼."

"토모를 찾는 게 아니에요!"

나는 기퍼에게 얼굴을 가까이 대고 침을 튀기며 말했다.

"토모는 제가 필요 없어요. 제가 찾는 건 어린아이예요. 그 아이가 가까이 갔는데 폭발물이 터져 버렸다고요."

세상이 다시 뒤틀렸지만 두 번째 폭발은 없었다. 기퍼가 나를 밀쳐 바닥에 눕히고 올라 앉아 오른손으로 내 뺨을 꽉 쥐었던 거다.

"내 말 들어! 잘 들으라고! 그 아이는 못 찾아, 잼미. 그 앤 죽었어. 그 애가 폭발시킨 거야. 공을 찬 바로 그 순간 터진 거라고. 적들이 그 공에 폭탄을 설치했어. 아마도 네가 공을 차기를 바랐겠지."

나는 기퍼의 말을 듣고 무언가 부서지는 것 같은 기분이 들었다. 그 기분은 가슴에서 시작되어 모든 근육과 관절 그리고 몸 속 모든 세포 사이로 퍼져나갔다. 마치 적들이 나를 콘센트에 꽂았다가 뺀 것 같았다.

기퍼는 나보다 덩치가 훨씬 크고 목이 내 허리만큼이나 두꺼웠지만 내가 주먹을 내두르자 머리가 뒤로 젖혀졌다. 그리고 넘어졌다. 그 순간 나는 크게 숨을 들이마시고 벌떡 일어나 혼돈 속으로 달려갔다.

무엇을 찾아야 하는지 아무 생각도 나지 않았다. 할 수 있는 것도 없었다. 두 눈에 먼지가 넘쳐흐르는데도 먼지 속에서 바보처럼 떠돌아다녔다. 세 걸음을 걷고 다시 넘어졌고, 다리와 머리를 또다시 바닥에 부딪쳤다. 하지만 멈출 수 없었다. 멈춰야 할 때까지, 리틀 루니를 발견하고 안전하게 해줄 때까지는 멈출 수 없었다.

소음이 났다. 하지만 그 어떤 것도 아무 의미가 없었다. 완전히 정지 상태였다. 귀가 먹먹했다. 나는 리틀 루니만 생각했다.

사람들이 먼지와 피가 범벅이 된 채 비틀거리며 지나갔다. 전쟁에 짓밟혀 반쯤은 죽은 듯한, 걸어 다니는 시체 같은 사람들. 나는 사람들이 가까이 다가올 때마다 한 명 한 명 붙잡았다. 하지만 리틀 루니가 아니라는 사실을 확인하고 밀쳐 냈다.

보이는 모든 사람들이 움직이는 것 같지 않았다. 광장은 가득 차 있었다. 너무나 큰 폭발에 많은 사람들이 휩쓸려 무너지고 말았다. 돌무더기 아래에서 사람들이 팔을 흔들었고, 나는 그 아래에 누가 있든 미친 듯이 끌어냈다. 안에서 분노가 끓어오르고 화가 나 지글거렸다. 그래도 계속해서 사람들을 끌어냈다.

마침내 벽돌 더미 아래에 몸의 반쯤 묻혀 있는 리틀 루니를 언뜻 보았다. 나는 넘어지지 않고 한달음에 달려갔다. 그리고 리틀 루니 앞에 털썩 주저앉아 손을 넣어 목부터 잡아 보았다. 맥박. 맥박. 맥박?

의무병을 소리쳐 불렀다. 적어도 불렀다고 생각했다. 양손으로 벽돌을 파내고 걷어 냈다. 만일 리틀 루니를 평평한 곳에 눕혀놓고 가슴을 압박할 수 있다면, 기회가 있을 것 같았다. 의무병이 응급 처치를 할 수 있을 것이다. 의무병은 꼭 해야만 한다. 멈추지 않아야 한다. 감히 멈춰선 안 될 것이다.

돌무더기가 옆에 쌓여갔다. 나는 승리할 것이다. 늦지 않게 리틀 루니를 구해낼 것이다. 꼭 성공할 것이다.

하지만 벽돌이 계속 나왔다. 그리고 리틀 루니의 몸이……, 멈추었다. 나는 허리로 팔을 뻗었다. 허벅지 주위를 파낼 생각이었다.

하지만 거기엔 아무것도 없었다. 피와 먼지뿐이었다.

잘못된 일이었다. 실수였다.

벽돌과 회반죽을 미친 듯이 더듬었지만 모두 시뻘건 피로 얼룩져 있었다.

빼내야 할 건 더 이상 없었다.

비명을 질렀다. 리틀 루니의 마지막 순간을 채웠던 폭발 소리보다 더 큰 비명을.

벽을 전부 무너뜨리고 싶었다.

그 벽이 나를 덮치기만 한다면 어디로 무너지든 상관없었다.

소니

전화가 왔을 때 나는 마음의 준비를 했다. 겁이 났지만, 준비를 했다.

캐머런은 마치 자기 아빠에게 내리 15년을 두들겨 맞은 것처럼 목소리에 힘이 없었다. 다시 세 살 아이가 된 것 같았다.

〔소니, 지금 네가 필요해.〕

캐머런은 그 네 마디 말을 무척 힘겹게 내뱉었다.

"무슨 일 생겼어? 아저씨가 무슨 짓을 한 거야?"

내가 소리쳤다.

〔어서 와 줘. 지금 당장.〕

캐머런이 전화를 끊자마자 나는 재빨리 문으로 달려갔다. 문 앞에서 주위를 뒤져 무언가를 찾아야 하는 건 아닌지 고민했다. 아저씨가 한 모든 짓을 되돌려 줄 칼이나 밀방망이 같은 것을 말이다.

하지만 그런 것을 찾으려면 시간이 걸릴 것이다. 캐머런은 지금 당장 내가 필요하다고 했다. 나는 엘리베이터는 쳐다보지도 않았다. 대신 데니스의 전화번호를 누르면서 최대한 빠르게 계단으로 내려갔다. 세 번째 벨이 울리자 데니스가 전화를 받았다. 나는 잡다한 설명은 하지 않았다.

"지금 캐머런네 집으로 올 수 있어?"

〔왜 그렇게 서둘러?〕

"또 시작된 것 같아. 네가 필요할지도 몰라."

〔네가 도착하기 전에 가 있을게. 위기한테도 전화할까?〕

위기는 싸움을 썩 좋아하지 않고 주먹보다 입이 더 빠르다. 하지만 정말로 참지 못할 때 아저씨 앞에 설 수 있는 또 한 사람이다.

"그래, 그렇게 해. 둘 다 있다 보자. 어서 서둘러."

전화를 끊고 나니 상상할 수 있는 모든 각본들이 떠올랐다. 캐머런은 심하게 멍이 들어 있을지도 모른다. 아저씨는 전화를 했다는 이유로 캐머런이 정신을 잃을 때까지 때렸을 수도 있다. 심지어 캐머런이 칼을 들고 아저씨에게 몸을 숙이면서 손잡이를 꼭 잡은 채 칼날을 가슴에 파묻었을지도 모른다는 생각도 들었다. 나는 몸서리를 치면서 달려갔다. 상상하는 일들이 진짜 일어날 수도 있다. 모든 사람의 인내심에는 한계가 있게 마련이다.

너무 숨이 차서 침착하게 행동하기 어려웠다. 그래서 불길하게 열려 있는 캐머런네 집 현관문에 도착했을 때, 돌아서서 달아나 버릴까 하고 아주 잠깐 동안 생각했다. 하지만 나를 멈춘 건 다름 아닌 엄마였다. 엄마는 내 안에 이런 일을 할 만한 용기가 있다고 생각하지 않을 것이다. 비록 엄마가 내가 맞서는 모습을 직접 볼 수는 없더라도 나는 알 수 있었다. 이것이 시작이었다.

집 안은 쥐 죽은 듯 고요했다. 놀랍지 않았다. 만일 아저씨가 술에 취했다면 아이스 팩과 반창고를 꺼내려고 집에 있지는 않을 거니까. 내가 놀란 건 처음에 아저씨를 보았기 때문이다. 아저씨는 난롯가에 앉아서 손으로 머리를 감싸 안고 어깨를 부들부들 떨었다. 나는 즉시 캐머런을 찾으려고 둘러보다가 난로 반대쪽 벽에 걸린, 젖어버린 커다란 천 조각을 보았다. 그 아래에는 위스키 잔이 산산조각 나 있었다.

무슨 일이 일어난 건 분명했다. 하지만 그것은 내가 예상했던 것만큼 명백하지 않았다. 게다가 내가 본 다음 사람은 데니스였다. 데니스는 방 안으로 들어와서 곧장 내게로 왔다. 그리고 두 팔로 내 어깨를 감싸더니 아주 세게 꽉 잡았다.

"어떻게 된 거야?"

나는 물었지만 데니스의 대답을 기다릴 시간이 없었다. 그때 캐머런과 아주머니가 비틀거리며 들어왔다.

그 순간 나는 알았다. 둘 다 멍이 들거나 다친 곳은 없었지만, 온몸 구석구석에서 고통스러운 비명이 새어 나왔다. 캐머런은 눈빛 속에 깊은 상처가 났고 뺨으로 눈물이 흘러내렸는데, 너무 많이 울어서 눈물을 닦을 힘도 없어 보였다. 내가 어렵게 데니스에게서 몸을 빼냈을 때 내 티셔츠 위로 데니스의 눈물이 떨어지는 것 같았다. 캐머런이 주저앉으려고 해서 내가 얼른 캐머런을 붙잡았다.

"군인 두 명이."

캐머런이 심하게 몸서리를 치며 울었다. 우느라 모든 문장이 뚝뚝 끊겼다.

"군인 두 명이 나왔어. 뉴스에. 총격전이 있었대. 잼미 오빠랑 우리 오빠였어. 전쟁터에서 화면에 잡혔어. 둘만."

나는 힘겹게 이야기를 들었다. 지금껏 어느 누구의 이야기를 들을 때보다 힘겹게. 하지만 심장이 미친 듯이 요동치는 바람에 캐머런의 이야기를 거의 들을 수 없었다. 누가 다친 건가? 우리 형이 아니기를. 부디 우리 형이 다친 게 아니기를.

"괜찮아. 나한테 말해도 돼. 난 널 이해해."

나는 누가 보든 상관하지 않고, 눈물이 흐르는 캐머런의 뺨에 입을 맞추고 속삭였다.

"정찰을 하다가 총을 발견했대. 폭발물도. 그걸 뒤쫓아서 마을로 갔나 봐. 우리 오빠와 잼미 오빠도 그걸 쫓았고 마을을 안전하게 지키려고 노력했나 봐. 하지만 거기서 교착 상태가 있었대. 오빠들이 고립되고 공격을 받았나 봐. 그리고 우리 오빠가, 오빠가."

"괜찮아, 괜찮을 거야."

"안 괜찮아! 그자들이 오빠를 쐈어. 오빠가 죽었어. 죽었다고."

캐머런이 소리쳤다. 바로 앞에서 캐머런의 심장이 두 조각이 나는 것 같았다.

나는 거기서 알게 된 문제에 대한 답을 내가 알 거라고 생각했다. 비록 그 답이 단순히 내 두 주먹에 놓여 있을지라도. 하지만 그 일은 나를 쓰러뜨렸다. 비탄에 빠졌어도 캐머런은 나를 바닥에 주 저앉지 않게 한 유일한 버팀목이었다. 우리는 서로에게 기대어 나 란히 몸을 떨었다. 내 머릿속에 자세한 장면들이 그려졌다. 정말이 지 듣고 싶지 않은 이야기였다.

"군인들이 잼미 오빠와 함께 있는 우리 오빠를 발견했어. 잼미 오빠는 우리 오빠를 살리려고 노력했고."

나는 알고 싶었다. 우리 형이 괜찮다는 사실을 알아야 했다. 하 지만 어떻게? 토모 형이 죽었는데 내가 어떻게 캐머런에게 그런 질문을 한단 말인가?

"오빠를 봤어. 오빠가 피를 흘리는 걸 봤어. 내가 견딜 수 있는 방법은 잼미 오빠가 우리 오빠와 함께 있었다는 걸 생각하는 것뿐 이야. 잼미 오빠는 우리 오빠가 본 마지막 사람이었어."

"우리 형은 토모 형을 사랑해. 토모 형은 나만큼이나 우리 형을 형제처럼 생각했어."

"우리 오빠를 죽인 사람을 잼미 오빠가 죽였어. 그 사람을 쐈어. 아무 도움이 되지 않았다는 걸 알아. 하지만 도움이 되기도 했어. 잼미 오빠는 영웅이야. 둘 다 영웅이라고."

캐머런은 말을 하다가 목이 메어서 내 가슴에 고개를 깊게 파묻 었지만, 나는 책임감에 더럭 겁이 났다.

나는 캐머런을 위해 고통을 나누고 싶었지만 그럴 수 없다는 사 실을 알았다. 내가 우리 형을 토모 형과 바꿀 수 있을까? 절대 할

수 없다. 내 몸을 두 동강 내지 않고서야 어떻게 그런 생각을 할 수
있을까? 내가 캐머런에게 해줄 수 있는 모든 말, 즉 내 머리에서
나온 모든 말은 위로하기에 충분하지도 않았고 심지어 조금도 사
실이 아니었다.

'괜찮을 거야.'

'네 기분 잘 알아.'

'우린 이 일을 꼭 극복할 거야.'

가진 게 없는 나는 있는 힘을 다해 위로해 주는 것 말고는 아무
것도 해주지 못했다. 그러나 그것이 결코 충분하지 않다는 것도 알
았다.

우리 주위에서 누군가 움직였다. 아주머니가 몸을 굽히고 카펫
에 떨어진 컵 조각을 주웠다. 때마침 위기가 현관에 들어섰다. 데
니스는 위기를 집 안으로 데리고 들어오며 상황을 설명해 주었다.
내가 미처 듣지 못한 것은 아저씨가 우리 뒤에서 움직이면서 내는
소리뿐이었다. 아저씨가 말을 시작하자 비로소 나는 입 밖으로 새
어 나오는 지독한 술 냄새를 맡았다.

"캐머런."

아저씨가 우리 사이에 오른팔을 끼우더니 떼어 놓으려고 애를
쓰며 중얼거렸다.

"캐머런. 캐머런. 캐머런!"

하지만 캐머런은 움직이고 싶어 하지 않았다. 캐머런이 긴장하
는 게 팔을 통해 느껴졌다. 아저씨가 더 요란하게 부르자 캐머런은

나를 더 가까이 끌어당겼다.

우리는 기묘한 춤을 추듯 움직였다. 아저씨가 술에 취해 비틀거리며, 긴 결혼식을 마치고 마지막 입맞춤을 하듯이 우리를 이리저리 밀어붙였다. 캐머런이 원하지 않는다면 나는 캐머런을 보내 주지 않을 작정이었다. 그래서 고개를 돌리고 아저씨를 위해 할 수 있는 가장 동정 어린 목소리로 말했다.

"캐머런에게 시간을 좀 주시겠어요, 아저씨? 서 있는 것도 힘들어 하잖아요."

"그러니까 나와 함께 있어야지."

아저씨가 숨 쉴 때 나는 냄새는 말도 못하게 지독했다. 몇 년이나 만취한 상태로 지내서 형편없는 후유증이 생긴 거였다. 한 가지 술 냄새가 아니었다. 손에 쥐는 대로 먹어 치운 술이 뒤섞여 썩어 가는 듯했다. 악취는 숨을 쉴 때만 나는 게 아니었다. 옷과 몸에도 매달려 있었다. 주위에서 숨을 쉬기가 거의 불가능할 정도로 모든 구멍에서 악취가 새어 나왔다. 나는 갑자기 히치가 생각났다. 불길한 예감이 들었다.

얼굴을 내 가슴에 더 깊이 파묻는 걸 보니 캐머런도 냄새를 맡은 게 분명했다.

"아빠랑 같이 있고 싶지 않아."

캐머런의 말이 티셔츠를 통해 내게 닿았다. 아저씨가 듣기에도 충분히 컸다. 아저씨는 몹시 견디기 힘들어 했다.

"나랑 같이 있고 싶지 않다고? 난 네 아빠야!"

단순한 문장이었다. 그러나 캐머런의 머릿속에 번쩍 번개가 치게 할 만큼은 충분했다. 캐머런은 고개를 들고 여전히 내게 매달린 채 말했다.

"지난 몇 년 동안 아빠는 내 아빠가 아니었어요. 아빠는 그게 어떤 건지 짐작도 못하겠지만요."

아저씨의 얼굴이 창백하게 일그러졌다. 아무도 속이지 못한 우스꽝스러운 표정이었다.

"그 사람들이 내 아들을 죽였어. 내 아들, 네 오빠를 죽였다고. 그런데도 넌 저 녀석한테 매달려 있는 거냐?"

아저씨가 울부짖었다.

그리고 나를 아주머니에게 날려 버릴 듯이 밀쳤다. 심장이 두근거리고 피가 끓어올랐다.

"아빠보다 소니가 나를 더 사랑해 줬어요!"

"오, 분명 그랬을 거야. 하지만 네가 토모를 위해 누군가를 비난하고 싶다면, 저 녀석의 가족을 먼저 비난해야 해. 만일 저 녀석 형이 군대에 가지 않았다면 우리 토모는 군대에 갈 생각조차 하지 않았을 거야."

그건 아저씨가 한 말 중 처음으로 이해할 수 있는 말이었다. 토모 형이 언제나 우리 형을 우러러보았다는 사실에는 의심의 여지가 없었다. 토모 형은 우리 형의 커다란 그림자 안에, 그러니까 내가 탈출하고 싶어 했던 그 그림자 안에 들어가고 싶어 했다. 나는 토모 형과 비교해서 어떤 종류의 형제였을까?

방 안이 점점 더 작아지는 것처럼 느껴졌다. 발아래 바닥이 더 이상 평평하게 느껴지지 않았다. 이제는 캐머런이 나를 부축하는 것 같았지만, 사실은 전혀 그렇지 않았다. 캐머런이 아저씨에게 다가가 팔을 마구 흔들자 손톱이 반짝였다.

"그런 말 하지 마세요! 아빠가 비난할 수 있는 사람은 아빠 자신뿐이에요. 오빠가 군대에 간 건 오직 아빠 때문이에요! 오빠가 여기보다 훨씬 더 엉망인 어딘가로 가야 했던 건 아빠 때문이라고요! 아빠가 오빠를 그곳으로 내몰았어요. 아빠가 오빠를 떠나게 만들었어요. 아빠가 방아쇠를 당기지는 않았겠죠. 그렇지만 오빠를 죽인 건 바로 아빠예요."

캐머런이 고함쳤다.

그리고 나를 겁먹게 할 정도로 아주 난폭하게 아저씨를 바닥으로 밀치고 내리눌렀다. 캐머런은 자신에게 안겨 주었던 모든 분노의 시간을 아저씨에게 다시 퍼부었다.

나는 캐머런이 평생을 두려워했던 것만큼 아저씨도 두려워하길 바랐다. 비현실적이고 두려울 정도로 빠르게 비통함이 분노로 바뀌었다. 나는 아저씨가 마땅히 당해야 하는 일을 당하기를 바랐지만 지금은 그럴 때가 아니었다.

아주머니가 둘의 싸움을 말리려고 노력했다. 그러나 말릴 수 없었다. 아주머니가 아무리 비탄에 빠져 비명을 질러도 싸움을 말리지 못했다. 그래서 나는 아이들에게 소리쳤다. 아이들은 진땀을 흘리며 아저씨를 소파로 끌고 갔다. 아저씨의 오른쪽 뺨에는 캐머런이 남긴 분노의 손자국이 있었다.

아저씨는 캐머런보다 더 빨리 항복했다. 캐머런이 내 말을 듣고 이성을 찾는 데는 조금 시간이 걸렸다.

캐머런은 더 이상 싸울 필요가 없다는 사실을 깨달았다. 토모 형은 죽었다. 아저씨를 죽인다고 해도 토모 형의 심장이 다시 뛰는 건 아니다. 기분은 나아질지도 모르겠지만.

캐머런의 분노는 마침내 무너져 내렸다. 캐머런은 눈물과 질문을 다시 쏟아내며 다양한 방식으로 이유를 물었다. 나는 해줄 수 있는 일을 했다. 캐머런의 머리카락을 매만지고 얼굴에 입을 맞춰 주었다. 하지만 마음 속은 온통 질문으로 가득했다.

'어떻게 이런 일이 생긴 걸까? 집으로 돌아올 날이 거의 다 되었는데.'

'지금 우리 형은 어디에 있을까? 어떻게 지낼까?'

나는 엄마를 떠올렸고 엄마가 어떻게 반응할지 생각했다. 우리 모두에 대해서 그리고 이런 일이 다시 일어나지 않게 하려면 어떻게 해야 할지에 대해서 생각했다.

소니

거리 이쪽 편에 있어도 나는 이해가 되지 않았다. 다른 사람들이 집으로 돌아오는 모습을 지켜보았던 가로등 기둥에서 불과 20미터 떨어진 곳이다. 하지만 다른 마을에, 다른 세상에 있는 편이 더 나았을지도 모르겠다.

나는 이쪽 편에 서야 할 사람도 아니고 여기에 있을 만한 일도 없는 것 같았다. 아니 그건 단지 내 생각이었다. 현실은 달랐다. 여기에 있어야 했다. 캐머런을 위해서. 물론 토모 형을 위해서도 여기 있고 싶었지만 생각이 대부분 여기에 머물지 못했다.

머릿속이 우리 형 생각으로 가득 차 있었다. 뉴스를 들은 뒤 우리는 형에게서 아무런 소식도 듣지 못했다. 형에게 문자와 전화, 이메일을 마구 보냈다. 효과만 있다면 비둘기 발에 쪽지라도 묶어 보내고 싶은 심정이었다.

형과 연락이 닿지 않자 엄마는 크게 충격을 받았다. 엄마는 언제나 휴대전화를 보이는 곳에 두었는데, 탁자 위에 놓거나 손에 쥐었다. 나는 엄마가 휴대전화가 제대로 작동하는지 확인하려고 집 전화기로 휴대전화에 전화를 거는 모습을 보았다. 그래서 엄마를 진정시키기 위해 노력했다. 형이 며칠 지나면 올 거란 사실을 상기시켰다. 그러나 엄마가 아주 조금이나마 마음이 편해 보인 시간은 가두 행진을 준비하거나 나도 잘 준비하고 있다고 확신할 때뿐이었다. 이상하게도 그건 내게도 도움이 되었다. 형과 연락이 되지 않는 불길한 이유들을 생각나지 않게 했다.

엄마는 정장을 사 입으라고 다그치기 시작했다. 꼭 정장이어야 한다고 했다. 집으로 돌아오는 형을 청바지에 티셔츠 차림으로 맞으면 절대 안 된다고. 그 말은 아주 오래되지도 않고, 형편없지도 않은 무언가를 찾아낼 때까지 중고품 가게를 샅샅이 뒤져야 한다는 사실을 의미했다.

중고품 가게는 낯설지 않았다. 엄마는 우리가 걷기 시작했을 때부터 여러 중고품 가게를 샅샅이 뒤지도록 했다. 우리 옷의 80퍼센트는 헌 옷이었으니까 나는 헌 옷에 익숙해졌어야 한다. 하지만 익숙해지지 않았다. 아무리 시간이 흘러도 죽은 사람의 바지를 입고 있는 것만 같았다.

그래도 이제는 중고품 가게를 이용하는 전략이 있다. 가게에 들어갈 때마다 뭔가 가득 찬 쇼핑백을 가져간다. 그렇게 하면, 만일 고스트의 어떤 사람이 나를 발견했을 때 내가 기증하러 왔다고 말할 수 있다. 다른 아이들 같으면 무척 난처해 하겠지만.

어쨌든 그 정장은 쓸 만했다. 검정색은 아니었지만 찾아낸 것 중 가장 검정색과 비슷한 어두운 회색이었다. 그 옷을 입어 보고 주머니에서 20파운드 지폐를 발견한 순간, 나를 위한 옷이라는 것을 알았다. 그 정도는 내가 받아들여도 되는 일종의 자선이라고 생각할 수 있었다.

정장을 집에 가져오자 엄마는 완전히 감동을 받은 듯했다. 엄마는 나를 의자 위에 세워 놓고 바지와 소매 단에 핀을 꽂았다. 그 모습을 지켜보며 나는 엄마가 어쩌면 딸을, 그러니까 옷을 차려입히고 화려하게 꾸며 줄 누군가를 바랐을지도 모른다고 생각했다. 하지만 엄마는 나에게서 그런 재미를 결코 얻지 못했다.

가두 행진에 참여하려고 집을 나설 무렵, 나는 흔들리기 시작했다. 토모 형을 잃은 두려움에 군인 동상을 쳐다볼 수조차 없었다.

걸어가는 동안, 피카드 하우스에서 나온 여자애 두 명이 나를 보고 휘파람을 불었다. 나는 내 모습을 훑어보았지만 도무지 나 같아 보이지 않았다. 다른 날이었다면 캐머런이 감동을 받았을지도 모른다. 정장은 댄스파티에 가기 위해 입는 옷이라는 얘기다. 그렇다. 내 또래 아이들이 정장을 입는 건 가장 좋은 친구를 땅에 묻기 위해서가 아니라 댄스파티에 가기 위해서다.

우리는 아주 오랫동안 길가에 서 있었다. 사람들은 친절했다. 폭주족이거나 아니면 일반 병사처럼 보이는 한 남자가 있었는데, 공회당 근처에서 만나 우리가 있을 곳으로 안내해 주었다.

남자는 지팡이를 짚으며 걸었다. 그러나 다리를 절뚝이면서도 얼굴을 찡그리진 않았다. 다리를 다친 게 전쟁과 관련이 있는지는 모르겠다. 외모를 보니, 한두 번쯤 싸움을 한 것 같긴 했다. 그러나 말하는 방식을, 캐머런과 아주머니에게 보이는 관심을 보니 그런 건 중요하지 않았다. 남자는 곧장 인파를 헤치고 '잘' 달려갔다.

결국 우리는 온 마을 사람들 앞에 섰다. 캐머런, 아주머니, 아저씨, 데니스, 위기, 엄마 그리고 나. 나는 히치에게 전화를 했다. 당연히 전화했다. 그러나 히치는 전화를 받지 않았다. 전화벨은 번번이 자동 응답기로 넘어갔다. 히치는 전화를 받고 싶지 않은 듯했다. 히치가 어디에 있든 신문이라도 읽은 건지 나는 아무것도 확신하지 못했다. 전에 우린 우리 중 한 사람이 비참할 때 서로를 다 잃어버린 것 같은 기분이었는데.

사람들이 모여들더니 인파가 열 배로 늘었다. 아직은 우리 가족 중 한 명이 집으로 돌아오는 순간의 열기만큼 고조되지는 않았다. 사람들, 그러니까 고스트 주민들은 우리를 위로했다. 중요한 순간에 우리 모두가 함께 있는 것 같았다.

한 가지 문제는 우리가 구경거리가 되어 있다는 거였다. 우리는 모두가 보고 슬퍼할 수 있도록 한 가운데에 서 있었다. 영구차가 앞에서 멈추면 한 사람 한 사람의 시선이 우리를 향할 것이다. 나는 우리 중 누구라도 그런 시선을 받을 준비가 되어 있다고 확신할 수 없었다.

래리 아저씨는 나보다 더 몸에 맞지 않고 낡은 옷을 입은 채 길가에 서서 떨었다. 안쪽 주머니 밖으로 휴대용 술병이 보였다. 술병 무게 때문에 외투가 어색하게 왼쪽으로 불룩 튀어나와 있었다. 그리고 얼굴이 축축하게 젖어 있었다. 아저씨에게 술을 마시지 않는 모든 시간은 고문과 같았다. 아저씨가 생각할 수 있는 전부가 아들이 아니라 술이라는 것을 나는 알았다. 아저씨는 양손으로 옆구리를 만지작거리다 이따금씩 술병을 잡으려고 하는 손을 꽉 잡았다. 아주머니와 캐머런이 양쪽에 서 있었지만, 누구도 아저씨가 거기에 있다는 사실조차 인정하고 싶어 하지 않았다.

언제나처럼 종소리가 울리자 사람들은 입을 굳게 다물고 더 잘 보기 위해 목을 길게 뺐다. 나는 볼 수 없었다. 두 눈을 꼭 감고 어느 때보다 더 간절히 이 일이 일어나지 않기를 기도했다. 그러나 다시 눈을 떴을 때, 영구차가 그곳에 나타났다. 너무 천천히 달려서 바퀴가 전혀 구르지 않는 것 같아 보였다. 캐머런이 눈물을 흘리며 내게 기댔다. 캐머런의 얼굴이 고통스럽게 잔뜩 일그러지자 나도 겁이 났다. 나는 캐머런이 하고 싶은 일이 배수로에 쓰러져 통곡을 하는 것뿐일지라도 이 일을 견뎌 내도록, 쓰러지지 않도록 해야 했다.

언제나 그렇듯이 사람들이 꽃을 던지자 영구차 지붕 위에 꽃이 어수선하게 쌓였다. 다른 사람들이 바퀴 아래에 꽃을 떨어뜨리자 꽃잎이 바퀴 아래에도 쌓였다.

시간이 한참 흐른 것 같았다. 마침내 첫 번째 영구차가 우리 앞에 멈춰 섰다. 페인트칠이 몹시 반짝이는 차 표면에 우리가 눈물을 흘리는 모습이 비쳤다.

나는 창문 안에 있는, 토모 형에게 경의를 표하는 화환을 보기 위해 있는 힘을 다해야 했다.

토모
우리의 형제

화환 하나는 빨간색, 다른 하나는 토모 형의 소대를 상징하는 호박색과 검은색을 조합하여 만들었다.

우리는 화환에 대해 많이 얘기했다. '진짜 괴짜'라는 문구를 하나 더 넣기를 원했지만 여유가 없었다. 꽃집 직원이 더 쓰고 싶으면 돈을 더 달라고 했다. 그래도 '우리의 형제'는 마음에 들었는데, 그 말은 토모 형이 캐머런뿐만 아니라 우리에게 어떤 사람이었는지를 요약해 주는 말이기 때문이다.

나를 죽일 것 같은 건 화환이 아니라 영국 국기로 싼 관이었다. 토모 형은 키가 그리 크지 않았다. 그러나 관을 물끄러미 쳐다보았을 때, 나는 관이 토모 형의 몸과 토모 형이 우리에게 의미했던 모든 것을 담을 만큼 크지 않다는 사실을 믿을 수 없었다. 그곳에는 토모 형의 웃음이나 농담, 싸움 들을 담을 만한 공간이 없었다. 모든 것을 담으려면 영구차가 아니라 버스가 필요했을 거다.

영구차가 도착했을 때 우리는 무엇을 해야 하는지 알았다. 그러나 캐머런은 아주머니를 안내하기 위해 나와 함께 앞으로 나갔을 때, 온몸을 바들바들 떨었다. 캐머런은 비틀거리며 영구차로 다가 갔다. 그리고 지붕 위에 꽃을 올려놓고 이마를 창문에 댔다. 나는 그날의 기억에서 긁어내고 싶은 게 많이 있다. 그중에 캐머런이 뒤로 물러나면서 터트린 소리보다 더 긁어내고 싶은 건 아무것도 없다. 그것은 흐느낌도 통곡도 아니었다. 그렇게 고통스러운 소리는 들어 본 적이 없었다. 다시는 그런 소리를 듣지 않고 싶다.

우리는 차례차례 앞으로 걸어가 경의를 표했다. 나는 가져온 꽃을 올려놓고 나서야 손바닥에 피가 맺힌 것을 보았다. 가시가 피부 깊숙이 박혔는데, 그것도 모른 채 꽃을 꼭 쥐고 있었던 것이다. 그런데 그걸 알게 되자 죄책감이 들었다. 가시가 박혔다고 해서 내가 죽는 것도 아니지 않은가.

마침내 우리가 갓돌 위로 돌아왔을 때, 다시 영구차가 웅웅거리는 소리가 들렸다. 또 다른 감정의 물결이 나를 덮쳤다.

피곤함이나 안도감, 죄책감일 수도 있다. 그러나 그것이 무엇이든 간에, 관을 마지막으로 한 번 쳐다보았을 때 소름이 끼쳤다. 아주 짧은 순간 영구차 창문으로 우리 형이 보였다.

군복을 입고 베레모를 쓴 채 자랑스럽게 앉아 있었다. 그러나 얼굴은 돌처럼 굳어 있었다. 형이라고 착각한 게 아니었다. 영구차가 조금씩 움직였지만, 나는 제대로 보일 때까지 눈을 깜빡거리지도 못한 채 우두커니 서 있었다. 그러나 관이 사라졌을 때 형도 함께 사라졌다. 형은 거기에 없었다. 그곳엔 메달을 목에 걸고 적갈색 베레모를 말끔하게 쓴, 또 다른 참전 군인이 있었을 뿐이다.

눈을 비비고 다시 보면 희극적인 순간 중 하나일 수도 있지만,
그래 봐야 아무 의미 없었다. 그 사람이 형이 아니어도 나는 눈물
을 흘렸다. 멈출 수 없을 정도로 눈물이 마구 쏟아졌다. 이런 종류
의 고통은 숨길 수가 없다.

소니

남몰래 슬퍼하는 일과 함께 모여 슬퍼하는 일 중에 어느 쪽이 더 안 좋은지 잘 모르겠다. 토모 형의 장례식이 끝날 무렵, 가두 행진이 끝나고 여섯 시간 정도 지났을 때, 나는 몹시 지쳤다.

그동안 우리가 마을 사람들 앞에서 드러내지 못했던 슬픔은 화장터에 들어선 순간 슬금슬금 밀려나왔다. 토모 형의 시신이 커튼 뒤로 미끄러져 들어가는 모습을 보러 들어갈 수 있는 사람은 많지 않았지만 나는 우리 중 누구도 그것을 잊지 못할 거라는 사실을 확신할 수 있었다.

엄마는 얼굴을 찡그리지 않고 내 옆에 앉아 있었다. 하지만 나는 엄마가 엄청난 충격에 빠졌다는 사실을 알았다. 엄마는 두 눈으로 형의 모습을 확인할 때까지 형이 살아 있다는 사실을 믿지 못할 것이다. 엄마와 나를 위해서라도 빨리 형을 만나고 싶었다.

그 후 우리는 캐머런의 집으로 다시 가서 이야기도 나누고 마른 롤 샌드위치도 먹었다. 음, 나는 '우리'라고 했다. 그러나 예상했다 시피 아저씨는 장례식을 마치고 집으로 돌아가는 길에 사라졌다. 우리는 아저씨가 술집 중 하나로 가버렸다는 사실을 알았지만, 아무도 그 사실을 얘기하지 않았다. 아저씨가 원하는 만큼 오랫동안 술집에 내버려 둘 것이다. 아무도 아저씨를 신경 쓰지 않을 것이다.

내가 캐머런의 집을 나설 무렵엔 날이 어둑했다. 우리가 함께 떠올렸던 토모 형에 대한 기억들이 머릿속에 가득했다. 마지막으로 캐머런의 집을 떠난 건 나였다. 위기는 딱히 할 수 있는 농담이 없을 때 어떻게 해야 하는지 몰라서 하루 종일 고군분투하더니 6시가 다 되자 데니스와 함께 사라졌다. 엄마는 하루에 두 번이나 하는 교대 근무를 빠질 수가 없어서 더 일찍 갔다. 다시는 나를 못 볼 수도 있다고 생각하는 것처럼 집을 나서기 전에 폭 안아 주기까지 했다. 엄마가 나가고 문이 닫히자 나는 물밀듯이 몰려오는 죄책감에 휩싸였다. 그날은 심각한 감정들에 휩싸인 날이었다.

그러나 캐머런의 하루는 복잡할 것 없이 극도로 엄청난 슬픔뿐이었다. 이따금씩 눈물을 멈추고 토모 형을 생각하며 아주 짧게 웃기도 했다. 그러나 슬픔과 회상이 수시로 바뀌어서 저녁 8시쯤 되었을 때는 죽은 사람처럼 보여도 놀랍지 않을 상태였다. 그것을 알아차린 아주머니가 캐머런에게 수면제를 쥐여 주며 먹으라고 권할 정도였다. 그러나 어떤 설득도 소용없었다.

나는 캐머런의 침대 곁에 앉아서 잠들 때까지 이마를 쓰다듬어 주었다. 잠이 들자 얼굴에 있던 모든 주름들이 사라졌다. 하지만 곯아떨어진 모습을 보아도 크게 마음이 놓이지 않았다. 계속 함께 있을 수도 있었다. 캐머런을 방해하지 않도록 바닥에서 자면 되었다. 그러나 나는 어쨌든 내 침대에 가야 했다. 엄마가 일을 마치고 돌아와서 나를 찾을 경우에 대비해서라도 집에 돌아가 있어야 할 것 같았다. 그래서 할 수 있는 한 조용히 캐머런의 집을 나와 고스트를 가로지르며 주위에서 늘 들리는 농담들을 무시한 채 동상으로 향했다.

꽃들과 쪽지, 심지어 곰 인형까지 토모 형을 위해서 남겨졌다. 그걸 보니 등골이 오싹해졌다. 내 기분이 옳았다. 토모 형은 그 사람들을 모두 알지는 못했다. 그러나 사람들은 토모 형이 한 일을, 토모 형의 희생을 고마워했다. 그게 아니라면 죽은 이가 자신의 아들이 아니라는 사실에 안도했던 건지도 모르겠다.

걸음을 멈추고 쪽지를 몇 개 읽었더니 다시 속이 상하고 화가 났다. 연락이 닿지 않는 잼미 형을 욕하고는 집으로 발길을 돌렸다.

형은 어디에 있을까? 문자라도 툭툭 찍어 보내는 게 그리 오래 걸릴 일인가. 하지만 형은 나에게 문자를 보내야 한다고 생각하는 것 같지 않았다. 어쨌든 엄마는 계속 문자를 보내겠지만. 엄마는 형이 괜찮은지 알고 싶어 했다. 그건 우리 둘 다 같은 마음이었다.

집으로 가는 내내 나는 형이 있을 만한 곳을 떠올리느라 머리가 복잡했다. 그 생각들은 나를 더욱더 불안하게 만들었다. 우리 집 계단참에 도착했을 때는 형의 안부를 확인하기 위해 구걸이라도 하고 싶은 심정이었다. 내 문제를 스스로 해결하고, 엄마를 잘 돌봐 드리고, 2주 동안 누군가에게 인공호흡을 해야 한다 해도 형이 안전하게 다시 돌아온다면 무엇이든 하겠다고 약속하면서.

"내일은 형이랑 연락이 닿을 거야."

나는 열쇠를 찾으며 혼잣말을 했다.

계속 같은 말을 되뇌며 주머니 뒤지기를 네 번쯤 하게 되자 열쇠를 캐머런 방에 두고 왔다는 사실을 깨달았다. 캐머런을 깨울 수도 없고 다른 방법을 생각하지도 못한 나는 세 가지 중 하나를 선택해야 했다. 앉아서 엄마를 기다리든가, 데니스나 위기의 집에서 자든가, 다시 돌아가 머리를 써서 캐머런의 집 안으로 들어가든가.

그건 그날 가장 쉬운 결정이었다. 옆집 개쳐 할아버지에게 잠시만 발코니를 빌려야 한다고 설명하자 일은 더 쉬워졌다. 바보 같은 할아버지는 언제나처럼 나와 말도 하려 하지 않았지만, 토모 형에게 일어난 일을 듣고는 마음을 바꾸었다. 나는 할아버지가 허락하자 갑자기 예의 바르게 행동했다. 할아버지는 잇몸을 훤히 보이며 웃은 뒤 집 뒤편으로 들어가라고 손짓했다.

발코니 사이 간격은 몇 센티미터밖에 되지 않아 그 사이를 건너가는 것은 문제가 되지 않았다. 그러나 나는 아래를 내려다보지 않고 서둘러 건넜다. 쿠다 패거리와 싸웠던 일을 다시 떠올릴 필요는 없었기 때문이다. 나는 평소에 발코니 문을 잠그는 것에 신경을 쓰지 않았는데 결코 내가 그곳으로 들어가고 싶어서 그랬던 것은 아니었다. 그럼 왜 그랬냐고? 만약 누군가 약해빠진 벽돌과 가시철사로 된 15층 난간을 기어 올라야만 하는 동기를 가진 사람이라면, 그게 누구든 20인치 텔레비전 정도는 가져갈 자격이 있다고 생각했기 때문이다. 그리고 손목시계도. 제대로 작동하는 것 같진 않지만.

발코니 문을 열고 들어가자 심장이 두근거렸다. 그날 중 처음으로 기쁜 순간이었다. 집 안은 따뜻했다. 우리 집 주변의 많은 이웃들이 난방을 틀어 우리 집까지 기분 좋게 따뜻해진 거였다.

만일 그 순간 담배 냄새를 맡지 못했다면 곧장 침대로 갔을 것이다. 부엌을 확인했지만 가스레인지 열판은 꺼져 있었다. 어쨌거나 타는 냄새는 아니었다. 누군가 담배를 피우는 중이었다.

곧장 위기를 떠올렸다. 위기는 자기 주위에서 일어날 일에 대비해 우리 집 열쇠를 갖고 있었다. 하지만 우리 집에서 담배를 너무 자주 피워 엄마에게 흠씬 맞은 적이 있었다.

나는 누군가 우리 집에 침입한 게 틀림없다고 생각했다. 하지만 고스트의 제일 심각한 헤로인 중독자조차도 도둑질을 하는 동안 담배를 피울 배짱은 없을 것 같았다. 나는 지나치게 두려웠다. 우리가 보낸 하루를 생각해 보면 별로 놀랄 일도 아닐 수 있었는데. 서랍에서 밀방망이를 꺼내 들고 침실로 살금살금 걸어가자 더 진한 냄새가 풍겨져 왔다. 나는 걸음을 멈추지 않았다. 만일 누군가 침실에 있다면 그 사람은 엄청난 실수를 한 거였다. 심호흡을 하고 밀방망이를 어깨 높이까지 들어 올린 다음 안으로 불쑥 들어갔다.

다음에 일어난 일은 흐릿하다. 방 안은 어두웠지만 담배가 타들어 가는 모습을 똑똑히 보았다. 담배는 문 뒤에서 나를 펄쩍 뛰게 했던 형체에 매달려 있었다.

나는 주먹질에 재주가 있었다. 하지만 그 사람의 속도에는 근처에도 미칠 수 없었다. 그 사람은 너무나 빨라서, 주먹이 획 날아올 때 나는 그 사람 팔이 움직이는 것도 보지 못했다.

하지만 담뱃불이 꺼지기 전에 하나는 보았다. 얼굴. 내가 예상했던 사람이 아니었다. 그 사람은 나보다 더 심한 기회주의자도, 심지어 고스트의 헤로인 중독자도 아니었다.

그 사람은, 바로 우리 형이었다. 잼미 형이 집에 있었다.

소니

물을 맞고 나서야 정신이 돌아왔다. 컵이 부드럽게 입술에 닿은 게 아니라 형이 손가락으로 물방울을 내 얼굴에 마구 튀겼다.

현기증이 나서 비틀거리며 일어났을 때 나는 기쁨의 환호를 내지르고 팔을 뻗었다. 하지만 우리 포옹은 슬펐다. 포옹은 일방적이었다. 형이 팔로 나를 거칠게 밀쳐 냈기 때문이다.

"어두운 데서 살금살금 들어오면 어떡해? 도둑질하러 들어온 녀석인 줄 알았잖아. 게다가 머리 꼴은 그게 뭐야?"

형이 퉁명스럽게 말했다.

나는 마지막 질문은 못 들은 척했다. 뭐라고 대답해야 할지 난감해서였다.

"현관문이 잠겨 있었어. 그래서 옆집 할아버지네 발코니로 들어온 거야. 발코니 문은 안 잠갔거든. 그나저나 대체 어디 있었던 거야? 엄마는 거의 돌아 버릴 지경이었다고."

나는 형이 앞에 있다는 사실이 믿기지 않아 횡설수설 떠들었다.

형은 내 질문을 좋아하는 것 같지 않았다. 시선을 떨구고 군복 주머니에서 담뱃갑을 어렵사리 꺼냈다. 나는 형의 행동이 이해가 가지 않았다. 형은 담배를 피우지 않았다. 하지만 뭐랄까, 형이 담배를 피우는 건 별 문제가 아니었다. 내가 들어야 할 대답은 따로 있었다.

"형, 어디 있었어?"

나는 다시 형 품에 달려들어 꼭 안았다. 하지만 형은 거의 반응이 없었다.

"우리는 모든 게 불안해서 미친 사람처럼 굴었어. 형이 오늘 돌아올지도 모른다고 생각했어. 토모 형이…… 음, 알잖아."

영구차 창문으로 보았던 모습이 내 머릿속에 불쑥 떠올랐다. 그 일을 지나칠 수 없었다.

"형, 오늘 가두 행진에 안 왔지?"

형은 눈으로 한 가지 사실을 말하고, 입으로 또 다른 사실을 말했다.

"물론 안 갔어. 가기로 되어 있었는데 사람들이 나를 실망시켰어. 한 시간 전까지도 나를 여기에 데려다주지 않았지."

"우리한테 왜 전화 안 한 거야? 부재중 전화가 엄청 많이 와 있었을 텐데."

"전화기가 고장 났어. 엄청 시끄러웠을 텐데 오히려 잘됐네. 게 다가 모든 질문에 일일이 대답할 수 없었을 거야."

형은 웃으려고 노력했지만 웃음기는 금세 사라졌다. 여러 가지 표정 중에서도 몹시 슬픈 표정이었다.

사실 형은 전혀 우리 형 같아 보이지 않았다. 피곤하고 무척 약해 보였는데 그건 상당히 먼 거리를 왔으니 당연했다. 토모 형 일까지 생각하면 얼굴의 주름도 눈감아 줄 수 있었다. 하지만 형은 멀쩡해 보이지가 않았다. 신병들이 받는 자기 군복을 입은 것 같지도 않았다. 실수로 빨랫줄에서 더 큰 옷을 빼내 입은 것 같아 보였다. 나는 형이 기초 훈련 때 있었던 일을 얘기해 줬던 걸 떠올렸다. 형의 팔이 옷 솔기를 거의 뚫고 나갈 뻔했던 일 말이다. 하지만 지금 형의 어깨는 마치 누군가 핀으로 찔러 놓은 것처럼 축 늘어져 있었다. 그래도 주먹을 날리는 실력은 변하지 않았다. 나는 쇠몽둥이로 얻어맞은 것 같은 느낌이었다.

"피 나네."

형이 내 입을 가리켰다. 하지만 휴지를 건네지도 않고 어떤 동정 어린 눈빛도 보내지 않았다.

"이런, 나한테 방어할 수 있는 시간을 주지도 않았잖아?"

형이 나를 때린 건 처음이었다. 물론 말싸움을 심하게 한 적은 있었다. 하지만 이렇게 주먹질을 한 적은 없었다. 그러니 내가 혼란스러울 수밖에. 나는 바보처럼 지껄여 댔다.

"피 나는 걸 처음 보는 것도 아니잖아."

그러자 형은 오랫동안 담배를 빨아들였다. 담배를 내려놓았을 때 손이 바들바들 떨렸다.

이런, 그렇게 어리석은 말을 하다니.

"내 말은 잊어버려. 멍청한 말을 했네. 좀 흥분했나 봐. 우리는 그러니까, 음, 지금까지 힘들었잖아. 내 말 무슨 뜻인지 알지?"

나는 움찔했다.

형이 고개를 끄덕여서 나는 계속 떠들 필요가 없었지만 형의 고통스러운 표정에 긴장하고 말았다. 그러나 형 머릿속에서 무슨 일이 일어나든 내가 그걸 안다고 해서 처리할 수도 없었다. 오늘은 아니었다.

"모두들 어때? 캐머런은 괜찮아? 캐머런을 만나러 가야겠어."

형이 벽시계를 보더니 얼굴을 찌푸렸다.

"캐머런은 잠들었어."

나는 말을 해놓고는 그게 좀 이상하게 들릴지도 모른다고 생각했다. 캐머런이 피곤할 거라거나 아주머니와 함께 있을 거라고 대답했어야 했다. 캐머런이 자는 모습을 보지 않았다면 내가 어떻게 그걸 알 수 있단 말인가? 형은 무슨 일이 생겼는지 눈치챘을까?

이런, 난 피곤했다. 지나치게 걱정하다가 미칠 지경이었다. 현관문이 쾅 닫히는 소리가 나자 우리는 입을 다물었다. 나는 기뻤지만 형은 다시 예민해졌다. 평생 형이 들어왔던 소리였다. 현관문은 낡고 몹시 뒤틀려 있어서 닫으려면 힘껏 밀쳐야 했으니까. 하지만 그날 형은 문소리를 듣더니 슬며시 일어나 경계하며 복도로 걸어갔다.

"진정해. 엄마가 오신 거야."

하지만 내가 말할 필요도 없이 엄마가 바로 나타났다. 형을 본 순간, 엄마는 캐머런이 가두 행진에서 그랬던 것처럼 다리에 힘이 풀렸다.

엄마는 말을 했지만, 펑펑 우느라 말을 제대로 잇지 못해서 무슨 얘기를 하는지 알 수 없었다. 유령이라도 본 것처럼 눈을 휘둥그레 뜨더니 비틀비틀 형에게 다가가 두 팔로 군복을 붙들고 어깨에 기대 눈물을 흘리며 "집에 왔구나."라는 말을 하고 또 했다.

그 순간 형편없는 생각이 고개를 내밀었다. 비꼬인 생각, 그러니까 이제 나는 아주 하찮은 존재라는 생각이 요란하게 치솟았다. 이제 형은 전쟁 영웅이니까.

나는 그런 생각을 하는 게 싫어서 분한 마음을 밀어냈다.

"널 이렇게 보는 걸 얼마나 많이 상상한 줄 아니?"

엄마는 두 손으로 형 얼굴을 감싸 쥔 다음 다친 데는 없는지 꼼꼼히 살펴보았다. 형이 전쟁에서 집으로 돌아온 신병이 아니라 자전거에서 떨어진 어린아이라도 되는 것처럼 말이다.

"저도 생각 많이 했어요, 엄마."

형은 늘 올바르게 대답했다.

"그나저나 괜찮니? 야위었구나. 다친 데는? 붕대를 갈아야 한다거나 다른 거 필요한 게 있니?"

"제가 다친 것 같아 보이세요?"

걱정스러운 표정이 엄마 얼굴에 머물다 지나갔다. 하지만 형이 죽은 사람처럼 보인다고는 말하지 않을 것이다. 엄마는 지금껏 잘 먹여서 형을 말쑥하게 키워 냈다. 그러니까 형은 1주일 안에 고무줄 바지를 입게 될 거다.

"피곤해 보이네. 마지막으로 잔 게 언제니? 밥은 먹은 거야?"

"영국에 도착한 뒤 계속 먹었어요. 저기 있는 초콜릿은 정말 맛없던걸요."

엄마는 형의 손을 와락 움켜잡은 뒤 손바닥을 찰싹찰싹 때리고 꾸짖는 척하면서 형을 데리고 부엌으로 갔다.

"저런, 그건 밥이 아니잖아, 그치? 먹을 걸 만들어 줘야겠구나. 마실 것도 있어야겠고. 진작 알았으면 엄마가 더 많은 걸 만들어 뒀을 텐데. 우리가……, 파티나 뭐 그런 걸 열어 줬어야 하는데 말이야."

형 표정이 어두워졌다. 얼굴이 구석구석 그림자로 뒤덮였다.

"누구를 초대하죠? 캐머런네 가족을 부를까요?"

감정 없는 목소리로 형이 물었다.

엄마는 자신이 뱉은 말을 도로 집어넣고 싶은 듯 손으로 입을 가렸다.

"미안하구나, 잼미. 엄마가 생각이 짧았어."

하지만 그러고 나서 형은 내가 전에 본 적 없던 어떤 짓을 했다. 형이 할 거라고는 생각지도 못했던 짓이다. 형이 엄마에게 몹시 빈정거렸다.

"아뇨, 정말 근사한 생각이에요."

형은 거칠게 말을 내뱉고 전화기를 찾았다.

"제가 전화해서 말할게요. 아저씨는 싸구려 술을 마시는 중일 거예요. 그러니까 제가 토모를 어떻게 죽게 했는지 설명하는 동안 우리도 술이나 한잔하자고요."

순간 적막해졌다. 들리는 건 형이 가쁘게 숨을 헐떡이는 소리뿐이었다. 엄마는 얼굴을 붉히고 형에게 다가갔지만 형은 팔을 내저었다.

"미안하구나. 그런 말이 아니었어. 널 보게 돼서 마음이 푹 놓였을 뿐이야. 우린 무슨 일이 있었는지 모르잖니. 뉴스에서 우리에게 말해 주지 않은 게 있나 보구나. 어쩌면 너에게도 무슨 일이 생겼던 것 같아."

엄마 눈에 눈물이 그렁그렁했지만 그건 도움이 되지 않았다.

"제가 다친 것 같아요?"

형이 악을 썼다.

나는 형에게 진정하라고 말하려다가 형이 다시 주먹을 날릴지도 모른다는 생각이 잠깐 들었다. 그러나 형은 엄마만 쳐다보고 계속 소리를 버럭버럭 질렀다.

"전 괜찮아요, 그렇죠? 그 이유를 아세요? 총알이 저를 비껴갔기 때문이에요. 저는 천하무적이죠. 그래서 제가 아니라 토모가 죽은 거예요. 저 때문에요."

형은 자신에게 화를 내는 것 같았다. 하지만 형의 말은 엄마의 화에도 불을 붙였다.

"잼미, 넌 할 만큼 했어! 모두 네가 토모를 위해서 어떤 일을 했는지 알아. 네가 어떻게 총을 쐈는지, 네가 어떻게 토모를 살리기 위해 노력했는지 말이야. 그 사실은 우리만 아는 게 아니야. 캐머런도, 캐머런의 가족도 알아. 고스트 사람들은 모두 네가 얼마나 대단한 영웅인지 알지."

"그렇게 부르지 마세요! 저한테도 다른 사람들한테도 그런 말 하지 마세요. 전 영웅이 아니에요. 아시겠어요?"

형은 목이 메는 듯 으르렁거리며 말했다.

내가 조용히 있는 건 자주 있는 일이 아니었다. 대개 나는 내 노력에 대해 형이 질책하기를 기다렸다가 분노를 터뜨리는 사람이었다. 하지만 형에게 진정하라고 말을 할 수 없었다. 10분 전부터 줄곧 입이 얼얼했다.

나는 형이 나를 지나쳐 방으로 달려갈 때도 입을 딱 벌리고 우두커니 서 있었다. 방문이 쾅 닫히는 바람에 엄마와 나에게 바람이 훅 불어왔다. 나는 흐느끼는 엄마에게 다가가 위로했다.

우리 형은 집에 왔고 안전했다. 하지만 우리가 모두 바랐던 영광스러운 귀국은 아니었다.

소니

우리는, 그러니까 엄마와 나는 잠시 앉아 있었다.

엄마가 아무리 여러 번 물어보아도, 나는 엄마가 굉장히 두려워하는 질문에 선뜻 대답하지 못했다.

"너는 형이 괜찮다고 생각하니?"

나는 머릿속이 너무 엉망진창이었다. 다른 건 고사하고 내 이름이 뭔지도 알 수 없었다. 그래서 나는 그저 앉아서 엄마 얘기를 들으며 잔이 비었을 땐 잔을 채웠고 적절한 때에 고개를 끄덕였다. 하지만 내 코가 탁자에 점점 더 가까이 다가가자 엄마가 나에게 침대로 가라고 했다.

내가 방으로 가려고 할 때 반대로 형이 엄마에게 왔다. 나는 걸음을 멈추고 형을 따라가야 하는 건지 생각했다. 하지만 형이 내 어깨를 토닥거리며 라이트 훅을 날린 다음 "미안, 소니."라고 말하자 그냥 방으로 들어가기로 결심했다. 어쨌든 마음만 먹으면 둘이 하는 대화를 들을 수 있을 정도로 벽이 얇기 때문이었다.

나는 잔을 들고 벽에 기댄 채, 30분 남짓한 짧은 시간 동안 서 있었다. 높았던 언성이 조금 누그러지는 것 같았다. 대화에 감정이 없는 건 아니었다. 엄마가 흐느끼는 소리는 집 안을 가득 채웠다. 하지만 안도감을 가져다준 건 형의 반응이었다. 고함치거나 격렬하게 화를 내는 게 아니라 아주 차분하고 익숙한 목소리로 말했다. 그래서 나는 초조하게 방안을 서성거리지 않고 침대에 누워 형이 집으로 돌아왔다는 게 어떤 의미인지 생각했다.

열여섯 살 아이는 대부분 자기 방에서 사생활을 잃어버린다면 잔뜩 성이 날 것이다. 하지만 나는 형과 함께 방을 쓰는 게 절대 신경 쓰이지 않았다. 나라에서 각각 욕실이 딸린 방 세 개짜리 집을 나눠 줄 리 없기 때문에 우리는 늘 방을 같이 썼다. 사실 나는 형이 떠나 있던 동안 전보다 잠을 훨씬 더 잘 자지 못했다. 2층 침대 위에서 나를 홀리는 콧노래 소리가 없었기 때문이다. 열여섯 살이 되자 형의 콧노래 소리가 그리웠다. 만일 내 귓가에 불어오는 캐머런의 숨소리가 콧노래 소리를 대신하지 않았다면 형이 집을 떠나 있던 시간 동안 제대로 밤을 보내지 못했을 것이다.

형이 없는 동안 나는 형 침대에 대해 조금 이상한 생각이 들었다. 미신인지 아닌지는 모른다. 하지만 아무도 형 침대에서 자지 못하게 했고 눕지도 못하게 했다. 위기는 나 때문에 몇 번 굴러 떨어졌다. 내가 바닥에서 자라고 말하자 위기는 내가 미친놈이라도 되는 것처럼 쳐다보았다. 내가 형 이불도 덮지 못하게 하고 가시철사로 짠 것 같은 따끔따끔한 담요를 건네자 아주 못마땅해 했다.

심지어 캐머런이 우리 집에 머물면서 바닥에 매트리스 두 개를 펼쳐야 했을 때조차도, 나는 형의 침대에는 손대지 않았다. '친구의 여동생과 놀아나지 말라'는 약속 때문이 아니었다. 그 약속은 옳지 않았으니까. 다만 형 침대가 제자리에 온전하게 있는 한 어떻게든 형은 괜찮을 것 같았다.

2층 매트리스 아래를 물끄러미 바라보면서 문틈으로 새어 들어오는 나지막한 형 목소리를 들으니 마음이 부드럽게 흔들렸다. 그리고 마침내 까무룩 잠이 들었다.

이제 끝이 나야 했다. 적어도 여덟 시간 동안은 더없이 행복해야 했다. 하지만 아니었다. 밤이 가장 깊었을 때 나는 위에서 들려오는 비명 소리에 벌떡 일어났다.

등을 곧추세우고 앉다가 머리를 형 침대 바닥에 부딪쳤다. 하지만 아파할 겨를이 없었다. 비명 소리 때문에 머릿속이 웅웅거렸다.

더 심각한 건 형이 비명을 지르면서 온몸을 뒤흔든다는 점이었다. 그 움직임은 대서양 한복판을 노 저어 지나가는 배처럼 침대를 이리저리 흔들리게 했다. 혹시라도 형이 떨어질까 봐 걱정하며 나는 비틀비틀 바닥으로 내려와 형 침대를 찬찬히 올려다보았다. 거의 알아볼 수 없었지만 형의 윤곽은 볼 수 있었다. 형은 이불을 뱀처럼 몸에 돌돌 말고 온몸을 비틀며 저항했다. 나는 형이 무슨 꿈을 꾸는지 알 수 없었고 그것을 진짜 알고 싶은 건지도 확신하지 못했다.

한밤중에 명쾌하게 생각하기란 어려운 일이다. 한창 잠에 취해 있을 시간이었다. 하지만 형을 외면할 수 없었다. 이불을 끌어내려 바닥에서 잘 수는 있지만 형을 떠날 수 있는 방법은 없었다. 형은 너무 폭력적으로 움직였다. 그래서 나는 사다리를 올라가 이불에서 형을 떼어 내려고 노력했다.

이불이 담쟁이덩굴처럼 형에게 매달려 있었다. 서투른 내 손길 때문에 형이 더 세게 이불을 끌어당기는 것 같았다. 유일한 선택은 형을 굴려서 이불에서 풀려나기를 바라는 것뿐이었다. 하지만 내 손이 펄펄 끓는 형의 어깨에 닿자마자 형이 눈을 번쩍 떴다. 눈동자가 어둠 속에서 반짝였다.

예전에 사람이 꿈을 꿀 때 깨우면 안 된다는, 꿈꾸던 사람의 머리를 혼란스럽게 할 수도 있다는 얘기를 분명히 들은 적이 있다. 그 얘기를 귀담아 들었어야 했는데. 그 순간 형이 경고도 없이 팔을 뻗더니 양손으로 내 목을 와락 움켜쥐었다. 그리고 우리는 침대에서 방바닥 카펫으로 굴러 떨어졌다. 그 충격에 나는 숨이 턱 막혔지만 흐느끼거나 푸념할 여유가 없었다. 만일 형의 손아귀에서 재빨리 벗어나지 않으면 나는 다시는 어떤 소리도 내지 못할 것 같았다.

형에게 나라고 얘기하려고 애를 썼지만 아무 소용이 없었다. 내가 숨을 헐떡이는데도 형은 알아보지 못했다. 그래서 맞받아 싸우는 것 외에는 별다른 도리가 없었다. 형의 턱 아래로 양손을 뻗어

머리를 뒤로 밀쳐 내고 손아귀에서 벗어나려고 애를 썼다. 처음에는 효과가 있을지도 모른다고 생각했다. 공기가 조금 내 목구멍으로 들어올 수 있을 정도로 형의 손아귀 힘이 약해졌다. 하지만 곧 고개를 사납게 흔들며 내 손을 피하더니 머리를 내 얼굴에 가까이 들이밀고 다시 손으로 목을 꽉 조였다.

"네가 죽였어. 네가 죽였어."

형이 내뱉듯 말했다.

두려움이 홍수처럼 밀려들었다. 나는 내가 누구와 싸우는 건지 알 수 없었다. 형이 목을 조르는 동안 인식표가 내 얼굴 위에서 달랑거렸지만 이 사람은 우리 형이 아니었다.

"형. 이거 봐. 놓으라고!"

손가락에 더 힘을 주려고 안간힘을 쓰느라 형의 양 볼이 불룩해졌다.

"몇 주 전에 이렇게 했어야 했어. 네가 죽였잖아. 네가 리틀 루니를 죽였잖아."

형이 낮게 말했다.

누구를 죽였다고? 고스트에는 그렇게 불리는, 거리를 헤매고 다니는 아이들이 많았다. 하지만 우리와 문제가 있는 아이는 없었다.

"나야, 형. 나라고. 나 소니야. 날 봐!"

형은 눈을 커다랗게 뜨고 희번덕거리더니 다시 가늘게 떴다. 형의 눈 속 어디에도 삶이나 사랑에 대한 기색은 없었다. 형은 마치 자동 조종 장치가 달려 있는 로봇처럼 자신이 해야 하는 일을, 아마도 군대에서 형에게 훈련시킨 것을 했다. 죽여라.

나는 그게 왜 내가 되어야 하는지 이해할 수 없었다.

상황은 더 절망적으로 되어갔다. 형이 양쪽 엄지손가락으로 울대뼈를 더 세게 누른 것이다. 방 안이 캄캄해지는 것 같았다. 그때 형을 떼어 낼 마지막 기회를 잡았다. 그런 식으로 형을 때리고 싶진 않았지만 다른 선택을 할 수 없었다. 나는 있는 힘을 다해 오른쪽 주먹을 휘둘러 형의 아랫배를 세게 때렸다.

효과가 즉시 나타났다. 형이 비명을 지르며 옆으로 굴렀다. 나는 형을 다시 한 번 방 반대편으로 떠밀고 꿈틀거리며 도망쳤다.

그리고 라디에이터 앞에 쪼그리고 앉아서 숨을 헐떡이며 진땀을 뻘뻘 흘렸다. 거기서 형이 데굴데굴 구르며 말을 내뱉는 모습을 지켜보았다. 이따금 다시 그 이름이 들렸다. 리틀 루니. 아니면 내 생각일지도 모른다. 다른 불평들에 뒤섞여 내가 완전히 다르게 들었을지도 모른다.

1분 그리고 2분이 흐르자, 형은 몸을 바로 세우고 조용해졌다. 나는 서둘러 달려가서 형이 괜찮은지 확인하고 싶었다. 하지만 내 안에 있는 생존자가 절대 안 된다고 말했다. 다시 형의 손아귀 힘을 느끼고 싶지는 않았다.

그 대신 형의 가슴이 느리고 지속적으로 오르내릴 때까지 기다렸다. 그건 잠이 들었다는 구체적인 증거였다. 그때, 바로 그때 나는 까치발로 살금살금 걸어가서 형에게 이불을 덮어 주고 내 침대로 갔다. 그리고 떨리는 마음을 진정시키기 위해 이불을 푹 덮어쓰고 다시 문으로 갔다. 그날 밤은 절대 방에서 잠을 잘 수 없었다. 무슨 일이 일어난 건지 알 때까지는 안 되었다.

엄마를 깨워서 무슨 일이 일어났는지 얘기하고 싶은 충동과 싸우며 엄마 방을 지나쳤다.

엄마가 내 말을 믿으실까?

내가 형을 화나게 했다고 생각하시겠지?

아마도 그럴 것이다.

그건 내가 엄마 방을 지나쳐 곧장 거실로 걸어가 내 방 문 앞에 의자를 가져다 놓아야 하는 이유였다.

그날은 내 삶에서 가장 길고 형편없는 날이었다. 절대로 나는 우리 형이, 아니 저 안에 있는 사람이 누구든, 나를 완전히 없애 버리는 걸 허용하거나 상황을 더 악화시키게 두지 않을 것이다.

소니

나는 세 가지를 깨달았다.

1. 침대가 익숙하지 않음 (음, 소파 말이다)
2. 목에 담이 붙음 (1번 때문이다)
3. 지독하게 배고픔 (터무니없이 강한 음식 냄새를 맡았기 때문이다)

1번과 2번은 3번 때문에 잊혀졌다. 베이컨 샌드위치 더미 뒤에서 반쯤 드러난 엄마 얼굴을 보고, 엄마가 음식 냄새를 풍기는 거라고 생각했다.

"저랑 둘이 있을 때는 이렇게 요리 안 하셨잖아요."

나는 툴툴거렸다. 그러다 문득 어제 엄마가 울었던 기억이 떠올라 미안해졌다.

"오늘 아침 식사를 만든 건 내가 아냐. 형한테 고마워해."

엄마가 대답했다.

형에 대한 얘기는 남아 있던 잠을 싹 달아나게 했다. 본능적으로 나는 목을 잡았다. 상처가 나거나 멍이 들었나? 그렇다면 얼마나 정신없을 정도로 목이 뻐근한지 설명하기 쉬울 텐데.

"잠을 제대로 못 잤니?"

나는 엄마한테 할 말이 많았지만 고개를 끄덕여 보이며 진실을 조금 드러내는 정도로 만족했다.

"소파에서 자서 그래요."

"왜 소파에서 잤어?"

나는 어깨를 으쓱하면서 머릿속으로 거짓말을 만들어 냈다.

"잠이 안 왔거든요. 형을 깨우고 싶지 않아서 거실에서 잤어요."

어제 일이 실감이 안 난 게 아니라 그게 내가 생각해 낸 전부였다. 엄마는 익숙하지 않은 눈길로 나를 빤히 쳐다보았다. 나는 확신할 순 없지만 엄마가 감동을 받은 것 같다고 생각했다.

"마음 씀씀이가 아주 곱구나. 너도 원래 이렇게 주의 깊게 행동하고 싶었던 거야. 이제 사람들이 너를 자기들처럼 사려 깊다고 생각할 수도 있겠어."

엄마가 샌드위치를 잡으려고 손을 뻗으며 웃었다.

"전 그런 끔찍한 공포물에 나오고 싶지 않아요."

엄마는 나를 보고 웃었다.

"그렇겠지. 하지만 넌 캐머런에게 고마워해야 할 것 같구나."

나는 아무 말도 하지 않았다. 모두가 캐머런과 내 관계에 대해 알기를 바랐지만 — 할 수만 있다면 높은 언덕에 커다란 현수막이라도 걸고 싶었다. 그러면 더 이상 몰래 돌아다닐 필요가 없을 테니까 — 엄마가 캐머런을 언급한 순간 왜 산더미처럼 쌓인 돼지빵 뒤에 숨고 싶었을까? 그리고 마침내 부끄러움이 사라졌을 때, 무슨 말을 해야 할지 생각해 보았다.

"알잖아, 언젠가는 형한테 그 얘기를 해야 해. 너와 캐머런에 대해서 말이야."

"우리에 대해서 뭘 얘기하라는 건데요?"

얼마나 변변찮게 들리는가?

"이런. 그만해, 소니. 너와 네 형이 친구의 여동생에 대해 약속을 했다는 거 잘 알아."

"그걸 아신다고요?"

"너희들이 헛소리를 할 때 내가 여기 앉아서 귀를 막고 있었다고 생각하니? 앞으로 모두 앞에서 창피를 줄 수도 있어. 몇 년 동안 내가 들은 사실들로 말이야."

엄마가 들었을 수 있는 다른 중요한 이야기들이 뭘까 생각하느라 머릿속이 더 복잡해졌다. 어쩌면 엄마는 그 이야기들로 책 한 권을 채울 수도 있을 것이다. 하지만 그렇다 해도 이번에는 나를 도와줄 수 있을지도 모른다.

"형이 어떻게 반응할 거라고 생각하세요? 우리가 형한테 얘기하면요?"

엄마는 샌드위치를 우적우적 씹으면서 내 질문에 대해 생각하는 듯하더니, 차 한 잔과 샌드위치를 다 먹고 나서 대답했다.

"네 형은 이 세상에서 제일 끔찍한 곳에서 석 달을 지냈어. 우리가 전혀 알지 못하는 것들을 보았고. 더 심각한 건 가장 친한 친구가 품 안에서 죽었다는 거야. 솔직히 잼미는 네가 캐머런이랑 입맞춤한 걸 눈곱만큼도 신경 안 쓸걸."

엄마가 나를 편안하게 해주는 일은 드물었다. 하지만 이번에 엄마는 용케도 대화 주제를 형으로 돌려 나를 편안하게 해주었다. 그러자 나는 어젯밤에 형이 엄마를 또 화나게 하지는 않았는지 알고 싶어졌다.

놀랍게도 형은 엄마를 다시 화나게 하지 않았단다. 처음에 버럭 화를 내고 난 뒤 다시 엄마에게 돌아와서 사과를 했고, 엄마를 위해 차 한 잔을 들고 오랫동안 앉아서 긴 여행과 엄청난 긴장감에 대한 이야기를 폭발하듯 쏟아 놓았단다.

형은 한밤중에 나에게 저지르려고 완전히 정신 나간 짓은 따로 모아 뒀던 것 같다. 내 목을 조른 다음에 형이 어떤 짓을 하려 했는지는 신만이 알 것이다.

"그럼 엄마가 보기엔 형이 괜찮은 것 같아요?"

"기분이 아주 끔찍하겠지. 더군다나 토모를 잃고 토모의 장례식도 놓쳤잖니. 우린 잼미를 다그치면 안 돼. 무슨 일이 있었는지 너무 많이 물어봐서도 안 되고. 얘기하고 싶으면 스스로 얘기할 거야. 이곳에 다시 적응할 때까지 시간을 좀 주자. 끔찍한 곳이 아니라 집에 있다는 걸 깨닫도록 말이야."

나는 전날 밤 일어난 일에 대해 엄마에게 말해야 한다는 사실을 알았다. 그 말을 해야 할 적당한 시기가 있다면 아마도 바로 그때였다. 하지만 엄마 머릿속이 전부 잘 정돈되었고, 또 형이 다시 떠날 때까지 고작 2주가 남은 그때 그 얘기를 한다고? 사람들은 나를 그렇게 생각하겠지만 나는 그 정도로 무정하지 않다. 그래서 나는 지난 밤 형이 한 행동이 극도의 피로나 슬픔, 아니면 그와 비슷한 다른 어떤 것 때문이라고 생각해야 했다.

"그나저나 형은 어디 있어요? 아침 안 먹는데요?"

"아까 먼저 먹었다는구나. 잠깐 산책하러 나갔어."

"산책이요? 자기가 어디 사는지 잊어버렸대요? 여긴 데일스가 아니잖아요?"

"잘 들어. 우린 잼미에게 산책이 어떤 의미인지 몰라. 오늘 아침에 보니 여기서 산책하는 걸 무척 그리워했던 것 같더구나. 아마도 다른 아이들을 만나고 싶은 모양이야. 잘 모르겠지만 캐머런을 만나고 싶을 수도 있고. 아이들한테 할 얘기가 많을지도 모르잖니."

형이 나 없이 캐머런을 만난다는 생각에 가슴이 졸아들었다. 캐머런은 혼자서 실토하지 못할 것 같았다. 과연 그럴까? 형이 내가 캐머런 뒤에 숨어 있었다고 생각하게 된다면 몹시 슬플 것 같았다.

나는 세모꼴로 자른 샌드위치를 들고서, 차를 마실 준비도 하지 않은 채 후룩후룩 마시다 숨이 턱 막혔다.

"어서 가서 형을 찾아야겠어요. 조금 있다가 봬요."

"오늘 하루 종일 사라지진 마. 이따가 내가 우리 모두를 위해 요리를 할 거야."

"우리 모두요? 데니스랑 위기는 이미 계획이 있을지도 몰라요."

엄마는 입을 앙다물어 보였다.

"오늘 밤엔 버릇없는 녀석들 데려오지 마. 여기가 자기네 집인 줄 알잖아. 잼미가 집에서 쉴 시간도 있어야지. 오늘 밤에는 우리 셋이 있자."

나는 고개를 끄덕이며 애써 웃음 지었다. 그리고 한 손에는 샌드위치를, 다른 손에는 운동화를 든 채 오붓한 가족 모임에 대한 계획은 엄마에게 맡기고 집을 나왔다.

내가 걸어가며 샌드위치를 먹는 동안에도 고스트는 부산스러웠다. 마약이 손에서 손으로 전해졌다. 집으로 돌아온 형은 달라졌지만 고스트는 여느 때와 같았다. 나는 목을 살짝살짝 돌려 긴장을 풀었다. 형에게 그 일을 꼭 얘기하고 형이 괜찮은 건지 확인하고 싶었다. 그런데 그때 귓속에서 형에게 자꾸 질문을 해서 부담 주지 말라던 엄마의 목소리가 들렸다. 어쨌거나 형이 그렇게 스트레스를 받는다면, 잠자지 않고 깨어 있을 때 무엇을 할 수 있을까?

바보 같은 질문이라는 건 나도 안다. 그 사람은 우리 형이다. 하지만 토모 형의 장례식을 마친 뒤 나는 지칠 대로 지쳐 있었다. 너무 지쳐서 어떤 사람이든 몹시 만나고 싶었다. 그래서 휴대전화를 들고 아이들에게 문자를 보냈다.

형이 집에 왔어.

이모티콘 없이. 가능한 빨리 동상 앞에서 만나자는 말만 했다. 데니스와 위기가 내게 쏜살같이 답장을 보냈다. 내가 그 아이들을 중요한 회의 중에 불러내는 일 따위는 없었다. 아이들의 일정은 헤로인 중독자의 지갑처럼 대개 텅 비어 있었다.

둘은 함께 도착해 샌드위치를 부러운 눈으로 쳐다보았다.

"잼미 형이 언제 왔어?"

위기는 축하의 의미로 담배 연기를 동그랗게 뿜으며 물었다.

"어젯밤에."

"그런데도 넌 우리한테 전화 한 통 안 했던 거냐?"

데니스가 투덜거렸다.

"시간이 너무 늦어서. 게다가 형이, 음, 무척 피곤해 하더라고."

어젯밤 일이 도저히 이해가 안 되는데 어떻게 말로 표현할 수 있을까?

질문들이 이어졌다, 수많은 질문들이. 그러나 대부분 내가 대답할 수 없는 것들이었다.

"형은 어때?"

"계속 여기 있을 거래?"

"형이 토모 형에 대해서 말했어?"

"또 무슨 일이 있었는지도 얘기했어?"

위기와 데니스가 입을 다물었을 때, 나는 머릿속이 빙글빙글 돌왔다.

"애들아, 난 아무것도 몰라, 응? 형은 집에 오자마자 지쳐서 곯아떨어졌어. 그리고 좀……, 유난스럽기도 했고."

"유난스러웠다고? 무슨 뜻이야?"

위기가 물었다.

"나도 모르겠거든? 제일 친한 친구가 형 앞에서 죽은 것과 조금은 관련이 있을지도 모르지. 그 일은 너희 마음도 무겁게 하잖아, 그런 종류일 거야."

나는 신경질적으로 위기를 끌어당겨 뒤통수를 때렸다. 데니스는 그 모습을 물끄러미 보다가 말했다.

"형은 괜찮을 거야, 소니. 시간을 좀 주자. 히치 얘기는 안 했어?"

히치. 나는 히치에게 무슨 일이 생겼다는 사실을 얘기할 생각조차 하지 않았다. 형이 그 일로 나를 비난하는 것 말고 어떤 반응을 할지 상상이 가지 않았다.

비명을 지르고 싶었다. 너무 많은 일이 일어났다. 내가 미쳐 버리지 않고 모든 일을 처리할 수 있을지 전혀 자신이 없었다.

소니

우리는 한참 동안 돌아다녔다. 형이 갈 만한 곳은 모두 들렀다. 상점들, 카페, 동상. 하지만 형이 다녀간 흔적은 없었다. 캐머런네 집에도 가 보았다. 마음속에 그려 본 것 중 가장 난처한 대화를 막을 수 있다면 좋으련만.

아저씨가 직접 형을 보면 어떻게 반응할까?

캐머런이 나와의 관계를 털어놓는다면 형은 어떻게 반응할까?

나는 형이 그것을 배신으로 간주할 거란 사실을 알지만 그래도 그곳에 직접 있어야 했다. 적어도 그 상황에서는 형에게 진실을 말할 수 있을 것이다.

어쨌거나 내 궁금증은 모두 무의미했다. 문은 잠겨 있었고, 집 안은 조용했다. 캐머런의 휴대전화는 자동 응답기로 넘어갔지만 캐머런은 다시 우리에게 전화를 하지 않았다.

머릿속에서 바보 같은 생각들이 불쑥불쑥 튀어나왔다. 염색한 나를 바라보던 캐머런의 표정, 형과 꼭 닮아 보인다는 말도 떠올랐다. 나는 캐머런이 형을 직접 보고서 자신이 형제를 잘못 선택했다는 사실을 깨닫게 되지 않기를 바랐다.

그 생각이 나를 괴롭혔고 화나게 했다. 특히 늦은 오후, 사람들이 다가와 형이 무사히 돌아온 것을 축하한다는 인사를 건넸을 때는. 그건 섬뜩했다. 어떤 사람들은 단지 고개를 까닥이기만 했고, 어떤 사람들은 악수를 하고 싶어 했다. 그리고 내가 형을 자랑스러워해야 한다고, 형에게 부끄럽지 않게 살아야 한다고 말했다.

나는 어떻게 반응해야 할지 몰랐다. 물론 형이 자랑스러웠다. 형이 한 일은 놀라웠고, 늘 하던 일이었다. 하지만 나는 가슴이 미어지기도 했다.

16년을 '형보다 훌륭하지 못한' 아이로 산다는 건 꽤 형편없는 일이다. 하지만 전에는 내가 혼잣말로 중얼거리곤 했던 말일 뿐이었다. 지금은 고스트 사람 대부분이 그렇게 말하겠지만.

내일은 무슨 일이 생길까? 우리 얼굴을 그린 간판이 세워질까? 내 얼굴에는 빨간색으로 가위표를 그리고 형 얼굴 옆에는 체크 표시를 한 간판 말이다.

그래, 나는 지나치게 의심이 많아졌다. 하지만 왜 그렇게 많은 사람들이 갑자기 형과 같은 사람을 원하는 걸까?

우리가 드 멜 아저씨네 가게 앞으로 다시 돌아가서 신문 가판대를 보았을 때 나는 그 답을 알게 되었다. 머리기사 제목이 모든 것을 말해 주었다.

전쟁 영웅이 돌아오다

신문에 기사가 실렸다. 무슨 일이 일어났는지 사람들이 알게 된 것이다.

평범하고 형편없는 신문이었다. 기사는 전쟁에 관계된 마을과 고국으로 돌아온 참전 군인 수를 꽤나 자랑스러워했다. 하지만 정말로 중요한 사람에 대해서는 별로 신경 쓰지 않았다. 토모 형이 고스트에서 자랐다는 사실은 계속 지껄였지만 아주머니나 캐머런이 토모 형에 대해 한 말은 어디에도 없었다. 만일 아저씨에게 물어봤다면 맥주를 사 마실 돈이나 달라고 했을 테지만 차라리 그게 더 나았을 수도 있겠다.

머리기사는 군사 기록에서 나온 게 틀림없는 흐릿한 얼굴 사진 두 장으로 시작했다. 사진 아래에 이름조차 쓰지 않고 간단한 설명 뿐이었다. 토모 형의 사진 아래에는 이렇게 씌어 있었다.

전사자

믿을 수 있나? 그렇게 차갑게 굴어야만 했나? 캐머런을 더욱 슬프게 할 그 단어가 정말 필요했을까? 믿을 수 없었다.

그런데 형 사진 아래에는 다른 단어가 뚜렷하게 적혀 있었다.

영웅

그 단어는 사진 속 형의 일그러진 얼굴과 어울렸다. 형의 표정은 어떤 아프간 테러리스트들도 형의 곁을 무사히 지나가지 못할 거라고 말하고 있었다.

그 기사는 형이 한 행동에 대해 이견이 없다고 확신했다. 그리고 잔인했던 총격전에 대해, 비록 생명을 잃었지만 형들이 보여 준 용기에 대해 깊이 다루었다. 군인 두 명에 반란군 30명이 맞섰다고 했다.

그 기사에 고마운 점이 한 가지 있다면, 토모 형이 총상을 당한 과정에 대한 정보가 부족하다는 사실이다. 기사는 테러 조직의 심장부를 찾아낸 토모 형의 총명함을 칭찬했다. 하지만 토모 형을 다치게 한 공격에 대해서는 자세한 정보를 제공하지 않았다. 대신 총알이 쏟아지는 상황에서 보여 준 형의 용기에 집중했다.

우리 마을의 영웅이 반란군을 물리치는 과정에서 한 명의 적을 죽였다. 뿐만 아니라 가장 친한 친구를 구하기 위해 용감하게 노력했다. 부대의 다른 군인들이 도착할 때까지 토모 이병의 곁을 떠나지 않았으나 다른 군인들이 너무 늦게 도착해 의료 조치를 할 수 없었다.

신문은 두 사람이 마을 사람들의 존경을 받아야 한다고 했다. 또 신문사가 자체 운동을 기획하고 전개할 거라고 했다.

나는 가슴이 무너져 내렸다. 형이 그런 대접을 받아 마땅한 게 아니라서가 아니었다. 만일 기사 내용이 모두 사실이라면, 사람들은 마을에서 제일 높은 곳에 형 얼굴이 그려진 깃발을 올려야 할 것이다. 하지만 형이 그것을 보았을 때 어떻게 행동할지가 걱정되었다. 엄마한테서 영웅이라는 말을 들었을 때 형은 버럭 화를 냈다. 그런데 만약 모든 마을 사람들이 형을 칭송하기 시작하면 형이 어떻게 할지 걱정이었다.

형이 나타나길 오랫동안 기다릴 필요는 없었다. 눈물이 날 정도로 폴폴 날리는 먼지를 닦으며 기사를 다 읽고 또 읽을 무렵, 우리는 양손을 주머니에 넣고 고스트를 가로질러 걸어오는 형을 발견했다.

형은 우리와 200미터가량 떨어져 있었다. 하지만 5분이 지나도록 고작 30걸음 정도밖에 가까이 다가오지 못했다. 한 걸음을 뗄 때마다 새로운 사람이 나타나 환영 인사를 건넸다. 어떤 사람은 악수를 청했고, 어떤 사람은 신문에서 형의 이야기를 읽었다며 필사적으로 말을 건넸다.

형의 발걸음이 빨랐던 건 군인 동상 앞에 도착했을 때뿐이었다. 주민들과 가까운 거리를 유지한 채 형은 후드 셔츠 목덜미에 턱을 넣고 성큼성큼 걸었다. 동상을 완전히 지나갈 때까지 시선을 땅바닥에 고정했다. 그건 사소한 행동이었다. 다른 사람들은 눈치채지 못했을 수도 있다. 형은 동상의 그림자를 벗어나자 다시 어깨를 활짝 폈다. 나는 그 행동이 중요하다고 생각했다.

농담이 시작되었다. 위기는 서둘러 형에게 달려가서 사인을 해 달라고 하고 데니스는 위기의 발걸음에 맞춰 걷느라 버둥거렸다. 나는 형이 위기와 데니스에게 어떻게 반응할지 걱정스러워 심장 박동이 빨라졌다. 하지만 다행히도 형 얼굴에 커다랗게 웃음이 번졌다. 위기와 데니스가 포옹을 하려 하자 형은 먼저 위기를 다정하게 껴안아 주었다. 데니스는 위기가 빠져나올 겨를 없이 형을 끌어안았다. 위기는 두 사람 가운데 끼였다. 귀가 먹먹해질 정도로 큰 웃음소리가 들리자 나도 마음이 푹 놓여 형을 안고 싶어졌다. 그래서 잽싸게 달려가 모두의 위로 몸을 날렸다. 토모 형과 히치도 그리워할지도 모른다. 그래서 우리는 할 수 있는 한 많이 축하해야 했다.

얼마 되지 않아 내 무게에 모두들 바닥에 주저앉자 위기가 한가운데 끼여 낑낑거렸다. 위기가 한바탕 불평을 쏟아 내자 모두들 몸을 밖으로 굴려 위기가 빠져 나올 수 있게 해줬다. 위기는 형을 다시 보고서 얼굴에 기쁜 표정이 돌아왔다.

"형 때문에 다들 놀랐어."

위기가 숨을 가쁘게 몰아쉬었다.

"나 때문에 놀란 거 맞아?"

형은 아이들을 위해 가장 좋은 기분을 남겨 둔 게 분명했다.

"형이 돌아와서 정말 기뻐. 보고 싶었어. 둘 다."

데니스는 언제나 감정을 쏟아 내는 편이 아니라서 얼굴을 붉히
며 말했다.

하지만 토모 형에 대해 모호하게 얘기하는 바람에 모두의 얼굴
에서 웃음기가 사라졌다. 다음 순간 모두들 무슨 말이라도 하고 싶
어 했다. 그때 다행히 형의 또 다른 팬이 나타나 우리가 말할 필요
가 없어졌다.

"네가 무슨 일을 했는지 신문에서 봤다. 자랑스럽구나."

남자는 으스대며 말했다. 나이는 30대 후반쯤 된 것 같고 온몸에
는 문신이 빼곡했다.

내가 돌아보았더니 형이 이를 앙다물고 간신히 웃는 표정을 지
었다.

"담배 한 대 피울래?"

남자가 제안했다. 형과 대화를 하고 싶은 게 분명했다. 형이 머
뭇거리며 담배를 받자 위기가 농담을 했다.

"음, 저기서 기다리세요. 이렇게 유명한 사람한테 담배나 주고
함께 다니실 순 없어요. 제가 대리인이에요. 모든 것의 20퍼센트는
제가 가져요. 이야기를 나누고 싶으시면, 저한테 먼저 말하셔야
해요."

위기는 거래를 처리하는 권위가 있는 사람처럼 뉴욕식 억양으로
말했다.

남자는 위기가 제정신이 아닌 것 같다는 듯 쳐다보다가 다시 형
에게로 고개를 돌렸다.

"어쨌든. 건강하거라, 얘야. 여기 사람들은 네가 한 일을 잊지 않을 거야."

남자가 자리를 떠나면서 동상에 대해 얘기하려 했다. 그러자 형은 갑자기 당황한 기색이었다.

"들어갈까, 응? 어디서건 저렇게 바보 같은 얘기를 들을 필요는 없어."

형이 말했다.

"우리 집에 가면 술이 좀 있어."

데니스가 끼어들었다. 그 말에 나는 당황스러웠다. 형은 절대로 취하도록 술을 안 마실 거다. 축하할 일은 없었다.

하지만 나는 또 틀렸다.

"완벽한걸."

형 말에 우리는 곧장 발길을 돌려 데니스의 집으로 몰려갔다. 모두 목이 말랐다. 하지만 형의 발걸음을 보니 누가 제일 목이 마른지 의심할 여지가 없었다.

소니

형은 트림을 삼키고 바닥에 있는 캔 더미로 빈 맥주 캔을 툭 던졌다.

그리고 힘겹게 앞으로 몸을 숙여 다시 새 맥주를 움켜잡았다. 하지만 한꺼번에 절반을 왈칵 쏟고 말았다. 나는 맥주 상자를 형에게 가까이 옮겨 놓을까, 아니면 팔뚝에다 주사를 놓아서 술을 넣어 줄까 생각했다.

첫 번째 상자가 동이 났다. 데니스가 맥주를 더 가지러 가자 '맥주 몇 캔'이 술잔치로 바뀌었다. 네 시간이 지난 지금까지 우리는 더 가지고 온 술을 거의 다 마셨다. 너무 취해 쓰러지지만 않는다면 우리는 술을 거덜 낼 것이다.

하지만 나는 이번만은 곤드레만드레 취하는 게 내키지 않았다. 술에 취하는 건 우리 형이 좋아하는 것이 아니었다.

형은 천사 같은 사람도 아니었고 우리처럼 수시로 버럭버럭 분노하는 쪽도 아니었지만, 오후 늦게 술을 진탕 마시는 건 확실히 좋아하지 않았다. 대신 카드 게임을 하며 술을 먹는 걸 좋아했다. 우리가 가진 돈을 모두 따게 되면 형에게 우선권이 생긴다고 생각했다.

이 술잔치가 형의 마음을 봄처럼 따스한 기쁨들로 가득 채우는 것 같지도 않았다. 우리는 농담을 했다. 방 안에 위기가 있는데 어떻게 농담이 없을 수 있을까? 하지만 우리 사이에는 불편한 기운이 감돌았다. 저마다 묻고 싶은 것들이 있었다. 그렇지만 누구에게도 진짜 질문을 할 용기는 없었다. 위기가 먼저 평범하고 터무니없는 것들을 물었다.

"시체는 얼마나 많이 봤어?"

"탱크나 낙하산 타고 어딘가로 가 봤어?"

형은 어떤 것도 알려 주지 않는 모호한 대답으로 얼렁뚱땅 넘어가려고 했다.

"낙하산? 아니. 적진에서 번지 점프는 해봤지. 그건 진짜 놀라워, 정말이야."

위기는 싸고 독한 맥주 네 캔을 마신 뒤 자기가 진실을 듣는지 아닌지도 모른 채 야단법석을 떨었다. 위기가 웃는 한 정말로 아무것도 위기에게 문제가 되지 않았다.

데니스는 위기의 즐거움 반대편 끝에 있었다. 토모 형의 죽음은 내가 생각했던 것보다 데니스의 마음을 더 심하게 찢어지게 했던 것 같다. 그래서 데니스가 퍼부은 질문들은 전부 토모 형의 죽음과 연결되었다.

데니스는 의무병이 토모 형을 살리려고 노력했는지, 얼마나 노력했는지 알고 싶어 했다. 총알이 쏟아지는데 어떻게 토모 형의 시신을 옮겼는지도. 상황이 어떻게 돌아갔는지 자세히 알아야겠다고 생각했던 것 같다. 형은 솔직하게 모두 대답했다. 하지만 나는 형이 말하는 동안 자꾸 안절부절못하는 모습을 보았다. 대답 한 가지를 할 때마다 형은 맥주를 벌컥벌컥 들이켰다. 형이 맥주를 마시지 않았다면 그렇게라도 대답할 수 있었을까 싶었다.

나는 무엇을 물어보아야 할까? 수많은 질문을 하나하나 쌓으며 정리했지만 두 번이나 무너지며 머릿속이 엉망이 되었다. 그래서 다시 차근차근 생각했다. 하지만 언제나 맨 꼭대기에 놓이는 질문이 하나 있었다.

"캐머런 만났어?"

나는 아무렇지 않은 듯 말하려고 애를 썼다.

형은 맥주를 마시며 고개를 끄덕였다.

"오늘 아침에 만났어."

"그래서?"

"그래서라니?"

"어떻게 됐는데?"

"지금 그 얘기를 해야 하는 거야?"

"왜 하면 안 돼?"

형은 맥주를 의자 손잡이에 내려놓고 혼란스러운 표정으로 몸을 어색하게 숙였다.

"그게 왜 그렇게 중요한데?"

"뻔한 거 아냐? 캐머런은 우리 친구잖아. 토모 형은 캐머런의 오빠고. 그리고 사람들이 토모 형을 관에 싣고 지나가는 동안 우리가 길가에서 캐머런 곁에 서 있어야 했잖아."

내 말은 정말 아주 이기적이었지만 그렇게 말할 수밖에 없었다.

나는 형이 움찔하는 것을 보았다. 하지만 형은 물러서지 않았다.

"그래, 이런. 우리는 모두 원하지 않는 것을 해야 해, 그렇지?"

나는 형이 무슨 말을 하고 싶은 건지 알았다. 나는 형처럼 내 할 일을 다 한 적이 없었다.

누구도 형에게 대단한 인물이 되라고 하지도, 군대에 가라고 하지도 않았다. 그렇지 않나?

보통 때라면 그 생각을 삼키고 주제를 바꿨을 테지만, 맥주가 머릿속을 철벅거리고 몸이 나른해져서 소파에서 일어나 형의 발치에 맥주 캔을 툭 던졌다. 빈 캔이었다. 하지만 메시지는 마찬가지였다.

"뭐야, 내가 형 얘기나 들으며 여기 앉아 있을 것 같아?"

나는 일부러 삐딱하게 구는 게 아니었다. 잔뜩 취해서 참을 수 없었다.

"문제가 뭐야, 소니? 내가 캐머런을 만났다고 해서 네가 그렇게 괴로워하는 이유를 모르겠어."

나는 형에게 캐머런과 내 관계를, 우리가 몹시 가까운 사이라는 사실을 얘기하고 싶었다. 하지만 용기가 없었다. 대신 주위에 벽을 세우고 형을 비난했다.

"형이 누구를 만났든 상관 안 해. 단지 다른 사람들한테 하는 것처럼 나를 대했으면 좋겠어. 난 이제 형이 참견하던 어린애가 아니니까."

"그렇게 생각해? 소니, 지금 네 태도 수상해."

잠시 동안 우리는 바싹 붙어서 어린아이처럼 말다툼을 했다. 그러자 데니스가 육중한 몸으로 비집고 들어와 형과 나 사이에 벽처럼 앉았다.

"왜 그래? 너희 형이 집에 왔잖아, 이 멍청아. 그러니까 참아!"

데니스는 샌드위치 속 햄처럼 끼인 채 싸움을 말릴 방법을 찾지 못하고 나를 비난했다.

"그래, 알았어. 네가 옳아. 늘 문제를 일으키는 건 나지, 안 그래? 늘 내가 말썽이야. 후유, 어젯밤 일에 대해 형한테 물어봐 줄래? 형이 무슨 짓을 했는지 설명 좀 해보라고."

"왜 그래, 무슨 일이 있었는데?"

그때 형이 끼어들었다.

"내가 얘를 때렸어. 멍청한 녀석이 열쇠를 잃어버리고 발코니 문으로 들어오더라고. 그래서 때려눕혔어. 도둑인 줄 알았거든."

제일 취한 사람은 위기였다. 녀석이 형 뒤에서 씩씩거리며 말했다.

"형이 소니를 때려눕혔다고?"

"내 주먹이랑은 비교도 안 되더라."

"그래서 넌 어떻게 했는데, 응?"

위기가 지나치게 몰아붙여서 나는 한밤중에 일어났던 일에 대한 얘기까지 꺼내지 않을 수 없었다.

그러자 위기는 혼란스러워했다.

"대체 지금 무슨 말을 하는 거야?"

나는 물러서서 형과 나만 있게 될 때까지 기다렸어야 했다. 하지만 말을 멈출 수 없었다.

"한밤중에 형이 내 머리통을 날려 버릴 뻔했어. 끔찍한 꿈을 꾸는 것 같았어. 진정시키려고 애썼지만, 형이 내 목을 졸라서 죽일 뻔했다고."

웃음은 내가 예상했던 반응이 전혀 아니었다. 하지만 그 반응이 전부였다. 세 사람 모두.

"정말 재밌네. 형이 그랬다고? 그건 내가 지난 몇 달 동안 탈레반에게 총을 쏘고 나서 하고 싶다고 생각했던 일이야. 그리고 집에 돌아와서 첫 번째로 하고 싶었던 일은? 그것도 바로 내 동생 목을 조르는 거지!"

데니스가 빈정거렸다.

"그래, 계속 형 편만 들겠지. 그럴 줄 알았어. 그런데 지난 몇 달 동안 누가 너한테 술을 줬는지는 꼭 기억해."

데니스는 재빨리 나를 다시 맥주 상자 쪽으로 밀었다.

"소니, 정신 차려. 너 꼭 징징대는 어린애 같아. 형이 집에 안전하게 돌아온 걸 그냥 기뻐할 순 없어? 이번만은 형이랑 경쟁하려고 좀 하지 말고! 어쨌거나 우린 네가 원하는 모든 것을 함께 얘기할 수 있어. 네가 좋다면, 아직 세우지 않은 계획에 대한 얘기까지도."

나를 형에게서 떼어내 물러서게 하려고 하는 말이었다.

형은 마지막 맥주를 다 마시더니 흥미를 보였다.

"뭐야? 또 다른 일이 있었어?"

"없었어."

내가 퉁명스럽게 대꾸했다.

"엄청 많았지."

위기가 깔깔 웃었다.

"너도 입 닥쳐."

나는 위기에게 소리쳤다. 왜 다들 갑자기 나만 몰아붙이는 걸까?

"우린 몇 번 싸움을 했어."

데니스가 이야기를 시작했다.

"무슨 싸움?"

형은 새로운 맥주를 잡으려고 허리를 숙였다.

"재밌는 싸움이었어. 좀 엉망이 됐지, 음, 히치 때문에."

형은 마치 누군가 없다는 사실을 이제 막 깨달았다는 듯 익살스러운 눈길로 방 안을 둘러보았다. 잔뜩 술에 취해 있었다.

"그나저나 히치는 어디 있어? 히치도 여기 있어야지."

형이 꼬부라진 소리로 말했다.

"바로 그거야. 히치가 어디 있는지 아무도 몰라."

위기가 말했다.

그건 나를 위한 대답이었다. 나는 이 얘기가 어디로 갈지 그리고 어디서 끝나게 될지 똑똑히 알았다. 또다시 내가 피고석에 앉을 것이다.

"지금 그 얘기를 해야 해? 형, 많이 취했어. 내일 얘기하자."

내가 말했다.

"지금 얘기해 줘."

형은 취해서 시선이 흔들렸지만 자세한 얘기를 듣고 싶어 했다.

"소니 생각이었어, 형도 짐작하겠지만……."

위기가 말하기 시작하자 나는 문으로 향했다.

"이런 얘기 지겨워. 무슨 일이 생길지 아니까 계속 얘기해. 난 얘기 끝날 때까지 아래층에서 기다릴게. 원한다면 나를 걷어차러 와도 돼."

유치하다는 건 나도 안다. 하지만 나는 원래 유치한 놈이다. 그래, 그건 내 잘못이었을 수도 있다, 전부 다. 하지만 그 일을 다시 떠올릴 필요는 없었다. 나는 다섯 살 아이처럼 짜증을 내며 맥주 캔을 움켜잡고 문으로 뛰쳐나갔다.

길가에 30분 동안 서 있었다. 별로 당기지도 않는 맥주를 홀짝홀짝 마시는 동안, 반갑지 않은 슬픔이 다시 나를 찾아왔다. 하지만 맥주가 동이 날 무렵에도 나는 여전히 혼자였다. 슬금슬금 호기심이 일어났다. 다시 집 안으로 돌아갔더니 형이 소파에 누워 정신없이 잠들어 있었다. 낡고 지저분한 담요를 덮고서.

"우리 형이 얼마나 마셨지?"

나는 소심하게 물었다.

"잘 모르겠어. 암튼 몽땅 다 먹어치웠어. 그 일을 듣고 아주 언짢아했어. 당장 밖으로 나가서 히치를 찾고 싶어 했지."

데니스가 어깨를 으쓱했다. 그때 위기가 불쑥 끼어들었다.

"문제는 형이 일어서지도 못할 정도로 엄청 취했다는 거야. 몇 번 일어서려고 노력은 했어. 하지만 한 걸음조차 뗄 수 없었지. 2분 뒤 곯아떨어졌고."

나는 한숨을 쉬면서 머리를 문질렀다.

"형을 데리고 집에 가야겠어."

"제정신이야? 형을 들려면 탱크를 한 대 가져오든가 아니면 여기서 푹 자게 내버려 둬."

"그럼 우리 엄마한텐 뭐라고 해?"

"네가 항상 하던 대로 하면 되잖아."

"그게 뭔데?"

"잘 둘러대 봐. 거짓말하라고."

나는 피식 웃었다. 하지만 위기는 그냥 웃자고 한 말이 아니었다. 엄마에게 거짓말을 할 수 있다. 물론 할 수 있다. 진땀 빼지 않고서 말이다. 하지만 거짓말을 하고 싶지 않았다. 이번에는.

거짓말이 조금씩 견디기 힘들어지기 시작했다.

소니

형이 연락도 없이 이틀이나 집에 안 들어오는 걸 보면 심한 숙취에 시달리는 게 틀림없었다. 엄마가 그걸 얼마나 못마땅해 했는지 모른다. 조금도 용납하지 않았다.

첫째 날 아침, 엄마는 형이 술을 마신 게 내가 형을 데리고 오지 않았기 때문이라며—만일 누군가 혼나야 한다면 그건 당연히 형인데도— 나에게 화를 냈다.

"이번만이라도 형을 챙길 수 없었니? 네 형은 지난 석 달 동안 막사에서 잠을 잤어. 이젠 자기 침대에서 쉬어야 하잖아."

엄마가 불평했다.

나는 형이 데니스네 소파에서 이불을 덮고 안전하게 잘 잤다고 말하고 싶었다. 하지만 그렇게 말하면 엄마가 나를 더욱 괴롭힐 것 같았다. 엄마는 언제나 데니스네 소파가 얼마나 지저분한지 불평하곤 했으니까.

"형은 곧 열아홉 살이 돼요. 계속 술을 마시고 싶어 했어요. 난 아니었고요."

"넌 열여섯 살이야. 술은 한 모금도 마시면 안 돼!"

나는 아주 날카롭게 엄마를 흘겨보고 의자 등받이에 걸쳐 두었던 외투를 집어 들었다.

"어딜 가려고?"

"나갈 거예요."

"어디로 갈 건데?"

"형 찾아야죠."

"형 찾으면 엄마한테 전화하라고 해."

"형 찾으면 다이아몬드로 뒤덮인 휠체어에 태울게요. 그 정도면 됐죠?"

"집으로 데려오기나 해, 알았니? 형은 너를 위해서 아주 많이 같은 일을 했잖아."

나는 밖으로 나가면서 문을 쾅 닫았다. 엄마 말에 압박감을 느끼며 즉시 캐머런네 집으로 향했다. 캐머런을 못 본 지 서른여섯 시간이 되었다. 아니, 그보다 더 된 것 같이 느껴졌다.

고스트를 가로지르면서, 또 다른 서른여섯 시간이 지나가는 것 같은 기분이 들었다.

형의 명성은 지역 신문을 넘어 지역 방송까지 퍼졌다. 죽은 사람이 아니라 살아 있는 전쟁 영웅이 돌아온 건 정말 예기치 못한 사건이라고 떠들어 댔다.

저녁 뉴스에서는 토모 형의 가두 행진과 우리 형의 영웅적인 행동을 다루는 내용이 나왔다. 단지 뉴스에서 봤다는 정도가 아니라 우리 형이 위대한 일을 할 운명이었다는 사실을 안다고 말하며 몇 사람이나 내게 다가왔는지 아무도 믿지 못할 것이다.

나는 예의 바르게 굴려고 노력했다. 형이 자랑스럽지 않은 건 아니었으니까. 하지만 열 번째로 어떤 할아버지가 다가왔을 무렵에는 그전에 비해 키가 60센티미터는 커져 버린 기분이었다.

"형이 아는 건 전부 제가 가르쳐 준 거예요. 형이 어떻게 알카에다를 파고들었는지 아세요? 다 제가 알려 준 거죠."

나는 마구 떠벌렸다. 그리고 일부러 사람들을 향해 형편없는 가라데 발차기를 연거푸 날렸고 사람들은 곧 물러섰다.

나는 다시 얼굴에 웃음을 찾아서 기분이 좋았다. 하지만 캐머런이 문을 열어 주었을 때 금세 다시 가슴이 덜컥 내려앉았다. 지난번에 보았을 때만큼이나 얼굴이 창백했다.

화장한 얼굴은 아니었다. 하지만 너무 많이 울어서 눈물이 얼굴에 길을 만든 것처럼 기다란 눈물 자국이 양쪽 눈끝에서 흘러내려 턱으로 사라졌다.

"안녕, 예쁜아."

나는 속삭이면서 살며시 웃음 지으려고 노력하고 한 마디 한 마디에 진심을 다했다. 최악에 가까운 모습에도 불구하고 캐머런은 여전히 정말 예뻐서 숨이 멎을 것 같았다. 어떻게 하면 추잡한 말처럼 들리지 않게 그 점을 말해 줄 수 있을까 생각했다.

종잇장 같은 캐머런의 손을 잡고 조용한 거실로 들어갔다. 아저씨를 존중해서든 혹은 두려워해서든 어쨌든 시계조차 째깍거리기를 멈춘 것 같았다.

"아빠 집에 계시니?"

나는 조금 불안한 마음으로 물었다.

캐머런은 고개를 저었다. 너무 많이 울어서 목에 멍이라도 든 것처럼 목이 쉬어 있었다.

"네가 가고 난 뒤로 쭉 안 계셨어. 오히려 다행이야. 잼미 오빠가 여기 왔을 때 아빠가 있었다면 무슨 짓을 했을지 누가 알겠어."

"형은 산책 간다고 했는데. 내가 함께 오지 못해서 미안해. 나는 형이 여기 올 줄 몰랐어. 알았다면 내가……."

캐머런은 내 말을 말을 자르고 천천히 앉으며 말했다.

"네가 여기 없어서 오히려 정말 다행이었는지도 몰라."

나는 캐머런의 말이 무엇을 의미하는지 알았다. 아니 내 일부분은 알았다. 이성적인 부분 말이다. 하지만 이성적인 부분은 3톤가량의 비이성적인 부분에 의해 깔아뭉개졌다. 비이성적인 부분이 순식간에 더 커지기까지 했다.

"무슨 뜻이야?"

캐머런은 손가락으로 휴지를 돌돌 감다가 눈을 들어 나를 보았다. 내가 몹시 화가 난 것처럼 보이는 게 틀림없었다.

"그렇게 굴지 마, 소니. 내 말뜻 알잖아."

"아니, 난 모르겠어. 혼란스러워. 네가 나에게 기댈 거라고 생각했거든."

"난 너에게 기댈 수 있어. 하지만 엄마랑 나는 잼미 오빠도 만나야 해. 이해하지, 응? 잼미 오빠는 우리 오빠를 본 마지막 사람이야. 우린 잼미 오빠한테서 얘기를 들어야 해."

"물론 그래야지."

나는 말 그대로 피가 부글부글 끓는 기분이었다. 하지만 그 기분을 의식하고 물러나는 것 대신 말을 계속하는 쪽을 택했다.

"그래서 형이 너한테 뭐라고 했는데?"

나는 갑자기 벌떡 일어난 캐머런의 눈에서 새로운 감정의 불꽃이 튀는 것을 보았다. 캐머런은 내 손을 뿌리치려고 했지만 나는 놓아 주지 않았다.

"소니, 너 정말 웃기는 애구나. 네가 상상하는 일은 없었어. 잼미 오빠는 우리에게 자기 친구의 마지막이 어땠는지 얘기해 주었어. 자기 앞에서 죽은 우리 오빠 말이야. 지금 너한텐 그게 큰 의미가 없을지도 모르지. 하지만 엄마와 나한테는 정말 중요해. 그건 용감한 행동이었어."

"오, 그래, 그 일은 형이 어떤 사람인지 완벽하게 보여 주지. 형은 모두가 제일 좋아하는 영웅이야."

캐머런은 나를 만지려다 말고 손길을 거두었다.

"네가 이런 식으로 굴다니 믿기지가 않아."

"이런 식이라니?"

"질투하는 거잖아, 소니. 넌 정말 애처럼 구는구나. 우린 네 형에 대해 얘기하는 건데. 언제나 너와 우리 모두를 보호해 주던 네 형 말이야."

"미안한데 난 질투하는 게 아니야. 모든 일에 지쳤을 뿐이야."

나는 정말로 질투하는 모습을 보이지 않으려고 노력했다.

"지쳤다고? 죽은 사람은 네 형이 아니잖아, 그렇지? 넌 여전히 네가 가진 모든 것을 생각해야 해!"

그 말을 하면서 캐머런의 마음이 아팠을 것 같다.

"바로 그거야, 캐머런. 난 걱정이 돼. 형한테 무슨 일이 있어."

"무슨 뜻이야?"

"형이 행동하는 방식 말이야. 형 같지가 않아."

"그게 놀랍니? 모든 일이 일어난 지 고작 1주일이야. 너라면 조금도 지치지 않았을까?"

"아마도 지쳤겠지. 하지만 형의 행동은 그것보다 더 심각했어. 형이 지금까지 주먹을 쓰는 모습을 몇 번이나 봤니? 또 정말로 화를 내는 건 몇 번이나 봤어?"

"몰라."

"음, 생각해 봐."

"난 몰라, 소니. 많지 않을걸. 다섯 번, 아니면 여섯 번?"

"돌아온 첫날 밤 형은 나를 두 번이나 공격했어."

"네가 오늘 나를 화나게 한 걸 생각하면 난 잼미 오빠를 비난할 수 없겠는데."

나는 캐머런에게 하소연했다.

"그러지 마, 캐머런. 제발 내 얘기 좀 들어 줘. 우리 형은 그렇게 행동하지 않잖아? 이 근처에선 그런 일이 흔하지만, 그건 우리 형 방식이 아니야. 그래서 이상한 거야. 처음에 형은 나를 때렸어. 내가 도둑이라고 생각했거든. 맞아, 나도 그건 이해해. 하지만 두 번째엔 한밤중에 아무 이유도 없이 내 목을 졸랐다니까."

"무슨 말이야, 목을 조르다니?"

"분명 목을 졸랐어. 형은 꿈을 꾸는 중이었어. 토모 형이랑 어떤 사람 때문에 신음했어. 리틀 루니라는 사람이었어."

"악몽을 꿨겠지. 악몽은 누구나 꿀 수 있어."

"그렇지. 근데 형은 잠이 든 게 아니었어. 나를 똑바로 쳐다봤거든. 근데 자기가 어디 있는지 모르는 것 같았어. 그래도 누군가의 목을 조르고 있다는 건 알았어. 넌 그게 정상이라고 할 수 있니?"

"물론 그건 정상이 아니야. 하지만 오빠한테는 분명 이유가 있을 거야. 오빠가 그 일에 대해서 뭐라고 했는데?"

"음, 아무 말도 안했어. 내가 형한테 얘기하지 않았거든."

캐머런은 더 이상 나를 참지 못했다. 눈 뜨고 봐줄 수 없다는 표정이었다.

"그러니까 정말 너를 지치게 한 무슨 일이 일어났다는 거구나. 오빠가 네 목을 조르려고 했는데, 넌 그 사실을 오빠한테 말하지 않았고? 그래, 참 말이 되는 소리네."

"아냐, 그건 말이 안 돼. 아무것도 말이 안 되지. 내가 아는 건 우리 형이 돌아왔다는 것뿐이야. 모두 형 엉덩이에라도 입을 맞추거나 형을 보호하고 싶어해. 형을 속상하게 할 수도 있는 무언가는 말하지 않지. 나는 그게 옳지 않다는 걸 알아. 근데 왜 아무도 내 말을 안 믿는 거지?"

캐머런은 길고 느리게 한숨을 내쉬었다. 한숨을 다 내뱉고 나더니 몸이 축 늘어졌다.

"소니, 내가 뭘 어떻게 할 수는 없어. 혼란스러워하는 사람이 잼미 오빠만은 아닌 것 같아. 오빠가 걱정된다면 대처를 해. 오빠에게 얘기해. 아주머니한테도 얘기하고."

"맞아, 그럼 잘도 도움이 되겠네."

그러자 캐머런이 벌컥 화를 냈다.

"소니, 잘난 척 그만해. 이 문제를 아는 사람은 너뿐이야. 그런데도 넌 부루퉁한 얼굴로 다니는 것 말고는 아무것도 하지 않겠지. 휴, 그건 날 돕는 게 아냐. 하지만 난 도움이 필요해. 네가 필요하고 잼미 오빠가 필요해. 그러니까 네가 문제를 해결해."

나는 내가 들은 얘기를 믿을 수 없었다.

"형이 필요하다니 무슨 뜻이야? 너한테는 내가 있잖아."

"하지만 소니, 그걸로 충분하지 않을 때도 있어. 어쩌면 오빠는 네가 이해하지 못하는 것들을 이해할지도 몰라."

"이미 마음을 정한 것처럼 들리네."

"무슨 마음을 정해?"

"형과 나 둘 중에 누가 너한테 더 중요한지를."

캐머런이 양팔을 허공에 힘껏 던지는 시늉을 해서 나는 캐머런이 나를 쫓아낼 참이라고 생각했다.

"소니, 난 이 문제는 해결 못해. 지금은 못한다고. 이건 네 문제지 내 문제가 아니야. 내가 네 문제를 충분히 해결해 줬다고 생각하지 않니?"

캐머런은 문손잡이를 돌렸다. 나는 문에서 고작 세 걸음 떨어져 있었다. 그 순간 내가 우리 사이를 산산조각 낼 수 있다는 사실을 깨달았다.

"캐머런, 미안해. 내가 바보 같았어."

나는 캐머런이 문을 열기 전에 문을 잡고 횡설수설 말했다. 캐머런은 나를 보지 않으려고 고개를 돌려 버렸다.

"바로 그거야. 하지만 소니, 넌 바보가 아니야. 바보처럼 행동할 뿐이지. 내가 널 바보라고 생각하면 널 도와줄 것 같아?"

"내가 해결할게. 약속해."

"너 자신 말고 해결할 수 있는 사람은 아무도 없어. 잼미 오빠에게 문제가 있다고 생각되면 그럼 그걸 해결해. 난 널 위해서 해결해 줄 수 없어."

"응, 네가 옳아. 내가 해결할게. 그리고 우리 둘에 대해서도 형한테 말할게. 형을 만나면 바로."

그 순간 캐머런의 눈빛은 내가 기대했던 게 아니었다.

"정말로 지금 그 얘길 먼저 해야 한다고 생각해? 가, 난 좀 자야겠어."

캐머런은 다시 문을 향해 손을 뻗었다.

"여기 있게 해 줘. 네가 잠들 때까지만."

"싫어. 가 버려. 지금 가라고. 안 갈 거야?"

결국 캐머런은 차가운 얼굴로 고개를 돌려 버렸다.

그래도 나는 괜찮다고, 캐머런이 옳다고 말했어야 했다. 이번만은 판단력을 보여 줬어야 했다. 하지만 그러지 않았다. 대신 어리석은 나 자신에게 굴복당한 채 얼굴을 찌푸리고 걸어 나왔다.

등 뒤에서 문이 쾅 닫히는 소리를 듣고 나서, 내가 무슨 생각을 했을까?

'틀림없이 형이 캐머런 방 안에 있을 거야. 그래서 캐머런이 날 내쫓고 싶은 걸지도 몰라.'

나는 아주 잘못된 생각을 했다. 정말이지 나는 머저리 중에 머저리였다.

소니

캐머런이 한 말이 다음 날 반나절 동안 내 머릿속을 맴돌았다.

'문제를 해결해.'

'오빠한테 얘기해.'

형이 근처에 있다면 그 말은 지당한 충고일 것이다. 하지만 형은 없었다. 그래서 나는 무슨 일이 있었던 건지 형에게 물어보는 것 대신, 엄마를 진정시키기 위해 노력했다. 내가 이 문제를 어떻게 처리해야 할지 모른다고 생각하는 사람이 있다면 우리 엄마를 좀 보라고 말해주고 싶었다.

엄마는 여전히 일을 하러 갔다. 하지만 형이 돌아올 경우에 대비해 교대 시간에 다시 집으로 돌아왔다. 그래도 형이 없으면? 엄마의 지나친 걱정은 더 심각해졌다.

"어디로 간 거지? 형한테 다시 전화해 봤어?"

"전화기가 꺼져 있어요, 엄마. 예전처럼요."

우리는 했던 얘기를 하고 또 했다. 우리가 나누는 모든 얘기가 우리를 점점 더 두렵게 했다. 그래서 마침내 형이 나타났을 때, 형 얼굴에 뽀뽀라도 하며 반겨 줘야 할지 때려 줘야 할지 알 수 없는 지경이 되었다.

사실 그런 건 다 제쳐 놓고, 형 몰골을 보니 얼굴 근처 어디에도 내 입술을 맞출 데가 없었다. 형의 몰골이 얼마나 형편없었는지를 짧게 설명하긴 어렵다. 하지만 나는 형이 아프가니스탄으로 떠나던 날, 구석구석 잘 다린 번드르르한 옷을 입었던 모습을 떠올리지 않을 수 없었다.

형에게 유일하게 매끈한 것은 떡진 머리카락뿐이었다. 나머지는 콘크리트로 덮어 버리거나 북해에 던져 버려야 했다. 축 늘어진 옷은 군데군데 얼룩져 있었다. 물론 칠리소스일 수도 있겠지만 어떤 건 정말 피 같아 보였다.

"잼미! 괜찮니?"

엄마가 소리치며 식탁 위로 몸을 기울이는 바람에 차와 음식들이 한쪽으로 쏠렸다.

형은 양손을 맞잡고 서서 엄마를 슬금슬금 피했다. 자기한테서 얼마나 지독한 냄새가 날 것 같은지 아는 태도였다.

"괜찮아요, 엄마. 그게, 어쩌다 보니, 시간 가는 줄 몰랐어요."

웃는 얼굴이 뻔뻔스러웠다. 형은 자기가 무엇을 하는지 그리고 얼마나 쉽게 엄마를 설득할 수 있는지 똑똑히 알았다.

"배고프지? 마실 거라도 얼른 만들어 주마."

"형 셔츠나 빨아 먹는 건 어때. 형 옷에 케밥 반 개는 넘게 덕지 덕지 붙어 있는 것 같은데."

나는 형의 잘못을 덮어 주기 위해 변변치 않은 농담을 던졌다. 하지만 내 뜻이 제대로 전해졌는지는 모르겠다.

"솔직히 배 안 고파요. 저, 집에 안 들어와서 죄송해요. 일부러 그런 건 아니었어요. 단지 화를 좀 식히고 싶었어요. 오랜 친구들 을 만났고 감정이 조금 격해졌거든요."

형이 너무 술술 얘기해서 믿지 않을 수가 없었다. 하지만 '오랜 친구들'이 누구인지 알 수 없었다. 데니스와 위기는 형을 만나지 않았다. 그러니까 형이 히치를 우연히 만나지 않았다면, 사실대로 다 말한 게 아니었던 거다.

하지만 엄마는 형의 말을 꼼꼼히 생각하거나 따져 보지 않았다. 형이 안전하다는 사실을 안 것만으로 마음을 푹 놓은 듯했다. 그리 고 향긋한 비누 냄새로 집 안을 가득 채우며 욕조에 물을 받기 시 작했다. 마침내 형과 나만 조용히 남았다.

"이제 진정됐어?"

형이 물 잔을 만지작거린 뒤 물었다.

"응. 형은?"

"나도 진정됐어. 덩달아 화내서 미안해. 네가 얼마나 짜증을 잘 내는지 깜빡했어."

형은 엄마에게 한 것처럼 내게도 농담을 하려고 애를 썼다.

"내가 짜증 잘 내는 거 나도 알아, 형. 하지만 난 거짓말쟁이는 아니야."

"무슨 뜻이야?"

"애들 앞에서 내가 했던 얘기 말이야. 밤에 형이 나를 공격했던 일. 형도 알잖아."

그 일을 다시 얘기하는 건 위험했다. 하지만 나는 캐머린에게 약속한 대로 옳은 일을 하려고 노력했다.

형은 내게 등을 돌리고 서서 컵에 물을 채우면서 물었다.

"왜 그 얘기를 하는 거야? 어디서 들은 건데?"

"기억 안 나?"

"뭐가?"

형이 너무 확신에 차 보여서 나는 오히려 내 기억이 의심스럽기 시작했다.

"내 목을 졸랐잖아. 형이 내 목에 박은 마지막 손톱을 족집게로 뽑아낼 지경이었다고."

나는 목을 가리켰지만 눈에 띄는 자국이 없어서 짜증났다.

형이 물을 마시는 동안 나는 아무 말도 하지 않았다. 하지만 형은 물을 다 마시고도 뭔가 기억해 보려고 노력하는 기색이 없었다. 대신 나를 바라보더니 느리고 또렷하게 말했다.

"소니, 네가 무슨 얘기하는 건지 모르겠어."

"분명 알 텐데."

형은 고개를 가로저었다.

"토모와 관계있는 거야? 넌 나 말고 토모가 집에 왔으면 좋겠니? 음, 나보다 그걸 더 바라는 사람은 아무도 없어. 넌 토모가 죽었다고 나를 비난할 수 있어. 하지만 다른 걸로는 비난할 수 없어. 내 말 알아듣겠어?"

형의 강철 같은 말과 충혈된 눈에서 느껴지는 냉정함에 나는 바로 받아치지 못했다. 형이 뭔가 잘못되었다는 사실을 딱 잘라 부정하는데 내가 어떻게 할 수 있을까?

선택할 수 있는 유일한 방법은 내가 제일 두려워하는 것뿐이었다. 엄마에게 말하는 것 말이다. 하지만 엄마마저 내게서 멀어지게 하지 않으려면 내가 어떻게 그 말을 해야 할까?

그때 엄마가 수건을 들고 나타났다.

"물 다 받았어. 옷은 문 앞에 벗어 둬. 엄마가 빨아 줄게."

그리고 잔뜩 긴장한 얼굴로 우리를 바라보았다.

"괜찮은 거니?"

"괜찮아요."

형이 밝게 웃으며 대답했다.

"맞아요. 우린 괜찮아요."

엄마가 내 대답도 듣고 싶다는 듯 쳐다보기에 내가 대답했다.

"그런데 형, 지금 걱정해야 하는 건 그게 아닌 것 같아. 형을 찾는 기자가 있었어."

나는 형의 얼굴이 순식간에 겁에 질리는 것을 보았다.

"그 기자가 원하는 게 뭐래?"

"그거야 나도 모르지, 형. 형이랑 말하고 싶은 게 아닐까? 형이 한 일을 아주 자랑스러워하는 사람이 꽤 많더라."

"후유, 난 그 기자랑 말하고 싶지 않아. 기자한테 다시 전화 오면 그렇게 전해 줘."

형은 동전 뒤집듯 빠르게 기분이 바뀌었다.

"전 엄마도 기자랑 얘기하지 않았으면 좋겠어요."

그러자 엄마가 놀라서 입을 쩍 벌렸다.

"진심이야. 우린 그 기자랑 말해선 안 돼. 우리 중 누구도."

형은 나를 겨냥해서 말했다. 하지만 엄마가 얘기를 꺼냈다.

"얘. 네가 어째서 그 일에 신경을 쓰는지 모르겠구나. 네가 부끄 러워할 건 없어. 내 말 듣니?"

"이미 그 기자한테 얘기하셨네요, 아닌가요? 도대체 뭐라고 하 신 거예요?"

"사실대로 말했을 뿐이야. 난 네가 자랑스럽다고 했어. 토모가 너한테 얼마나 중요한 사람이었는지도 말했지. 모두가 이미 아는 것들인걸."

형의 기분이 어떻게 변하는지 얼굴 전체에 고스란히 드러났다. 화가 차츰 오르는 게 보였다.

"제 이야기를 신문에서 보고 싶을 것 같아요? 무슨 일이 있었는 지 떠올리고 싶겠어요? 자랑스러워할 일은 없어요. 아무것도 없다 고요. 그러니까 그 기자가 다시 전화하거든 그대로 얘기하세요. 제 말 이해하시겠어요?"

엄마는 크게 충격을 받았는지 고개만 끄덕였다. 그리고 조금은 불편한 눈빛으로 형을 보았다.

"그럼 전 목욕할게요. 물 받아 주셔서 고마워요."

"고맙긴."

"목욕하고 잠 좀 잘게요. 그전에, 휴, 그러니까."

'뭐라고? 나한테 했던 것처럼 엄마한테 덤비기 전에?'

"괜찮아, 아들. 그것도 좋지. 잘 자렴."

그리고 형은 자리를 떴는데 그건 나에게 기회였다.

"말씀드릴 게 있어요, 엄마."

내 말투가 다급하게 들리는 것 같았다. 하지만 엄마의 대답도 다급하게 들렸다.

"지금은 하지 마, 소니."

"하지만 이건 중요해요."

"지금은 안 돼. 엄만 지금 얘기를 못하겠어. 미안하구나."

그리고 엄마는 내일 아침 일찍 출근해야 한다는 설득력 없는 변명과 함께 발을 끌며 침실로 갔다.

나는 밤에 어디서 자야 안전할지 고민이었다. 내 머리로 처리할 수 있는 것보다 많은 질문을 안고 나 혼자 식탁 앞에 남겨졌다.

갑자기 형이 내 어깨를 마구 흔드는 바람에 잠에서 깼다. 너무 놀랐지만, 두 가지 사실을 알아차렸다. 첫째, 햇빛이 형 어깨 주위에서 살금살금 일렁인다는 것. 둘째, 형이 옷을 외투까지 모두 입었다는 것. 어쩌면 아직 잠이 덜 깼던 건지도 모른다. 나는 형이 자다가 일어나 내 목을 조르기 전에 외투를 입었을지도 모른다는 의심이 들었다.

"일어나, 응? 20분 있다가 애들 만나기로 했어."

나는 형에게 욕을 했다. 아침 9시! 9시라고? 그런데 형은 벌써 애들한테 연락을 했다고? 나는 애들이 나와 같은 반응을 했을 거라고 생각했다. 뭐, 녀석들은 나보다 더 많이 잤을지도 모르지만.

밤사이에 생긴 좋은 소식은 형이 자기 침대에 계속 있었다는 거다. 형은 팔을 내 목이나 그 근처 어디로도 뻗지 않았다. 나쁜 소식은 형이 여전히 신음하고 흐느끼며 자다가 꿈이 몰려들 때면 침대를 사방으로 휘청거리게 했다는 것이다. 나는 진짜 무섭지 않았다면 짜증을 냈을 것이다. 형은 전에 그랬던 것처럼 이해할 수 없는 말을 계속 내뱉었다. 하지만 분명히 같은 사람이 형을 계속 괴롭힌다는 것을 알 수 있었다. 토모 형과 리틀 루니. 리틀 루니가 누구든지 간에.

나는 여러 가지 이유로 형을 건드리지 않거나 엄마를 부르지 않으려고 애썼다. 그런데 엄마가 깨지 않았다는 사실도 믿을 수 없었다. 고스트에서 일생을 산다는 건 많은 걸 설명한다고 생각한다. 고스트는 정말로 조용한 곳이 아니다.

게슴츠레한 눈으로 형을 살펴보았지만, 밤새 자다 깨다를 반복했다는 흔적은 어디에도 없었다. 짜증이 난 나는 다리를 바닥으로 내려놓고 흔들다가 허리를 한 번 곧게 펴고는 솔직하게 물었다.

"리틀 루니. 누구야?"

"뭐라고?"

형은 운동화 끈을 묶는 중이었다. 하지만 나는 단 두 마디 말로 형을 완전히 멈추게 만들었다.

"리틀 루니 말이야. 누구냐고?"

"무슨 얘기를 하는지 모르겠어. 이제 나갈 준비됐니?"

"형이 계속 리틀 루니한테 얘기하던걸. 자면서 말이야. 형이 계속 잔소리를 하는 걸 보니 리틀 루니가 나보다 더 형을 짜증나게 했나 봐."

"너보다 더 짜증나게 하는 사람은 없어. 어서 옷이나 입어."

"리틀 루니가 누구냐니까? 형 부대에 있는 사람이야?"

"당장 입 다물지 못해? 이번엔 내 말대로 해. 무슨 얘기하는지 모르겠으니까 그만하라고."

형이 내뱉듯 말했다. 운동화 끈을 너무 세게 잡아당겨서 끊어질 듯 위태로웠다.

그리고 그게 다였다. 대화는 끝났다. 또 다른 하루의 완벽한 출발이었다. 그리고 나는 아무것도 알아내지 못했다. 아니 거의 아무것도. 리틀 루니가 누구든 간에 형을 몹시 괴롭힌다는 사실 하나는 알았으니까.

소니

바보 같은 두 녀석의 상태를 보니 우리가 오늘 무언가를 해낼 수 있을 거라고 상상할 수가 없었다.

우리는 동네 후미진 곳에서 만났다. 데니스는 면도도 하지 않고 퀴퀴한 술 냄새를 풍기며 제일 먼저 나타났고, 위기는 벌써 다섯 개비쯤 담배를 피워 댔는지 숨을 몹시 헐떡이면서 10분이나 지난 시간에 비틀거리며 나타났다. 정말이지 위기는 제일 먼저 망가진 사람이었다. 차 석 잔을 마시고 담배 열 개비를 피울 때까지 좀처럼 말을 하지도, 똑바로 서 있지도 못했다. 그러다가 이제는 김이 모락모락 나는 잔을 들고만 있었다. 호흡이 좀 진정된 것 같았다. 하지만 우리 형의 분노를 피하고 싶다면 지금 양손에 든 차와 담배를 재빨리 해치워야 할 것이다.

"어디 불이라도 난 거야?"

위기가 투덜거렸다.

"불은 히치한테 났다는 걸 알아 둬. 너희들 히치를 마지막으로 본 게 언제야?"

형이 위기에게서 담배를 빼앗으며 말했다.

나는 아무 말도 하지 않았다. 초조하게 입술을 잘근잘근 깨물면서, 처음에 마음먹었던 대로 아이들을 다 모았어야 했는데 그러지 못한 걸 후회했다.

"한 3주쯤 된 것 같기도 하네."

위기는 늘 모호하게 대답한다.

"그러고 나서 아무 일도 없었어? 아예 연락도 없었던 거야?"

"형은 히치를 만난 적 있어? 걔는 팩스가 없을 텐데."

위기가 다시 말했다.

우리 셋의 시선에 위기는 풀이 죽었다. 지금은 농담을 할 때가 아니었다. 히치에 대해 얘기나 할 때가 아니었다.

"그러니까 우리가 히치를 찾아야지. 히치는 언제나 남의 눈에 띄지 않는 걸 좋아했잖아. 하지만 위험한 일에 매여 있는 거라면, 열 배는 찾기 힘들 거야."

"우리도 찾아봤어, 알잖아. 그렇지만 우리 생각처럼 위험한 걸 사용하는 게 맞다면 히치는 어디든 있을 수 있어."

나는 히치를 찾으면서 보았던 광경을 대부분 잊을 수 없었다.

형은 얼굴을 문질렀다. 밤에 잠을 잤어도 머릿속에 꼬일 대로 꼬인 생각들이 풀리지 않은 것 같았다.

"그렇다면 서둘러서 히치를 찾는 게 더 중요해. 지금쯤 완전히 겁에 질려 있을지도 몰라."

형이 말하면서 내 쪽을 쳐다보자, 내 등에 진 죄책감이 두 배로 커졌다.

내가 히치에게 마약용 담뱃대를 사다 주며 열심히 사용하라고 했던 것도 아니었다. 그렇지만 죄책감이 드는 건 어쩔 수 없었다, 정말이다.

"그러니까 다시 시작하자. 두 시간이면 돼. 우리가 힘을 모으면 고스트를 다 찾아볼 수 있어."

형은 데니스에게 술을 줬어야 했다. 데니스는 술이 덜 깼지만 히치를 찾기 위해 일찍 일어났다. 그래서 데니스는 어젯밤 마신 양만큼의 술이 필요한 상태인 것 같았다.

우리는 우선 흩어졌다가 정오에 다시 만나기로 했다. 나와 위기는 북쪽과 가두 행진이 있었던 곳을 맡고, 형과 데니스는 나머지 지역을 샅샅이 찾아보기로 했다. 나는 형과 떨어져 있는 두 시간 동안 내 머리가 조금은 맑아질 것 같아서 마다하지 않았다. 하지만 위기와 함께 다녀야 한다는 건 창피했다. 꼴을 보아하니 내가 위기를 계속 등에 업고 다녀야 할 것 같았다.

우리는 노력했다. 열심히 노력했다. 헤로인 중독자들이 있는 계단참에 갔을 때, 우리는 그곳을 집중해서 보았다. 반드시 히치를 찾아야 했지만 우리를 도와줄 준비가 되어 있거나 도와줄 수 있는 누군가를 찾을 수조차 없었다. 우리가 가진 전략을 모두 시도했다. 위급한 상황이라고 말하고, 히치의 엄마가 아프다고도, 심지어 죽어 간다고도 했다. 하지만 모든 눈길은 텅 비어 있었다. 입술은 갈라지고 물집이 잡혀 있었는데 아무것도 말하지 않았다. 거기 사람들은 추파를 던지는 게 아니라면 도무지 어떤 것에도 관심을 보이지 않았다.

높은 건물 세 개와 수많은 계단을 찾아본 뒤 우리는, 특히 나는 폭발하기 일보 직전이었다. 오전 내내 우리가 한 일은 내가 히치를 얼마나 걱정하는지만 떠오르게 할 뿐이었다.

위기는 도우려고 노력했다. 하지만 정신적으로 누군가를 돕는 건 결코 위기가 잘하는 일이 아니었다.

"저번에 우리가 승합차를 털지 않았다면, 히치는 무엇이든 피울 수 있는 돈이 없었을 텐데."

참 멋지다. 더 해봐, 친구야. 나라면 그렇게 은근슬쩍 비난하는 말을 할 수 없었을 거다.

다시 30분이 지나갔다. 그때 형에게서 최대한 빨리 히치네 집으로 오라는 문자가 왔고 나는 마음이 놓였다.

"안을 확인해 보자."

우리가 도착하자 데니스가 숨을 헐떡이며 말했다.

나는 우편물 투입구로 집 안을 살펴보았다. 우편물이 예전보다 더 높은 산처럼 쌓여 있었다. 피자 상자도 더 많고, 바닥에 쓰레기도 더 많았다. 하지만 신경 쓰이는 건 집 안 모습이 아니었다. 진짜 문제는 냄새였다. 우편물 투입구를 여는 그 순간부터 냄새가 코를 덮쳤다. 우리가 히치를 마지막으로 보고 나서 내가 혼자 히치네 집을 찾아왔을 때 맡았던 것과 같은 고약한 냄새가 났는데, 그때보다 열 배는 더 지독했다. 나는 형에게 그 얘기를 전하고 나서 결국 뒷걸음질을 쳤다. 위기는 숨을 들이마시며 냄새를 맡았다.

"히치가 여기 있을 것 같아?"

위기가 물었다.

"여기에 살아 있는 사람이 있다고 믿을 수 없어. 그 사람이 피자 상자를 먹고 자라는 게 아니라면 말이야."

데니스가 대답했다.

"나는 히치가 여기 있는 것 같아. 일단 들어가 보자. 경찰이라도 부를까?"

히치가 집 안에 있을 거라고 생각하자 나는 덜컥 겁이 났다.

형은 대답 대신 군화 발로 문을 걸어찼다. 문은 얇은 과자처럼 부서졌다. 경첩에 매달린 채 문이 부서져 뒤로 넘어가자, 형은 윗옷으로 코를 단단히 가리고 힘겹게 앞으로 걸어 들어갔다.

악취가 상상할 수 없을 만큼 지독했다. 오물 냄새가 아니었다. 그것은 무슨 냄새인지 알아차리거나 논리적으로 생각할 수 있는 종류의 냄새가 아니었다. 그것은 달랐다. 그 냄새, 그러니까 주위의 공기 입자 하나하나에 속속들이 스며들어 썩어가는 그 냄새에는 죽음이 매달려 있었다. 히치를 찾을 가능성이 갑자기 현실이 되자 우리는 두려워졌다.

우선 부엌부터 살펴보기 시작했다. 하지만 사람의 흔적도 바닥도 보이지 않았다. 패스트푸드 상자들이 집 안 전체에 발 디딜 틈 없이 널려 있었다.

형이 먼저 움직였다. 집 안 광경에 신경 쓰는 것 같지 않았다. 형은 개수대 앞에 몸을 숙이고 음식 찌꺼기가 썩어 가는 접시와 상한 물이 담긴 컵들을 차곡차곡 쌓은 다음 창문을 열었다. 부드러운 바람도 자기가 발견한 것들에 질겁했는지 불어 들어왔다가 나가 버렸다.

"거실을 살펴봐."

형이 아주 딱딱한 군인 말투로 명령했지만 나는 말다툼을 하고 싶지 않았다. 아마도 형이 나를 욕실로 보내지 않았다는 사실에 안도감이 들어서였던 것 같다. 우리가 거기서 무엇을 찾을지 누가 알겠나.

하지만 거실이라고 해서 더 나을 건 없었다. 거실 역시 부엌과 다를 것 없이 음식찌꺼기로 아수라장이었다. 다만 거실 바닥에는 아무렇게나 던져 놓은 담요들로 임시 침대 여섯 개가 만들어져 있었다. 히치가 거기서 무엇을 했든지 간에 ― 탁자 위에 불에 그을린 숟가락이 있는 것을 보니 알 만했는데 ― 혼자한 건 아닌 듯했다. 나는 마음을 놓아야 할지 두려워해야 할지 혼란스러웠다.

담요를 만지고 싶지 않아서 획 걷어찼다. 왜 신경이 쓰이는지는 모르겠다. 담요 아래에 누군가 있을 것 같지 않는데도 말이다. 목구멍에서 구역질이 밀려와서 히치 방으로 향했다. 하지만 방문 앞

274

에 도착한 순간, 위기가 불러서 다른 방으로 갔다. 위기는 그곳에서 자신이 발견한 것 때문에 무척 흥분한 게 분명했다.

부엌과 마찬가지로 그곳은 방이 아니었다. 더 이상 방 같지 않았다. 바닥도 보이지 않았다. 매트리스는 밖에서 안이 보이지 않도록 창문을 가로질러 놓여 있었다. 가리개가 벗겨진 전구 하나만 윙윙거렸는데, 그것 때문에 방이 더 지저분해 보였다.

도배용 탁자 세 개가 방 한가운데를 길게 가로질러 놓여 있었고, 그 위에는 돌돌 말린 랩과 작은 비닐봉지, 저울이 빼곡하게 놓여 있었다. 탁자 위에는 갈색과 흰색 가루의 흔적이 조금씩 보였다. 우리가 벌떡 일어나 좋아서 날아갈 만큼 많은 양은 아니었다. 하지만 그것이 일종의 코카인 가루라는 사실은 의심할 여지가 없었다.

"어떻게 된 거지? 히치가 이런 걸 했을 리 없어, 그렇지?"

위기는 대답을 알면서도 물었다.

"히치는 자기 옷도 안 빠는 애야. 절대로 이런 일을 계획하지 않았을 거야."

"누군가 히치를 이용했을지 몰라. 이곳을 이용하기 위해 히치가 꿈꾸는 건 무엇이든 해주겠다고 약속했을지도 모르지."

데니스는 구토를 할 것 같아 보였다.

형은 무언가를 중얼거리며 이리저리 움직이더니, 히치 방 쪽으로 성큼성큼 걸어가기 시작했다. 점점 더 빠르게 걸어가서 방문을 요란하게 열어젖히는 순간, 아주 새롭고도 역겨운 냄새가 파도처럼 우리를 덮쳤다.

냄새가 너무 지독해서 콧구멍이 타는 것 같았다. 나는 곧 우리 쪽으로 달려들 파리 떼를 피하기 위해 양손으로 얼굴을 가려야 할 것 같았다. 하지만 아무것도 달려들지 않았다. 그리고 우리는 형의 명령대로 뒤따라 들어갔다.

그것은 내가 한 번도 본 적 없는 풍경이었다. 방 안 여기저기 수북하게 쌓인 잡지는 옷 더미와 경쟁하듯 바닥을 차지하고 있었는데, 곧 카펫 위까지 침범할 듯 위태로워 보였다. 화장대에서 나온 서랍들은 뒤집혀 있었는데, 그 안에는 종잇조각과 영수증뿐이었다. 그렇게 절망적이고 혼란스러운 방은 본 적이 없었다. 잠시 뒤 그곳이 나를 빨아들이는 것 같은 기분이 들었다. 그곳에서 히치에게 무슨 일이 있었는지 아무도 모른다.

"관둬, 히치는 여기 없어."

형이 침대로 다가가는 걸 보고 나는 숨도 제대로 쉬지 못하며 형을 붙잡고 말했다.

하지만 형은 내 말을 못 들었다. 아니 내 말을 듣지 않기로 결심했다. 형은 매트리스 위에 덮인 담요 모서리로 팔을 뻗었다. 그 방은 거실과 똑같았다. 텅 비어 있었다. 오랫동안 누군가 있었던 흔적은 없었다. 하지만 형은 멈추지 않고 담요를 들추었다. 먼지가 공중으로 일어나면서 우리는 아무도 기대하거나 보고 싶어 하지 않았던 광경을 보게 되었다.

한 사람이 있었다. 도저히 사람이라고 하기 힘들 정도로, 지금껏 본 사람들 중 가장 마르고 창백한 사람. 이곳 고스트 한복판에서가 아니라 제2차 세계 대전에 관한 역사책에서나 볼 수 있을 법한 모습이었다. 팔다리는 비쩍 말라빠지고, 팔목과 발목은 몇 치수는 커 보이는 옷에서 삐죽 튀어나와 있었다. 누군가 우스꽝스럽게도 뼈만 남은 사람 모양이 그려진 옷을 입은 것 같았다. 하지만 우리가 그 옷들을 알아보았을 때 분명히 알 수 있었다. 히치는 가진옷이 그리 많지 않았다. 우리가 얼이 빠진 채 바라본 기진맥진한 얼굴은, 의심할 여지없이 히치였다.

순간 긴장감이 감돌았다. 지독한 냄새 따위는 잊어버렸다. 형이 먼저 무릎을 꿇고 물집이 생긴 히치의 입가에 뺨을 가까이 갖다 댔다.

"뭐하는 거야? 형이 히치를 구할 거야?"

내가 고함쳤다.

모두들 아무 말 없이 고민에 잠겼다. 나는 형을 밀쳐 내고 내가 먼저 히치를 도와주고 싶은 것을 참으려고 안간힘을 썼다.

"숨을 쉬고 있어. 아주 약해. 하지만 숨소리가 들리는 것 같아."

형이 말했다.

휴대전화를 꺼내 잠금 해제 버튼을 누르는데 내 손이 부들부들 떨렸다.

하지만 순식간에 휴대전화는 바닥에 나동그라졌다. 형이 벌떡 일어나 내동댕이쳤던 것이다.

"뭐하는 짓이야?"

형이 소리쳤다.

"구급차 불러야지. 내가 뭘 하는 것 같았는데?"

"부르지 마. 여기선 안 돼."

나는 내가 들은 걸 믿을 수 없었다.

"여기선 안 된다니, 그게 무슨 소리야?"

"구급차를 부르면, 경찰도 올 거야. 경찰이 오는 순간, 히치는 심각한 문제에 빠지게 돼. 경찰은 히치를 마약 거래 혐의로 끌고 갈 거야. 우린 여기에 뭐가 더 숨겨져 있는지도 모르잖아, 안 그래?"

그 말에 나는 덜컥 겁이 났다. 완전히 자제력을 잃었다.

"그럼 어떻게 하지?"

우리는 일제히 형을 쳐다보았다. 형은 결코 도망쳐 본 적이 없는 것 같았다.

하지만 형은 대답할 수 없었다. 시간이 없었다. 앞문이 쾅 닫히는 소리가 들렸고 현관에 낯선 사람들 목소리가 가득했다. 히치의 새로운 친구들이 틀림없었다. 그 사람들이 히치의 방 문 앞에서 손을 뻗을 무렵 나는 이미 두 주먹을 불끈 쥐었다.

소니

두 사람이었다. 쿠다 패거리는 아니었다. 나이도 더 많고, 머리 숱도 더 많았다. 나한테 빚을 5일 내로 갚으라고 했던 애송이들처럼 보이지는 않았다.

두 사람은 현관에 들어오자마자 우리더러 누구냐고 물었다. 당연한 반응이었다. 기억은 잘 나지 않지만 아마도 더 험악하게 물어보았던 것 같다. 내 속에서 순수한 용기와 분노가 느닷없이 솟구쳤다.

어쨌든 우리는 그들에게 아무 말도 하지 않았다. 형은 고개를 돌려 위기에게 히치를 들라고 조심스럽게 말했다. 위기는 시키는 대로 했다. 위기가 번쩍 안아 들자 히치는 날카롭게 숨을 내뱉었다. 그것은 아직 몸 안에 싸울 힘이 남아 있다는 증거였다.

하지만 현관에 서 있던 얼뜨기들은 그것을 좋아하지 않았다.

"너희가 하고 있는 짓에 대해 어떻게 생각해?"

형은 미동도 없이 서 있었다. 형에게서 형이 집으로 돌아온 뒤 보지 못했던 고요한 기운이 새어 나왔다.

"잘 들어. 우린 너희가 여기서 무슨 짓을 하든 관심 없어. 그러니까 우리가 너희 마약을 찾는다고 생각하지 마. 우리가 원하는 건 히치뿐이야. 히치는 우리 친구거든."

"히치가 여길 나가고 싶어 하지 않는다면 어쩔 건데?"

형이 앞으로 성큼성큼 걸어가자 데니스와 나도 뒤를 따랐다. 형은 계속 걸어가서 둘 중 앞에 서 있는 사람 바로 앞까지 다가갔다.

"우리가 벌써 히치한테 물어봤어."

잠시 말을 멈춘 형은 고개를 한쪽으로 기울이더니 더 삐딱하게 들고 다시 말했다.

"히치가 뭐라고 했는지 알아?"

나는 두 사람이 형의 도전에 응답하는 것을 보았다. 형이 고개를 앞으로 들이밀자 그들도 함께 '잔뜩 성난' 수사슴처럼 당당하게 마주 섰다.

"뭐라고 했는데?"

형은 아무 말도 하지 않았다. 대신 내가 미처 볼 수 없을 정도로 재빠르게 앞에 선 사람의 코를 머리로 쾅 들이받았다. 순식간에 두 사람이 비틀거렸다. 코뼈에 끔찍하게 금이 간 것 같았다. 하지만 땅바닥에 눕혀 버릴 정도는 아니었다. 그는 큰 소리로 욕설을 내뱉더니 커다란 덩치로 형의 몸을 곧장 덮쳤다. 둘은 바닥에서 썩고 있던 옷가지 위에 서로 팔다리가 꼬인 채 한꺼번에 벌러덩 나자빠졌다.

그렇게 싸움이 시작되었다. 방이 터질 것 같았다. 내가 제일 작다는 걸 알아차린, 고릴라 같은 사내가 내게로 곧장 다가왔다. 하지만 나는 마구잡이로 날아오는 주먹을 재빨리 피했다. 그는 데니스가 날린 주먹에 배를 얻어맞고 앞으로 허리를 푹 숙였다. 나는 숨 돌릴 여유를 주지 않고 무릎으로 그의 이마를 걷어찼다. 그 사내가 내 앞으로 힘없이 무너지자 나는 내 키가 2미터나 된 듯한 기분이 들었다.

데니스는 거기서 싸움을 끝내지 않았다. 그 둘은 서로 완전히 제대로 된 상대를 만났다. 사내가 데니스의 얼굴을 움켜잡자 데니스는 다리로 그의 목을 누른 다음 주머니를 샅샅이 뒤져 바지 주머니에서 면도날을 발견했다.

"이거 안 쓸 거잖아, 그치?"

데니스가 낮게 말하며 면도날을 손에 쥐고 날카롭게 노려보았다. 그러자 그 사내는 그만 기절하고 말았다.

나는 형에게 주의를 돌렸다. 형은 아직도 바닥에서 아까 그 사내와 주먹을 주고받는 중이었다. 형은 싸움에서 밀리지도 않았지만 서로 엉켜 뒹구는 동안 결정적인 한 방을 때리지도 못했다. 나는 그 옆을 서성이며 기회를 보다가 마침내 얼뜨기 같은 놈의 시선을 내 쪽으로 돌리고 발로 갈비뼈를 걷어찼다. 사내는 처음에 움찔했지만 다시 형에게 시선을 집중했다. 그래서 나는 한 번 더 걷어차

주었다. 이번에는 더욱 세게.

제대로 걷어찬 느낌이 들었고 사내의 얼굴이 고통스럽게 일그러지는 게 보였다. 그의 목에서 "헉!" 하는 소리가 나왔는데 말할 때보다 한 옥타브는 더 높은 소리였다. 그가 온몸을 비틀자 형이 벌떡 일어나서 끼어들었다.

문제는 형이 여섯 번이나 걷어차고도 멈추지 않았다는 것이다. 사내는 더 이상 움직이지 않았다.

"그만해, 형."

나는 형 팔을 꽉 붙들고 외쳤다. 형은 내 말을 듣지 못하거나 듣고 싶지 않거나, 아무튼 또다시 바닥을 마구 찼다.

"형? 내 말 들려? 그만하면 됐어!"

나는 형 앞을 막고 서 있으려고 애를 썼다. 하지만 형은 용납하지 않았다. 얼굴이 분노로 잔뜩 일그러진 걸 보니 거기 있는 게 나라는 사실을 인식하지도 못하는 것 같았다. 나는 우리를 물끄러미 바라보는 데니스를 쳐다보았다. 깜짝 놀라 겁에 질린 모습이 마치 내 모습을 보는 것 같았다.

결국 데니스와 나는 형을 간신히 끌어냈다. 그리고 형이 우리가 도저히 이해할 수 없는 말로 사내에게 악을 쓰는 동안 어떻게 해서든 제어하려고 안간힘을 썼다. 나도 똑같이 악을 쓰고 싶었는지도 모르겠다.

나는 형 눈을 빤히 쳐다보았다. 눈에서 증오가 넘쳤다. 형은 바닥을 뚫어지게 바라보았다. 나는 형이 무엇을 보는지 알 수 없었다. 하지만 형과 나를 방해했던 낯선 사람과 어떤 관계가 있다는 의심이 들었다.

"진정해! 나야. 다 끝났어."

나는 형의 귀가 먹든 말든 신경 쓰지 않고 고함쳤다.

마지막 고함 소리와 함께 형은 우리를 뿌리치더니 조금 정신을 차리는 것 같았다. 그러고 나서 무릎을 털썩 꿇더니 사내의 몸을 수색했다. 그리고 데니스가 발견한 것과 비슷한 면도날을 호주머니에서 찾았다.

"휴대전화가 있는지 확인해야겠어."

형이 데니스에게 큰 소리로 말하고 몸을 뒤지더니 휴대전화를 찾아 땅바닥에 툭 던지고 발로 쿵쿵 짓밟았다. 휴대전화는 순식간에 산산조각이 났다.

"이렇게 해서 도망칠 수 있는 시간을 조금이라도 벌어야 해."

형은 데니스가 자신을 따라 하는 것을 지켜보다가 위기에게 걸어가서 히치를 건네받았다. 형은 하나도 힘들어 보이지 않았다. 히치의 무게가 설탕 자루에 불과한 것 같았다.

"여기서 나가자."

우리는 놀라서 아무 말도 못한 채, 형을 따라 밖으로 나갔다. 우리는 모두 햇빛 때문에 눈을 가늘게 떴다. 히치의 몸이 몇 주 만에 처음으로 상쾌한 공기를 쐬려고 안간힘을 썼다.

"이제 구급차 불러도 돼?"

내가 물었다.

"당장 불러. 가두 행진이 열렸던 곳으로 오라고 해."

우리가 엘리베이터를 향해 달려갈 때, 나는 소녀 한 무리가 얼이 빠진 듯이 우리를 바라보는 것을 알아차렸다. 우리가 수상해 보였던 게 틀림없다. 소녀들이 휴대전화에 집중하지 못할 정도로 아주 별나 보였을 것이다.

그러나 우르르 달려가는 동안 나는 소녀들을 크게 신경 쓰지 않았다. 왜 그래야 하지? 나중에 알게 된 사실이지만 소녀들을 신경 썼어야 했다. 소녀들 때문에 파국이 시작되었으니까. 형을 벼랑으로 밀어낼 파국, 형과 함께 나를 데려갈 파국이 시작되었다.

소니

우리는 즉시 모퉁이를 돌아야 했다. 그래, 이 상황도 정상이 아니었지만 모든 게 정상은 아니었다. 바로 그게 고스트의 모습이다.

하지만 우리가 무사히 히치를 찾고 안전하게 병원으로 데려간 것에는 어떤 의미가 있다.

그것은 단순한 의미가 아니다. 우리가 히치를 '어떻게' 찾아냈는지 생각해 보면 충분히 알 것이다. 우리는 서로가 서로의 옆에 함께 서 있었다. 유일하게 없는 사람은 토모 형이었다. 우리는 토모 형의 빈자리를 크게 느꼈다. 그러나 우리 형과 토모 형이 전쟁터로 떠난 뒤에도 우리는 줄곧 하나였듯이 그 순간에도 서로 가까이 있었다.

구급차가 요란하게 광장을 지나가며 사람들 무리를 가로지르자 나는 가슴속에서 긍정의 맥박이 고동치는 것 같았다. 구급 대원들

285

이 히치에게 정맥 주사를 놓았다. 나는 히치의 심장이 힘차게 고동치는 소리를 듣고 싶었다. 그러나 심장은 약하게 뛰었다. 그래도 불현듯 히치가 괜찮을 거라는 믿음이 생겼다. 형이 히치와 함께 있었다. 나는 지난 달에 그 모든 일을 겪었던 형이 또 다른 친구가 죽도록 내버려 둘 거라고 믿지 않았다.

그러나 좋았던 기분은 우리가 병원에 도착할 무렵 무너지고 말았다.

먼저 구급차가 병원에 도착하기 힘들었다. 구급차가 너무 천천히 나아가자 위기는 계속 담배를 피우고 싶어 했다. 오후 1시쯤이었던 것 같다. 결국 병원에 도착할 때까지 위기는 담배꽁초로 깡통을 하나 가득 채웠다.

위기는 그저 예민한 거였고 형은 다른 리그에 있었다.

간호사는 우리 셋이 환자들 가까이 다가가는 것을 꺼렸지만, 결국 답답한 복도로 가는 길을 알려 주었다. 그곳에서 나는 형이 이리저리 서성이는 모습을 볼 수 있었다. 그것은 걱정과 아드레날린이 여전히 솟구치는 중이었으니 정상적인 행동이었을지도 모른다. 하지만 내가 신경 쓰이는 건 형이 중얼거리는 혼잣말이었다. 뭐라고 말하는지는 들을 수 없었다. 하지만 몹시 불안해 하는 것은 알 수 있었다. 형은 우리를 흘끗 쳐다볼 때만 딱딱하게 웃으며 혼잣말을 멈추었다.

"새로운 소식은 없어. 하지만 히치는 여전히 숨을 쉬고 있어. 의사 말론 할 수 있는 한 빨리 수분을 공급해야 한대."

"의사 선생님은 히치가 뭘 한 것 같다고 하셔?"

데니스가 물었다.

"그건 몰라. 하지만 히치가 심각한 금단 증상을 겪는 것 같대. 더 걱정스러운 건 몸무게야. 1주일이 넘게 먹지도 마시지도 못한 것 같아."

"그런데도 괜찮을까?"

데니스는 다시 다섯 살 난 아이처럼 보였다. 나는 그렇게 연약해 보이는 덩치 큰 남자를 본 적 없었다.

"장기가 멎고 있대. 신장과 간이. 의사가 신장과 간이 다시 제 기능을 할 수 있게 해 주기만 하면, 히치는 살 수 있어."

하지만 형의 말은 우리 누구에게도 확신을 주지 못했다. 자기 자신조차도.

우리가 할 수 있는 일은 기다리는 것뿐이었다. 번갈아 가며 복도를 서성거리거나 위기가 밖에 나가 바보처럼 담배를 피울 때 옆에서 있어 주었다. 위기는 처음에 복도에서 담배에 불을 붙이려다가 하마터면 간호사에게 목이 졸릴 뻔했다. 그래서 위기는 히치네 집에서 우리를 깜짝 놀라게 했던 얼뜨기들보다 간호사에게 더 겁을 내는 것처럼 보였다. 두려움이 가득했던 오후에 드물게 우스꽝스러운 순간이었다.

오후 5시 무렵, 긴장감이 우리를 잡아먹는 것 같았다. 우리는 또다시 힘든 시간을 보내는 중이었다. 배가 고프고 피곤했다. 여러 명의 간호사에게 물어보았지만 누구도 깨알만큼 작은 소식조차 우리에게 전해 줄 수 있거나 전해 줄 준비가 되어 있지 않았다. 나는 음료수 자판기를 발견했다. 달달한 음료를 조금씩 마시고 우리가 기운을 좀 차리기를 바랐다. 하지만 자판기는 내 돈을 먹어 치우고 아무것도 주지 않았다. 그래도 빈 주머니와 빈손으로 돌아오는 나에 대한 실망감은 의사가 우리를 향해 걸어왔을 때 순식간에 잊을 수 있었다.

"히치를 진찰하신 건가요?"

나는 의사의 얼굴에서 다음에 무슨 말을 할지 낌새를 살폈다. 하지만 아무것도 읽을 수 없었다.

"가족이니?"

네 사람이 그렇다고 대답했다. 저마다 기술적으로 거짓말을 했다. 거짓말이라는 건 중요하지 않았다. 우리는 히치가 가진 전부였다. 그리고 그것은 의사에게 충분한 것 같았다. 그뿐이었다.

"음, 좋은 소식이 있단다. 히치의 몸이 반응하고 있어. 우리가 시작한 치료에 천천히 반응하고 있지. 아직 확신하긴 이르지만."

"그럼 히치의 신장이랑 그런 것들이 다시 시작했다는 건가요?"

데니스는 무슨 일이 일어나는 건지 정확하게 이해하지 못한 것 같았다. 하지만 필사적으로 이해하고 싶어 했다.

"장기가 지금 잘 반응하고 있단다. 두 시간만 늦게 도착했어도 아마 얘기가 달라졌을 거야. 너희가 제때 찾아낸 걸 보면 히치는 운이 좋구나."

우리는 스스로가 조금은 자랑스러워져서 서로를 툭툭 치며 들썩였다. 그때 의사가 재빨리 우리를 호되게 망신 주었다.

"하지만 애초에 히치를 이 지경이 되도록 만들지 말았어야지. 영양실조와 탈수증이 끔찍할 정도로 심해. 분명 히치가 사용한 약이 위험한 어떤 약물과 섞였을 거야. 그러니까 처음부터 마약에 노출되지 말았어야 해."

그리고 의사는 우리를 측은하게 바라보았다.

의사가 막 자리를 떠났다. 하지만 형이 의사를 부르며 쫓아가 우리가 히치를 언제 만날 수 있는지 물었다.

"한 시간 뒤쯤이면 만날 수 있을 거야. 아직 의식은 돌아오지 않았어. 그리고 의식이 돌아왔을 때 히치가 긴장하지 않았으면 좋겠구나."

"안 되는 건 아니란 거죠, 네?"

"내 말은 아직은 안 된다는 거야. 그리고 지금 내가 해줄 수 있는 말은 이게 전부야."

"그럼 기다릴게요, 선생님. 우린 상관없어요. 더군다나 존경할 만한 훌륭한 간호사 선생님들이 이렇게나 많은걸요."

위기가 최고 상류층 특유의 말투를 흉내 내며 끼어들었다.

히치가 안정을 찾는다면 나는 기꺼이 웃을 거다. 의사는 위기를 그다지 좋게 보지 않은 것 같다. 다른 환자를 진찰하러가기 전에 차트의 안전 주의 칸에 체크를 해두었다.

이제는 기다리는 일이 크게 나쁜 것 같지 않았다. 위기는 흉내 내기에 계속 몰두했다. 지나가는 모든 의사와 간호사를 따라 했다.

흉내를 낸 것 중 대부분은 썩 우습지 않았다. 하지만 내게는 효과가 있었다.

그러나 형은 여전히 멀리 떨어져 있었다. 이리저리 서성이며 생각에 잠겨 있었다.

나는 형을 보면서 형의 머릿속에서 무슨 일이 일어나는지 티끌만 한 기색이라도 알아채려고 노력했다. 히치 생각을 하는 걸까, 아니면 아까 그 얼뜨기 사내에게 발길질했던 일을 생각하는 걸까? 나는 형의 생각 대부분이 아직도 아프가니스탄에 있다고 믿었다. 하지만 형이 그곳에서 무엇을 하는지 또는 어떻게 형에게 다가가 도움을 줄 수 있는지는 알 길이 없었다.

어떤 걸로도 형이 복도를 정찰하는 것을 막을 수 없었다. 음식을 먹거나 음료수를 마시라고 해도, 담배를 한 대 피자고 해도 소용없었다. 아니, 캐머런이 나타난 순간까지 그렇게 생각했다. 그때 형은 불쑥 우리에게 돌아왔다.

나는 캐머런을 쳐다보기 힘들었다. 특히 우리가 마지막으로 대화를 나누었을 때 내가 나 자신을 얼마나 머저리같이 만들었는지 생각났을 때는. 그날 이후 우리는 그 일에 대해 아무 말도 하지 않았다. 주의를 다른 데로 돌린 간단한 문자들은 주고받았지만 우리에 대해 얘기를 나눈 적은 없었다.

캐머런은 깜짝 놀란 것 같았다. 그게 내 마음을 더 아프게 했다. 화장기 없는 얼굴에는 여전히 피곤한 기색이 있었지만, 캐머런은 피곤함 따위는 신경 쓰지 않고 떨쳐 내려 했다. 나는 우두커니 지켜보기만 해야 할 것 같았다. 그건 내가 성급하게 캐머런에게 달려가 정말 얼마나 미안한지 변명하는 것을 막을 수 있는 유일한 방법이었다.

"히치는 좀 어때?"

캐머런이 그게 정말로 알고 싶은지 확신하지 못하는 듯한 표정으로 물었다.

"아까보다는 나아졌어. 의사 선생님은 계속 수액을 맞고 나면 히치가 곧 깨어날 거라고 생각하신대."

나는 재빨리 대답했다. 좋은 소식을 이야기해서 내가 마음을 쓸 가치가 있는 사람이라고 캐머런이 생각하기를 바랐다.

캐머런의 왼쪽 눈가에서 눈물이 한 방울 흘러나왔다. 하지만 표정은 변하지 않았다. 캐머런은 눈을 깜빡여 눈물을 참으려는 시도조차 하지 않았다. 대신 활짝 웃느라 입술이 옆으로 펼쳐지자 눈물이 뺨을 타고 미끄러져 내렸다. 내가 며칠 동안 본 것 중 제일 마음에 드는 모습이었다.

"어떻게 지냈어? 어머니는 잘 계시니?"

형이 캐머런의 팔꿈치를 매만지며 물었다.

"그렇지 않은 것 같아. 하지만 사람들은 친절했어. 그게 도움이 되진 않았지만. 음, 오늘 오후까지는 그랬어."

캐머런은 무언가를 생각해 낸 것 같았다. 뒷주머니에서 신문을 꺼냈을 때 표정이 아주 밝았다.

그리고 형에게 지역 신문 '가제트'를 건네주며 말했다.

"오빠가 아직도 겸손해 하지 않았으면 좋겠어. 이거 읽고 나면 오빠가 얼마나 자랑스러운 사람인지 알게 될 거야."

형은 혼란스러워하는 듯하더니 곧 화가 난 표정이 되었다. 금방이라도 자제력을 잃어버릴 것 같았다. 형이 무엇을 보든, 나도 그것을 보아야 했다. 그래서 신문 모서리를 잡아당겨 지면 절반을 차지한 사진을 보았는데, 형이 의식을 잃고 누워 있는 히치를 팔에 안고 있는 사진이었다. 내 모습도 보였고, 위기와 데니스도 형 뒤에 있었다. 형 얼굴은 선명했지만 우리는 흐릿했다. 나는 계속해서 내용을 읽으려 했다. 하지만 제목을 지나칠 수 없었다. 사진만큼 커다란 공간을 차지한 한 단어.

영웅

그 아래에 설명도 제목만큼이나 눈에 띄었다.

참전 군인이 과다 복용한 비극적 친구를 구하다

"형은 유명해."
데니스가 활짝 웃으며 말했다.
"가제트지에 나왔어."
위기가 거들었다. 자신의 역할이 보충 설명해 주는 역할로 줄어든 것에 실망한 목소리였다.

나는 아무 말도 하지 않고 최대한 빨리 기사를 읽어 보았다.

아프가니스탄에서 용감한 행동으로 영웅이 된, 우리 마을의 군인이 오늘 과다 복용으로 생사를 헤매는 남자를 구하고 그 명성을 굳혔다.

악명 높은 고스트에 거주하는 제임스 맥건(18세, 현재 군 복무 중)이 점심때쯤, 헤로인에 중독되어 피폐해진 남자를 안고 한 공동 주택에서 나오는 모습이 사진에 찍혔다.

아프가니스탄에서 복무 기간 중, 포화 아래에서 보여 준 용감한 행동으로 칭찬을 받은 지 한 달이 채 되지 않았다. 맥건 이병은 아프가니스탄에서 총격전을 벌이던 중 친구(18세, 로버트 톰슨)을 잃었다.

매서운 총격전 속에서 친구의 목숨을 구하려고 노력하는 한편 강한 의지로 반란군을 물리쳤다. 직속상관들은 그 용감한 행동을 '믿을 수 없다. 완벽한 현대 군인의 모습을 보여 주었다.'고 설명했다.

기사를 다 읽기 힘들었다. 형이 신문을 제대로 들지 않아서였다. 엄마였다면 영국이라는 단어만 보고도 눈물을 펑펑 쏟았을 거다.

오늘 사건은 본 신문사가 맥건 이병과 톰슨 이병을 예우해 달라는 운동을 전개하는 데 무게를 실어 주었다. 지역 의회 의원들은 빠른 시일 내에 일종의 의식이 훌륭히 치러질 것이라고 언급했다. 질 톰슨(아프가니스탄에서 사망한 톰슨 이병의 어머니)은 우리의 운동을 환영했다.

"그렇게 되면 우리 아들들이 지역 사회에서 예우 받는 것을 모두가 보게 되겠죠. 누구나 잼미 같은 아들을 갖고 싶을 거예요. 우리는 마지막 순간에 잼미가 토모를 위해 한 행동을 결코 잊지 못할 겁니다."

나는 캐머런의 표정을 보자 목구멍이 콱 막히는 것 같았다. 그 기사가 캐머런에게 무엇을 의미하는지 알았다.

"고마워, 오빠. 엄마가 이 기사를 보면 얼마나 위로받을지 오빠는 모를 거야. 엄마는 사람들이 우리 오빠를 잊을 거라고 생각해. 아직은 아니지만."

형은 신문에 시선을 고정했지만 읽는 것 같지는 않았다. 움직이는 건 얼굴뿐이었다. 이마와 눈을 차례로 찡그렸다. 그러다 느닷없이 얼굴을 완전히 일그러뜨리더니 눈물을 펑펑 쏟아냈다.

나는 그때라도 형이 그만 항복하고 머릿속에서 무슨 일이 일어나는지 우리에게 알려 줘야 한다고 생각했다. 우리는 형에게 필요한 위로를 해주려고 에워쌌다. 그러나 형은 **"싫어!"** 하고 외마디 비명을 지르며 우리를 피했다.

"괜찮아. 괜찮아."

캐머런이 눈물을 흘리며 슬프게 웃었다.

하지만 괜찮지 않았다. 그건 분명히 괜찮지 않았다. 형이 너무 화가 난 얼굴로 우리를 한 명씩 빤히 쳐다보아서 우리는 모두 그것을 느낄 수 있었다. 형은 우리가 왜 형을 자랑스러워하는지, 어떤 부분에 관심이 있는지 이해하지 못하는 것 같았다.

형은 마지막으로 커다랗게 외마디 비명을 지르며 복도를 전력으로 달려갔다. 나는 형을 쫓아가려고 했지만 캐머런이 부드럽게 나를 막았다.

"내게 시간을 줘."

캐머런은 이렇게 엉망인 상황이 어떻게든 괜찮아질 거라고 말하는 듯한 눈빛으로 내게 말했다.

나는 캐머런을 믿고 원하는 시간을 주어야 했다. 캐머런이 시간이 필요하다면, 그건 분명 좋은 방법이었다. 내가 질투심을 억누르기만 하면 되었다.

소니

"난 이해가 안 가, 진심으로. 그 사람들은 형 동상을 세우거나 형에게 중요한 자리를 주고 싶어 해. 그런데 형은 화를 내잖아?"

위기가 어리둥절해 했다.

"형은 몸이 좋지 않아."

내가 대답했다. 몇 달 동안 잠을 자지 못한 기분이었다.

"그래. 하지만 사람들이 내 동상을 세우고 싶어 한다면, 나는 엄청 좋아할 텐데. 그게 금이라면 더욱 좋고."

"내 말 못 들은 거야? 형이 집에 온 뒤로 쭉 내가 너희한테 얘기했잖아. 근데 너희는 내 말을 제대로 듣지 않았어. 형은 몸이 좋지 않아. 그리고 난 두려워. 밤중에 일어난 터무니없는 일들도, 형이 그 마약 밀매업자에게 덤벼든 것도. 나는 어느 순간 형이 그 사람을 죽일 거라고 생각했어. 아까 여기에 도착하고 나서도 형은 서성거리면서 혼잣말로 자기 자신과 언쟁을 벌였어. 넌 그게 정상 같니?"

나는 소리를 버럭 질렀다.

데니스는 머리가 터질 것 같은 표정이었다. 데니스는 이것보다 더 단순한 삶을 좋아했다.

"친구야, 난 의사가 아니야. 그래서 뭐라고 해야 할지 모르겠어. 너희 엄마한테 얘기해 봐."

"그게 답이라 이거야? 엄마가 모든 걸 알까? 엄마는 형이 여전히 숨을 쉰다는 사실이 너무 고마워서 다른 얘기는 하고 싶어 하지도 않아. 만일 형이 아내랑 아이 넷을 함께 데려왔어도, 엄마는 눈도 깜짝 안 했을걸."

"어쩌면 그 의식이라는 게 형한테 좋을 거야. 자기가 한 일을 모두가 얼마나 높이 평가하는지 형이 볼 수 있을 테니까."

데니스는 이해하지 못했다. 딱 한 사람이 형에게 영웅이라고 말하기만 해도, 형은 토할 것처럼 보였다. 수백 명의 사람 앞에 두면 형이 무슨 짓을 할지 나도 모른다. 하지만 무슨 짓을 하든 그게 좋은 일은 분명히 아닐 거라고 추측할 수는 있다.

발이 근질근질했다.

"캐머런이랑 형이 뭘 하는지 알아봐야겠어."

"소니, 그게 좋은 생각일까?"

"내가 언제 좋은 생각을 한 적 있었나?"

나는 문을 열고 나왔다. 차가운 저녁 공기가 훅 불어오는 게 느껴졌다.

　주차장 중앙에서 캐머런과 형을 찾아내는 건 어렵지 않았다. 둘은 바람 때문에 몸을 웅크리고 있었다. 둘 사이의 거리를 보니 연인처럼 보였다. 그 사이에 신용카드 한 장 넣을 수 없을 것 같았다. 캐머런은 형에게 얘기하면서 내가 사랑하는 방식으로, 캐머런이 나에게 얘기할 때 절대로 끝나지 않길 바랐던 그 방식으로, 양팔을 흔들었다. 형을 설득하려고 애를 쓰는 것 같았다. 그리고 형은 여전히 머리를 문질러 댔지만 조금 진정하는 것 같았다.

　나는 캐머런과 형의 왼쪽에 길게 늘어선 차들을 따라 걸어갔다. 둘의 대화를 듣고 싶지 않았지만 들어야 할 것 같았다.

　둘은 우물쭈물하며 대화를 했다. 아주 짧은 시간이었지만 서로의 손을 포개기도 했다. 나는 긴장하지 않을 수 없었다.

　바로 그 순간 형이 눈물을 흘리기 시작했다. 형이 먼저 울었다. 나는 형이 어깨를 움츠리고 떠는 모습을 보았다. 형의 손이 캐머런의 어깨로 움직였다. 그리고 말을 하며 고개를 앞으로 숙이자 형의 이마가 캐머런의 이마에 거의 닿으려고 했다. 무슨 말을 하는지 들리지 않았지만, 캐머런의 얼굴에서도 눈물이 보였을 때 내 머리가 순식간에 엉망진창이 되었다.

　왜 그랬는지 모르겠지만 나는 잠자코 있었다. 마음 구석구석에서 둘의 시간을 터뜨려 버리고 싶다는 분노가 치밀었다. 하지만 그렇게 하면 캐머런도 함께 잃게 될 거란 사실을 알았다. 그러나 캐머런의 두 손이 형의 두 뺨을 잡았을 때 나도 모르게 다리가 움직였다. 두 사람 앞으로 뛰어 들어갔다.

"둘이 뭐해?"

따지는 듯한 말투가 불쑥 튀어나오자 나는 당혹스러웠다.

"잘되고 있어, 소니. 조금만 시간을 줘."

캐머런의 목소리는 단호했다.

나는 움직이지 않았다. 둘이 가까이 앉아서 함께 흘린 눈물을 빤히 쳐다보기만 했다.

"부탁이야."

간청이 아니라 명령이었다.

그러나 내 다리는 여전히 조금도 꼼짝하지 않았다. 대신 형이 캐머런에게서 내게로 다가왔다. 붉게 충혈된 두 눈을 보니 몹시 화가 난 듯했다.

"네가 왜 참견이야? 우린 시간이 필요해."

형은 화가 나서 끓는 소리로 말했다.

나는 형이 그렇게 공격적으로 묻지 않았다면 자리를 떠났을 것이다.

아니다. 내가 누구를 조롱하기라도 했나? 이제는 절대로 물러설 수 없었다.

"그럼 시간을 좀 더 가져. 하지만 나도 여기 함께 있어야겠어."

그러자 캐머런이 움직였다. 형과 나를 흘깃흘깃 쳐다보더니 내 팔을 잡고 뒤로 휙 잡아당겼다.

"소니, 지금은 좋은 때가 아니야. 네가 무슨 생각을 하든지 그걸

놓고 날 믿어야 해."

캐머런이 들릴 듯 말 듯 말했다.

"난 널 믿어. 그렇지만 무슨 일이 일어나는지 볼 수도 있지."

내가 알아채기 전에 형이 우리 어깨 위로 고개를 내밀고 대화에 끼어들었다.

"뭐야, 캐머런?"

"아무것도 아냐, 아무것도."

"아무것도 아니라고? 아무것도?"

나는 이성을 잃었다. 참지 못했다. 지난 몇 주간의 긴장감이 전부 터져 나왔다. 누가 내 말을 듣든 상관없었다.

"많은 일이 있었지. 나랑 캐머런 사이에 아주 많은 일이 있었어. 그래서 나는 형이 캐머런을 만지는 게 싫어."

형이 믿을 수 없다는 듯 헛웃음을 웃으며 캐머런과 나를 번갈아 쳐다보았다.

"지금 날 놀리는 거지?"

"왜 내가 형을 놀린다고 생각해? 그리고 왜 이게 그렇게 놀랄 일이야? 난 형이 아니야. 난 형처럼 영웅도 아니고 똑똑하지도 않아. 하지만 그렇다고 해서 하찮은 사람도 아니야. 그 말은 곧 나도 분명히 형이 원하는 것과 같은 걸 할 자격이 있다는 얘기야."

나는 앞으로 걸어갔다. 지금껏 사는 동안 제일 용감해진 기분이 들었다.

하지만 나는 미처 형의 주먹을 보지 못했다. 주먹이 내 뺨에 닿았을 때 잠깐 흐릿하게 보였을 뿐. 고개가 옆으로 넘어가며 나는 그만 나동그라졌다.

땅바닥에 쓰러지자마자 형은 내 얼굴로 다가와 후드 셔츠 목덜미를 움켜잡았다.

"넌 몰라, 소니. 아무것도 몰라. 나에 대해서도, 내가 어떤 일을 한 사람인지도. 너희 모두 아무것도 모르지. 내가 얼마나 대단한 영웅인지 너한테 보여 줬으면 좋겠어? 내가 뭘 할 수 있는지 너한테 보여 줬으면 좋겠냐고!"

형은 위협적으로 나를 가리키면서 잠시 말을 멈추었다.

"그럼 이건 어때? 네가 다른 사람들을 하나도 중요하게 여기지 않는다는 걸 난 알아. 자, 난 이 일에서 손 떼겠어. 너희 둘한테서도. 더 이상 이런 건 하고 싶지 않아."

형은 자리를 떠나려고 했지만, 그건 캐머런을 자극했다.

"오빠, 기다려. 얘기를 하자. 좀 더 얘기해야지."

"얘기하기엔 너무 늦었어."

"절대 늦지 않았어. 내가 도와줄게. 소니와 내가, 우리 둘이 돕고 싶어."

형은 나를 비난할 때처럼 사나운 눈빛으로 캐머런에게 버럭 화를 냈다.

"**아니!** 도와주지 마. 도움 따위 필요 없어. 너무 늦었어."

형은 거의 움직이지 않았지만 숨이 찬 것 같았다. 숨을 헐떡이며 말을 이었다.

"전부 다 이런 식으로 전개되면 안 돼. 그걸 기억해 둬."

형은 우리의 대답을 기다리지 않았다. 대신 조용히 걸어갔다. 가는 길에 있던 첫 번째 차에 도착할 때까지 형의 움직임은 조용했다.

그러다 느닷없이 주먹을 뒤로 젖히더니 운전석 창문에다 냅다 꽂았다. 유리창이 산산조각 났다. 주먹을 다시 밖으로 꺼냈을 때, 손가락 마디마디에서 피가 마구 흘렀다.

형은 무표정한 얼굴로 우리 쪽을 쏘아보더니 돌아서서 다시 걸어가며, 운 나쁘게도 형이 가는 길 옆에 서 있는 차들을 모조리 발로 걸어찼다.

경보음이 울리고 또 울렸다. 나는 그런 경고가 필요하지 않았다. 무슨 일이 일어나는 건지 혼란스러웠지만 통제할 수 없다는 사실만은 분명해 보였다. 형이 우리에게 보여 줘야 할 어떤 진실이 있구나, 생각했지만 그게 무엇인지는 알 수 없었다.

내가 아는 건 그 예상이 나를 두렵게 한다는 것이었다. 그리고 형이 무슨 짓을 하든 내가 형을 그것으로 몰아넣었다는 것이었다, 100퍼센트.

소니

내가 받은 충격은 형한테 얻어맞은 것만이 아니었다. 캐머런은 형만큼이나 이성을 잃었다. 그렇다고 내가 캐머런을 나무라는 건 아니다.

중요한 순간에 입을 완전히 통제하지 못한 나에게 모든 원망이 돌아왔다. 물론 캐머런이 형과 얘기할 때 그 사실을 감춘 건 잘한 일이다. 그런데 만일 형이 더 많은 걸 원했다면? 그래, 어쨌건 나는 캐머런을 믿었어야 했다, 그렇지 않은가?

캐머런은 내 정신이 번쩍 들도록 훨씬 더 직설적인 단어로 그렇게 말했다. 나는 캐머런에게 마구 맞았다. 하지만 맞아도 싼 것 같지는 않았다.

"미안해. 미안하다고. 내가 어리석었어."

나는 귀가 윙윙거려 크게 소리를 질렀다.

"네가 그 얘길 할 수 있는 시간은 아주 많아. 그리고 지금 그 얘기는 여전히 의미가 있어. 조금 있으면 의미 없는 소리가 되겠지만."

나는 나 때문에 캐머런이 무슨 일을 겪을 수 있을지 상상했다. 형이 폭발해 버려서 큰 혼란이 일어나면 어쩌지? 그게 모든 걸 변화시킬까? 그렇게 되면 형과 토모 형이 계속 존경을 받을 수 있을까? 우리 형이 아니라 토모 형이 집으로 돌아왔다면 그게 나에게 얼마나 큰 의미가 있었을까? 그건 우리 엄마에게 어떤 종류의 구명 밧줄을 내놓았을까?

나는 계속 거기에 있었다. 형이 그런 상태로 떠나 버렸기 때문에 어떤 것도 더 이상 중요하지 않았다. 이제 중요한 건 형을 찾는 일뿐이었다.

형이 했던 말과 저지른 일이 너무나 많았다. 그 사실이 나를 두렵게 했다. 형이 자신을 해칠 정도로 절망할 거라고 상상해 본 적은 없었다. 하지만 형이 자동차 창문에 한 짓을 본 뒤로는? 그 주먹 한 방에 모든 것이 변했다. 캐머런을 포함해서.

캐머런이 내 앞으로 다가왔다. 어떻게 상황을 바로잡아야 할지 몰라 당황한 표정이었다. 내가 토모 형의 죽음으로 생긴 좋은 점을 누리는 이 상황에서 캐머런이 대체 무엇을 할 수 있을까?

"잘될 거야, 알잖아. 내가 해결할게. 꼭."

내가 아주 쾌활하게 말했다.

"넌 할 수 있어, 그렇지? 넌 우리 오빠를 살아 돌아오게 할 수 있지? 오빠 가슴에 난 커다란 구멍을 없애고 다시 심장이 뛰게 할 수 있지? 그래, 서둘러서 그렇게 해준다면, 소니, 우린 고마워할 거야. 엄마는 문을 두드린 뒤에도 울음을 멈추지 않으시고 아빠는 우리를 때리려고 돌아오셔. 또 나는 상처받은 네 마음도 돌보려고 애써야 해. 내가 원하는 건, 우리 오빠가 돌아오는 것뿐인데도 말이야."

캐머런은 울지 않았다. 하지만 고통은 똑똑히 볼 수 있었다. 고통이 캐머런의 온몸에서 흘러나와 공기를 정전기로 가득 채우고 내가 일으킨 피해를 상기시켰다.

"널 위해 토모 형을 돌아오게 할 수 있으면 좋겠어, 캐머런. 정말이야. 당장이라도 내 목숨을 토모 형과 바꾸고 싶어. 늘 하듯이 모든 일을 망치겠다는 게 아니라, 단지……."

"네가 뭘 알아, 소니? 너에 대한 얘기가 아니야. 이번엔 아니라고. 잼미 오빠에 대한 거야. 나는 네가 무엇을 보았든, 또 그걸 네가 어떻게 생각하든 상관없어. 잼미 오빠는 네 형이야. 그리고 내가 지금 가장 가까이해야 할 사람이고. 그 밖의 다른 건, 그러니까 나랑 너의 일은 상관없어."

자동차 경보음이 내 머릿속 고통만큼이나 요란하게 울렸다. 생각이 너무 혼란스럽게 흐트러져서 형을 따라갈 수 없었다.

태풍이 사그라질 때까지 모래 바닥에 누워 있고만 싶었다. 하지만 그럴 수 없었다. 다행히도 위기와 데니스가 오는 바람에 다른 일에 집중할 수 있게 되었다.

위기와 데니스는 경보음을 듣자마자 달려왔다고 했다. 녀석들은 고막이 찢어지기라도 한 것처럼 귀를 틀어막았다.

"네 짓이야?"

데니스가 물었다.

나는 고개를 저었다.

"형이 한 거야."

"잼미 형이 이렇게 했다고? 네가 형한테 뭐라고 했어?"

위기가 깨진 자동차 창문으로 코를 들이밀었다. 아마도 훔칠 만한 물건이 있는지 찾는 것 같았다.

물건을 훔치지 못하게 캐머런이 위기를 확 잡아당겼다. 위기를 그냥 내버려 두었다가는 자동차 털이범으로 체포될 것 같았다.

"네 친구가 바로 지금이 우리 관계에 대해서 잼미 오빠한테 말할 때라고 결심했어."

캐머런은 그렇게 말하며 눈을 치켜뜨고 나를 때리듯 쏘아보았다. 그건 주먹으로 때린 것보다 더 아팠다.

"뭐야, 네 말은, 너희 둘이, 사귄다는 거야? 웃기시네!"

빈정대는 건 위기와 어울리지 않았다. 곧장 데니스가 위기의 뒤통수를 한 대 후려쳐서 다행이었다.

"여길 떠나야 해. 얼른 가자. 경비원은 분명히 이게 우리 짓이라고 생각할 거야."

데니스가 덧붙였다.

우리는 발길을 재촉했다. 나는 위기와 데니스가 궁금해 하는, 우리 형이 떠나기 전 마지막 몇 분 동안 어땠는지를 설명해 주었다.

"형 같지 않았어. 창문을 깬 것뿐만이 아니야. 형이 말하는 방식도 이상해. 거기에는 정말 마지막인 뭔가가 있었어. 마치 형이 증명해야 할 어떤 것이, 우리에게 꼭 보여 줘야 하는 뭔가가 있는 것 같았어."

"예를 들면?"

"몰라. 나라고 알겠냐?"

"야, 넌 친동생이잖아."

나는 뭐라고 대답해야 할지 혼란스러웠다. 나는 형의 동생이다. 하지만 그렇게 행동하지 않았다. 어떤 인간이 며칠 동안 자기 형 안에서 무언가가 겁을 준다는 사실을 알면서도 아무것도 하지 않을 수 있을까? 나는 형이 큰 사고를 칠 것 같아 머릿속이 복잡했다. 그 생각은 불길하게 꼬리에 꼬리를 물고 이어졌다. 빨리 형을 찾아야 했다. 내가 후회할 다른 어떤 일이 생기기 전에.

"흩어져서 찾아야 해. 샅샅이 뒤지자. 형이 어디로 갔는지는 몰라. 하지만 결국 고스트로 돌아와야 할 거야. 데니스, 너랑 위기는 파크웨이에서 시작해서 우회도로로 가. 나랑 캐머런은 카 레인으로 가서 그 길을 되돌아올게. 만일 뭐라도 알게 되거든 나한테 문자 보내."

나는 캐머런의 손을 향해 팔을 뻗었다. 손을 잡고 싶어서라기보다는 습관이었다. 하지만 캐머런은 내 팔을 뿌리쳤다.

"내가 위기랑 가면 안 될까?"

그러더니 나를 똑바로 쳐다보고 덧붙였다.

"넌 데니스랑 가."

만일 우리가 어디 있는지 표시가 필요하다면 그 두 문장에 있었다. 두 문장으로 모든 건 끝났다는 얘기다. 하지만 거기 서서 캐머런에게 항변할 시간이 없었다. 내 무덤을 더 깊게 팔 이유가 있을까? 나는 고개를 한 번 끄덕이고 데니스와 함께 왼쪽으로 갔다. 카 레인에 도착하자 날카로운 자동차 경보음이 마침내 희미해졌다.

"괜찮을 거야, 알잖아. 모두 다."

나는 데니스가 나에게 말을 하는 건지 자기 자신을 안심시키는 건지 헷갈렸다.

"넌 아까 형 못 봤잖아."

"못 봤지. 그렇지만 평생 동안 형을 알고 지냈는걸."

나는 힘없이 웃음 지었다. 데니스의 말을 믿고 싶었지만 그럴 수 없었다.

"나도 그래. 그래서 겁이 나는 거고. 우린 꼭 형을 찾아야 해, 친구야."

데니스가 내 등을 거칠게 때렸다. 그리고 우리는 형의 흔적을 찾으려고 사방을 두리번거리면서 성큼성큼 걸어갔다.

형이 지나간 길을 알아채는 데는 오래 걸리지 않았다. 보자마자 우리는 그것을 절대 놓칠 수 없었다. 처음엔 단서들이 작았다. 뒤집힌 쓰레기통들의 흔적이 도로를 가로질러 흩어져 있었다. 차들은 방향을 홱 틀어서 쓰레기통을 피했지만 한 대도 멈추지는 않았다. 나는 잽싸게 쓰레기통을 가지고 갓돌로 돌아왔다. 차에 부딪힐지도 모른다는 건 마음 쓰이지도 않았다.

다음엔 더 많은 차들이 망가져 있었다. 몸체는 찌그러지고, 사이드 미러는 떨어져 나가거나 간신히 매달려 있었다. 상황이 더 악화되었다는 걸 알아차린 건 앞뒤 유리가 모두 함몰된 혼다 승용차를 보았을 때였다. 형은 진정되지 않았다. 더 나빠졌다.

"다음엔 형이 뭘 박살 낼까?"

우리는 오래 기다릴 필요가 없었다. 100미터를 더 걸어가니 거리에는 상가가 늘어서 있었고 형이 지나간 흔적도 다시 보이기 시작했다. 화려한 상점들 같지는 않았다. 진부한 이름에 낡아빠진 상점들이 줄지어 있었다. '파마하고 염색하고', '바삭바삭 튀김집'……. 하지만 상점들의 공통점은 그것만이 아니었다. 상점 여섯 군데가 전부 앞 유리창이 없었다. 심지어 튀김집은 아직도 장사를 하는 중이었다.

밖을 서성이던 튀김집 주인은 뒤집개를 휘두르며 경찰에게 얘기했다. 경찰은 자기 목숨을 걱정하는 것처럼 보였다. 마치 뒤집개에 맞아 죽기라도 할 것처럼.

"보셨습니까?"

"발이 창문으로 들어왔을 때 군홧발만 봤소."

"다른 건요?"

"내가 무슨 얘기를 해줬으면 좋겠소? 모두가 말하는 것과 같소. 파란색 후드 셔츠를 입었지. 청년인데 힘이 엄청 셌소. 당신이 거리로 쫓아가 맞설 만한 사람은 아니겠지만. 그래도 그게 당신 일이잖소."

309

경찰은 당황스러워 보였다. 사실 더 물어볼 것도 없었을 것이다. 하지만 우리는 조사를 계속했다. 두 사람의 대화는 알아야 할 모든 것을 우리에게 말해 주었다. 파란색 후드 셔츠는 우리 생각을 더 확실하게 해주었다. 그건 우연의 일치가 결코 아니었다.

우리는 늘어선 상점들을 따라 걸어가면서 하나하나 살펴보았다. 맨 끝에 있는 지물포에 도착할 때까지 진열장에서 없어진 건 아무것도 없는 것 같았다.

부서진 창문으로 들여다보았을 때 차곡차곡 쌓인 페인트 통들이 보였다. 서로 다른 선명한 색깔들이었다. 그런데 맨 꼭대기 두 통이 사라져 있었다.

형이 페인트 통을 가져갔다는 사실을 내가 깨닫는 데는 오래 걸리지 않았다. 나는 그것을 데니스에게 알려 주었다.

"페인트로 뭘 하고 싶은 걸까?"

"집을 꾸미는 일은 아닐 거야."

나는 그 이유를 자꾸 생각하지 않으려고 애쓰며 재빨리 캐머런에게 문자를 보냈다.

> 형이 더 나빠졌어. 더 많은 차를 망가뜨리고 창문을 깨고 물건을 훔쳤어. 얼른 고스트로 돌아와.

바로 답장이 왔지만, 더 말을 걸기에는 너무 짧은 내용이었다.

> 갈게.

데니스와 나는 형이 새로 저지른 나쁜 짓들을 찾으며 걸어갔다. 처음에는 모든 것이 조용하게 지나갔다. 족히 400미터는 되는 거리가 자동차 경보음이나 부서진 유리창 없이 지나갔다. 그런데 마을 중심에 도착하자 형이 남긴 자취가 다시 우리 앞에 나타났다.

지역 신문 '가제트'는 저급한 신문이다. 모두 그 사실을 알았다. 돈이 남아도는 지역 사람들이 낸 광고들로 간신히 파산은 면하고 있는 것 같았다. 그 사무실이 우리 앞에 서 있었다. 형편없는 60년대식 콘크리트 사무실은 마치 고스트에 있는 높은 건물들과 지저분한 관계에 있는 것처럼 보였다. 그리고 거기, 앞 유리 창문에 밝은 빨간색 페인트로 형이 사람들에게 전하는 메시지가 시작되고 있었다.

어느 누구도 그 글씨를 이해할 수 없을 것이다. 하지만 나는 글씨가 갑자기 끝나기 전에 'r'이 시작되는 것을 보고 그게 무엇을 말하는지 즉각 알아챘다. 'No Hero', 영웅이 아니라는 뜻이다.

No Her

그것은 사람들이 형을 영웅이라고 부른 것에 대한 대답이었다.

내가 분명히 알아챈 또 다른 사실은 형이 그 말을 일부러 끝내지 않은 것 같다는 점이다. 형은 스스로 그만두지 않을 것이다. 형을 멈출 수 있는 유일한 방법은 방해하는 것뿐이었다.

형은 우리에게 자신이 무언가를 보여 줄 거라고 말했다. 나는 그것이 형의 마지막 목표일 거라고 믿지 않았다. 형에게는 하고 싶은 또 다른 것들이 있었다. 더 큰 것들이었다. 내 머릿속에서 형이 저지를지도 모를 일들이 점점 많아지면서 나는 죽을 것처럼 두려워졌다.

우리는 형에게 가까이 다가갔다. 하지만 충분히 빠르게 다가가지는 못했다.

조금도 빠르지 않았다.

소니

우리는 더 빠르게 움직였어야 했다. 나는 몇 년 동안 아주 남부 끄럽게 살았지만, 모든 일이 안 좋아질 땐 계속 그런 식으로 버티지 못한다는 걸 알았다. 하지만 그날 밤은 아주 훌륭하게 모든 일을 엉망으로 만들기 위한 때인 것 같았다.

우리는 형이 저지른 짓을 보느라 뒤에서 경찰이 올라오는 소리를 듣지 못했다. 경찰이 사실상 바로 옆에 서 있을 때조차도.

"말도 안 되는 일이야, 그렇지 않니 애들아?"

우리는 고개를 획 돌려 경찰 둘을 쳐다보았다. 뚱뚱하고 멍청해 보이는 게 서로 닮은 둘은 의기양양했고 현장에서 우리를 잡았다고 생각하는 것 같았다. 의기양양한 경찰보다 더 형편없는 건 없었다. 아, 집요한 경찰 빼고.

"말이 안 되죠, 그렇죠? 우리 교육 체계의 슬픈 모습이네요, 아저씨."

나는 경찰의 비위를 맞추기 싫었다. 그래서 데니스에게 눈웃음으로 신호를 보내고는 오른쪽으로 슬금슬금 옆걸음질을 했지만 이내 멈추었다.

"그럼 너희하고는 상관없다는 얘기냐?"

우리는 엄청 화가 난 표정을 지었다. 하지만 보통 때보다 더 구질구질한 거지같아 보일 뿐이었다.

"저희가 그렇게 미련해 보이세요?"

데니스가 물었다.

"우리가 대답해 주기를 바라는 것 같지 않구나."

덩치가 더 큰 경찰이 말했다. 턱이 움푹 패여 있어서 자전거를 그 안에 댈 수도 있을 것 같았다. 그게 그 경찰의 가장 우스운 점이었다.

내가 불쑥 끼어들었다.

"보세요, 경찰 아저씨. 아저씨들이 무슨 아주 대단한 명탐정이라도 된다고 생각하시나 봐요. 또 분명히 우리보다 지적으로 더 뛰어나다고 생각하겠죠. 그렇지만."

나는 효과를 위해 잠시 말을 멈추었다. 그날 밤 처음으로 상황을 통제하는 기분이 들었다.

"아저씨들 생각은 틀렸어요. 지금까지 틀렸던 것 중에 최고로 틀렸어요. 아마도 경찰이 되기로 결심한 이후로요."

나는 경찰들이 발끈해 가슴을 내미는 모습을 보았다. 경찰과 얽

히는 게 좋았다. 경찰은 너무 쉽게 약이 올랐다.

"아저씨들의 추측이 완전히 빗나갔다는 걸 증명할 수 있어요."

데니스가 나를 쳐다보더니 '네가 할 수 있어?'라고 눈빛으로 물었다.

이 경찰들도 다른 경찰들이 그러듯 우리에게 호통치듯 우렁차게 껄껄 웃었다.

"그럼 계속해 보거라."

나는 자신감을 갖고 본격적으로 천천히 얘기를 이어 갔다. 내가 쓰는 모든 시간이 형이 어디로 가든 더 멀리 달아날 수 있는 시간이 될 거라는 사실을 알았다.

나는 활짝 웃었다.

"우선, 페인트는 어디 있죠? 우리가 아직 사용하지 않은 그 페인트 통은 어디 있을까요?"

경찰들은 다시 웃음을 터뜨렸다.

"겨우 그거냐? 그게 네 변론이냐? 여기에 페인트 통은 없으니 너희는 범인이 될 수 없다는 거야? 아주 훌륭하구나. 대단해. 오늘 밤에 내근 경찰이 너희를 조사할 때 그 얘기를 하거라."

나는 손사래를 치며 최고의 거짓 웃음을 경찰에게 보냈다.

"제가 멍청해 보여요? 이것 보세요, 어서요. 소매 단을 만져 보세요. 그러려면 우리 손에 덕지덕지 묻은 페인트를 조심하셔야 하겠죠?"

데니스가 자기 손가락을 쳐다보았다. 더럽긴 했지만 페인트는 묻어 있지 않았다. 데니스는 혼란스러움에 금방이라도 얼굴이 터져 버릴 것 같은 표정이었다.

"도대체 뭘 하는 거냐? 페인트가 안 묻었잖아. 너희들 본드 냄새라도 맡은 거냐?"

한 경찰이 물었다.

"아뇨. 아저씨, 저는 단지 이렇게 형편없이 기물을 파손한 게 우리가 아니라는 걸 밝히려는 것뿐이에요."

경찰들은 인내심을 잃어 갔다.

"알았다. 그만하면 됐어. 경찰서에 가서 전부 얘기하렴."

나는 나를 움켜잡으려는 경찰의 손길을 피해 왼쪽으로 불쑥 다가섰다.

"저걸 좀 보세요. 우리가 저걸 했을 리가 없죠. 모든 증거가 여기 있잖아요. 보세요. 창문을 보시라고요."

경찰들은 창문을 보았지만 아무 말도 하지 않았다.

"아뇨, 정말로 보셔야죠. 가까이 가서요. 저 글씨를 보시라고요. 뭘로 썼다고 생각하세요?"

"붓으로 쓴 거잖아, 멍청한 녀석아. 이제 함께 가자."

"바로 그거예요. 붓으로 쓰지 않았어요. 다시 보세요. 아저씨가 지문이 있는 붓을 아는 게 아니라면, 저건 절대로 손이 아닌 어떤 것으로 쓰지 않았어요."

경찰들은 서로를 쳐다보더니 창문에 가까이 다가가 유심히 살펴보았다.

"저것 보이세요?"

내가 물었다. 나는 페인트와 함께 뒤섞여 손바닥 자국이 지저분하게 번져 있다는 사실을 아주 잘 알았다. 만일 경찰들이 아주 가까이서 본다면 깨끗한 지문 한 두 개쯤은 볼 수 있을지도 모른다. 하지만 지문을 찾으려면 힘들게 살펴보아야 할 것이다. 자기들이 노력하려고 각오했던 것보다 더 오래. 하지만 경찰들은 이미 흥미를 잃었다.

"그러니까 만일 우리가 범인이라면, 그럼 분명히, 아주 명백하게, 우리 손이 페인트 범벅이 되어 있어야죠. 그런데 이런, 보세요. 우리 손엔 아무것도 안 묻었잖아요. 저는 운이 좋게도 저 글씨를 발견했죠. 저건 독특한 빨간색이에요. 제 생각엔 '노을빛 진홍색' 같아요. 아저씨들이 그 사실을 아는 데 오래 걸리면 안 되죠."

나는 다시 소리 내 웃었다.

그리고 기뻐하는 데니스에게 함께 떠나자고 손짓하자 데니스가 경찰들을 가리키며 손가락을 꼼지락거렸다.

두 가지 가능성이 있었다. 우리가 바보처럼 보이는 걸 부끄러워하면서 경찰들에게 끌려가거나 아니면 경찰들이 우리를 그냥 가게 해주는 거다.

잠시 뒤 우리는 뒤에서 누군가 발을 질질 끌며 걷는 소리를 들었지만, 소리는 곧 멈추었다. 50미터쯤 걸어갔을 때 나는 불쑥 뒤를 돌아보았다. 경찰들이 모나리자 그림이라도 되는 것처럼 페인트 글씨를 자세히 들여다보았다.

"잘했어. 난 네가 저걸로 어떻게 설득할지 몰랐어."

데니스가 씩 웃었다.

"내가 아주 멍청하진 않잖아. 다들 아는 것과는 반대지. 내가 얼마나 대단했는지 캐머런한테 확실히 말해 줄래?"

나는 머릿속이 다시 형에 대한 생각으로 가득 차 한숨을 쉬었다.

"그렇게 하기엔 좀 늦은 것 같은데."

데니스의 말도 옳았다. 아니 옳지 않을지도 모른다. 왜냐하면 우리가 걸어가는 동안 내 휴대전화가 울렸고 캐머런의 이름이 화면에 반짝였기 때문이다.

"괜찮아?"

나는 목소리를 부드럽고 다정하게 하려고 애쓰며 물었다.

[우리는 우회도로에 있어.]

적어도 나는 캐머런이 그렇게 말했다고 생각했다. 사이렌 소리와 말소리가 뒤섞여 알아듣기 힘들었다. 400미터를 더 가면 우리도 그 소리를 들을 수 있을 거였다.

"어디쯤이야?"

[월튼 가 근처야. 다시 돌아가고 있어. 하지만 여기서 큰 사고가 났었어. 자동차 여섯 대가 줄지어 서 있어. 양쪽 차선이 꽉 막혔어. 그중 한 대는 중앙 분리대를 들이받았어.]

캐머런은 교통 속보를 알려 주려고 전화를 건 게 아니었다. 사고가 우리 형과 관련이 있다고 생각했다. 나는 머리가 빙글빙글 돌았다. 묻고 싶지 않았다. 하지만 반드시 물어야 한다는 사실을 알고 있었다.

"거기 형이 있어, 캐머런? 형이 아니지, 그렇지? 그 차들 안에 형이 없다고 말해!"

잠시 침묵이 흐르더니 사이렌 소리보다 더 크게 캐머런이 고함쳤다.

〔여기엔 없어, 없다고.〕

"뭐라고? 무슨 뜻이야?"

〔사방에 경찰들이 있어. 운전자들한테 진술을 받고 있지. 위기는 쫓아다니면서 운전자들이 경찰한테 하는 얘기를 듣는 중.〕

"근데?"

〔모두들 같은 얘기를 해. 난데없이 차가 한 대 나타났대. 누군가한테서 도망치기라도 하는 것처럼 차선 사이를 마구 휘젓고 다녔대. 그건 그렇고 잼미 오빠는 전에 운전을 해본 적 없잖아, 그치? 사람들은 폭주족일 수도 있다고 생각하나 봐.〕

"그래서 사람들이 운전자를 봤대?"

〔자세하게 본 건 아냐! 아주 빨리 차를 몰았대. 사람들은 모두 그 사람이 파란색 후드 셔츠를 입었다고 말했어. 모자를 머리위로 끌어올렸더래. 잼미 오빠야. 틀림없어.〕

나는 화가 나서 욕을 내뱉었다. 형이 이런 짓을 할 수 있다는 게, 우리의 규칙들을 모두 깰 수 있다는 게 믿기지 않았다.

〔소니, 아직 내 얘기 듣고 있어?〕

"응, 듣고 있어."

〔너도 그 사람이 잼미 오빠라고 생각해? 그런 것 같아?〕

"응, 그런 것 같아."

불현듯 나는 생각이 떠올랐다. 대단한 생각은 아니었지만, 꼭 생각해 내야 하는 거였다.

"캐머런, 5분 동안 위기랑 따로 다녀. 그리고 가능한 많은 경찰들에게 가. 가서 경찰들한테 같은 걸 꼭 얘기해야 해. 네가 운전하던 사람을 봤다고, 그 사람이 정장을 입었다고 말해. 번드르르하게 잘 차려입었지만 흠씬 두들겨 맞은 것 같았다고 하고. 또 그 사람이 술병을 들었다고 해. 10분 안에 최대한 많은 경찰한테 얘기하고 고스트로 다시 달려가. 차를 몰고 갔다면 형은 우리가 도착하기 전에 돌아갈 거야. 알았지?"

〔알았어.〕

"그런데 캐머런?"

'미안해.'라는 말이 입 속에 맴돌았다. 하지만 말이 막 나오려고 할 때 캐머런이 전화를 끊었다.

불쑥 데니스가 앞으로 다가왔다.

"무슨 일이야?"

데니스는 내가 걱정하는 것을 알고 물었다.

"형이 미쳐 버린 것 같아."

나는 갑자기 뛰어가느라 헐떡였다.

"무슨 말이야?"

"일단 뛰어. 가면서 얘기해 줄게."

나는 어깨 너머로 고함쳤다.

그리고 우리는 달려갔다. 고스트의 높은 건물들이 조금씩 빠르게 시야에 들어왔다.

하지만 충분히 빠르지 않았다.

소니

나는 아프가니스탄이 어떤 곳인지 모른다. 정말로 모른다. 텔레비전에서 보았던 게 전부다. 그리고 진짜 아프가니스탄이 어떤지 또는 최고의 방송을 위해서 준비한 가짜 모습은 어디까지인지 모른다.

고스트 언저리에 도착했을 때 내가 아는 건 딱 하나였다. 형이 직접 아프가니스탄을 보여 주기로 결심한 것 같다는 것. 형은 우리에게 아프가니스탄이 어떤 모습인지 보여 주고 싶은 것 같았다.

첫눈에 들어온 건 연기였다. 어두운 하늘 위로 더럽고 검은 연기 기둥이 눈에 띄었다.

충돌이 일어나 연기가 나는 게 틀림없었다. 연기로 판단해 보건대 큰 충돌이었다. 나는 우리가 거기에 있지 않아서 기뻤다. 그곳으로 전력으로 달려갔지만 사고가 형과 관련이 있다는 두려움은 조금도 사그라들지 않았다. 특히 경찰차들이 우리 옆을 힘차게 지나갔을 때는.

아마도 경찰은 사건 유형을 보고 마을에서 벌어진 사건들이 연관되어 있다는 사실을 파악했을 것이다. 아니면 사건이 고스트에서 시작되었기 때문일지도 모르겠다. 그러나 무엇이든 간에 경찰들은 빈둥거리지 않았다. 근무 중인 경찰을 모두 보내 조사 중이었다. 그리고 그 결과 고스트는 모든 곳이 불에 타는 듯 보였다.

처음에 우리가 높은 건물 앞에 도착했을 때 수많은 사람들이 밖에 바글바글했다. 패거리들만 싸움이 난 건지 알아보고 다니는 게 아니었다. 다른 사람들도 다 밖으로 나와 있었다. 고스트를 떠날 돈이 없기 때문에 참고 견디는 평범한 주민들도 말이다. 군중들 가운데에 있을 만큼 용기가 없는 사람들은 인도 위에 있거나 발코니를 가득 메웠다. 주민들이 자기 소파를 밖으로 끌고 나와 있더라도 나는 놀라지 않았을 거다. 어떤 텔레비전 방송에서보다 이 건물 아래에 더 많은 사건이 있었으니까.

높은 건물 네 개가 우리 머리 위 사방으로 아슬아슬하게 솟아 있는 고스트 한가운데에 도착했다. 그때 무언가가 버섯 모양 구름을 일으키는 게 보였다.

수많은 액션 영화에서 보았던 것처럼 섬뜩한 광경이었다. 고스트가 얼마나 험한 곳일지라도 그 광경은 우리의 뒤뜰에 어울리는 것이 아니었다.

군인 동상이 있는 곳에 자동차 잔해가 있었다. 불꽃 사이로 보니 보닛이 아코디언처럼 일그러진 자동차 잔해가 동상 주춧돌 주위를 무자비하게 둘러쌌다. 군인 동상들은 여전히 서 있기는 했지만 비스듬히 기울어져 있었다. 마치 자신들을 땅바닥에 쓰러뜨릴 마지막 총알 한 방을 기다리는 것처럼.

그 모습에 우리는 꼼짝도 하지 못했다. 동상은 고스트 사람이라면 누구나 자랑하는, 몇 안 되는 상징물 중 하나이자 수년 동안 그래피티에 덮이지 않은 유일한 건축물이었다.

많은 고스트 사람들이 동상을 위해 비용을 치렀다. 정말 돈을 낸 게 아니라 맨 먼저 나가서 싸웠다는 얘기다. 따라서 사람들이 동상처럼 몸을 기울이고 그 광경을 본다는 건, 불을 끄고 싶어 근질거리는 것에서부터 책임이 있는 사람은 누구든 내쫓아 버릴 준비를 하는 것에 이르기까지 아주 다양하게 분위기를 들썩이게 했다.

나는 그곳에서 입을 떡 벌리고 우두커니 서 있었다. 빈 운전석을 보자 형이 차에서 빠져나왔다는 사실에 일단 마음이 놓였다. 누군가 형을 보기 전에 달아났기를 바랐다. 누구라도 저 차에서 나오는 걸 들킨다면 그 사람은 오랫동안 걷지 못할 것이다. 병원에서 그 사람에게 오랜 휴식이 필요하다고 할지도 모른다. 깨어날 수 없을지도 모를 휴식이.

우리는 사람들 사이를 허둥지둥 돌아다니며, 파란색 후드 셔츠를 입었거나 피가 묻었거나 주먹에 페인트가 뒤덮인 사람을 찾았다. 그러나 거기엔 아무것도 없었다. 우리 형은 사라지는 데 아주 능숙했다, 우리한테는 그게 아주 능숙했다. 그래서 나는 데니스에게 다시 형한테 전화해 보라고 했다. 형은 내 전화는 받지 않을 것이다. 그러나 다른 아이가 한 전화는? 음, 그래도 해볼 만했다.

데니스가 얼굴을 찡그리며 휴대전화를 귀에서 떼었다.

"자동 응답기야."

크게 놀랍지도 않았다.

대신에 나는 캐머런에게 전화를 했지만, 캐머런은 곧바로 휴대전화를 위기에게 넘겨 버렸다.

"갈게. 캐머런이 조금 당황했어. 넌 이 모든 일이 믿어지니?"

위기가 시끄러운 소리 너머로 크게 말했다.

나는 믿을 수 있다고 위기에게 말했다. 이 일이 끝났다고 생각하지도 않았다. 우리는 서로를 발견할 때까지 통화를 계속했다.

"따로 떨어져서 찾아야 해. 서둘러. 형을 찾을 때까지 샅샅이 뒤져. 지금 형은 여기로 돌아와 있어. 난 형이 떠날 거라고 생각하지 않아. 형은 무슨 짓을 하든 간에 여기서 할 거야."

내가 고함쳤다.

우리는 흩어졌으나, 아무것도 발견하지 못했다는 사실만 10분마다 서로에게 알려 주었다. 확인한 모든 음산한 상징물에 체크 표시만 한 셈이었다. 나는 심지어 히치 집으로 돌아가 살그머니 안으로 들어갔다. 하지만 역시 아무도 없다는 것만 발견했다. 유일하게 남아 있는 것은 냄새뿐이었다. 우리가 그곳에 마지막으로 있었던 이후로 고작 열두 시간이 지났다는 사실을 믿을 수 없었다.

나는 형을 찾으면서 계속 캐머런에게 전화를 걸었다. 모든 일을 바로잡으려는 게 아니었다. 캐머런은 우리 형이 제정신으로 돌아 온다면 전화를 할 것 같은 유일한 사람이었기 때문이다. 만일 누군 가의 어깨가 필요하다면 형은 캐머런의 어깨를 택할 것이다. 절대 로 내 어깨는 원하지 않을 것이다.

그래서 나는 계속해서 고스트를 몇 바퀴 더 돌아보았지만 아무 런 성과가 없었다. 아무것도 찾지 못한 채, 주위 온도가 또다시 올 라가는 것을 지켜보았다. 소방대원들은 자동차에 난 불을 끄기 시 작했고, 동상은 불이 꺼지는데도 여전히 반짝였다. 모두들 자동차 가 어떤 해를 끼쳤는지 볼 수 있었다. 그곳에는 화가 난 사람이 많 았다. 하지만 진짜 화가 난 사람 중 일부는 그 상황을 이용하려고 했다.

다시 유리창이 깨지는 소리가 들렸을 때 나는 놀라지 않았다. 그 건 우리 형과 관련이 없다고 확신했다. 그건 패거리들, 그러니까 마을의 쓸모없는 다른 녀석들이 이 상황을 즐기는 소리였다. 패거 리들에게 대단히 고마워해야 할 것 같다. 우리 형에게 쏠린 비난을 조금이라도 가져갈 테니까. 그러나 정말로 형을 찾을 수 있어야 그 게 효과가 있을 텐데.

그런데 잠시 뒤 모든 것이 바뀌었다.

텅 빈 우리 집 안에 서 있던 나는 엄마가 늦게까지 교대 근무를 하는 것에 전보다 더 감사해 했다.

집에서 내려다보니 아래에 펼쳐진 광경은 미친 것 같아 보였다. 많은 사람들이 구석구석 모여서 경찰이 있는 곳을 가리키며 바보 같은 생각을 떠들어 댔다. 그 순간 나는 피로가 파도처럼 덮쳐 와 풀썩 쓰러질 뻔했다. 발코니에 기대선 채 양손으로 턱을 받치고 이 현기증이 어서 지나가기를 바랐다. 그런데 그때 총소리가 울려 화들짝 놀랐다.

그래, 여기서 과민반응하지 말자. 사람들이 사실을 받아들일 준비가 되어 있든 말든 총은 고스트 어디에나 있었다. 지킬 준비를 하지 않으면 돌아다니는 헤로인을 많이 가질 수 없었다.

하지만 총을 사용하는 소리는 사람들이 상상하는 것만큼 자주 듣는 소리가 아니다. 날카로운 총성이 하늘을 찌르고 피카드 하우스 위로 섬광이 번쩍였을 때 나는 거의 미치기 일보 직전이었다. 총성을 들었을 때, 바로 그때, 순간 우리 형을 떠올렸다.

보통 때 같으면 즉시 그렇게 성급하게 결론을 내리면 안 되는 거였다. 우리 형이 총을 어디서 구할 수 있단 말인가? 군대에서 형에게 총을 주고 집으로 보냈을 리 없다. 만약 그렇다 해도 형은 총을 언제 어떻게 가져갔을까? 우리 방에 숨겨 두거나 충동적으로 어디선가 하나를 찾아냈을까?

우리가 마을에서 형의 낙서를 발견한 지 약 한 시간 반 정도가 지났다. 우리는 그 시간 대부분을 고스트에서 형을 찾아다녔다. 사람들은 돈이 있거나 돈을 아주 나쁘게 사용하고 싶다면 무엇이든 살 수 있었다. 나는 건물 아래에 극심한 공포에 빠진 사람들, 그러니까 총소리가 난 곳으로부터 도망치거나 소리가 난 방향을 가리키는 사람들이 있는지 쳐다보았다. 그러나 거기엔 아무것도 없었다. 나를 제외하고 총소리를 들은 사람은 아무도 없는 것 같았다.

나는 내 운을 믿을 수 없었다. 어쩌면 지금이 바로 그때일까? 모든 것이 변하고 내가 모든 걸 바로잡기 시작할 때 말이다.

빛이 조금 반짝인 게 전부였다. 하지만 그것으로 충분했다. 머릿속으로 나는 형을 찾아 보았다. 그 순간 할 일은 그곳으로 가서 무엇을 해야 하는지 생각해 내는 것뿐이었다.

소니

고스트를 가로질러 쿵쿵 뛰어가는 동안 마음이 찢어지는 것 같았다. 호들갑을 떨며 아이들과 계속 연락했다. 그렇지만 내가 본 것에 대해 아이들에게 말하고 싶은 마음은 없었다. 만일 저 위에 있는 사람이 형이라면 형은 우리가 여럿이서 나타날지 아닐지에 따라 다르게 대처하지 않을 거라고 생각했다. 그리고 어쨌거나 이건 내 문제였다.

나는 동상 왼쪽으로 돌아 나가면서 형 때문에 아수라장이 된 현장에 몸서리를 쳤다. 그리고 곧장 달려가다가 팔을 뻗은 캐머런을 지나쳤다. 만일 그게 데니스나 위기였다면 못 본 척했을 것이다. 하지만 캐머런이라면? 멈추어야 했다.

캐머런은 숨을 헐떡였다.

"사람들이 사건 정황을 함께 완성하고 있어, 소니. 경찰들 있잖아, 나는 경찰들이 말할 때 가까이 있었어. 라디오도 들었고. 지금까지 일어난 모든 일 말이야, 경찰들은 그게 같은 사람이 한 짓이라는 걸 알아. 짙은 색 바지, 파란색 후드 셔츠. 우리는 당장 잼미 오빠를 찾아야 해. 서둘러."

나는 발사되지 않은 또 다른 총알을 기다리며 위쪽을 휙 쳐다보았다.

"곧 찾게 될 거야. 형은 멀리 있지 않아. 계속 찾아봐."

캐머런은 이마를 찡그리고 내 시선을 쫓았다.

"오빠가 어디 있는지 알아?"

"몰라. 난 다시 계단참을 찾아볼게."

나는 거짓말이 너무 쉽게 나왔다. 거짓말은 언제나 그랬다.

"알게 되면 꼭 나한테 말해 줄 거지, 그렇지?"

"물론이지. 대충 짐작돼, 아주 여러 장소가 생각나. 그곳을 전부 확인해 봐야겠어."

그건 거짓말이 아니었기 때문에 더 나은 것처럼 느껴졌다. 나는 캐머런을 다독였다.

"괜찮을 거야, 알잖아. 내가 해결할게. 약속해."

캐머런은 애써 웃음을 지었다. 하지만 걱정이 되고 화가 나서 살짝 웃는 시늉만 할 뿐 제대로 웃지 못했다. 캐머런은 돌아서서 거리를 걸어다니며 화낼 만한 이유를 찾는 패거리 녀석들을 밀치고 나아갔다. 녀석들은 폭발하기 일보 직전이었다. 그래서 나는 녀석들이 화를 내기 전에 그곳을 떠나야만 했다.

나는 생각대로 곧장 피카드 하우스 쪽으로 뛰어갔다. 그러자 패거리 중 일부가 쫓아왔고 나는 녀석들을 밀치고 앞문으로 부리나케 달려갔다. 녀석들은 금방 일어날 것이다. 나는 녀석들에게 예전에 훨씬 더 나쁜 짓을 당했지만 여전히 숨을 쉬지 않나.

몇몇 경찰을 발견한 패거리는 내 앞이 아니라 경찰들 앞에 모습을 보이기로 결정한 것 같았다.

나는 패거리들한테 입을 맞춰 줄 수도 있는 기분이 들었다. 녀석들이 마음을 바꿔 먹은 건 정확히 내게 필요한 것, 그러니까 형이 또 다른 일을 벌이기 전에 형을 찾아서 진정시킬 시간을 주었다.

그런데 피카드 하우스 안으로 들어서자마자 첫 번째 주먹이 날아오더니 순식간에 주먹질이 50번 이상 뒤따랐다.

주먹이 날아오는 것뿐만 아니라 엘리베이터까지 고장이 났다는 사실을 발견하고 나는 더 심난해졌지만 부리나케 문을 걷어찼다. 한 번에 문을 열었다. 늘 그랬다.

나는 계단을 향해 전력 질주해 가서 한 번에 두 계단씩 올라갔다. 그러다가 27층을 더 올라가야 한다는 사실이 떠올라서 속도를 조금 늦추었다.

적어도 계단참은 깨끗했다. 경찰과 중독자들이 한 번씩 보였지만 금방 다른 곳으로 뛰어나갔고, 그건 내가 모든 계단에 널브러진 주삿바늘만 피하면 된다는 사실을 의미했다. 주삿바늘 중 하나라도 밟는 건 누구도 좋아할 일이 아니다.

계단을 올라가는 건 고통스러웠다. 12층을 올라가고 나니 양쪽

허벅지가 타들어 가며 비명을 지르는 듯했다. 하지만 그건 적어도 내게 생각할 시간을 주었다. 나는 형이 옥상 위에 있다고 확신할 수 있는 만큼 확신했지만 그곳에서 무엇을 찾아야 할지는 알지 못했다.

형이 자동차 창문으로 주먹을 내지른 뒤 주먹에서 피가 쏟아졌던 것을 떠올렸다. 거의 세 시간이 지났다. 그렇다면 형 상태는 어떨까? 나는 형이 군대에서 응급 처치를 배웠을 거라고 확신했다. 그렇다면 다행이었다. 피를 흘린 지 너무 오래되었다.

25층을 기어갈 무렵에는 머리가 더 맑지 못했다. 옥상으로 가는 마지막 문을 열었을 때, 세찬 바람이 머릿속에 남아 있던 맑은 감각을 날려 버렸다. 내가 솜씨를 완전히 잃어버리지 않았기를 바라면서, 언제나 하던 것을 하고 재빨리 대응해야만 했다.

나는 어둠에 맞서려고 안간힘을 썼다. 그곳은 희미한 전등 빛 말고는 불빛이 많지 않아서 형체를 알아보기 쉽지 않았다. 비틀비틀 앞으로 걸어가자 눈이 어둠에 익숙해졌고 이제 큰 소리로 형을 부르고 싶어졌다.

하지만 한참을 뛰어올라 온 뒤라 입이 말라서 아무 말도 할 수가 없었다. 형이 먼저 말을 걸었고 나는 조금 안심이 되었다. 형의 말이 어둠을 갈랐다.

"네 이익이 걸린 일에는 꽤 똑똑하게 구네. 너도 그거 알지?"

나는 형이 어디 있는지 보이지 않아서 천천히 돌아섰다. 고통 어린 형의 목소리가 내 귓가를 찔렀다.

"형이 지금 얘기하는 사람을 믿어. 그리고 내가 무엇을 쫓고 있는지도 믿어야 해. 형을 찾는 것보다 더 중요한 건 없어. 형, 나를 믿어."

나는 낮고 거친 목소리로 말했다.

형은 여전히 어두운 곳에 숨어서 다시 말했다.

"믿고말고. 참 무거울 거야, 그 모든 죄책감을 짊어지고 다니려면 말이야."

형은 틀리지 않았다. 하지만 나는 다시 캐머런 얘기를 꺼내는 게 우리 모두에게 도움이 되지 않을 거라는 사실을 알았다.

"너무 기분 좋아 하지 마, 형. 저 아래가 좀 어수선해."

왼쪽에서 모래 밟는 소리가 들리더니 형이 내 어깨로 다가왔다. 나는 움찔하지 않을 수 없었다. 형은 내 모습을 보고 웃었다.

"걱정 마, 동생아. 다신 널 때려눕히지 않을게. 네가 잘못하지 않는 한."

형이 나를 지나치자 제대로 볼 수 있는 시간이 생겼다. 형의 상태가 어떤지 볼 수 있는 시간 말이다. 처음 본 건 후드 셔츠였는데, 어깨에서 찢어 낸 왼쪽 소매가 피범벅이 된 채 형 주먹을 단단히 감싸고 있었다. 나는 의사가 아니다. 하지만 젖은 피는 오래된 게 아니라는 걸 알 수 있었다. 소매는 자기가 할 수 있는 한 모든 핏방울을 빨아들이는 것 같아 보였다.

형의 움직임이 그걸 뒷받침하는 듯했다. 형은 빨리 걸으려고 노력했지만 분명 뜻대로 되지 않았다. 건물 가장자리로 가서 양손을 뻗어 불안정하게 난간을 움켜잡더니 간신히 아래 광경을 내려다보았다.

그리고 웃음을 터뜨렸다. 즐거워서 웃는 게 아니었다. 형의 웃음소리와 표정은 패배자의 그것과 같았다.

"저 아래에서 패거리들이 형이 낸 사고를 엄청 좋아해. 형도 알잖아. 형이 패거리들한테 화낼 핑계를 준 거야."

형은 난간에 기대어 부드럽게 고개를 흔들었지만 조용했다.

"근데 어떻게 된 거야, 형? 어떻게 된 일이냐고? 우린 모두 형을 엄청 걱정했어."

"당연히 그랬겠지."

"정말이야. 세 시간 동안 형을 찾느라 고스트를 마구 뒤지고 다녔어."

"그리고 지난 석 달 동안 캐머런이랑 놀아났지. 분명 어려운 시간이었을 거야."

"정말로 전부 그것 때문이야? 내가 캐머런이랑 데이트를 해서? 그렇다면 미안해. 믿을지 모르겠지만 형을 약 올리려고 그런 게 아니야. 형이 어떻게 생각할지 모르겠지만."

"적어도 난 이렇게 생각해, 소니. 네가 한 일은 다른 누구도 아닌 너한테 최고의 일을 하면서 무턱대고 비틀거린 것뿐이야."

"그건 사실이 아냐."

"사실이야. 넌 그렇게 하는 데 아주 뛰어나지. 제대로 해봐. 프로로 전향해."

나는 형이 무엇을 하려는지 알았다. 내 화를 돋우는 거였다. 내가 벌컥 화를 내고, 다시 나를 비난할 핑계를 자기에게 주기를 기다리는 거였다. 음, 그건 효과가 없을 거다.

"그거 알아, 형? 나는 이게 나랑 캐머런과 관계가 있다고 생각하지 않아. 정말로 관계가 없어."

형은 나를 비웃었다. 하지만 나는 말을 끝내지 않았다.

"내가 캐머런과 사귀기 때문에 형이 온 마을을 쑥대밭으로 만든 게 절대 아냐."

"그렇게 알고 있니? 하지만 그게 사실이야, 그렇지?"

"아니, 그건 사실이 아냐. 하지만 형은 내 형이야. 난 형을 알아. 형이 집으로 돌아온 첫날 밤, 나를 때려눕힌 뒤로 알았어. 무언가가 변하거나 고장 났다고. 그리고 난 정말 형을 돕고 싶을 뿐이야. 그러니까 솔직히 말해."

나는 당당하게 말하려고 노력했지만, 내 태도가 부적절했는지 아니었는지는 모르겠다.

"캐머런과 나에 대해 알게 된 게 최후의 결정타였다고 생각해. 근데 위로가 될지 모르겠지만 우린 다 끝났어. 다시 처음으로 돌아간 거야. 형한테 기회가 온 거지. 선택할 기회가 있다면 캐머런이 형을 택할 거라는 건 형도 아주 잘 알잖아."

그 말을 하면서 나는 마음이 아팠지만 신경 쓰지 않았다. 형을 옥상에서 나오게 할 수 있다면 어떤 말이든 할 것이다.

"그걸 해결하려면 형이 용기를 조금만 내면 돼. 그리고 모두 형에게 아주 많은 용기가 있다는 걸 알아."

형은 내 시도를 모른 척하며 코웃음을 쳤다.

"넌 용기가 있다는 게 어떤 건지 아주 잘 아는구나, 소니? 너는 남자 중에 남자처럼 행동하는 게 어떤 건지 전부 아는 거야."

형의 입에서 비꼬는 말이 쏟아져 나왔다.

"맞아, 알지. 지난 석 달 동안 내가 뭘 했다고 생각해?"

"뭐야, 승합차를 도둑질한 게 너를 남자답게 만들어 줬다고 생각하는 거야? 지금 날 놀려? 어떤 얼간이라도 그런 건 할 수 있어. 그럼 다른 애들은 어때? 일을 그르치면 그 애들한테 무슨 일이 생길지 생각이나 한 거야? 너만 법정에 서야 하는 게 아니야."

이제 형은 비난을 즐기는 것 같았다. 서슴없이 내 마음을 찢어 댔다.

"그래, 근데 우릴 봐, 형. 우린 모두 여전히 여기 있어, 아냐? 우리가 형 없이 그런 일을 해낸 게 그렇게 많이 괴로워?"

"아니, 그건 괴롭지 않아. 결국 네가 붙잡히면 어떤 일이 일어날지가 괴롭지. 내가 너한테 따질 거니까. 넌 5분도 마음속에 담아 두지 못할 거야."

"그렇담 내가 그걸 계속 해야 할 더 많은 이유가 있네. 경찰들이 나를 체포해서 철창에 가두게 해. 그래야 내가 더 이상 형한테 이렇게 커다란 골칫덩이가 되지 않을 거 아냐."

"내가 그런 생각을 한 적 없을 것 같아? 내가 너를 구해 줬을 때 그런 생각한 적 없을 것 같냐고!"

"그럼 그렇게 했어야지. 형이 용기 있다고 말하는 것만큼 용감해졌어야지. 왜냐하면 말하는 걸 들어 보면 형은 나만큼이나 무지무지 비겁하니까."

"난 엄마를 위해서 그렇게 했어. 네가 감방에 처박히는 걸 보시면 엄마가 어떻게 되셨을 것 같아?"

형이 내뱉듯 말했다.

"형이 근처에 있는 한 엄마는 알아차리지 못하셨을 거야."

형이 나를 홱 잡아당겼다. 얼굴에 분노와 괴로움이 마구 뒤엉켜 있었다.

"그럼 난 어떤데? 내 기분이 어떨지 생각이라도 해봤어? 경찰들이 너를 잡아 가둔다면 내가 죽을 만큼 괴로워할 거라고 생각조차 해봤냐고?"

"물론 형은 괴로웠을 거야."

내가 비아냥대며 대답했다.

"나는 지금까지 매일매일 너를 보살폈어. **매일매일!** 하고 싶지 않아도 보살폈지. 심지어 누군가와 함께, 다른 누군가와 함께 다른 곳에 있고 싶을 때조차도 말이야. 네가 주는 것과 같은 슬픔을 내게 주지 않을 사람과 함께. 넌 그런 생각조차 해봤니?"

"그렇담 그렇게 했었어야지!"

형이 금방이라도 터질 것 같은 화산처럼 고개를 하늘을 향해 올렸다.

"하지만 난 할 수 없었어! 왜냐하면 모두가 그게 내가 할 일이라고 했으니까. 잘 들어, 저기에 옛날의 착한 잼미가 있어. 문제가 있니? 걱정 마, 그걸 그 애한테 던져 버려. 그럼 그 애가 문제를 해결할 거야."

형은 나를 한 번 밀치더니 팔을 마구 흔들었고, 목소리가 감정에 북받친 채 옥상 주위를 난폭하게 비틀비틀 걸었다.

"왜 내가 군대에 갔다고 생각해? 내가 선택해서 갔다고 생각하는 거야? 내가 군대에 간 건, 그게 우리에게 남겨진 전부였기 때문이야. 엄마는 집세도 제대로 못 냈어. 몇 달이나 밀렸지. 엄마가 버는 돈은 형편없이 줄었고, 군대에 가는 건 우리가 먹고살 수 있는 유일한 방법이었어."

나는 끼어들려고 노력했다. 하지만 형은 용납하지 않았다.

"하지만 봐. 군인이 된 게 얼마나 잘한 일인지, 응? 내가 토모한테 한 짓을 봐. 음, 바로 그거야! 난 네 아빠가 아니야. 더 이상 할 수 없어. 그 어떤 것도. 난 해결할 수 없어. 그리고 난 그것들을 돌이킬 수 없어. 끝났어. 전부 다, 다 끝났어."

형은 주체할 수 없을 만큼 많은 눈물을 흘렸다. 몹시 비통한 흐느낌과 함께 몸을 푹 숙인 채 난간에 기대어 비틀거렸다. 그리고 바닥으로 미끄러지듯 내려가면서 허리춤에서 권총을 꺼냈다.

"뭐하는 거야? 그 총 줘, 응?"

나는 겁에 질려 양손을 뻗고 형에게 다가갔다.

형은 나를 올려다보더니, 내 팔을 피하며 눈물 사이로 씩 웃었다. 그리고 고개를 저었다.

"뭐야, 내가 이걸로 바보 같은 짓이라도 할 것 같아? 나를 쏘기라도 할까 봐? 그건 너무 쉽잖아. 왜 내가 이걸 가지고 있는지 알아?"

나는 알지 못했다.

"경찰들이 내가 총을 가진 걸 발견하면, 가석방 없이 5년을 감옥에서 보내야 하기 때문이야. 차량 절도랑 폭주, 동상, 그 밖의 모든 것에 총기 소지까지 더해 봐. 그럼 10년 동안 징역을 살아야 할 거야. 내가 얌전히 굴더라도 말이야."

그리고 경고도 없이 형은 허공에다 총을 발사했다. 순식간에 세 발을 쏘았고, 나는 곧장 총으로 돌진했다.

"뭐하는 짓이야? 이해가 안 가, 형! 왜 스스로에게 이런 짓을 하는 건데?"

내가 고함쳤다.

"난 이런 일을 당해 마땅하니까. 내가 그 사람들을 죽였으니까."

"누구를 말하는 거야, 형? 형이 누굴 죽였는데?"

"토모. 그리고 리틀 루니."

나는 리틀 루니가 누구인지 아직도 몰랐다. 하지만 그건 중요하지 않았다.

"하지만 그건 사실이 아니야, 형. 그건 형도 알잖아. 다들 형이 무엇을 했는지 알아. 신문이랑 뉴스에서 봤어. 형은 영웅이야."

"날 그렇게 부르지 마."

"왜? 바로 그게 형의 모습인데 왜 부끄러워해?"

"경고했어. 그렇게 부르지 말라고."

"그럼 내가 형을 도와주면 안 될까? 부탁이야."

나는 형이 토모 형을 위해 할 수 있는 모든 것을 하고 나서 무너져 버리는 모습을 지켜보는 걸 견딜 수 없었다.

"내가 형을 옥상에서 내려오도록 하게 해줘. 지금 가면, 우린 형을 숨길 수 있어. 경찰이 들이닥치기 전에 여기서 나가야 해. 경찰들은 형이 여기 올라와 있는 거 몰라. 아직은 모른다고."

형은 단호하게 고개를 저었다. 그리고 또다시 총을 세 발 쐈다. 어디에도 가고 싶지 않다는 의도가 분명했다. 형은 아직도 경찰들에게 발각되기를 바랐다.

"나를, 혼자, 내버려 둬."

총알이 발사되는 소리에 따라 단어를 하나하나 말했다. 하지만 형이 멈췄을 때, 나는 분명히 형의 목소리가 갈라지는 걸 들었다.

형은 길게 숨을 헐떡이며 흐느끼다가 어깨를 축 늘어뜨렸다.

나는 무엇을 해야 할지 혼란스러웠다. 형이 너무나 빠르게 흥분과 절망을 오가는 중이어서 어떻게 해야 할지 알 수 없었다. 거기에 가만히 서서 형이 내 앞에서 무너지는 모습을 지켜보기만 했다.

지켜보기만 하는 게 너무나 괴로워질 때까지.

그리고 천천히 벽을 타고 미끄러지듯 주저앉았다. 형의 손에서 총을 비틀어 빼낼 때까지 형은 손을 바들바들 떨었다. 나는 땅바닥에 총을 내려놓았다. 다시 총이 발사될까 봐 겁이 났다.

"괜찮아, 형. 괜찮아. 내가 약속할게."

내가 속삭였다. 정말로 괜찮은지는 전혀 모르겠지만.

"안 괜찮아. 절대 괜찮을 리 없어."

형의 말은 나직하지만 강했다.

"괜찮을 거야. 그게 무엇이든 형에게 이런 짓을 했어. 우린 그걸 해결할 수 있어. 나한테 말해야 해. 내가 언제 형을 실망시킨 적이 있던가?"

형은 내 말에 황당해 하며 눈물 사이로 웃음을 지었다.

"늘 그랬다는 건 아니고."

내가 재빨리 덧붙여 말했다.

"전부 소용없어, 소니. 전부 다. 그리고 내가 그것을 바꾸기 위해 할 수 있는 일도 없고."

"하지만 있어, 형. 나한테 얘기할 수 있잖아. 형은 할 수 있어. 형한텐 내가 불쾌한 사람일지도 모르지만, 난 여전히 형을 도울 수 있어."

형이 한숨을 쉬었다. 길고 깊으며 너무나 단조로운 한숨 소리에 나는 그 뒤로 형이 아무 말도 하지 않을 거라고 생각했다. 하지만 아니었다. 이 사람은 다른 형, 다른 우리 형이었다.

형은 내가 예상했던 행동을 더 이상 하지 않았다.

대신 고개를 들고 나를 향해 말하기 시작했다.

잼미

배낭이 무겁게 느껴졌다. 분명 죄책감의 무게가 엄청났다.

나는 복장과 소총을 반복해서 점검하며 리틀 루니의 죽음을 잊으려고 노력했다. 하지만 청소를 할 때조차도 폭발 사고가 머릿속에서 고리처럼 맴돌았다. 그것을 감추려고 힘겹게 애를 쓰는 만큼, 나는 실패했다.

사람들, 그러니까 지휘관들은 어리석지 않았다. 그들은 나 같은 청년들이 무너져 가는 모습을 숱하게 보아서 내가 같은 길을 갈 수도 있다는 사실을 알았다. 그래서 그들은 나를 기지에 있는 군의관에게 데려갔다. 질문들이 뒤따랐다. 30분간 이어진 질문들은 모두 급히 만들어져 광장에 설치된 무엇처럼 치명적인 덫 같았다.

"후회합니까?"

"물론입니다. 그 애가 죽어서 슬픕니다. 다른 사람들이 죽은 것도요."

"죄책감이 드나요?

"아뇨. 일이 이렇게 되어서 실망스럽습니다. 하지만 그 일은 우리가 왜 여기 있는지 떠오르게 하죠. 결심을 더 굳히게 됩니다."

그런 말들이 우르르 쏟아져 나왔다. 나는 많은 것을 놓쳤고, 많은 거짓말을 했다.

"잠을 잘 잡니다. 10시쯤엔 곯아떨어집니다. 제가 푹 쉰다는 걸 보여 주는 거죠."

군의관이 펜으로 메모장을 긁는 모습을 지켜보았지만 내가 부적합 판정을 받는 건지 아닌지 알 수 없었다. 그래서 나는 예민해지고 횡설수설했다.

"집은?"

"최근에는 집에 대해 많이 생각하지 않았습니다. 여기서 군의관님께 집중하는데 생각하기 어렵죠. 게다가 전 아직 해야 할 일이 아주 많습니다."

무슨 말을 하든지 효과가 있었다. 경례를 한 다음 군 생활을 '계속'하기에 충분했고, 그러면 나는 곧장 리틀 루니에 대한 생각으로 돌아갔다.

아주 많은 시나리오를 생각했다. 복수할 방법이 아주 많이 생각나서 그곳에서 내가 다시 천하무적이 된 것처럼 느껴지는 순간들이 있었다. 마치 어떤 기묘하고 막강한 힘을 빨아들여서 어떤 총알이나 폭탄에도 끄떡없게 된 것처럼.

하지만 그 순간뿐이었다. 정찰이 다시 시작되자 나는 정찰하는 내내 어떤 자신감도 보이지 못했다. 총알이 우리에게 얼마나 날아오는지는 상관없었다.

나는 천천히 토모를 따라 문을 통과했다. 우리는 지나가면서 문 위에 적힌 이름, '데번포트'를 가볍게 쳤다. 글자는 이제 색이 바랬다. 머지않아 '데번포트'라는 글자가 거기 있었다는 사실조차 잊어버리고 그저 널빤지를 만지게 될 것이다.

해가 질 무렵에 하는 정찰은 최악이었다. 우리는 기진맥진했다. 강타하는 열기 때문에 갈증이 났다. 그러나 세 시간 뒤엔 발걸음소리가 어느 방향에서 들려오는지도 알 수 없는 어둠 속에서 돌아다녀야 한다는 사실을 알고 있었다.

그날 해가 지고 있었다. 해는 왼쪽에 있는 산 뒤로 넘어가며 우리에게 윙크를 했다. 몇 시간 뒤 더 많은 고통을 주기 위해 다시 나타나겠다는 뻔뻔한 신호였다. 모든 것이 태양의 힘을 느꼈고, 태양이 내뿜는 열기는 모든 것을 지치고 게으르게 했다. 결과적으로 나는 우리의 정찰이 다른 때와 다를 거라고 생각할 수 없었다.

처음에 정찰은 다른 때와 똑같았다. 우리는 마을 주위를 돌면서 안팎의 움직임을 주시했는데, 결국 처음 두 시간 동안은 세상에서 가장 지저분한 개들이 행진하듯 돌아다녔다. 그 개들은 어떤 종류의 품종도 아니었다. 그렇게 부르는 것조차 잡종견에 대한 모욕일 것이다.

하지만 나는 그런 개처럼 되는 걸 경계했다. 가장 사나운 스태포

드쉐어 불테리어와 함께 고스트 여기저기를 다시 돌아다니게 될지도 모른다고 생각했다. 그리고 지저분한 개에게 물렸다는 이유로 집으로 돌아가진 않을 거라는 생각도 했다.

마침내 해가 뉘엿뉘엿 지기 시작하자 모든 게 변했다. 세 바퀴째 마을을 돌다가 우리는 빈 트럭을 발견했다. 그때 나는 트럭을 처음으로 발견했지만, 위험하다고 느낀데다 다시 떠오른 사제 폭탄의 후유증 때문에 다가가기 두려웠다. 하지만 아무 일도 일어나지 않았다.

그것은 트럭이라기보다 승합차였다. 내 생각엔 먼지가 승합차 몸체를 먹어 치우기 전에는 흰색이었던 것 같다.

열쇠가 점화 장치에 꽂혀 있었지만 시동은 꺼져 있었다.

오른쪽 뒷바퀴는 바람이 빠져 있었다. 놀랍지 않게도, 어디에도 길을 달렸던 흔적이 없었다.

뒤쪽 창문은 사라진 지 오래였다. 대신 테이프와 판지가 그 공간에 매달려 있었다. 그 아래 커다란 자물쇠가 있었지만, 창문이 없어 자물쇠는 쓸모가 없었다. 차 안에 무엇이 있든 간에 테이프와 판지는 여전히 그것을 보호하고 싶어 했다.

나는 그 사실을 알렸다. 소대장은 꼭 직접 보고 싶어 했다. 누군가 자기 없이 자물쇠를 날려 버리는 것을 달가워하지 않았다.

"잘 생각해. 그 안에는 무엇이든 있을 수 있어."

소대장은 우리에게 폭탄 탐지반이 아래쪽을 훑고, 전선과 압력 패드, 폭발물을 알리는 무언가를 확인할 때까지 기다리라고 했다.

나는 그곳에 아무것도 없기를 간절히 바랐다. 잠시 뒤 폭탄 탐지반이 우리가 발견한 것 외에는 아무것도 찾지 못하자 숨을 쉬기가 쉬워졌다. 양쪽 앞문에서부터 발자국만 드문드문 나 있었다.

소대장은 곧바로 일을 처리했다. 우리가 도구들로 자물쇠를 자르기를 기다리는 동안 주위를 단속했다. 나는 뒷문에 바짝 고개를 들이밀고 차 안에 누군가 남아 있을 경우에 대비해 조심하며 소총 방아쇠를 당길 준비를 했지만 몸이 조금 떨렸다.

안에는 아무도 없었다. 하지만 비어 있는 게 아니라 오히려 그 반대였다. 그곳에는 우리 무기를 장난감 상자처럼 보이게 만드는 무기가 가득했다. 권총과 반자동식 무기, 던질 수 있는 수류탄, 발사되기를 요구하는 다른 무기들. 내가 본 적이 있는 무기 같지 않았다.

우리가 승합차로 올라갔을 때, 오토바이 두 대가 우리 왼쪽으로 지나가며 번쩍였다. 오토바이에는 각각 두 사람씩 탔다. 젊었다. 이십대 초반 정도. 권총을 소지했다. 속도를 올리자 엔진이 비명을 질렀다. 뒤에 탄 사람들은 각자 목을 길게 빼고 우리가 무엇을 찾았는지 보았다. 절망한 표정을 보고 우리는 우리가 찾아낸 많은 무기가 그 사람들 거라는 사실을 알 수 있었다.

소대장의 소총이 내 옆에서 번쩍였다. 총알이 오토바이 주위로 먼지를 일으키며 빗발쳤지만 아무것도 맞추지 못했다. 그래서 나도 총을 턱에 끼워 넣고 공격해야 했다.

총을 발사할 때마다 개머리판이 어깨를 강하게 들이받는 게 느

346

껴졌다. 그리고 총을 발사할 때마다 리틀 루니가 내 머릿속에서 다시 죽었다. 그 고통이 나를 갈기갈기 찢는 듯했다.

총알들은 내 주위의 모든 것들을 빠르게 지나갔지만, 허공을 뚫었을 뿐 그 밖에 다른 것은 맞추지 못했다. 우리는 사정거리를 지키지 못했다. 그래서 깊게 숨을 들이마신 나는 힘겹게 눈을 가늘게 뜨고 뒷바퀴를 겨냥했다. 부드럽게 방아쇠를 잡아당기자 총알이 나를 떠났다. 첫 번째 총알이 바퀴에 박혔고 오토바이 뒷부분이 공중으로 높이 튕겨져 올라갔다. 사람이 공중으로 들린 순간, 여러 발의 총알이 사정없이 공격했고 그 사람은 고통스럽게 몸부림쳤다. 사람이 오토바이보다 더 거칠게 넘어졌다. 팔다리를 구부린 채 죽은 것 같았다. 다른 오토바이는 속도를 올리고 마을 언저리로 사라졌다.

우리는 소대장의 명령대로 움직였다. 펑크가 난 오토바이와 운전자 그리고 뒷좌석에 탔던 사람에게 몇 초 만에 도착했다. 하지만 나는 그 사람들을 향해 단 한 번의 눈길조차 줄 수 없었다.

나는 떨리는 두 손에서 아직 리틀 루니를 씻어내지 못했던 것이다. 그래서 오토바이를 타던 사람들 대신 그곳에서 리틀 루니의 얼굴을 보게 될까봐 너무 두려워 견딜 수가 없었다.

잼미

오토바이가 옆으로 누운 채 배고픈 개처럼 엔진에서 끙끙 소리를 냈다.

작은 주머니가 달린 바지를 입은 남자 둘이 오토바이에 등을 돌린 채 서서 이야기를 하고 있었다. 하지만 자기들은 오토바이에 관해서 모르고 주인도 아니라고 했다. 우리가 광장에 도착하자마자 남자들은 눈을 내리깔고 우리 눈을 마주칠 엄두도 내지 못한 채 슬금슬금 움직였다.

우리는 그 남자들을 수상하게 쳐다보았다. 좀 전에 우리한테서 도망쳤던 남자들일 수 있다는 의심이 들었다. 그게 아니라면 달아난 남자들은 자신들이 가진 모든 총을 들고서 건물 중 한 곳에 숨어 있을 것이다.

우리 열두 명은 서로 통신을 주고받으며 광장 이곳저곳으로 흩어졌다.

〔통신을 계속하라. 건물들 중 어디에서든 미세한 움직임이라도 보이면 내게 알려라.〕

소대장의 목소리가 윙윙거렸다.

나는 토모가 곁에 있는 걸 발견했다. 우리는 서로의 배낭에 거의 의지한 채 등을 맞대고 기댔다. 토모의 숨소리도 들을 수 있었고, 배낭이 오르락내리락하는 것도 느껴졌다.

"뭐가 보여?"

토모가 물었다.

"아니. 하지만 곧 나타날 거야."

나는 그 사실을 확신했다.

두려웠지만 집중력이 약해져서는 안 되었다. 우리는 지원 병력이 도착할 때까지 약해지지 않았다. 새로 도착한 30명의 군홧발이 공중에 먼지를 일으켰다. 나는 리틀 루니의 폭탄이 터졌을 때 먼지가 얼마나 자욱하게 일었는지가 떠올라 어깨가 긴장되었다.

나는 소대장이 다른 장교들에게 가는 것을 보았다. 그리고 전류처럼 장교들 사이에 순식간에 정보가 오고가는 모습을 지켜보았다.

〔자, 잘 들어라. 우리 목표물은 광장 남서쪽 구석으로 탈출했다. 그 말은 곧 뒷골목 중 한 곳에 숨어 있다는 얘기다. 우리는 계속해서 적들의 소재를 찾을 것이다. 우리가 적들을 광장으로 몰고 올 경우에 대비해 일부 병력은 이곳에 남을 것이다.〕

소대장이 고함치듯 말했다.

일제히 총을 딸깍거리는 소리가 들렸다. 내 몸에서 아드레날린이 혈관을 넓히며 솟구치는 느낌이었다.

〔잼미, 토모, 선두에 서라.〕

나는 재빨리 소대장의 지시를 따랐다. 그래야 했다. 하지만 그보다 거기서 1초라도 더 소비하고 싶지 않았다. 광장 구석구석이 리틀 루니로 가득 차 있었기 때문이다.

우리는 결단력 있게 행군하며 모든 것을 위해 안간힘을 썼다. 적의 움직임과 소리를 찾고, 모든 상황에 우리 자신을 보여 줄 기회를 위해.

하지만 아무 성과도 올리지 못했다. 우리가 골목에 발을 들여놓았을 때, 굉장히 밝은 빛줄기가 하늘을 갈랐기 때문이다. 나는 세상이 끝났다고 생각했다. 잠시 뒤 땅바닥이 폭발하면서 우리를 각각 바닥으로 내동댕이쳤고, 우리는 먼지와 돌무더기 아래에서 몸을 웅크렸다.

나는 다치지 않았고 피도 보이지 않았다. 백색 소음만이 귓가에 요란하게 울렸다. 그 소리는 끔찍한 기억을 떠오르게 해서 머릿속을 온통 뒤죽박죽으로 만들어 놓았다.

과거와 마주칠까 봐 너무 겁이 나서 눈도 뜨지 못한 채 꼼짝하지 않고 거기에 웅크려 있었다. 마침내 몸을 일으키자 나를 뒤덮었던 벽돌들이 옆으로 굴러 떨어졌다. 토모가 내 앞에 나타나자 두려움이 조금은 누그러졌다. 토모는 살아 있었지만 먼지를 뒤집어썼다. 나는 토모를 내 쪽으로 끌어당겼다. 너무 힘껏 끌어안아서 토모가 기침을 하며 놓아 달라고 했다.

우리는 잔해 위를 천천히 기어 다니며 우리가 형체나 얼굴을 알아볼 수 있는 사람들을 빼내려고 노력했다. 나는 제정신이 아니었다. 폭발이 일어나고 또 일어날 때마다 머릿속이 미끄러졌다. '쾅' 하는 소리는 점점 더 커지고 강렬해졌다.

〔박격포 공격이다. 모두 준비됐나?〕

소대장은 놀라서 움찔한 것 같았지만, 우리를 한 명 한 명 똑바로 쳐다봐 주었다. 나는 소대장이 나를 더 오래 쳐다보았다고 확신했다.

우리는 크게 대답했다, 나를 포함해서. 계속해서 크게 외치며 두려움을 떨쳐 내야 했다.

〔가자.〕

우리는 가운데 소대장을 두고 빙 둘러 서서 사방을 경계했다. 시야에 들어온 모든 출입구와 창문, 옥상을 살폈다. 그러나 움직이거나 씰룩거리는 것은 아무것도 없었다. 고양이 한 마리조차 우리가 보는 곳에서는 얼씬거리지 않았다. 나는 폭발이 우리를 제외한 모든 사람을 없애 버린 건 아닌지 의심스러웠다.

그건 모두 아무 말도 못할 정도로 바보 같은 생각이었다. 그 생각이 머릿속에 번뜩인 순간, 총성이 울렸다. 그리고 또 한 발의 날카로운 총성이 토모와 나 사이를 가르더니 JC가 공중으로 붕 떴다.

JC가 쓰러졌다. 눈빛이 흐릿해지더니 땅바닥으로 쓰러진 것이다. 피가 몸에서 분수처럼 콸콸 흘러나왔다. 기퍼는 열심히 노력했지만 출혈을 막을 수도, 다시 몸 안으로 생명을 밀어 넣을 수도 없었다. 더 많은 공격에서 모두를 지키기 위해 JC를 출입구로 끌어다 놓을 무렵 우리는 이미 JC를 잃고 말았다.

〔사망자 발생! 사망자 발생!〕

이 한 마디로 소대장은 우리를 집중시켰다. 우리는 JC를 앗아간 저격수의 흔적을 찾기 위해 시선을 다시 지붕으로 향했다.

아무것도 없었다.

우리는 팀을 나누었다. 두 사람은 계속해서 JC를 보살피고, 나머지는 바보처럼 그림자가 우리 군화의 무거운 걸음을 가려 주기를 바라면서 그림자에 딱 붙어 길가를 따라 휘청휘청 걸어갔다.

10미터가 20, 25, 30미터가 되었다. 하지만 우리가 상점에 매달려 있는 전등 아래에 도착했을 때, 모든 것이 다시 엄청나졌다. 총알이 사방에서 사정없이 빗발쳤다. 우리는 문으로, 쓰레기통 뒤로 황급히 흩어졌다. 나는 낡은 자동차 뒤로 재빨리 숨어 운전석 문옆에 비스듬히 기대앉았다. 가슴이 아드레날린과 두려움으로 가득 차 요동쳤다.

"이제 그만!"

내가 포효했다. 토모가 옆으로 미끄러지듯 다가와 총을 다시 장전했다.

"괜찮아? 총 맞은 데 없지?"

토모가 눈을 접시보다 더 커다랗게 뜨고 홀쩍이며 말했다.

나는 토모에게 내 공포심을 감추려고 노력하며 끄덕였다.

"네가 옳았어, 잼미. 군대에 오는 건 바보 같은 생각이었어. 난 군인이 될 자질이 없나봐."

"우린 여전히 숨을 쉬고 있어. 여기서 나가면 우린 영웅이 될 거야."

나는 내가 얼마나 침착하게 말했는지 믿을 수 없었다. 그건 나 스스로를 놀라게 했고 정신을 다시 집중시켰다.

"우린 꼭 나갈 거야, 그렇지?"

그때 총알이 빗발치며 우리 머리 위에 있던 창문을 산산조각 냈다. 철모 위로 유리파편들이 소나기처럼 쏟아졌다. 그 바람에 나는 토모에게 대답하던 것을 멈추었다. 사실 무슨 말을 더 해야 할지도 몰랐다.

"보이는 거 있어?"

내가 위험을 무릅쓰고 자동차 범퍼 주위를 살펴보자 토모가 물었다.

"두 사람이 있어. 3층, 2시 방향이야."

토모가 자동차 반대편 끝으로 조심조심 걸어가서 목을 길게 빼고 주위를 둘러보았다. 하지만 다시 총알이 빗발치며 쏟아지자 비명 소리와 함께 뒤로 풀썩 넘어지듯 엎드렸다.

"저 두 사람 말고 더 있는 게 분명해."

"그런 것 같아. 하지만 저쪽부터 시작하자."

나는 양쪽 팔꿈치를 바닥에 대고 사격 자세를 취한 채 땅바닥에 바짝 엎드렸다. 그리고 깊게 숨을 들이마신 뒤 총알을 끊임없이 발사했다. 총알은 경쟁하듯 달려 나가 벽을 쪼았다. 나는 총알이 적들의 뼈에 박히기를 바랐다.

하지만 곧 반격을 당한 나는 총알들이 쌩 소리를 내며 지나가자 머리를 땅바닥에 떨어뜨렸다. 총알 한 발이 끔찍한 생각과 함께 내 옆을 지나갔다. 적들이 총에 싫증을 내고 대신 우리에게 수류탄을 쏘려면 얼마나 걸릴까?

"토모, 이동해야 해."

"뭐라고? 왜?"

"여기 있으면 공격받기 쉬워."

"우리 사이에 자동차가 있잖아. 도대체 왜 그러는 거야?"

"날 믿어, 친구야."

토모는 크게 욕을 했다. 그리고 주위를 훑어보며 우리가 그 사이나 아래로 뛰어들어 갈 수 있는 또 다른 무언가를 찾았다.

"따로 가야 해. 적들을 갈라놓아야지. 그럼 우린 더 많은 기회를 갖게 될 거야."

나는 토모의 말을 곰곰이 생각했다. 그 말이 맞을지도 모른다. 아니면 적들은 우리 중 한 사람만 추격하기로 선택할지도 모른다. 그 생각이 함께 집으로 안전하게 돌아가겠다고 했던 내 약속을 떠올리게 만들었고 뱃속을 긴장시켰다.

"갈 만한 데 찾았어?"

토모는 거리 왼쪽에 있는 문을 가리켰다.

"저 안으로 곧장 뛰어 들어갈 수 있을 것 같아. 그럼 창문으로 저자들에게 총을 쏠 수도 있어."

"알았어. 그럼 그렇게 하자. 나도 꼭 할게. 멈추거나 쳐다보지 마, 꼭 이겨."

나는 아직 어디로 갈지 정하지 못했다. 단지 우선 적을 유인해 토모에게 더 큰 기회를 줄 것이다. 그래서 나는 아무 경고 없이 왼쪽으로 재빨리 움직였다. 그리고 여섯 걸음을 간 뒤 "지금이야!" 하고 고함쳤다. 사격을 시작하자 소총에서 불꽃이 일었다. 적들이 몸을 숙인 상태라면 절대로 우리에게 반격할 수 없었다.

유일하게 생각하지 못한 건 내가 숨을 장소였다. 더 이상 자동차는 없었다. 건물 문에는 자물쇠가 달려 있었다. 부수는 것은 고사하고 폭파시킬 시간도 없었다.

부서진 창문을 발견했고, 10미터 앞에서 창문을 향해 돌진했다. 유리창이 와장창 깨지는 소리, 비명 소리와 함께 창문 안에 착지할 수 있었다.

그런데 비명은 내가 지른 게 아니었다. 나는 비명소리가 났던 그 방의 구석을 향해 총구를 겨누었다. 몸을 웅크리고 모여 앉아 바들 바들 떠는 그림자 세 개를 발견했다. 두 사람은 아이를 지켜 주려는 듯 아이 몸을 팔로 감싸 안고 있었다. 그 아이는 리틀 루니와 비슷한 또래라서 나는 또다시 괴로운 기억이 떠올랐다.

여자가 말을 했다. 무슨 말을 하는지 이해하지 못했지만 두려움은 분명히 느낄 수 있었다.

남자가 손바닥을 활짝 펴고 내 앞에 섰다. 남자의 행동에 나는 소총이 그 남자를 똑바로 겨냥했다는 사실을 알아차렸다. 그래서 소총을 옆으로 내리고 인사를 건넸다. 그건 내가 배운 몇 마디 말들 중 하나였다.

하지만 내 인사는 그 사람들을 조금도 진정시키지 못했다.

"우린 아무것도 없습니다."

남자가 영어로 말했다. 분명하고 사무적인 어조였다.

그 집은 나에게 필요한 모든 것을 가지고 있었다. 그래서 나는 남자에게 이렇게 말했다.

"죄송합니다. 총소리가 어디서 나는 건지 알게 되는대로 떠나겠습니다."

"그럼 관찰할 사람이 더 필요하겠군요."

"총을 가진 사람들이 많이 있습니까?"

"남자도 여자도 있죠. 어린아이들도 몇몇 있고요."

그 순간 아이가 아빠의 손목을 꼭 잡았다. 겁을 내면서도 내게 관심을 보이는 것 같았다. 나는 주춤했다.

"네가 그 사람들을 아니?"

아이는 당연하다는 듯 어깨를 으쓱했다.

"물론이죠."

"그럼 그 사람들이 어디 있는지도 알아?"

"몇 사람은 알죠. 전부 알진 못하고요."

나는 소총을 즉각 들어 올리고 싶은 충동을 억눌렀다.

"내게 가르쳐 줄 수 있겠니?"

"그 사람들도 아저씨와 마찬가지로 제 친구가 아닌걸요."

처음에는 아이의 말이 가르쳐 주겠다는 건지 안 가르쳐 주겠다는 건지 헷갈렸다. 그러나 곧 아이가 부서진 창문을 향해 살금살금 걸어갔고 나는 그 뒤를 따라갔다.

잼미

아이는 내게 40여 미터 앞에 있는 연립 주택을 가르쳐 주었다.
꼭대기 층.

처음에 나는 아무것도 보지 못했다.

"참고 기다리세요."

아이가 그 사람들이 자신의 말을 듣기라도 할 것처럼 속삭였다.

그래서 나는 몸을 숙인 채 눈을 가늘게 뜨고 어둠 속을 응시했
다. 그때 원래 창문이 있어야 했던 공간을 가로질러 두 사람이 황
급히 지나갔다. 아주 잠깐 두 사람이 시야에 들어왔다 사라졌을 뿐
이었다. 하지만 나는 두 사람이 소총을 가진 것을 분명히 보았다.

우리는 조금 더 기다렸다. 두 사람은 또 다른 장비를 가져오느라
안간힘을 썼다. 거리 하나가 아니라 마을 전체를 날려 버릴 수도
있는 종류의 장비였다.

"사람들이 저런 걸 몰래 가지고 들어온 지 얼마나 됐니?"

"몇 주 됐어요."

"왜 우리가 못 봤지?"

"볼 수 있을 것 같지 않은데요."

아이가 무시하며 말하자 나는 뺨이 화끈 달아올랐다. 그래서 아무런 대답도 하지 못한 채 다시 창문 쪽을 지켜보았다.

"저 구역으로 가는 또 다른 길이 있니?"

"이쪽에는 없어요. 그렇지만 저 옆에 있는 건물 보이세요? 거기에 뒷문이 있어요."

나는 아이가 말을 끝마치기도 전에 소대장에게 연락해서 소대장이 좋아하는 종류의 정보를 퍼붓듯이 전했다.

"적들이 보이십니까?"

내가 물었다. 소대장이 좋은 위치에서 적들을 발견할 수 있을지 궁금했다.

〔보이네. 하지만 지원을 기다려야 해. 적들이 가진 것들 때문에 함부로 뛰어들 수 없어.〕

아이의 가족이 나를 지켜보았다. 모두가 기대하는 듯했다. 나는 리틀 루니를 연상시키는 아이에게 즉시 무언가를 해주어야 할 것만 같았다.

"아닙니다, 소대장님. 뒷문이 있습니다. 제가 있는 곳에서 뒷문으로 갈 수 있습니다."

〔이걸 다 어떻게 알았나?〕

"주민들이 알려 주었습니다. 제가 문을 부순 집에 사는 가족들입니다."

〔자네는 그 가족을 믿나?〕

"음, 이 가족들은 저를 거리로 내쫓지 않았잖습니까? 저는 그 점이 믿을 만하다고 생각합니다. 우린 기다릴 수 없습니다. 보아 하니 적들은 물건을 지금 당장 실어 보낼 겁니다."

침묵이 흘렀다. 이따금씩 치직거리는 소리가 들렸고 소대장의 머리가 윙윙거리는 소리도 나는 것 같았다. 오랜 시간이 흐른 뒤, 소대장이 응답했다.

〔알았네. 잘될 것 같군. 연락해서 우리가 여기서 지원 사격을 하도록 하겠네. 자네가 저 길을 건너가 문을 습격해 들어갈 수 있도록 충분히 엄호하겠네.〕

"알겠습니다."

〔잼미! 뒷문에 도착하면 교전하기 전에 명령을 기다려. 명령하면 건물 안으로 들어가는 거야. 알겠나?〕

"알겠습니다."

〔그리고 토모와 함께 가라.〕

"그럴 필요는 없습니다, 소대장님."

〔그건 협상할 수 없네. 이제부터는 내 연락을 기다려라.〕

나는 혼자 가고 싶었지만 소대장의 말을 따랐다. 토모에게는 복수해야 할 리틀 루니가 없다. 복수해야 할 사람은 오직 나뿐이다.

창문 아래로 몸을 숙이고 휘청거리며 그 가족에게 돌아갔다. 그리고 배낭을 벗어 던졌다.

허리춤 호주머니에서 펜 다발과 녹은 사탕들을 찾아서 아이에게
건넸다. 아이의 아빠가 가져도 좋다고 말하자 아이가 그것들을 가
져갔다. 아이는 욕심을 내는 게 아니라 겁을 내며 내 손에서 그것
들을 잡아챘다. 그리고 손에 넣은 물건들을 꼼꼼히 살피는 동안 웃
음이 얼굴 가득 번졌다. 그 모습은 꼭 필요한 순간에 나에게 강철
같은 의지를 쏟아 주었다.

나는 배낭을 다시 미끄러지듯 쉽게 둘러멨다. 배낭의 무게가 거
의 의식되지 않았다.

〔자, 이제 내 말대로 해라. 출발!〕

소대장이 내 귀에 속삭이자 나는 마지막으로 숨을 깊이 들이마
시고 날렵하게 다시 창문으로 돌아갔다.

소대장의 명령과 함께, 가이 폭스 나이트(Guy Fawkes' night 영국의 기
념일. 해마다 11월 5일 밤 불꽃놀이 등의 행사를 한다)처럼 하늘이 수많은 폭죽
들로 번쩍였다.

나는 적들이 있는 방향으로 고개를 비틀고 총알을 쏟아내 내 몸
을 보호하면서 길을 가로질렀다. 그리고 조금 전에 숨어 있던 자동
차 옆으로 다시 돌아갔다.

그곳은 혼란스러웠다. 요란하게 날아드는 총알들 때문에 너무
정신이 없어서 총알이 어디서 날아오는지 알 수 없었다. 총알 하나
가 오른쪽 군화에서 몇 밀리미터 빗겨 튕겨 나간 순간, 적들이 필
사적으로 반격하고 있다는 것을 깨달았다.

나는 온 힘을 다해 몸을 날려 자동차 뒤로 굴렀다. 그러자 총알들이 자동차로 맹렬하게 쏟아지는 소리가 들렸다. 나는 그 모습을 바라보며 적의 공격에 저항할 힘을 차체에 슬어 있는 녹이 다 먹어 치우지 않기를 바랐다. 여기서 죽을 수는 없다. 절대 죽지 않을 것이다.

나는 미친 듯이 토모를 찾았다. 그리고 마침내 거리 반대편에 있는 창문 안에서 군인답게 총을 치켜들고서 총알을 쏟아 내는 토모를 발견했다. 나는 토모를 소리쳐 불렀다. 심한 소음을 뚫고 들릴 수 있도록 미친 듯이 팔을 내저으며 여러 차례 고함쳤다.

내가 우리의 목표물 쪽을 가리키자 토모가 고개를 끄덕이고 입 모양으로 '10초'라고 말했다. 그러고 나서 토모는 내 시야에서 사라졌다.

나는 쪼그리고 앉아서 총알이 충분한지 확인하고 숨을 세 번 크게 내쉬었다. 총알이 내가 거리를 안전하게 건너가기에 충분하기만을 바랐다.

나는 괴성을 지르며 완전히 적에게 노출된 곳으로 다시 달려갔다. 내가 문을 쳐다보는 동안에도 총알은 쉴 새 없이 내 총구에서 쏟아져 나갔다. 적들을 저지할 수 있다면 어디를 공격하든 상관없었다.

내 뒤에서 토모의 존재가 느껴졌다. 우리 둘은 목표물을 향해 차근차근 나아갔다. 나무로 만든 문은 어깨로 부딪치자 판지처럼 부서졌다. 안도의 비명을 지르고 나자 폐가 타는 듯했다. 그리고 우리는 함께 바닥에 쾅 하고 떨어졌다. 토모가 이성을 잃고 웃었다.

"저쪽에 대체 무슨 일이 있는 거야? 적들이 얼마나 많이 숨어 있는 거지?"

서로를 일으켜 세울 때 내가 토모의 등을 찰싹 때렸다.

"그런 건 생각조차 하지 마. 비디오 게임에서는 더 많은 적들이랑 싸워 봤잖아, 안 그래?"

"그렇긴 하지. 하지만 비디오 게임은 멈출 수 있잖아! 지금은 맥주를 마시거나 오줌을 싸려고 쉰다는 건 상상할 수 없어, 그치?"

나는 토모의 말에 웃음이 터졌다. 다른 어떤 것보다 맥주 한 캔과 화장실에 다녀올 시간이 절실했다. 그래도 그 순간 가장 중요한 것은 토모가 나와 함께 있다는 사실이었다. 내 평생을 함께 달려온 한 사람, 모든 것에 심지어 토스트에도 케첩을 발라 먹는 한 사람, 술 취한 아빠의 손찌검에도 끝없이 밤을 견뎌 낸 한 사람. 나의 형제. 캐머런의 오빠.

나는 토모를 안아 주고 싶었지만 할 수 없었다. 초보 병사에게는 방해가 되는 장비가 너무 많았다. 다행히 토모는 무슨 일이 벌어졌든 내 마음을 느낄 수 있었다. 토모는 팔을 뻗어 내 손을 잡고서 두 눈으로 얼굴 한가운데에 구멍을 뚫기라도 할 것처럼 내 얼굴을 빤히 바라보았다.

"다 잘될 거야, 잼미. 1주일 뒤 우린 집으로 돌아갈 거야. 이 일이 끝나면 산들바람이 불 것 같아."

"소니를 군대로 끌어들이는 게 쉬울까?"

토모는 싱긋 웃더니 어깨를 으쓱했다.

"음, 그건 다른 문젠데. 아마 소니는 입으로 총알을 쏟아 낼걸."

"지금 당장 그것을 받아 내고 싶네."

토모는 나를 보고 웃어 주었다.

"나도 그래, 친구야. 나도."

잼미

그 건물은 이 나라 전체를 축소해 놓은 것 같았다. 덥고, 먼지가 자욱했다.

우리는 어떤 것도 건드리고 싶지 않아서 조심스럽게 어둠을 뚫고 나아갔다. 그러다 바닥 전체에 사제 폭탄을 연결해 놓았을지도 모른다는 사실을 뼈저리게 깨달았고, 즉시 적들이 지키는 것에 다가가는 것을 멈추었다.

하지만 이번만은 우리를 놀라게 할 만한 것은 없었다. 쥐 몇 마리를 제외하고 우리를 기다리는 것은 아무것도 없었다. 쥐들은 우리 옆을 달려 지나가서 군인도, 폭탄도, 폭발도 없는 구멍을 찾아다녔다. 하지만 그런 곳이 어디에 있든 빨리 찾지는 못할 것이다.

나는 경계 태세를 늦추지 않고 두 팔의 긴장감을 떨쳐 내려고 노력했지만 실패했다. 지금이 바로 그것, 다시 말해 모든 걸 바로잡기 위해 노력할 수 있는 기회였다.

그러나 건물 뒤쪽에 도착했을 때, 또다시 거리에서 경쟁하듯 맹렬히 총을 쏘는 소리가 들려왔다. 황급히 창문으로 달려갔더니 우리를 보호해 주던 자동차 쪽으로 몸을 뒤틀며 가는 한 무리의 군인들이 보였다. 투지에도 불구하고 군인들이 느릿느릿 움직이는 것 같았다. 배낭 때문에 몸을 어색하게 웅크리고 힘겹게 이동 중이었다. 우리도 저들만큼이나 느리게 움직였는데 어떻게 성공할 수 있었을까?

우리는 소총을 들고 밤공기를 헤치고 나아가면서 사격할 누군가를, 아니 누군가라도 찾아보았다. 그러나 각도가 너무 좁았다. 적들이 숨어 있는 장소는 우리가 닿을 수 없을 정도로 아주 빈틈없는 곳이었다.

나는 비명을 지르고 싶었다. 우리가 할 수 있는 일은 적들의 총알이 우리와 함께 싸우겠다고 약속했던, 해야 한다면 목숨을 바칠 수도 있다고 약속했던 동료들을 더 가까이 추적하는 것을 지켜보는 것뿐이었다.

총알이 날아갔고, 누군가 다리를 쭉 뻗고 쓰러졌다. 나는 누가 총에 맞은 건지 보려고 안간힘을 썼지만 그림자만 보일 뿐이었다. 철모를 쓴 사람 둘이서 자신들의 위험은 아랑곳하지 않은 채 쓰러진 사람을 들어 올려 자동차 쪽으로 데려갔다.

나는 그만 안전장치를 풀고 문으로 달려갈 뻔했다. 하지만 토모가 나를 뒤로 획 잡아당겼다.

"어리석게 굴지 마, 잼미. 네가 할 수 있는 일은 없어. 소대장의 지시를 기다려."

그러나 공격을 당한 사람이 소대장이면 어쩌지? 그렇다면 우리는 어떻게 해야 하지?

"위치를 노출시키지 마. 우린 엄호를 받아야 해."

지켜보는 수밖에 없었다. 마침내 엄청난 노력과 함께 군인들이 차체 뒤로 숨어 보이지 않았다.

나는 마음이 놓여야 했다. 그러나 우리가 새로운 정보를 얻기 위해 무전을 보냈을 때 미친 듯한 폭발음이 돌아왔다. 자동차가 시야에서 사라졌는데 괴물 같은 불덩어리가 자동차를 그대로 집어삼킨 것이었다. 기계의 날카로운 소리가 우리 정신을 갈기갈기 찢어 놓았다.

폭발의 충격으로 우리는 허공으로 날아가 흔들리는 바닥으로 떨어졌다. 본능적으로 몸을 동그랗게 말았지만 벽들이 우리 위로 무너질 것 같았다. 그러나 자동차와 사람들이 불에 타는 끔찍한 냄새만 날 뿐 우리는 조금도 다치지 않았다.

토모가 알아들을 수 없는 비명을 지르며 나를 더 가까이 끌어당기는 순간, 이번에는 내가 토모를 저지했다.

"물러서, 친구야, 물러서라고! 자세히 봐. 너무 늦었어!"

토모는 철모를 벗어 던지고 머리카락을 잡아당겼다. 그 모습을 보니 우리가 처음 이곳에 도착했을 때 토모가 몹시 불안해 했던 모습이 떠올랐다.

"다 망쳤어, 잼미! 모두 다!"

토모는 나에게 말하는 게 아니었다. 나도 토모가 느끼는 것을 모두 느꼈지만, 그걸 알아듣게 말할 시간이 없었다. 우리 둘 다 통제할 수 없는 위험 속에 그냥 둘 수 없었다. 그래서 토모의 철모 끈을 잡고 가까이 끌어당겼다.

"잘 들어. 넌 숨을 쉬고 있어, 친구야. 나도 마찬가지고. 우린 괜찮을 거야."

"하지만 안 괜찮을 것 같아, 그렇지? 저 자동차를 봐. 5분 전까지만 해도 우리가 저기 있었어. 저자들이 우리가 여기 있다는 사실을 알기까지 얼마나 걸릴까? 우리에게 똑같은 짓을 하기까지 얼마나 걸릴까?"

나는 이 일을 잘할 수 있다는 걸 보여 주기 위해 토모가 내 얼굴 말고 다른 곳을 쳐다보는 걸 용납하지 않았다.

"우린 여기 있지 않을 거야, 친구야. 우린 계획했던 일을 해낼 거야. 뒤쪽 출구를 찾아서 적들을 막자."

잠시 후 토모는 어깨를 떨지 않았다. 눈에서 흐르던 눈물도 거의 멈췄다. 토모는 내 말을 똑똑히 들었지만 듣지 않았기를 바랐다.

"하지만 이건 우리가 하기로 한 게 아니야. 소대장이 기다리라고 했잖아."

"지금은 소대장이 대답을 안 하잖아. 그런데 우리가 어떻게 다른 선택을 할 수 있겠니? 우리가 기다리면, 적들은 남은 무기를 갖고 여기를 떠날 거야. 그럼 마을 전체가 어느 때보다 더 불안해지겠지."

"그런 건 상관 마. 우리가 집으로 돌아갈 때가 1주일밖에 남지 않았어, 잼미. 그걸 생각해."

"맞아, 하지만 다시 2주 뒤에 우리는 어디에 있을까? 여기로 돌아와 있을 거야! 우리는 노력해야 해, 친구야. 너는 나를 믿어야 해."

"넌 정말로 우리가 할 수 있다고 믿는 거야?"

나는 고개를 끄덕였다. 믿어야 했다. 다른 방법은 견딜 수 없었다. 시장 광장에서 일어났던 일에 대한 모든 죄책감과 후회를, 날마다 아니 어느 한 순간도 그것을 마음에 담고 다닐 수 없었다. 지금이어야 했다. 그것을 바로잡을 수 있는 이런 기회가 있는데 왜 그것을 굳이 집으로 가져가서 내 숨통을 조이도록 내버려 둔단 말인가?

"상황이 안 좋을 것 같으면, 잼미, 그럼 우리 물러나서 기다리는 거지?"

"물론이지. 내가 언제 너를 실망시킨 적 있어?"

이 말로 나는 토모를 설득했다. 토모는 나를 굳게 믿고 다시 철모를 머리에 꾹꾹 눌러쓴 뒤 내 뒤에 정렬했다. 그런 다음 우리는 목표물 뒤쪽 골목으로 잠입했다.

그러나 그곳에서 축축한 공기가 우리 피부에 매달려 있는 동안 나는 우리가 어디를 향해 가는지 내가 정말 모른다는 사실을 깨달았다. 우리가 가진 유일한 단서는 내가 5분 동안 알고 지낸 한 남자가 준 것이었다. 그것이 과연 믿을 수 있는 정보일까?

우리가 눈을 가늘게 뜨고 어둠 속을 바라보았을 때, 굳게 닫힌 견고한 문 하나가 보였다. 대개 이곳 문들은 웨하스처럼 여러 겹으로 이루어져 있어 두꺼워 보이지만, 총알이나 썩은 자국 때문에 구멍이 숭숭 뚫려 있었다. 그러나 그 문은 조금 다른 점이 있었는데, 페인트가 바래긴 했지만 아주 오래된 것 같지는 않았다. 그래서 나는 그곳으로 들어가야 한다고 생각했다. 토모에게 그 문을 가리키자 동의의 뜻으로 고개를 끄덕였다.

"일단 가만히 있자. 그리고 무슨 일이 일어나는지 지켜보자. 적들이 우리에게 오게 하자."

토모가 여전히 불안해 하며 속삭였다.

하지만 나는 토모의 인내심을 나눠 갖지 못했다.

"근데 저기에 또 다른 출구가 있으면 어떻게 해? 잘 모르긴 하지만, 적들은 또 다른 문으로 짐을 내릴 수도 있어."

그러나 토모는 꼼짝하지 않았다. 대신 내가 필사적으로 들어가려고 하는 문을 가로 막고 서서 고개를 돌려 나를 쳐다보았다.

"잼미, 이건 별 다섯 개짜리 호텔이 아니야. 잘 봐. 엉망진창이잖아. 저 앞을 제외하고 다른 출구는 없어. 그리고 적들은 그런 식으로 떠날 만큼 배짱이 두둑하지 않을 거야."

나는 토모를 설득하려고 노력했다. 기습이 우리의 유리한 점, 즉 와일드카드라고 말했다. 우리는 여러 차례 서로를 설득하고 또 설득했지만 어떤 종류의 합의에도 도달할 수 없었다.

토모가 내 곁을 지나쳐 걸어가며 불평했다.

"난 용납 못해. 우린 저기로 들어갈 수 없어. 그리고 적들이 나가 떨어질 거라고 예상할 수도 없고. 일단 후퇴해서 전열을 가다듬고 소대장을 기다려야 해."

내 안의 열기가 끓어 넘쳤다. 우리는 벗어나기엔 너무 가까이 와 있었다. 그래서 나는 소총을 한 손에 들고 토모의 방탄복을 꽉 잡고서 앞으로 홱 잡아당겼다. 나는 토모와 토모가 가고 싶어 하는 방향 사이에 장벽처럼 섰다.

"뭐하는 짓이야? 당장 손 치워."

토모가 내뱉듯 말했다.

"넌 논리적으로 생각하고 있지 않아, 친구야. 우린 할 수 있어."

"넌 할 수 있을지도 모르지. 넌 영웅 놀이를 하고 싶은 거야. 그럼 너 먼저 가. 네가 갖고 싶은 훈장을 갖게 해주려고 내 피를 흘리진 않겠어."

바로 그것이었다. 그것은 복수와 같은 무언가에 아주 가까이 다가갔을 때 내가 꼭 들어야 했던 말이다. 하지만 나는 생각도 하지 않고 주먹을 쥔 채 팔을 뒤로 젖혔다.

그러나 결코 그 일을 끝내지 못했다. 팔을 치켜든 순간 토모 뒤에 있던 문이 홱 열리더니 손에 권총을 든 형체가 나타났기 때문이다.

본능적으로 나는 주먹을 내리고 총대를 휘둘렀다. 그리고 집게 손가락으로 방아쇠를 잡아당겼다. 그런데 방아쇠를 끝까지 당기기 직전에 멈추고 말았다.

그 형체는 문 안에 있었다. 총으로 우리를 정확히 겨냥하긴 했지만 위협적이지는 않았다. 나를 보고 웃었다. 뺨에서는 피가 스며 나왔다.

믿을 수가 없었다. 그 아이가 돌아온 것이었다.

바로 리틀 루니였다. 입고 있는 옷은 그때 폭발로 아직도 찢어진 채 불에 탄 흔적이 있었고, 왼쪽 팔은 절단된 채 윗부분만 덩그러니 남았으며, 소매는 나달나달해서 썩어 가는 상처를 숨기지 못했다.

나는 리틀 루니에게 달려가고 싶은 충동을 억눌렀다. 리틀 루니는 문틀에 털썩 주저앉아서 아직도 꼭 쥔 권총을 우리에게 겨눈 채 바들바들 떨었다.

내가 무슨 말을 했는지는 아무것도 생각나지 않는다. 하지만 그 말은 토모가 문 쪽으로 목을 길게 빼기에 충분한 말이었던 것 같다. 토모의 입에서 터져 나온 한 마디 말이 내 고막을 찢는 것 같았다.

"쏴아아아아아아!"

하지만 나는 쏘지 않았다. 쏘고 싶지 않은데 왜 쏴야 하지? 나는 내가 보았던 것을 믿었다. 그 순간 리틀 루니의 총구가 번쩍이더니, 토모의 몸을 향해 연이어 총알이 발사되었다. 너무 격렬한 힘에 토모는 휘청 넘어가서 내 팔 안에 풀썩 쓰러졌다.

나의 눈길이 다시 황급히 문으로 날아갔다. 하지만 리틀 루니는 더 이상 거기에 없었다. 썩어 가는 팔도, 핏자국이 묻은 얼굴도 없었다. 단지 한 소년이, 나와 나이가 비슷하고 키가 비슷한 소년이 떨리는 손으로 권총을 들고 있었다. 반자동식 소총 두 대가 소년의 등에 매달려 있었다.

내 머리와 마음 그리고 몸의 모든 근육이 무너지는 것 같았다. 하지만 토모의 무게 때문에 먼지가 이는 쪽으로 몸이 밀렸다. 나는 문으로 도망치는 소년에게 다른 팔로 마구 총을 발사했다. 소년의 등에서 피가 용암처럼 솟구쳤다.

우리 몸이, 그러니까 우리 셋의 몸이 바들바들 떨렸다. 마녀의 웃음소리처럼 끔찍한 소리가 토모의 입술에서 흘러나왔다. 토모가 숨을 내쉬자 핏방울이 자욱하게 튀어 올라 내 얼굴에 묻었다.

땅바닥에 무력하게 주저앉은 나는 토모를 옆으로 눕힐 수밖에 없었다. 우리 몸이 떨어지자 이제 정말 내가 저지른 짓을 착각할 수 없었다.

작고 둥글게 찢어진 구멍들이 방탄복 여기저기에 나 있었다. 하지만 어떤 피도 찾아낼 수 없었다. 토모의 머리로 시선을 옮기자 목에서 솟구치는 검은 피가 보였다. 너무나 끔찍한 모습에 토모에게서 생명의 피가 흘러 나가는 것을 알 수 있었다.

나는 상처를 양손으로 누르고 비명을 질렀다. 손가락 주름들 사이로 피가 흐르는 것을 공포에 질려 바라보았다.

"조금만 참아!"

토모에게 고함치면서 한 손으로는 피가 나는 부위를 힘껏 누르고 다른 손으로는 무전기를 꽉 쥐었다.

하지만 그것에 대고 뭐라고 소리쳐야 할지 떠오르지 않았다. 누가, 아니 그 누구라도 내 얘기를 듣는지 알 수가 없었다. 내가 알 수 있는 것은 가장 친한 친구가 피를 흘린다는 사실뿐이었다. 공포심이 나를 사로잡았고, 모든 감각을 가득 채워 버렸다.

토모는 어디에선가 두 손을 들어 올릴 힘을 찾아냈다. 그리고 있는 힘을 다해 다시 나를 자기 쪽으로 끌어당겼다. 내 귀가 토모의 입술에 닿았다. 나는 귀를 떼고 싶었고, 피를 막고 싶었고, 이런 짓을 한 자의 온몸에 총알로 벌집을 내주고 싶었다. 그러나 할 수 없었다. 토모가 나를 가게 두지 않았다. 주먹은 나를 단단히 잡았고 의지는 그 어떤 때보다 더 강했다. 그리고 나에게 무언가 말하고 싶어 했다. 토모는 내가 들어 주기를 바랐다.

처음에는 토모의 말을 이해할 수 없었다. 숨을 가쁘게 몰아쉬는 소리와 목에서 가르랑거리는 소리만 들렸다. 좌절감에 토모는 몹시 고통스러워하는 것 같았다. 그러자 토모는 내 귀를 자기 입안에 넣기라도 할 듯이 내 머리를 잡아당겨 힘껏 소리 내 말하려고 했다.

"괘, 괜찮……아."

"뭐라고, 친구야?"

토모의 피가 우리를 뒤덮었다. 토모는 여전히 나를 꽉 움켜쥐었지만, 분명히 입술이 더 차가워지는 게 느껴졌다.

"다, 다 괜찮아. 나……, 한테 네가 있잖아."

마지막 말이 아주 천천히 나왔을 때 나는 피 때문에 토모의 숨이 막히고 있다고 확신했다. 피가 밖으로 빠져나오지 못하고 토모의 목구멍 안에 고였다.

내 몸은 구석구석 겁에 질려 버렸다. 손으로는 다시 상처를 강하게 누르고 귀로는 토모의 입술에서 나오는 숨소리의 흔적을 필사적으로 찾았다.

나는 숨소리를 한 번 느꼈다. 다시. 그러고 나서 다시 한 번 더. 그러더니 아무 소리도 들리지 않았다. 토모의 폐가 멈추었다. 그러나 왜 그런지 토모의 팔은 멈추지 않았다. 토모의 팔은 자기 가까이에 나를 고정시킨 채 단단히 잡아 두었다. 그래서 나는 움직이고 싶지 않았다. 뒤에서 문이 요란하게 열렸을 때도, 그날 밤이 비명으로 가득 찼을 때도, 심지어 총알들이 사방에서 비처럼 쏟아지기 시작했을 때조차도 움직이고 싶지 않았다.

총알이 어디에서 날아드는지 신경 쓰지 않았다. 총알이 빗발치든 말든 신경 쓰지 않았다.

토모에게는 내가, 내 등이 있었다.

내가 용서할 수 없는 사실은 내가 토모의 등 뒤를 경계하지 않았다는 점이다.

소니

형이 모든 이야기를 끝내고 입을 다물자, 나는 몸이 떨리고 뻣뻣해졌다.

'내 기분이 이렇게 엉망인데 형 기분은 어떨까?'

나는 형 기분에 꼭 맞는 말을 찾을 수 없었다. 형은 꾸밈없이 상세하게 모든 것을 다 얘기해 주었지만 나는 어떻게 형을 도와줄지 아무런 대답도 하지 못했다.

대신 발을 끌며 다가가 형을 안아 주려고 했으나 마치 두 팔로 냉장고를 감싸 안으려고 애쓰는 것 같았다.

"미안해, 형."

그것 말고 다른 말은 떠오르지 않았다.

"미안하다는 건 도움이 되지 않아. 난 지난 한 달 동안 수도 없이 미안했었어. 하지만 미안하다는 건 아무것도 바꾸지 못해. 사람들이 죽는 모습을 수도 없이 지켜봤어. 내 머릿속에서 죽고 또 죽었지. 끔찍하게 고통스러운 일이야. 왜냐하면 사람들이 죽고 죽을 때마다 그건 언제나 내 잘못이니까."

형이 불안해 하며 대꾸했다.

"하지만 바로 그게 문제야. 그건 형 잘못이 아니야. 형은 나한테 형에 대해서, 형이 괜찮지 않다고 얘기했어. 하지만 죽은 그 아이에 대한 모든 건, 그건 형이 한 일이 아니야. 테러리스트들이 같은 짓을 할 또 다른 방법을 찾아냈을 거야. 그건 형하고 아무 관련이 없어."

"넌 거기 없었잖아, 소니. 넌 몰라."

"하지만 난 형을 알아. 형은 절대로 누군가를 의도적으로 다치게 할 짓은 하지 않아. 그런 짓을 하는 건 나지, 안 그래?"

"이젠 그렇지 않아."

나는 절망적인 기분이 들기 시작했다. 형을 이해시킬 방법을 찾아야 했다.

"군대에 있는 사람들한테 얘기하자. 그 사람들한테 리틀 루니랑 자꾸 떠오르는 기억들에 대해서 말해. 그 사람들은 이해해 줄 거야, 형. 그런 일은 늘 있을 거야."

나는 내 말이 사실인지 알지 못했다. 형이 지금 그 모든 일을 다시 떠올리는 건지도 알지 못했다. 잘 모르겠지만, 형의 머릿속에선 우리가 흔들리는 건물 꼭대기에 앉아 있을 수도 있었다.

"너무 늦었어."

"전혀 늦지 않았어. 어떻게 늦을 수 있겠어?"

"왜냐하면 그 사람들은 죽었으니까. 넌 그걸 이해 못하겠지, 소니? 두 사람 다, 리틀 루니와 토모. 둘 다 나 때문에 죽었어."

잠시 언쟁이 없던 평화로운 시간은 끝났다. 형은 몸을 추스르고 눈으로 땅바닥을 살펴보며 서성거렸다. 나는 형이 무엇을 찾는지 너무 늦게 깨달았다. 총이 다시 형의 손에 들어갔다.

"이제 넌 가야할 시간이야."

"지금 웃음이 나와? 난 절대 형을 여기에 두고 떠나지 않아."

"말했잖아, 가라고."

"나도 말했잖아, 안 간다고. 형이 나한테 그런 말을 했는데 정말로 내가 여기서 내려갈 것 같아? 형이 그걸 들고 여기 있는 한 절대 안 가."

형은 앞으로 한 걸음 나왔다. 총은 옆으로 내렸지만 표정은 정말 위협적이었다. 이 일이 어떻게 끝나든지 형은 자기가 원하는 대로 하려 했다.

그러나 형이 나에게 다다랐을 때, 날카로운 빛이 어두운 하늘을 가르더니 타는 듯한 불빛이 옥상으로 집중되었다. 그건 형에게 최악의 악몽이자 형이 정신을 다시 서서히 놓을 거라는 예고가 틀림없었다.

그러나 무언가 폭발한 게 아니었다. 그건 경찰의 헬리콥터였다. 고스트에 사는 사람들에게는 흔한 광경이었다.

무의식적으로 나는 형에게 몸을 날려 바닥에 눕히고 함께 어두운 곳으로 몸을 굴렸다. 아래에서는 패거리가 날뛰고 여기서는 총소리가 났으니 경찰이 항공 정찰대를 출동시킨 건 놀라운 일이 아니었지만, 불빛은 나를 아주 정확히 겨냥했다. 나는 경찰을 피할 기회를 엿보기 위해 우선 형을 숨겨야 했다.

그러나 나와는 다른 생각이었던 형은 다치지 않은 팔로 나를 때리려고 애를 썼다. 나는 피를 흘리는 형의 주먹을 더 이상 다치지 않게 배려하면서 형 위에 올라앉았다.

"뭐하는 짓이야?"

나는 너무 세게 힘을 주느라 대답할 수 없었다. 형을 조금만 더 잡으면 곧 헬리콥터가 다른 높은 건물로 떠날 거라는 사실을 알았다. 내가 해야 할 일은 형이 우리 둘이 여기 있는 것을 알리려고 총을 쏘는 것을 못하게 하는 것뿐이었다.

"경찰들은 나를 찾는 거야. 그러니까 넌 가는 편이 나아."

형이 고함쳤다.

그러나 나는 그런 선택을 할 수 없었다. 형이 나를 제압하기 전에 형 손에서 총을 도로 뺏어야 했다.

그래서 침착해지자고 마음을 단단히 먹고 다친 형의 손을 무릎으로 쿡 누르고 세게 비틀었다. 형이 괴로워서 온몸을 뒤튼 순간 총이 바닥으로 미끄러져 내 손으로 들어왔다. 나는 헬리콥터 불빛이 이동하는 걸 확인한 뒤, 형에게서 황급히 떨어져 나와 총을 건물 옆으로 던져 버리겠다고 위협했다.

두려웠다. 겁이 났다. 형이 총이나 나를 다시 붙잡을지도 모른다는 생각이 들었다.

총이 생각보다 강하지 않다는 느낌이 든 것 말고는 그것을 손에
드는게 어떻게 느껴졌는지 설명하기가 어렵다.

나는 머리 위로 총을 들어 올리려고 힘을 내봤지만 그건 오히려
구토가 나올 정도로 나를 괴롭게 했다. 형도 나처럼 고통스러워 보
였다.

형은 눈을 튀어나올 듯이 커다랗게 뜨고 소리쳤다.

"안 돼! 안 돼. 잘 생각해 봐. 저기로 던지면 총이 발사되거나 누
군가의 머리에 구멍을 낼 거야. 총 여기저기에 내 지문이 묻어 있
는 건 어떻게 보일 것 같아? 또 네 지문은 어떡할 거고?"

나는 총이 떨리는 게 느껴졌다. 내 머리는 나에게 총을 옆으로
떨어뜨리라고 말했다. 하지만 어떤 이유에선지 팔이 말을 듣지 않
았고, 그것은 형을 더욱 더 화나게 했다.

"어서, 그거 이리 줘. 나를 돕고 싶다고 했지? 그럼 그 총 내게
줘. 난 내가 무슨 짓을 하는지 알아. 이 모든 걸 받을 만하지."

"입 다물어, 알았어? 형이 무엇을 할 건지 말할 필요는 없어."

나는 이번엔 진심이었다. 이번에 형은 모든 걸 다 알지 못했다.
하지만 나는 알았다.

"넌 내가 필요 없니? 네 마음이 말하는 목소리에 귀 기울인 적은
있어? 너한테는 하루도 거르지 않고 내가 필요했어. 누가 너한테
신발 끈 매는 걸 가르쳐 줬지? 일하는 엄마를 대신해서 누가 너를
학교에 데려다줬지? 네가 얻어터질 때 누가 널 구해 줬고? 나는 석

달 동안 너를 떠나 있었고 히치는 결국 삐쩍 말라 있어. 그러니까 내가 필요 없다고 다시 얘기해 봐."

"맞아, 나도 인정해. 하지만 지금은 형도 내가 필요해."

"그렇게 생각해?"

"난 알아. 형한테는 내가 형을 여기서 내려가게 해주는 게 필요해. 또 내가 형의 머릿속 문제를 해결해 줘야 하고. 형 말이 진심이라면, 형은 내가 총을 주면 좋겠지만."

"그러니까 그 총 내놔. 이번엔 시키는 대로 해."

나는 권총 손잡이를 형을 향해 돌렸다. 그러나 더 가까이 움직이지는 않았다. 너무 피곤했고 무슨 일이 일어날지 혼란스럽고 두려웠지만, 갑자기 머리가 맑아지고 무엇을 해야 할지 깨달았다.

경찰이 오기 전에 해결해야 했다. 내가 뭐라고 말했는지 상관없이, 형을 설득해 내려가기 전에 경찰들이 우리를 찾아낼 거란 사실을 알았기 때문이다. 그리고 그런 일이 생기도록 내버려 둘 수 없었다. 경찰들이 형을 찾게 둘 수 없었다.

"그럼, 가져가. 형이 와서 가져가라고."

나는 형 때문에 마음이 약해진 척 낙담한 듯한 말투로 말했다.

그리고 앞으로 한 걸음 나가 형이 내 말대로 하는 모습을 보았다. 이 방법이 효과가 있을지, 형을 크게 다치게 하지 않고 성공할 수 있을지 두려웠다. 그러나 걱정할 시간이 없었다. 그것은 내게 남겨진 전부이고 진즉 했어야 할 시도였다. 지금이 형에게 갚아 줄 때였다. 형과 엄마가 내가 할 수 있다고 생각하지 않던 것을 해

줄 때였다.

형이 총을 빼앗아 가려고 앞으로 몸을 숙인 순간 나는 팔을 앞으로 홱 빼내고는 총의 개머리판으로 형의 오른쪽 눈 위쪽을 내리쳤다. 형 이마에 들쭉날쭉한 상처가 났다.

나는 형이 털썩 주저앉았을 때 무슨 소리를 들었다. 그러나 그 소리는 형에게서 난 게 아니라 내 뒤의 계단참에서 났다. 희미했지만 나는 그 소리를 똑똑히 들었다.

목소리가 들렸다. 경찰이 틀림없었다. 경찰들이 왔다.

아직 해야 할 일이 아주 많았다. 나는 형 옆의 바닥으로 엎드렸다. 형의 숨소리를 확인하자 안도감이 물밀 듯이 몰려왔다. 망설이지 않고 형의 후드 셔츠를 잡았다. 피범벅이 된 팔을 조심조심 빼고는 머리 위로 셔츠를 들어 올렸다.

잠시 뒤, 내 점퍼를 벗어 찢은 뒤 형의 머리와 손에 붕대처럼 감싼 다음 나는 형의 후드 셔츠를 입고 형의 손에 묶여 있던 피에 젖은 옷 조각을 내 손에 묶었다.

형이 정신을 차리거나 경찰들이 내 앞에 도착하기 전에 기껏해야 몇 분 정도의 시간밖에 남지 않았다는 사실을 알았다. 나는 옥상에서 가장 구석에 있는 장소, 그러니까 출입구에서 보이지 않는 곳으로 형을 끌고 갔다. 그곳은 어두워서 잘 보이지 않았고, 사람들이 버린 쓰레기로 가득했다.

이런 건 하고 싶지 않았지만 선택의 여지가 없었다. 나는 손에 잡히는 모든 쓰레기를 끌어다 형 위에 쌓았다. 유모차 뼈대, 원뿔 모양 표지판, 썩고 악취 나는 쓰레기 봉투들까지. 쓰레기가 형을 숨겨 주고 내게 시간을 벌어 주는 한 다른 건 중요하지 않았다.

그리고 한 가지 더 해야 할 일이 있어서 옥상 가운데로 다시 달려갔다.

총을 없애야 한다.

우리 둘을 제외한 누군가가 보기 전에 총을 버려야 한다.

조심스럽게, 손잡이에서 지문 흔적을 모두 닦고 총을 옮겼다. 후드 셔츠로 감싼 다음 환기구로 가져갔다.

권총을 환기구들 중 한 곳 안에 숨길 수 있을까? 아니, 환기구들은 죄다 나사가 단단히 잠겨 있었다. 게다가 환기구 뚜껑을 열었다 다시 덮을 시간도 도구도 없었다.

나는 주위를 돌며 총을 넣어 둘 수 있는 장소를 찾아보았다. 그러나 아무 데도 없었다. 그때 계단 쪽에서 더 많은 고함 소리가 들렸다. 고함은 더 크고 더 가까워졌다. 너무 가깝게 들려서 권총을 건물 구석에 던져 버릴까 하는 생각을 잠시 했다.

그때, 새 둥지가 눈에 띄었다. 배수관 꼭대기에 쐐기처럼 박힌 채, 몇 년 동안 쌓인 새똥들이 화석처럼 단단하게 굳어 있는 새 둥지 말이다. 그곳은 완벽했다. 사람들이 건드리지 않을 정도로 고약한 냄새가 났으며, 안에 무언가를 숨겨 둘 수 있을 정도로 깊숙했다. 총은 권총집에 들어가듯 새 둥지 안으로 쏙 들어가 완전히 숨겨졌다.

그 안에 두면 총이 보일 리가 없었다. 어쩌면 누군가 점프를 해

둥지 안을 볼지도 모른다. 내가 해치워야 할 일을 완전히 끝내고 나서 말이다.

계단참을 향해 걸어갈 때, 이제 아래쪽에서 들리는 목소리가 더 커졌는데도 애가 타지 않았다.

나는 형에 대해, 형이 보았던 것에 대해 생각했다. 형이 자신이 한 일에 대해 어떤 생각을 했을지 생각했다.

어떻게 우리가 형을 도와줄 수 있을지 또 그 악령들을 쫓아 낼 수 있을지 나는 여전히 답을 찾지 못했다. 내가 아는 사실은 당분간 형이 지금 있는 곳에서 제일 안전하다는 것뿐이었다. 형이 저 좁은 공간에 동그랗게 누워 있는 동안은 답을 찾지 못해도 괜찮을 것 같았다.

그래서 나는 마지막 숨을 깊게 들이마시고 최대한 소음을 내지 않으면서 옥상에서 내려와 계단으로 걸어갔다. 가능한 계단을 많이 내려갈 필요가 있었다. 가능한 경찰들이 옥상에, 형과 총에 가까이 가지 못하게 할 필요가 있었다.

간신히 네 개의 층을 내려갔을 때 손전등 불빛이 나를 찾아냈고 경찰들이 내게 가만히 서서 양손을 올리고 벽을 마주 보라고 다그쳤다. 나는 이번만큼은 경찰들이 시키는 대로 했다.

나는 지시를 듣는 데 익숙했다. 항상 지시를 하는 사람은 형이었다. 그리고 항상 나는 형의 지시를 무시했다. 그러나 이번엔 아니었다. 나는 어려운 상황에 잘 대처했다. 그게 형제가 해야 할 일이었다.

소니

　15분 뒤, 벽에 밀쳐진 순간 뺨에 닿은 계단참 벽이 차가웠다. 더는 계획이 필요할 것 같지 않았다. 내 계획은 형을 때려눕히고 내가 대신 책임을 지는 것뿐이었다. 그다지 정교하지는 않았다. 내가 대신 책임질 준비를 했던 그 시점부터는.

　경찰들이 얼른 몸을 수색하고 나를 끌고 가기를, 그러니까 현장을 장악해서 쓰레기 같은 인간 한 명을 데려가 가두기를 바랐다.

　그래서 경찰들이 계단에 나를 잡아 둔 채 다른 경찰 두 명을 옥상으로 보냈을 때, 가슴이 다시 쿵쾅거리기 시작했다.

　모든 시간이 괴로웠다. 형이 얼마나 오랫동안 숨어 있을 수 있을지, 내가 얼마나 충분히 형 위에 쓰레기를 쌓아 두었는지 생각할수록 불안했다.

　그리고 총에 관해서라면? 음, 만일 경찰이 총을 찾아낸다면, 우리는 또 다른 문제에 빠지게 된다.

"너 혼자야?"

경찰이 물었다.

나는 고개를 끄덕였다. 믿을 수 없겠지만 내 입은 비밀을 발설하지 않았다.

그 질문은 경찰이 우리 중 한 사람만 발견했다는 것을 의미할까? 나는 그러기를 바랐다.

나는 경찰들이 위로 올라가, 옥상을 마구 뒤적이고, 환기구, 쓰레기통, 안에 무언가를 숨길 수 있을 정도로 큰 뚜껑이 달린 것들은 무엇이든 확인하는 모습을 상상했다. 형이 발각될 거라는 생각은 나를 엉망으로 만들었고, 경찰의 손아귀에서 벗어날 방법들을 미친 듯이 시도하게 했다.

"몸이 좋지 않아요."

나는 자신 없는 목소리로 더듬더듬 말했다.

경찰은 대답이 없었다. 한 팔로 여전히 나를 벽에다 밀친 채 단단히 잡았다.

"제 얘기 들었어요? 몸이 좋지 않다고 했잖아요!"

나는 저항하려고 애를 썼고, 경찰들이 총동원되어 나를 1층으로 데려가야 할 정도로 크게 화를 냈다.

하지만 그건 순진한 생각이었다. 나는 이제야 그것을 깨달았다. 형을 찾는 일은 끝나지 않았다. 나는 지금껏 본 사람 중에서 제일 덩치가 큰 경찰 두 사람에 의해 번쩍 들어 올려졌다가 계단으로 풀썩 떨어졌다. 끌려가는 동안 경찰들에게 욕을 퍼부었지만, 그건 경찰들이 내가 얼마나 쓸모없는 사람인지 생각하는 데에 도움을 줄 뿐이었다.

그러나 밖으로 나갔을 때, 나만 말을 안 듣는 게 아니라는 사실을 알 수 있었다. 그곳에는 인생을 고달프게 만드는 사람들이 많이 있었다. 동상은 지금 연기만 나지만, 다른 몇몇 곳은 불이 아직 살아 있었다. 쓰레기통은 다 타버렸고, 멀리서 소방대원들이 불에 타는 어떤 자동차와 씨름을 하는 모습이 보였다. 사이렌 소리와 비명 소리, 경보음 그리고 무슨 일이 일어났는지 또 앞으로 무슨 일이 일어날지에 대한 두려움으로 내 귀가 가득 찼다. 경찰들은 이 모든 일에 대해 본보기로 누군가에게 벌을 줄 것이다. 그리고 나는 경찰들이 형을 찾아내지 못하는 한 내가 그 줄 제일 앞에 있을 거라는 사실을 알았다.

경찰들은 광장을 가로질러 줄지어 서 있는 호송 차량들 쪽으로 나를 데려갔다. 차량 중 한 대가 바퀴 위에서 흔들렸다. 아마도 성난 쿠다 패거리로 가득 찬 것 같았다. 내 운을 알다시피 나는 쿠다 패거리가 있는 차량 안으로 던져질 것이다. 그 말은 내가 판사를 만날 필요가 없을 거라는 사실을 의미할 수도 있다. 내게 판결할 게 없다면 상관없겠지만.

그 차량에서 고작 몇 미터 떨어진 곳을 내가 걸어갈 때 다음 문제가 나타났다. 엄마와 캐머런이 온 것이었다.

둘의 얼굴이 근심으로 가득했다. 엄마는 나를 붙잡은 경찰에게 소리쳤다.

"이 아이는 내 아들이에요!"

"안됐군요."

경찰은 우리 기분에 하나도 도움이 되지 않는 대답을 했다.

"음, 어디서 이 아이를 데려온 거죠?"

경찰은 믿을 수 없다는 듯 엄마를 쳐다보았다.

"휴가를 즐기던데요. 카리브 해가 이맘때 아주 놀기 좋다고 하더군요."

"네가 이런 일을 할 리 없어. 정당한 이유가 있었을 거야"

엄마가 내 손을 옭죄는 소매 끝을 붙잡고서 소리쳤다.

"권총을 소지했던 건 어떻게 설명할 거죠, 아주머니? 아니 공공장소에서 총을 쏜 건 뭐라고 하실 건가요?"

엄마가 나를 놓더니, 믿을 수 없다는 듯 눈을 가늘게 뜨고는 내게 사실이냐고 물었다.

"절대 사실이 아네요. 경찰들은 총을 찾지 못했어요, 그렇죠? 앞으로도 찾지 못할 거예요. 그 말은 사실이 아니거든요, 엄마. 저는 아무것도 쏘지 않았어요."

경찰은 상황을 통제하고 나를 계속 끌고 가려고 했지만 캐머런이 나를 가로막고 물었다.

"찾았어, 소니? 찾은 거야?"

나는 그런 때에, 우리 형이 있는 곳을 경찰에게 누설하지 않아야 할 때에 뭐라고 대답해야 할지 곤란했다. 차량 뒤쪽으로 밀쳐지자 수수께끼 같은 답들이 앞다투어 생각났다. 그러나 아무 답도 꺼내 놓지 못하고 재빨리 지껄이기만 했다.

"괜찮을 거야. 내가 해결했어."

그 말의 진실이 몇 분이나 지속될지 몰랐지만 당시에는 그게 내가 말할 수 있는 전부였다. 내 대답이 충분하기를 바랐다. 캐머런이 울먹이지 않고 형에 대해 엄마에게 자세히 얘기해 줄 수 있기를 바랐다.

다행스럽게도 내가 들어간 차량은 비어 있었다. 캐머런과 엄마가 나를 향해 소리치는 모습을 선팅된 창문을 통해서 볼 수 있었지만, 뭐라고 말하는지는 들리지 않았다. 차 안에서 나는 좌절감에 짓눌려 벽에 발길질을 해댔다. 캐머런과 엄마는 그런 내 모습을 보지 못했다.

나는 이제 무엇을 해야 할까? 얼마나 지나야 경찰은 수색을 포기하고 내가 저 위에 있던 유일한 사람이라는 사실을 받아들일까?

나는 경찰이 인내심이 부족하기를 바랐다. 할 수만 있다면 형이 자수할 거라는 것쯤은 알았다. 형은 숨어서 경찰들이 떠나기만을 기다리지는 않을 것이다. 형은 벌을 받고 싶어 했다. 그것 때문에 이 모든 일이 발생했다.

나는 답을 찾는 건 제쳐 놓고 재빨리 머리를 굴려 어디서부터 생각을 시작해야 하는지부터 알려고 안간힘을 썼다.

나는 옳은 일을 했다, 아닌가? 내가 한 일은 형이 평생 동안 나를 위해 했던 일이다. 그런데 왜 이 질문은 정리되지 않을까?

나는 형이 내게 말했던 것을 되새기고, 내가 했던 모든 일에 문제는 없는지, 그러니까 형이 총을 쏘고 만족스러워하기 전에 형을 괴롭혀 옥상에서 내려오게 할 방법을 놓쳤던 건 아닌지 자책했다.

머리가 어질어질하고 얼굴이 땀으로 흥건해졌다. 그러나 소용없었다. 차량이 경찰서 앞에 멈출 때까지도 나는 어떤 해답도 생각해 내지 못했다.

차량은 천천히 이동했다. 고스트를 30분 동안이나 느릿느릿 기어갔다. 우리가 떠나려 하자 많은 사람들이 차량을 주먹으로 때리고 발로 걷어찼기 때문이다. 나는 그 소리를 무시하고 피카드 하우스 꼭대기를 계속 노려보았다. 하지만 소용없었다. 이렇게 먼 곳에서는 형을 볼 수 없었다. 그러나 그것은 내게 집중할 수 있는 힘을 주었고 앞으로 무슨 일이 일어날지 걱정하는 것을 멈추게 했다.

경찰들은 자신들을 풀어 달라며 몸싸움을 벌이는 패거리들을 피해 다급하게 경찰서로 나를 끌고 들어갔다. 나는 싸우지 않았다. 내 안에 남은 것은 아무것도 없었다. 경찰의 질문에 대답하고 지문을 찍게 놔두었다. 경찰이 휴지를 주었을 때도 애써 잉크를 닦아 내지 않았다. 대신 고개를 숙이고 입을 꾹 닫은 채 줄줄이 경찰서로 들어오는 사람들에게 관심을 기울였다.

내가 거기 있는 동안 형의 얼굴은 보이지 않았다. 그리고 경찰들이 나를 유치장에 던져 버렸을 때에는 작은 구멍에 얼굴을 바짝 대고 형이 들어오진 않았는지 흘끔흘끔 찾아보았다.

시간이 천천히 지나갔다. 고통스럽게 한 시간, 두 시간 조금씩 지나갔다. 종아리가 아팠지만 앉지 않았다. 만일 형이 정신을 차리고 몰래 도망쳐서 아이들을 찾는다면 그럼 우리에게는 기회가 있을 것이다. 나는 그렇게 형이 안전하고 자유로워질 수 있다면 경찰이 내게 무엇을 던지든 기꺼이 받아들일 수 있었다. 형은 이런 일을 견뎌낼 방법이 없다. 머릿속이 이미 심하게 갈기갈기 찢어졌으니 견딜 수 없을 것이다.

나는 형이 나에게 말했던, 공 안에 있던 폭발물과 끝없는 총격전을 다시 생각했다. 어떻게 형이 그렇게 오랫동안 모든 것을 용케도 견뎌 냈는지 믿을 수 없었다.

형의 죄책감을 어떻게 없애야 할지 알 수 없었다. 그러나 우리는 우리만의 방법을 찾을 것이다. 군대에 도움을 요청할 것이고, 만일 의사에게 돈을 지불해야 한다면 우리가 가진 모든 것을 팔 것이다. 여기까지 와서 형을 실망시킬 수는 없었다. 그건 선택할 수 있는 게 아니었다.

내 주위 유치장이 가득 찼다. 휴대전화와 변호사를 요구하는 소리와 불평들이 벽에 부딪쳐 튕겨져 나왔다. 어떤 얼간이는 몇 시에 아침을 주느냐고 묻기까지 했지만 나는 그 사람이 이미 그 대답을 안다고 생각했다. 유치장에 갇혀 있는 사람들 중에 여기에 처음 온 사람은 거의 없었다.

몇 시간 만에 유치장 바닥이 더 빽빽하게 들어차더니 문이 모두 닫혔다. 그리고 문 앞에 분필로 이름을 휘갈겨 썼다. 그중 '제임스 맥건'이라는 이름은 아직 없었다.

나는 새로운 수감자들이 도착하는 시간 간격을 재기 시작했다. 그 간격이 더 길어지자 희망이 생겼다. 30분이 경과했을 때는 잠시 기쁘기까지 했다. 그러나 기쁨은 나를 스쳐 지나갔다. 나는 잠깐 동안 꾸벅꾸벅 졸다가 열쇠가 문을 긁는 소리에 번뜩 잠에서 깼다. 그리고 문이 열렸을 때 몸이 뒤로 휘청 넘어갈 뻔했다. 형이 내 앞으로 밀쳐져 들어왔고 나는 신음이 나오려는 걸 억눌렀다.

경찰들이 형을 찾아낸 것이었다. 아니면 형이 경찰들을 찾아낸 것이거나. 자세한 사정은 중요하지 않았다. 형은 여기 있었다. 내 계획이 조각난 채 바닥에 흩어졌다.

"네가 함께 있을 사람을 원하는 것 같더구나. 이 녀석에게서 많은 얘기를 듣게 될 것 같지는 않다만. 만일 이 녀석 이름이라도 알게 된다면 나한테 소리쳐라."

경찰이 말했다. 그리고 문을 잠그고 떠났다. 하지만 그는 내게 누구를 던져 준 것인지, 또 자기가 한 말이 어떻게 우리에게 또 하나의 구멍밧줄이 되어 주는 건지는 알지 못했다.

나는 조용히 형을 침대로 데려가 앉혔다. 형은 엉망진창이었다. 머리에 난 상처는 소독은 했지만 딱딱하게 굳은 피가 아직 뭉쳐 있었다. 옷은 찢어진 채 고약한 냄새가 났고, 양손에는 붕대, 피, 페인트가 뒤엉켜 있었다. 나는 움찔해서 페인트를 문질렀다. 하지만 전혀 지워지지 않았다.

그건 좋지 않았다. 경찰들은 아직 형의 이름을 모르는 것 같았다. 그러나 만일 경찰들이 금세 상황을 추측할 정도로 똑똑하다면 형 손에 묻은 페인트를 보고 마을에 있는 페인트 낙서로 곧장 향할 것이다. 나는 훔친 차의 핸들에 얼마나 많은 흔적이 남았을지는 생각조차 하고 싶지 않았다.

형을 이해시키고 경찰이 이미 무엇을 아는지를 알아내야 했다. 우리가 아침까지 어떻게 형을 여기서 나가게 할 만큼 정교한 이야기를 만들어 낼 수 있을지.

"어떻게 된 거야, 형? 경찰들이 형을 어디서 찾았어?"

내가 속삭였다.

형은 대답하지 않고 겨우 눈만 끔벅였다. 나는 형 앞에 쭈그리고 앉아서 손으로 형 손을 따뜻하게 해주었다.

"형. 어서 말해 줘, 형. 내게 얘기해 줘야 해. 그래야 형을 도울 수 있어, 형도 알잖아, 안 그래?"

아무 대답 없었다.

"내가 거기서 한 짓 때문에 형이 화가 난 거 알아. 미안해. 그렇지만 난 이 모든 걸 바로잡을 수 있어. 내가 옥상에서 떠난 뒤에 형한테 무슨 일이 있었는지 알아야 해."

침묵.

"말해 달라니까, 형!"

마음속에서 화가 부글부글 끓었다. 믿을 수 없었다. 우리에게는 또 다른 기회가 생겼다. 그러나 형은 기회를 잡는 걸 거부했다. 형은 내 말을 듣는 게 틀림없었다. 내가 말을 하자 나를 쏘아보았으니까. 그러나 어떤 이유에선지 형은 내게 아주 희미한 신호조차 보내지 않았다.

"형은 더 이상 할 수 없다고 했잖아. 모든 걸 짊어진 사람이 되고 싶지 않다고 했지? 그래, 형은 그럴 필요 없어. 형도 알겠지만 나는 형이 저기서 한 얘기를 들었어. 나는 형을 위한 일을 할 수 있어, 형. 내가 하고 싶어. 지금이 그때야, 그렇지 않아? 변화를 위해 내가 형의 신발 끈을 묶어 줄 때라고!"

나는 농담이 도와줄 수 있기를 바랐지만 형의 표정은 조금도 바뀌지 않았다. 형은 얼굴을 움직이지도 찡그리지도 않았다. 가슴은 규칙적으로 오르락내리락했지만 숨소리조차 들리지 않았다.

나는 형 앞으로 걸어갔다. 나를 언제나 곤경에 처하게 했던 분노 속으로 빠져들어 가는 것 같았다. 하지만 형에게 다가가지 않을 수 없었다.

"여기서 무슨 일이 일어날지 이해가 안 돼? 경찰들은 형의 지문을 가져갔어. 지금 당장 지문을 컴퓨터로 찾아볼 거야. 경찰들이 형 지문을 완전히 알아내는 데 얼마나 걸릴 것 같아, 형? 형 지문을 동상 주위에 있던 자동차에서 찾아내는 데는 또 얼마나 걸릴 것 같으냐고? 그리고 총을 찾아내는 건 어떻고? 자, 말해 봐. 얼마나 걸릴까?"

형의 표정은 변하지 않았지만 뺨으로 조용히 눈물이 흘러내렸고, 나는 가슴이 무너지는 것 같았다. 내 말이 형에게 영향을 미친 건 아니었다. 나는 그 점을 알았다. 내가 추측할 수 있는 건 형이 다시 아프가니스탄으로 돌아갔다는 것뿐이었다. 형은 자기 앞에서 토모가 죽는 모습을 보았고, 그 모습을 생각할 때마다 더 커지는 죄책감에 시달렸다.

헤어나려고 노력하는 것조차 소용없었다. 형의 몸은 내 앞에 있었지만, 형의 기억은 오늘 밤 형을 무너뜨렸다. 나는 눈을 감고 힘겹게 숨을 내쉬며 다시 형 앞에 쪼그리고 앉아서 형 머리를 내 가슴으로 잡아당겼다.

우리는 잠시 동안 움직이지도 말을 하지도 않았다. 심지어 문이 다시 열렸을 때조차도. 아까 그 경찰이 돌아와 깜짝 놀란 목소리로 말했다.

"너희는 우리가 무엇을 알아냈는지 절대 믿지 못할 거야."

경찰이 웃음을 터뜨렸지만, 나는 경찰이 즐거워서 그러는 게 아니라는 사실을 알았다.

"너희 둘은 성이 같구나. 너희는 이 사실을 믿을 수 있어?"

나는 경찰의 말을 무시하고 형의 귀에다 속삭였다.

"그건 괜찮을 거야."

하지만 경찰은 말을 계속했다.

"그것뿐만이 아니란다. 너희 둘이 주소가 같다는 것도 알아냈지. 믿을 수가 없어, 안 그래?"

나는 경찰이 더 가까이 다가오는 소리를 들었다. 경찰의 목소리가 변했다.

"이제 여기서 어떻게 될지 모르겠구나. 하지만 나는 머저리한테 속아 넘어가는 걸 좋아하지 않아. 그러니까 일어서거라. 소니, 네 형은 나와 함께 가야 해."

나는 고개를 돌리지도 않았고, 내가 잡은 것에서 손을 놓지도 않았다. 그리고 다시 형에게 속삭였다.

"진짜야. 완전히 해결될 거야. 모두 다. 무슨 일이 있어도 나랑 엄마, 아이들까지, 우리는 형이 어떤 사람인지 알아. 그걸 기억해."

경찰은 이제 짜증을 내며 더 요란하게 바닥에 발을 굴렀다.

"말했잖아, 일어나라고!"

나는 꿈쩍도 하지 않았다.

"이번이 마지막 기회다, 소니. 내가 강제로 일으켜 세우기 전에 스스로 일어나."

나는 형을 더 세게 잡고 손아귀에 힘을 단단히 주었다.

경찰은 자기가 원하는 것만큼 여러 번 같은 말을 할 수 있었다. 경찰서 안에 남아 있는 모든 경찰을 부를 수도 있었다. 나는 경찰이나 다른 누군가를 위해 그렇게 하는 게 아니었다.

우리 형을 위해서였다.

소니

우리 여섯은 모두 주차장 건너편에 줄지어 서 있었다.

이곳은 누군가를 기다리기에 최적의 장소인 것 같다. 우리는 형이 나오자마자 숨막히게 하고 싶지 않았다. 나는 긴장이 되는데 형은 어떨까?

여섯 달은 긴 시간이었고, 우리는 모두 이곳을 방문한 적이 있다. 하지만 형이 밖으로 나와서 우리 모두와 마주했을 때 어떻게 반응할지는 모르겠다.

긴장한 사람은 나만이 아니었다. 내 한쪽 옆에는 엄마와 캐머런이 서 있었는데, 서로 손을 어찌나 꽉 잡았는지 둘 다 팔뚝에 혈관이 불거져 있었다. 데니스는 엄마와 캐머런 옆에 서서 흐르는 눈물을 감추려 애썼다.

다른 쪽 옆에선 위기가 담배를 뻑뻑 빨아 댔다. 담배 연기가 목

발에 기대 선 히치에게 곧장 날아갔다.

"다른 데로 내뿜을 수 없어?"

히치가 투덜거렸다.

"나 말고 바람한테 얘기해."

위기가 받아쳤다. 둘은 출발할 때부터 줄곧 티격태격했다. 히치는 줄담배를 피우는 녀석과 승합차 뒷자리에 함께 앉아 왔기 때문에 기분이 상해 있었다.

나는 둘에게 조용히 하라고 말하지 않았다. 농담은 환영이다. 모든 것이 정상으로 돌아간다는 증거로 농담만 한 것은 없다. 그래, 히치는 아직 마라톤을 뛸 형편은 아니다. 하지만 하루하루 깡마른 다리에 힘이 붙었다. 그리고 마약에 관해서라면 히치는 그 근처에도 가지 않았다. 우리가 보장한다.

시계를 보니 시간이 다 되었는데 문이 여전히 닫혀 있어 마음이 더 불안했다. 나는 문에서 눈을 떼지 않은 채 허리를 숙여 발목을 긁었다. 감시용 발찌 주변의 피부가 까져서 손을 대니 쓰라렸다.

내가 발찌를 느슨하게 묶어 달라고 하니까 경찰이 화가 나서 더 단단히 묶은 게 틀림없다. 경찰이 하고 싶은 대로 할 수 있었다면 아마 나를 철창에 가두고 열쇠를 삼켜 버렸을 거다.

나도 그 정도일 줄은 몰랐다. 우리가 법정에 나란히 섰을 때 내 변호사가 고개를 설레설레 젓더니 충고했다.

"내가 자네라면 방귀도 조용히 뀔 거야."

기대했던 말은 아니었지만, 나는 변호사를 용서하기로 했다. 변호사는 자기 일을 했을 뿐이니까.

"아무 말도 하지 마, 알아 들었니? 네 말은 상황을 더 악화시킬 뿐이라고."

엄마가 꿍얼거렸다.

"엄마 잔소리가 더 정신없어요."

나는 투덜거렸지만 엄마가 시키는 대로 했다. 요즘엔 그게 버릇이 되어 간다.

"그래도 잔소리 안 하는 것 보다는 낫잖아, 안 그래?"

그 말에 반박할 수 있는 말은 별로 없었다. 엄마는 쉴 새 없이 큰 소리로 떠들었다.

그 사건은 엄마에게 힘든 일이었다. 엄마가 다루어야 했던 많은 일들은 대부분 사람들을 어안이 벙벙하게 할 만한 일들이었다. 그러나 엄마는 그 일들을 내버려 두지 않았다. 대신 그날 밤 사건과 심각한 형 상태에 대한 진실이 명백해졌을 때, 그냥 있는 그대로 사실을 받아들였고 이런 저런 식으로 감당했다. 결코 불평을 하거나 머릿속 생각을 다른 사람과 나누려고 애쓰지 않았다. 단지 힘을 낼 수 있게 또 다른 기어를 발견해 냈으며, 적어도 1주일에 한 번 형을 방문할 시간을 만들어 냈다.

내가 엄마에게서 긴장감을 보았던 순간이 여러 번 있긴 했다. 하지만 그때는 방해하고 싶지 않은 조용한 순간이었다. 엄마는 보드카 한 잔을 들고 식탁 앞에 앉아 얼음을 많이 넣어 양을 더 늘렸다. 나는 할 수 있는 일을 했다. 일자리를 달라는 부탁을 들어 줄 것 같은 누군가에게 간청했다. 그리고 상자를 나르고 선반을 쌓게 해준 너그러운 사람을 몇몇 알아냈다. 비스킷 통 안에 무언가를 넣어서 집으로 올 수 있는 한, 그러니까 며칠 치 저녁 식사를 해결하기에 충분한 무언가를 가져올 수 있는 한 내가 무슨 일을 하는지는 중요하지 않았다. 언제나 노력에 비해 적은 돈을 받고 돌아왔지만, 노력하지 않으면 이룰 수 없는 계획이 있었다. 그건 오늘까지 준비해야 하는 것이었다. 그리고 그 계획은 이루어진 셈이다.

엄마는 내 변화를 보았다. 그러나 다시 우리는 그 일을 곱씹지 않았다. 법정에 가는 신세가 되어서야 엄마는 옥상에서 일어났던 일에 대해 모든 사실을 — 음. 총 얘기를 제외한 모든 사실을 말이다. 결코 얘기하면 안 되는 어떤 것들이 있으니까 — 들었다.

판결이 내려진 뒤 엄마는 내게 팔짱을 끼더니 우리가 집으로 갈 거라고 말했다. 나는 엄마가 잔소리를 늘어놓거나 최후의 경고를 할 거라고 생각했지만 그런 일은 없었다.

엄마는 정말로 아무것도 말하지 않았다. 우리는 그저 걷기만 하면서 불어오는 바람을 고스란히 맞았다. 엄마와 나는 간절히 바랐지만 정말로 기대하지는 못했던 안도감을 만끽했다.

그러고 나서? 음, 그것은 우리 둘에게 같으면서도 달랐다.

그날 아주 많은 일들이 그 꼭대기에서 일어났기 때문에 우리는 도저히 그곳을 다시 돌아다닐 수 없었다. 엄마는 내가 형을 도우려고 애를 썼다는 사실을 알았고, 나는 엄마가 조금은 나를 자랑스러워한다는 사실을 알았다. 얼마나 많이 자랑스러워하는지는 중요하지 않았다. 나는 엄마의 마음을 알았고 그것으로 충분했다.

마침내 문이 열렸을 때 내가 첫 번째로 형을 찾아냈다. 다른 사람들은 무언가로 말다툼을 했다. 아마도 위기가 또다시 담배를 피우는 것 같았다. 형을 본 순간 나는 강력한 행운을 느꼈다.

형이 우리를 보고 웃는 것도 행운이고, 우리가 토모 형을 잃었던 것처럼 형을 잃지 않았다는 것도 행운이며 그리고 형 뒤에서 유리문이 닫힌 것도 우리에게는 모두 행운이다.

그 문은 유리문이 아니라 단단한 철문이 될 수도 있었다. 여는 데 열쇠가 여섯 개는 필요한 종류의 문 말이다.

솔직히 말해서 우리는 형을 지키지 못하고 감옥으로 보낼 수도 있었다. 형은 심각한 죄명들을 물끄러미 쳐다보았다. 공공기물 파손, 재물 손괴 , 차량 절도, 폭주. 인상적인 목록이었다.

나는 경찰이 권총을 찾아냈다면 무슨 일이 생겼을지 생각만 해도 무서웠다. 그러나 경찰은 찾지 못했다. 사흘 뒤 데니스는 경찰이 쳐 놓은 접근 금지 테이프와 권총을 숨긴 새들의 똥무더기를 무시하고 문제를 해결했다.

"권총은 어떻게 했어?"

내가 물었다. 데니스는 내게 말해 주지 않았다.

"그건 중요하지 않아. 권총 따위 애초에 없었으니까."

나는 어떻게 데니스에게 진 빚을 갚아야 할지 생각했지만 데니스는 끝까지 그 슬레이트 지붕 아래는 깨끗했다고 말했다. 그게 끝이었다. 그리고 나는 데니스와 말다툼을 할 생각이 없었다. 나는 그때의 내 모습이 좋았다.

데니스의 친절 외에도 형을 감옥에 가지 않게 해준 건 처음에 형을 망가뜨렸던 것이었다. 군대 말이다. 형과 함께 복무했던 사람들이 도와주었다.

뉴스가 보도되었고 지역 신문이 형을 깎아내렸다. 어느 잔혹한 기사에서는 형을 일컬어 '**영웅**'에서 '**사이코패스**'로 추락했다고 했다. 그러나 사람들은 형을 지원하기 위해 줄지어 서기 시작했다.

형의 소대장이 우리 집에 와서 형이 진작 받았어야 할 의학적 도움을 주겠다고 약속했다. 소대장은 형의 병명을 말해 주었다. 심리적 외상 후 스트레스 장애. 그 병이 요즘 흔하다며, 군대는 우리 형을 돌봐야 할 책임이 있다고도 했다. 그리고 이미 일을 저질렀어도 형을 저버리지 않을 것이라고 했다.

다른 사람들은 전화를 하거나 편지를 보내 증인이 되겠다고 맹세했다. 그리고 이미 아는 사실을 우리에게 다시 알려 주었다. 형은 피해자이기 전에 영웅이라는 사실. 그리고 이런 병은 적절한 사람들이 주는 적절한 도움으로 지나갈 것이라는 사실도.

사람들은 자신이 한 말을 지켰다. 덩치 큰 병사 기퍼는 웨일스에서 와서 자신이 아는 것을 법정에서 말했다. 소대장도 마찬가지였다. 캐머런의 엄마도 그랬다. 아주머니는 토모 형에게 받은 편지를 배심원단 앞에서 읽었는데, 편지에는 토모 형이 얼마나 안간힘을 썼는지 고스란히 적혀 있었다. 그리고 의지하던 우리 형이 없었다면 자신이 훨씬 더 빨리 죽었을지도 모른다는 사실을 분명하게 말했다.

아주머니는 토모 형이 보낸 편지를 읽어 나갔다.

"겁이 나는 것 같아요. 하지만 여기 있는 걸 후회하지 않아요. 잼미가 저와 함께 싸워 주고, 제가 자기처럼 될 수 있도록 가르쳐 주어서 그런 기분은 절대 들지 않아요."

나는 어떻게 아주머니가 편지를 큰 소리로 읽을 힘을 찾아냈는지 궁금했다. 우리는 아주머니가 해냈다는 사실이 무척 기뻤다. 그 뒤로 법정에서 형을 감옥에 집어넣을 방법은 없었다.

대신 형을 이 병원으로, 형이 지금까지 지낸 이곳으로 보냈다

그러나 오늘은 우리가 마침내 형을 데려가는 날이다. 물론 보호 관찰관과 상담 전문가는 필요할 때까지 형에게 도움을 주겠지만 형은 이제 고스트의 집으로 돌아가도 되는 것이다.

내 계획이 결실을 맺었다.

나는 형이 우리를 향해 걸어올 때 진짜 우리 형을 내보내 준 것이 맞는지 확신할 수 있는 증거를 열심히 찾았다. 우리와 함께 살며 모든 시시한 일을 겪을 진짜 우리 형 말이다.

형이 활짝 웃음 지었다. 성큼성큼 다급하게 걸어왔다. 하지만 나는 형의 머릿속에서 무슨 일이 벌어지는지 아직 모른다. 토모 형과 리틀 루니가 우리 형이 평화롭게 앞으로 나아갈 수 있도록 허락해 주었는지 말이다. 나는 그 점에 대해서는 의사를 믿어야 한다고 생각한다. 또 우리 형도 믿어야 한다. 형은 정말로 준비가 될 때까지 병원의 보호막을 떠나고 싶어 하지 않을 것이다.

형은 서둘러 우리에게 도착했다. 몇 미터밖에 안 남았을 때조차도 발걸음을 늦추지 않았다. 우리는 형 주위를 빙 둘러 섰다. 형이 엄마와 내게 달려들자 우리는 엎치락뒤치락 서로를 얼싸안았다.

데니스가 맨 먼저 무너졌다. 자신이 덩치가 제일 크다는 사실은 아랑곳하지 않았다. 눈물이 그렁그렁해져서는 간신히 참고 있었다. 우리는 데니스 뒤에서 고개를 숙이고 모든 안도감을 눈물로 보여 줬다. 아주 오랫동안 이 순간을 기다렸기에 안도감을 다른 방법으로 보여 줄 길이 없었다.

형이 우리를 차례차례 안아 주자 모두 형을 오랫동안 안았다. 나는 형의 포옹을 힘껏 받아들였다. 형이 이마에 입을 맞추었을 때도 주춤하지 않았고, 형이 캐머런에게 주의를 돌렸을 때도 질투하지 않았다. 형과 캐머런이 떨어졌을 때 나는 캐머런이 내 손목을 꽉 잡아 주는 것을 느꼈다.

형이 갑자기 사라진 뒤 캐머런이 나를 만진 건 처음이었다. 그것은 우리가 나누었던 어떤 입맞춤보다 더 좋았다.

"너희 모두 여기 있다니 믿기지가 않아."

형이 빙긋 웃었다.

"우리 모두 형을 그리워했거든."

"하지만 여긴 꽤 먼 곳인데. 차비는 어떻게 한 거야?"

"차비는 문제없었어. 우리가 소형 버스를 털었거든."

캐머런이 내 옆구리를 쿡 찔렀다.

"그게 아니라 이거 타고 왔어."

나는 내 뒤를, 우리가 제일 먼저 여기에 서 있을 수 있었던 다른 이유를 가리켰다.

형은 가방을 내려놓고 내 어깨 너머를 바라보았다. 그리고 녹슨 승합차를 발견하고는 혼란스러운 표정을 지었다.

"정말이야? 저 차에 정말로 작동하는 엔진이 있기나 한 거야?"

"제기랄, 당연하지."

나는 우리가 모든 일을 했기 때문에 그 차를 옹호할 것이다.

"좋은 차야. 위기네 사촌이 엔진을 손봤어. 그건 음, 엔진은 저 차가 가진 얼마 안 되는 것들 중 하나라는 뜻이야."

"왜, 뭐가 없는 건데?"

형이 차로 걸어가더니 주먹이 쑥 들어갈 수도 있을 것 같은 녹슨 구멍에 곧장 손가락을 찔러 넣었다.

"많진 않아. 보험증이랑 자동차 안전 검사 뭐, 그런 거. 하지만 곧 도착할 거야."

"그렇겠지. 하지만 나는 아직도 너희가 왜 열차를 타지 않았는지 모르겠는걸."

"우린 해야 할 일이 있거든. 그래서 이 승합차가 필요해."

형은 마치 내가 머리에 문제가 있는 사람인 것처럼 나를 쳐다보았다.

"차 옆에 붙어 있는 로고 못 봤어?"

형은 재미있다는 듯 눈을 가늘게 떴다.

"저게 로고야? 누가 저기다 재채기를 한 줄 알았네."

나는 형을 쿡 찌르고 다시 로고를 가리켰다. 그것은 우리의 첫 번째 시도였다. 형이 좋아한다면 우리는 새로 시작할 수 있다. 비록 회사 이름은 형과 의논하지 않았지만.

괴짜들. 신속 배달.
여러분이 가진 건 무엇이든 옮겨 드립니다.

"꼭 우리더러 도둑이라고 하는 것 같아."
형이 말했다.
"아직 진행 중인 일이야."
"그거 괜찮네. 나도 괜찮아. 나는 우리가 사업을 하게 될 거란 건 생각도 못했어."
형이 웃음 지었다.
"음, 이제 군대에서 형한테 돈을 안 주니까 누군가는 돈을 벌어야 하는데."
또다시 캐머런이 내 옆구리를 쿡 찔렀지만 나는 계속 말했다.
"어쨌거나 영원히 돈을 벌 필요는 없어. 우리가 충분히 돈을 벌 때까지만 벌면 돼."
"얼만큼이 충분한 건데?"
"형이 원한다면 우리가 고스트 말고 다른 곳에서 살 수 있을 만큼? 모르겠어. 나는 우리 중에 아이디어맨이 아니잖아. 좋은 계획을 망치는 사람일 뿐이지, 그렇지?"

나는 형이 승합차를 빤히 쳐다보는 동안 형의 얼굴을 주의 깊게 살펴보았다. 다른 아이들이 나를 지지해 주었지만 형이 없으면 이 일은 성공할 가망이 없다. 어쨌든 나는 형을 위해 이 일을 계획했으니.

"그럼 형은 뭘 하고 싶어? 저걸 타고 뭘 하고 싶은데?"

말을 빙빙 돌리는 건 소용없었다.

형은 한숨을 쉬며 내가 형에게 내민 손을 바라보았다. 그러고 나서 나를 거칠게 형 쪽으로 끌어당겨 있는 힘껏 꼭 끌어안았다. 나도 형을 꼭 안아 주었다. 우리 팔 네 개가 순식간에 여섯, 여덟, 열 개가 되더니 더 많아졌다. 사방에서 팔을 내밀어 내 머리를 헝클어 뜨리고 등을 토닥였다. 나는 상상했던 것보다 더 기분이 좋았다.

그러나 완벽하진 않았다.

토모 형이 있어야 할 곳이 여전히 비어 있었다.

나는 호들갑 떨지 않고 슬며시 토모 형의 빈자리를 채웠다. 그리고 형이 토모 형의 빈자리를 알아차리기 전에 내 곁으로 더 가까이 끌어당겼다.

형이 원한다면 우리는 이곳에 조금 더 멈춰 서 있을 것이다. 그러나 너무 오래는 있지는 않을 것이다.

저 승합차가 스스로 굴러가지는 않을 테니까.

영웅은 없다

초판 1쇄 인쇄 2017년 11월 15일
초판 1쇄 발행 2017년 11월 22일

펴낸이 박종암 | 펴낸곳 도서출판 르네상스
출판등록 제410-30000002006-62호
주소 경기도 고양시 일산서구 중앙로 1455 대우시티프라자 715호
전화 031-916-2751 | 팩스 031-629-5347
전자우편 rene411@naver.com

ISBN 978-89-90828-77-4-43840

HEROIC
Copyright ⓒ 2013 by Phil Earle
All rights reserved.
Korean translation copyright ⓒ 2014 by Renaissance Publishing Co.
Korean translation rights arranged with United Agents through EYA(Eric Yang Agency).

이 책의 한국어판 저작권은 EYA(Eric Yang Agency)를 통해 United Agents와
독점 계약한 도서출판 르네상스에 있습니다.
저작권법에 따라 한국 내에서 보호받는 저작물이므로 무단 전재 및 무단 복제를 금합니다.